Paraíso inhabitado

Ana María Matute

Paraíso inhabitado

Ana María Matute

Ediciones Destino
Colección Áncora y Delfín
Volumen 1086

© Ediciones Destino, S. A., 2008
Diagonal, 662-664. 08034 Barcelona
www.edestino.es

Primera edición: diciembre de 2008

ISBN: 978-84-233-3928-0
Depósito legal: M. 53.396-2008
Impreso por Dédalo Offset, S. A.
Impreso en España-*Printed in Spain*

I

Nací cuando mis padres ya no se querían. Cristina, mi hermana mayor, era por entonces una jovencita displicente, cuya sola mirada me hacía culpable de alguna misteriosa ofensa hacia su persona, que nunca conseguí descifrar. En cuanto a mis hermanos Jerónimo y Fabián, gemelos y llenos de acné, no me hacían el menor caso. De modo que los primeros años de mi vida fueron bastante solitarios.

Uno de mis recuerdos más lejanos se remonta a la noche en que vi correr al Unicornio que vivía enmarcado en la reproducción de un famoso tapiz. Con asombrosa nitidez, le vi echar a correr y desaparecer por un ángulo del marco, para reaparecer enseguida y retomar su lugar; hermoso, blanquísimo y enigmático.

Nunca supe por qué razón el Unicornio había intentado escapar del cuadro y durante mucho tiempo me intrigó, y aun me atemorizó un poco. Por aquellos días yo no debía de tener más de cinco años —quizá sólo cuatro—, pero ese recuerdo tiene un lugar relevante entre los primeros de mi vida. A veces, los recuerdos se parecen a algunos objetos, aparentemente inútiles, por los que se siente un confuso apego. Sin saber muy bien por qué razón, no nos decidimos a tirarlos y acaban amontonándose al fondo de ese cajón que evitamos abrir, como si allí fuéramos a encontrar alguna cosa que no se desea, o incluso se teme vagamente.

Más o menos por aquellos tiempos en que vi echar a correr al Unicornio, fui enterándome, poco a poco, de que había nacido a destiempo. La primera noticia concreta la tuve durante mis prolongadas escuchas bajo la mesa del cuarto de la plancha. Junto a la cocina y el antiguo cuarto de jugar —ahora convertido en cuarto de estudio, porque Jerónimo y Fabián estudiaban allí, y aparentemente ya nadie jugaba en aquella familia— eran mis espacios habituales.

Las personas más cercanas a mí eran precisamente las que los frecuentaban y ocupaban: Tata María y la cocinera Isabel. Escondida debajo de la mesa de la plancha, escuchaba sus conversaciones, a menudo tan misteriosas que, cuando hablaban del mundo y la vida en general, me despertaban innumerables preguntas, pero si se referían a mí resultaban muy claras. De este modo tuve el temprano conocimiento de que había nacido tarde y en el momento menos oportuno para la familia.

—Ésta no ha tenido la suerte de sus hermanos, pobrecilla —murmuraba Isabel, siempre sentimental, mientras recogía y guardaba alguna cosa. Tata María se limitaba a levantar los ojos al techo y, de cuando en cuando, acompañado de un golpe de plancha, murmurar algo ininteligible.

A pesar de todo, mis primeros años no fueron desgraciados. Incluso me atrevo a decir que fueron más felices que los de algunos niños nacidos en circunstancias más favorables. Entre otras cosas, yo ya me había fabricado un mundo propio, donde vivía sumergida en algún elemento nebuloso, y a veces extraordinariamente cálido, con la calidez que —por lo oído bajo la mesa de la plancha— me había sido de algún modo regateada. Esconderme bajo aquella mesa —aun con el convencimiento de que las dos mujeres sabían, o sospechaban, mi presencia— no era el único de mis refugios. No puedo recordar exactamente cuándo empecé a saltar de la cama y recorrer el mundo nocturno de la casa. Suponía a todos dormidos. Y lo estaban, o no estaban, o estaban en algún lugar muy alejado de mí. Pero la casa, no. La casa despertaba precisamente entonces.

Tata María, y la cocinera Isabel, me habían leído, la primera, y contado, la segunda, muchos cuentos. Los libros desechados ya por mis hermanos fueron, primero en sus labios y poco más tarde leídos por mí misma, lo más revelador y dichoso de mi primera infancia. Y no es extraño —o no lo era entonces— que en alguna de aquellas correrías nocturnas, descalza y en camisón, viera una bandada de príncipes cisnes —once, exactamente— volar cielo arriba, o escuchara suavemente, entre el vaivén de las cortinas de mi ventana, la llamada de un conocido caramillo.

Cristina me había aceptado a regañadientes en su cuarto. Casi lloró pidiendo que no la obligaran a compartir sus cosas con las mías (yo no tenía nada, excepto el osito Celso). Y mamá dijo que Cristina tenía razón: ella era una mujercita, y yo, un «gorgojo». Así que por aquellas noches ya tenía un dormitorio propio, claro que mucho más pequeño que el que hasta entonces había compartido con Cristina. Era una habitación, no en la llamada parte «noble» de la casa, sino en la zona del cuarto de estudio, el de las Tatas, el de la plancha, la cocina... En fin allí donde yo me movía libremente y sin temor. Se trataba de un cuarto pequeño, con una ventana de cortinas azules y amarillas, y gruesos visillos blancos, con un casi invisible zurcidito en una esquina, que había cosido Tata María. Cuando se corrían los visillos, se podía apreciar, en su amplitud, el patio interior que tanta importancia tuvo para mi primera infancia, y mis recuerdos. No era precisamente un jardín encantador, era un espacioso patio interior con el suelo cubierto de lositas hexagonales de color gris. Al fondo del portal de la casa, había una puerta grande que sólo se abría para dar paso a ese patio y al garaje —minigaraje—, donde guardaban los dos o tres únicos coches de los vecinos de la casa. En una plaquita dorada, de otros tiempos, aún se leía: «ENTRADA DE CARRUAJES».

Cuando me asomaba a la ventana de mi cuarto, contemplaba el ir y venir de los chóferes. Entre ellos estaba Paco, mi primer amigo, porque fue la primera persona con la que entablé conversación fuera de la familia. Visto desde mi ventanita, Paco era un hombre para mí gigantesco, que calzaba botas altas, como si fuera a montar a caballo. Era mi amigo, porque él me llamaba su novia, y me lanzaba besos con la mano.

También consideraba amigo mío al farolero, aunque jamás había cruzado una palabra con él, pero en mis escapadas al salón, le veía desde el balcón, allá abajo. En los atardeceres iba encendiendo, con una larga pértiga, llamitas azuladas, temblorosas, dentro de sus fanales. Era un hombre bajito, vestido de azul marino, con gorra adornada de una cinta roja, a quien nunca vi la cara, porque en la ciudad era siempre otoño, o invierno, y a esas horas ya no se veía con claridad lo que ocurría más allá de los balcones. Eran precisamente los balcones del llamado Salón —nombrado así, con cierto deleite en boca de Tata María y la cocinera Isabel— allí a donde yo acudía, noctámbula y rodeada de una niebla cálida que sólo transparentaba cuanto yo deseaba ver, y jamás he vuelto a recuperar. Ahora la niebla sólo es niebla, conocida y húmeda, fría y casi desprovista de misterio.

Pero no entonces.

Entonces, el mundo empezaba cuando yo saltaba sigilosa de la cama, me asomaba a la puerta y vigilaba cautelosamente el largo pasillo que conducía a la otra puerta, la que me llevaría a la habitación más misteriosa de la casa: el salón, tan respetado por las dos mujeres que componían, entonces, lo más parecido a mi familia, y, para mí, el umbral del mundo en que realmente vivía. La noche era mi lugar, el que yo me había creado, o él me había creado a mí, allí donde yo verdaderamente habitaba. Despertar en la noche, adormecer en la mañana, y aquel vivir a contrapelo, fue quizá la razón de la tenue felicidad que me salvó de cosas como saber que nunca fui deseada, de haber nacido a destiempo en una familia que había ya perdido la ilusión y la práctica del amor.

Al salón se llegaba cruzando el pasillo. Cuando se atravesaban las puertas encristaladas que conducían a la zona donde el parquet se enceraba y cubría a trechos por gruesas alfombras. Aquellas alfombras (aún hoy soñadas) donde se hundían a placer los pies descalzos. A veces yo creía que el pasillo era un río, y que por él se deslizaban barcos de papel de periódico, como los que hacía a veces Tata María, cuando yo era aún muy pequeña, con las páginas de los *ABC* atrasados. Y en uno de aquellos barcos, llenos de sucesos y anuncios, yo navegaba, con un dedo sobre los labios para imponer silencio a todas las invisibles y visibles criaturas que me acompañaban o espiaban en la travesía. La oscuridad no era total, como en el dormitorio. Apenas se cruzaba la puerta encristalada empezaba la noche de las luces apagadas y las luces que se encienden de trecho en trecho, a veces repentinamente; un súbito cuadro de luz amarilla sobre el suelo, que poco después desaparecía; y un poco más allá, el reflejo de la luna en algún objeto cristalino. Hasta llegar al otro lado de la puerta en vaivén, como las de las películas de vaqueros, pero de cristal. Y empezaba mi noche, con el salón y las llamitas que había encendido mi amigo el farolero y teñían los visillos de un tenue resplandor azul.

El salón era, quizá, la habitación más importante de la casa. Yo desembarcaba a sus puertas y lo contemplaba temiendo, con el golpeteo de mi corazón, que llegara uno de aquellos altos y extraños seres Gigantes que me atemorizaban —entre los que se contaban también, pese a mí misma, papá y mamá— y me devolvieran al temible reino del sol. El desapego de los Gigantes favorecía, de todos modos, el éxito de aquellas incursiones nocturnas. Si no tenía acceso a sus vidas, ellos no la tendrían a la mía: y la mía era infinitamente mejor. Eso me parecía entonces (y aún puedo afirmar ahora, cuando estoy a punto de decir adiós a cuanto me rodea y me rodeó). No puedo permitirme el disimulo ni la falsedad, porque estoy recuperando recuerdos, retazos de un barco de papel arrinconado al fondo de un cajón que nunca tuve valor para abrir.

Acostumbraba a instalarme agazapada bajo un sofá de altas patas torneadas, hermoso e incómodo —como casi todo lo hermoso—. No era un espionaje, más bien un refugio.

Se trataba de la más espaciosa de las habitaciones. Para mí, entonces, tan enorme como lo eran sus muebles y todo cuanto allí se acumulaba. A menudo tomaban formas de animales o montañas, y hasta cascadas, que caían suavemente y sin ruido sobre los dibujos de la alfombra. Olía de un modo especial, distinto al resto de la casa. Yo le llamo ahora «olor al salón», una mezcla de olor a alfombra calentada por los radiadores, y a cera de parquet, y a madera de caoba. Del techo colgaban dos grandes lámparas, como árboles de cuyas ramas, en lugar de hojas, nacían cristales. Reflejaban estrellitas móviles, como si tuvieran vida y su vida fuera el resplandor que emanaba de allá abajo, de la acera donde, a su vez, otras llamitas azules temblaban en sus fanales.

Tata María y la cocinera Isabel sentían un respeto casi reverencial hacia aquellas dos lámparas a las que, ante mi desconcierto, llamaban «arañas». La única araña que yo había visto apareció un día en el cuarto trastero, junto a la cocina. Fue una verdadera conmoción en el mundo en que yo me movía (la cocina, el cuarto de plancha, la despensa). Apareció provocando gritos histéricos. Ante mi asombro, Tata María, siempre tan seria y mesurada, se subió a una silla, sofocando gritos con la mano sobre la boca, hasta que Isabel mató a la araña de un palmetazo. Era un animal pequeño, negro y peludo, que me despertó más curiosidad que asco y, finalmente, una cierta compasión. Isabel recogió en un papel lo que quedaba de ella y lo tiró a la basura. Así que poca cosa tenía que ver con las dos lámparas que tanta admiración, y hasta veneración, despertaban en las dos mujeres. Cosas como éstas contribuían a aumentar día a día la distancia que me separaba del mundo de las personas mayores: Gigantes lejanos, impredecibles y un poco ridículos.

No sé si los cristales-hojas de aquellas lámparas-arañas tenían vida propia, pero lo cierto es que yo creía oír un tintineo lejano y misterioso entre sus ramas, y que los fulgores que de unas a otras iban comunicándose formaban parte de alguna conversación, en un idioma que aún yo no conocía, pero estaba a punto de aprender. Había también un reloj, dorado, con la esfera de porcelana blanca y dibujos azules rodeada de brillantes falsos, que me atraía especialmente, por asociarlo a uno de los inapreciables tesoros que mencionaban los cuentos, aún leídos por la Tata o contados por Isabel, con que se nutría mi imaginación. A través de los cristales, visillos y cortinas que impedían la visión de la calle, la calle estaba ahí abajo, muy próxima, porque vivíamos en un entresuelo, que entonces se llamaba principal, y quizá ahora también. Cuando me deslizaba suavemente sobre la alfombra y llegaba a uno de aquellos dos balcones que se abrían al mundo exterior, descorría los visillos y me asomaba al de los faroles y el farolero. Enfrente, al otro lado de la calle, veía la pared de ladrillos rojos que bordeaba los jardines de la iglesia-convento de la Milagrosa, adonde me llevaba la Tata los domingos. Por encima de la tapia, sobresalían las copas de los árboles y, cuando hacía viento, veía y oía su balanceo nocturno, como una voz que quisiera comunicar algo a alguien en alguna parte, en algún tiempo. Sentía entonces un leve escalofrío, no sé aún si de temor o de placer, sobre todo en las noches de luna, como aquella en que vi echar a correr al Unicornio. En los cuentos de Andersen, el gran cómplice de mis primeros años, había aprendido que las flores tenían su lenguaje, sus bailes nocturnos, donde reinaban, y poco después languidecían hasta acabar en la basura. Pero sobre todo, aprendí que existía un lenguaje secreto, un lenguaje al que yo tenía acceso. Un día en que nos visitó la tía Eduarda, oí decir a mamá, preocupada: «Esta niña no habla... es un tormento conseguir que diga una sola palabra», y Eduarda —no le gustaba que la llamáramos tía, sólo Eduarda— le contestó: «Mejor para ella». Me miró por primera vez, con sus grandes ojos azules, parecidos o quizá iguales a los del Unicornio, y añadió: «Tendrá otro lenguaje». Con otro lenguaje, y sabiendo que las flores marchitas pueden resucitar en la noche, y también cuentan sus historias las tazas, los tenedores, las agujas de zurcir y las sartenes, recalaba yo, en mi barquito de papel de periódico, hasta la gruta bajo el alto e incómodo sofá, donde me permitían ver, oír y oler todas aquellas criaturas que fingían no verme, pero me querían. O así me gustaba creerlo. Ya, tiempo atrás, un par de estatuillas, una blanca, la otra negra, me habían hecho señas. A veces levantaban la mano y la agitaban como un saludo, otras sonreían. Y, cosa rara, sonreía más la oscura, aquella a la que apenas podía ver la cara. Pero sobre todas estas cosas, había como un viento bajo, secreto, que avanzaba conmigo a ras de suelo, rozando la alfombra, hacia los balcones: como cuando en otoño oí crepitar las hojas caídas, bajo las pezuñas del Unicornio. Todavía no había estado nunca en un bosque y, sin embargo, lo presentí, tal como fue años después: cuando ya leía, y no sólo escuchaba historias de labios de María o Isabel, sino que podía levantarlas yo misma de entre las páginas de aquellos libros que tanta importancia tuvieron para mí.

Allí, bajo el sofá, o bajo cualquier otro mueble donde pudiera ovillarme, asistía a ecos, susurros y chispazos de luz que iban comunicándose, unos a otros. Una conversación entre destellos que yo, poco a poco, iba entendiendo. Sí, existía otro lenguaje, y era el mío. Eduarda tenía razón.

Aunque también, en ocasiones, hacía, precipitadamente, la travesía a la inversa: cuando oía conversaciones de Gigantes en el salón, con las arañas encendidas, las cortinas cerradas, ruido de copas y extrañas y casi sofocadas risas que para mí, entonces, eran únicamente sonidos guturales, ligeramente punzantes. Recuerdo ahora algo que entonces no sabía: yo, en mi primera infancia, además de no hablar no me reí nunca. Ignoraba lo que era la risa, y la verdad es que también a mis hermanos Jerónimo y Fabián tardé mucho en oírles reír. Ni siquiera cuando llegaban del colegio, entraban en el cuarto de estudio y vaciaban las carteras encima de la mesa. Ceñudos, incómodos consigo mismos, ya no demasiado niños ni todavía hombres, en esa tierra de nadie que se llama adolescencia. Se enfrascaban en sus libros, rodaban lápices, se abrían y cerraban cuadernos, intercambiaban frases, preguntas, y a veces, se levantaban y se enzarzaban en un simulacro de pelea —que acababa siempre sin vencido ni vencedor— y retornaban a sus estudios. O así lo parecía, de nuevo rodeados de lápices, cuadernos, gomas de borrar y algún que otro sacapuntas de hoja demasiado gastada. Pero nunca, entonces, les oí reírse. Cristina, por supuesto, quedaba muy lejos de estas cosas, encastillada en su habitación. Y sonreía.

Pues bien, cuando había risas en el salón, y las luces amarillas en las arañas ya no eran chispazos de luz comunicándose mensajes entre sí, sombras y reflejos reproducidos misteriosamente en el techo o en la pared, palabra silenciosa, lenguaje secreto, entonces, como dije, hacía la travesía al revés, daba la vuelta a mi barco de papel, con sus noticias de jarabe para la tos, aceite de hígado de bacalao, píldoras para aumentar los senos y Cerebrino Mandri, y me dirigía a la cocina, porque sus habitantes de carne y hueso, ya ni siquiera se reían, dormían profundamente, e incluso podía oírse el zumbido de algún que otro ronquido a través de la puerta del llamado cuarto de las Tatas. Y en la cocina, también existía otro retazo del mundo en que yo habitaba. Andersen me había dicho que las tazas, las teteras, los tenedores y hasta las sartenes tienen también su vida nocturna. Me asomaba a la alacena, y creía escuchar la afónica voz, lastimera y resentida de la vieja tetera cruzada por una grieta apenas visible, pero que anunciaba su rotura inminente. Y oía las quejas de las cucharillas y tenedores mezclados al tuntún en el cajón más variopinto de la cocina: allí donde iban a parar todos los desparejados, derrotados soldados de alguna perdida batalla contra el tiempo, retirados ya para siempre del comedor de los Gigantes. Lloraban, por sentirse separados de algún compañero o amigo que habían creído inseparable, y yo oía su llanto. Y recuerdo muy bien una cucharilla puesta a secar en una taza, por la que se deslizaba una lágrima como una diminuta estrella, tan despacio que parecía que no acababa de caer. También el grillo despertaba, las noches de verano, en su diminuta jaula, junto a los restos de una hoja de lechuga amorosamente colocada por Isabel. Y el vaso de cristal, al borde de la ventana, con su verde y exultante ramo de perejil. A veces, desde el patio de la cocina —no era como el de mi novio Paco—, me llegaba algún ruido. Por la abierta ventana, otra ventana de luz amarilla, se encendía en la pared de enfrente. Algún grifo goteaba. Luego, otra vez el silencio de la noche, con todo su esplendor, aquel que ponía al descubierto —por lo menos entonces y para mí— los mil mundos ocultos de la casa y quizá de todas las casas.

Y así fue como una noche vi echar a correr al Unicornio. Fue una carrera fugaz, como los destellos de cristal, hasta desaparecer en un ángulo del cuadro, seguido de un leve rumor de follaje pisoteado, y olor a hojas caídas. Al poco, regresó. Volvió a colocarse mansamente, bajo las manos de una mujercita rubia, que, según me parecía, lo contemplaba entre amorosa, divertida o estupefacta.

Tengo muy presente aquella noche, porque precisamente a la mañana siguiente me vi cara a cara, por vez primera, en el mundo de los Gigantes. Quiero decir, que me llevaron al colegio del paseo del Cisne: Saint Maur.

El colegio del paseo del Cisne había sido antes el colegio de Cristina. Fue esto lo primero que oí apenas crucé aquel umbral y subí sus escaleras. Tata María secó con la punta del delantal una lágrima de mi mejilla, me recomendó que fuera buena, que obedeciera siempre, y que cuando me pasara algo malo dijera el Jesusito de mi vida, pero que no haría falta, porque aquellas señoras eran muy buenas y muy santas y ya vería yo qué bien. Pero cuando nos separaron, de la mano de sor Monique, volví la cara y la vi que también se llevaba la punta del delantal a los ojos, y tenía la boca fruncidita, como aquellos calcetines que llevaba en una bolsa y zurcía junto a la merienda, cuando íbamos al parque, que entonces se llamaba Los Jardines del Museo. Porque había un museo, con un enorme esqueleto dentro, que se llamaba Mamut, y yo lo relacionaba, sin motivo ni sentido alguno, con la palabra mamá.

En cuanto estuve sentada en la clase de párvulos, Madame Saint Genis —nada de sor, eso era para las tatas del colegio— se inclinó afectuosamente hacia mí, que estaba sentada en primera fila, en un pupitre doble —quiero decir que era para dos pero yo aún no tenía compañera— y, en tanto me invadía una vaharada indefinible, mezcla de incienso, velas y aliento a café con leche (seguramente acababa de desayunar), me comunicó que Cristina, la gran Cristina que me había arrojado de su dormitorio y me hacía sentir culpable de haber nacido, o por lo menos de haber nacido a destiempo, había sido una alumna ejemplar, intachable, piadosa, aplicada y dulce. Que esperaban de mí un comportamiento que no desentonara del de ella y que mi familia era muy querida por ellas. Yo tenía entonces cinco años.

Lo que saqué en limpio de aquella conversación —mejor dicho, monólogo— fue una serie de preguntas. ¿Aplicada?, y me dije: ¿aplicada a qué? Hasta entonces esta palabra era muy concreta y específica. Por ejemplo, a una cataplasma que me habían puesto el año anterior, una vez que tosía mucho.

Jerónimo y Fabián tenían pocas y brevísimas conversaciones conmigo pero mostraban hacia mí una cierta simpatía, o quizá ternura, que entonces yo no lograba apreciar. Una vez, viéndoles vaciar sus carteras sobre la mesa, les pregunté: «¿Cómo es el colegio?». Ellos se miraron, y Jerónimo me dijo: «¡Es el ejército!». Fabián añadió: «Es el ejército: tú formas parte de un batallón, y tienes capitanes, tenientes, generales...». Jerónimo se inclinó hacia mí, y por primera vez me acarició la cabeza.

Pero yo no lo había olvidado, y poco después me encontré con mi teniente, o capitán, o general... Todas aquellas señoras que Tata María había calificado como buenas y santas. Y que todo iría bien.

2

Pero no fue todo bien. Y empezó una dura batalla por la defensa de mis escondites, de mis espacios y noches. Antes, sólo debía esconderme, ser cautelosa, deslizarme silenciosamente por el pasillo hacia las puertas que separaban la zona del parquet sin encerar al parquet encerado. Ahora debía ser infinitamente más precavida, porque llegaban a casa desde el colegio notas inquietantes, que mamá leía con el ceño fruncido. Antes, en alguna ocasión, me había llamado a su gabinete, donde había un tocador lleno de frasquitos de cristal y espejos que también retenían y lanzaban destellos, aunque no tenían significado para mí. Sólo eran reflejos, no mensajes, no palabras de luz, tenues, estallantes, diminutas estrellas, como en las noches del salón, debajo del sofá.

Mamá tenía entre los dedos un papel, y llevaba puestas las gafas, lo que le daba un aire aún más severo:

—Te he llamado porque aquí me cuentan que no te portas bien en el colegio. El primer día, te dormiste en la misa y, además, lloraste. Eso me extraña, porque yo estaba orgullosa de ti, precisamente porque eres una niña que no llora sin motivo. Además, no quisiste comer, y te escondiste debajo del pupitre. Me dicen que están sorprendidas de que a tu edad supieras el alfabeto, y que no te ha costado aprender a leer, pero que, por otra parte, no tienes ninguna disciplina, en el recreo no quieres jugar con las demás niñas, y apenas pueden arrancarte una palabra... a no ser durante las clases de lectura. ¿Qué tienes que decir sobre todas estas cosas?...

Yo no tenía nada que decir sobre aquellas cosas, ni sobre ninguna otra cosa que tuviera que ver con los Gigantes. Si acaso, que toda mi preocupación era huir de ellos, o por lo menos, pasar desapercibida. Pero en mi compañía, era difícil pasar inadvertida por el capitán que me había caído en suerte. Se llamaba Madame Colette. Así que no dije nada y miré hacia otro lado, cosa que ponía de bastante mal humor a mamá.

—Te estoy hablando, Adriana —dijo despacito. Por lo general nadie me llamaba Adriana, sino Adri, y este detalle me pareció ya de mal augurio. Así que murmuré, todo lo bajo y despacio que me fue posible:

—Nada.

Porque nada podía decir del frío que me había llenado de pronto el corazón de seis años —aún no cumplidos— cuando ya el primer día mi capitán me recibió diciendo: «Eres demasiado pequeña para esta clase... pero teniendo en cuenta que eres la hermana de Cristina, tendremos paciencia contigo». Era alta, tenía dedos grandes y huesudos que me clavó en los omoplatos, empujándome hacia mi asiento. Luego me miró desde lo alto. No creo que olvide nunca sus ojos gris pálido, con una diminuta punta de alfiler negro en su centro, y su boca seca, de labios estrechos, que repasaba a ratitos con su lengua para humedecerlos. Sin éxito.

—No te pareces a Cristina... tú seguramente te pareces a papá, ¿verdad?

Yo no sabía a quién me parecía. La verdad es que nunca he sabido a quién me parecía, si es que me parecía a alguien. Así que no dije nada, como tenía por costumbre.

Como capitán, Madame Colette no era lo que se puede definir como amable, y también dejaba mucho que desear, porque no era valiente. Al segundo o tercer día de militar en su compañía, apareció un pequeñísimo ratón por debajo de la puertecita que daba acceso a un extraño híbrido de armario y cuarto trastero, inexplicablemente dentro de nuestra misma aula. Entonces, el falso capitán chilló como yo no había oído jamás chillar a nadie, se arremangó las faldas, y, pálida, desencajada, se subió encima de su mesa, hasta que vinieron unas sores y mataron a escobazos al pobre ratoncito que daba vueltas, muy asustado. Lo recuerdo con el corazón aún encogido, era tan pequeñito, tan frágil, y tan suave. Parecía repetirse la escena de la araña y Tata María. Creo que fue entonces cuando empecé a odiar a mi capitán. Era cobarde, malvado y estúpido, tres cosas que en los libros de Beau Geste —leídos poco más tarde, prestados por Jerónimo y Fabián— resultaban intolerables. Tiempos de ideales nobles, de estrellas en el salón, de palabras reflejadas en las paredes a través de la llamita azul de una farola, encendida por alguien que no conocía, y llamaba amigo mío. Aquella llamita, como una letra, o un signo, o un adiós para siempre.

Cuando llegué a casa, aquella tarde, me creí con derecho a sentarme a la mesa del cuarto de estudio, con mi cuadernito de letras y mi Catón, y Jerónimo y Fabián me miraron con una mezcla de asombro y ternura —y en aquellos tiempos este sentimiento sólo puedo relacionarlo con María, Isabel y los gemelos—. Me atendieron, yo diría que casi solícitos, cuando dije:

—¡Mi capitán no es capitán, es un cobarde!...

Se miraron y luego Fabián me preguntó el porqué, y yo conté la historia del ratón. Entonces, por vez primera, les vi reír. Jerónimo me sentó en sus rodillas, y me dijo: «No es un capitán, y no manda una compañía, sino un pelotón». Los dos estallaron en risas que me dejaron completamente asombrada, porque jamás, jamás, ni antes ni después, he oído algo semejante en aquella casa. Y Jerónimo me acarició —por segunda vez— la cabeza, y dijo:

—No te preocupes, aquí estamos nosotros para defenderte del cabo Colette —¡cómo había descendido en el escalafón!—, porque somos capitanes.

Pero se reían tanto, que no me lo creí.

(Muchos años más tarde, murieron los dos, cada uno en una trinchera enfrentada, creyendo, todavía, que luchaban contra aquellas palabras: cobarde, malvado, estúpido, como el Beau Geste de su infancia. Aquel Beau Geste que nunca existió.)

De repente me di cuenta de que hasta entonces no me había sentido triste, porque ahora lo estaba. Poco a poco fue desmoronándose a mi alrededor la idea entre esperanzada e inquietante que había ido formándome sobre lo que sería mi entrada en el mundo desconocido, lo que significaba para mí el colegio del paseo del Cisne. Pronto hube de desechar cualquier suposición, Cisne incluido: no había tampoco ningún cisne, y día tras día fui constatando cómo el famoso ejército —no exento de cierto atractivo, en labios de mis hermanos, por lo desconocido— iba también diluyéndose en la nada. Degradé a todo el mundo: a capitanes, sargentos, y hasta cabos; todos soldados rasos. Y al final de aquel primer año, no quedó ni eso. Ya no había más ejército. Sólo unas señoras vestidas de negro, con largas colas que por exigencias del paso del tiempo —fueron diseñadas siglos atrás— recogían con un imperdible enorme en la cadera y las soltaban sólo en festividades memorables. En estas ocasiones, verlas desfilar en hilera hacia la capilla, atravesando el jardín, era como contemplar el paso de naves oscuras, mar adelante.

Ya no sólo no había Beau Geste, también se habían vaciado las palabras, como copas boca abajo, aquellas que aún resonaban en mis oídos de labios de mamá: «Verás como te gusta el colegio, porque a ti te gusta escuchar y allí oirás cosas muy hermosas que harán de ti una niña tan buena como Cristina, y entonces todos podremos sentirnos muy orgullosos de ti». El tono levantaba la sospecha de que, en aquellos momentos, yo no era el orgullo de nadie. Y de pronto la idea de convertirme en alguien como Cristina me asombró. Yo no tenía noticias de las grandes virtudes de mi hermana mayor, ni siquiera la conocía, como poco a poco iba conociendo a Jerónimo y Fabián. Ser como Cristina, ése era mi destino. Pero también las promesas de mamá habían naufragado.

No sólo no me parecía a Cristina, sino que, por lo visto, era todo lo contrario. Así que nadie iba a sentirse orgulloso de mí. Cosa que, por otra parte, me parecía bastante innecesaria, tanto como la mayoría de las palabras que oía, o mejor dicho, ya dejaba de escuchar para poder así regresar a la intimidad de mi lenguaje (tal como lo había calificado Eduarda). Empecé a recordar entonces a Eduarda con una tenue nostalgia. ¿Por qué razón no la veíamos más a menudo? Era la hermana mayor de mamá, y vivía lejos, en las tierras del norte, y según decía mamá —medio en broma, medio en serio—, «en los restos de un castillo en ruinas, que ella se empeña en llamar casa...». Aquellos restos de un castillo en ruinas fueron tomando cuerpo en mi imaginación. Eduarda —ya dije que no quería que la llamásemos tía, sino Eduarda a secas— decía que mamá y ella, y toda su familia, pertenecían a la rama normanda. Así que les pregunté a los gemelos qué era eso de la rama normanda, y Fabián, el más hablador, me dijo que, por parte de la familia de mamá, éramos de origen normando, aunque muy, muy lejano. «¿Y qué es el origen normando?» «Pues eso, que eran de Normandía, que está al norte de Francia, y los normandos fueron los que le dieron el nombre.» «¿Quiénes eran los normandos?» Fabián dijo que le dejara en paz, que ya me lo explicaría en otro momento, porque tenía que estudiar. A mí me pareció que no lo sabía muy bien, ¿o acaso no lo quería decir? En seguida empecé a sospechar que aquella palabra encerraba un secreto muy grande. Uno de aquellos enigmas con los que, a veces, en el colegio y en casa me advertían —y más que una advertencia, parecía una amenaza—. «Algún día, cuando crezcas, lo entenderás.» Tal vez, cuando fuera como Cristina. Por eso, Cristina era tan distante, tan lejana. Pero Eduarda no era distante, ni misteriosa. Era, hasta aquel momento, la persona más rotunda y carente de misterio que había tratado. Sus grandes ojos azules miraban directamente a los míos, no velaba la voz para *medio decir* cosas —como acostumbraba a oír—, y lo que decía se entendía perfectamente; no había velos que descorrer, hasta el cansancio, o la total confusión, como me ocurría con mamá.

A mi padre lo veía muy poco. Sabía que era abogado. Alguna vez, no lo recordaba bien, me había cogido en brazos y besado, cuando era aún muy pequeña. Fue entonces, al año más o menos de mi entrada en el colegio, cuando ellos se separaron. Quiero decir que ya no compartieron el mismo cuarto, sino que papá tuvo un dormitorio aparte, mucho más pequeño, al otro extremo del piso. Luego supe que no querían dar mal ejemplo de familia desunida. La primera vez que oí esto de labios de mamá me pareció un contrasentido, pero, como era habitual, guardé mis opiniones para mí sola. De todos modos, nadie me preguntaba nunca nada, ni siquiera lo que me apetecía o no, por ejemplo para merendar, o vestir, o adónde ir las tardes del sábado o los domingos. Todo ya estaba dispuesto de antemano para mí, y me llevaban adonde estaba ya decidido, sin mi previo conocimiento. Mientras fui muy niña, antes del colegio, solía ir al parque con Tata María. Luego, algunas tardes, al cine, a ver películas de Shirley Temple. Una vez, en vísperas de Navidad, papá me llevó, junto a los gemelos, a un teatro. Se trataba de un ballet, *Cascanueces*, con el que estuve soñando todas las noches durante casi un mes. La niña protagonista tenía algunas coincidencias conmigo, y pensé que, si la hubiera conocido, sería amiga mía. Yo no iba a jugar a casa de ninguna niña, como alguna de mis compañeras de colegio, que lo hacían, según comentaban entre ellas. Yo no tenía ninguna amiga.

El mundo de las niñas se me mostró, desde el primer día, hermético. Casi desde el primer día, percibí hacia mí un sentimiento, si no hostil —más tarde lo fue, y mucho— sí un manifiesto y creciente desapego hacia mi persona. Poco a poco, fueron convirtiéndose, todas y cada una, en una pequeña Cristina. Una mezcla de desdén y desconfianza, que me apretaban el corazón y me desorientaban. Más tarde ya fueron una acritud y una burla constantes. Yo era una niña aparte, y especialmente reprobable. Empecé a oír, en Madame Colette —seguida por Madame Saint Genis, Madame Saint Michel y Madame Saint Sulpice— una palabra que iba tomando proporciones cada vez más concretas: MALA. Yo era mala. Y en casa, mamá lo asumió, con los ojos levantados al cielo y alarde de paciencia.

Todo lo latente respecto a mi maldad cristalizó, por así decirlo, llegada la fecha de mi primera comunión.

Éramos un grupo bastante numeroso, que reunía por lo menos dos aulas enteras. Todas teníamos más de seis años, y menos de ocho.

Empezaron a prepararnos convenientemente, porque según decían en el colegio, en casa, e incluso en el cuarto de la plancha y la cocina —ya cada vez menos frecuentados, a mi pesar— ése sería el día más feliz de mi vida.

El grupito formado por las niñas de mi clase y yo se componía de unas diez. Todas las tardes, nos dispensaban de asistir a alguna lección y nos reunían en una salita, con el padre Torres. El padre Torres era un señor bajito, con una gran calva sonrosada que brillaba al atardecer. Parecía que siempre estuviera masticando avellanas, pero no masticaba nada. Tenía una voz muy suave, y hablaba del infierno, con todos sus padecimientos, y del cielo, con toda su gloria. También hablaba del demonio. Sobre todo, del demonio, que era un ángel bellísimo, pero que se revolvió contra Dios, y por eso era ahora El Demonio. Como yo me acordaba muy bien de todo lo que nos contaba, porque de alguna manera se parecía a los cuentos que tanto me gustaban —hasta el momento era lo mejor del colegio—, le había oído decir que cuando no existía el demonio, no había ningún mal, porque Dios era todo bondad. Eso me produjo la extraña sensación de no pisar en tierra firme, algo como una gran laguna escondida bajo las apacibles campiñas de sus palabras, y le pregunté inocentemente que cómo era posible que si aún no existía maldad alguna, alguien tentara al Ángel Luzbel —que así era como se llamaba cuando aún no era Demonio—. Y entonces hubo un gran silencio. Todas las niñas volvieron la cabeza hacia mí, como si esperaran una respuesta, pero yo no podía dar ninguna respuesta, sólo había hecho una pregunta. La calva rosada del padre Torres enrojeció y con un gesto me indicó que me sentara y permaneciera en silencio. Cuando la Preparación —así llamaban a aquellas pláticas— terminó, me ordenó permanecer en la clase, y las niñas desfilaron delante de mí y salieron cuchicheando y sofocando risitas. Pero ya había empezado a acostumbrarme a eso. Cada vez que decidía hablar, durante la clase, o fuera de ella, ocurrían cosas parecidas. En los recreos me quedaba aparte, bajo las moreras, mirando largas procesiones de orugas pardas, enganchadas las unas a las otras, caminando hacia quién sabe dónde. Tal como me parecían a mí las niñas, las monjas y yo misma.

Cuando nos quedamos solos, el padre Torres me llamó con el dedo índice enhiesto, inclinándolo repetidamente hacia sí mismo. «Ven, acércate, que verás lo que te espera...», parecía decir por el brillo punzante de aquellos ojitos negros, demasiado amigos entre ellos, casi juntándose sobre la nariz. Y me entró tal miedo que, en vez de obedecerle, di media vuelta y eché a correr, a correr escaleras abajo con todas mis fuerzas. En el corredor, las niñas de mi clase ya estaban en fila, para dirigirse al vestíbulo. Era la añorada hora de la salida, que otros días había descendido tranquila, casi contenta —entonces no estaba casi nunca contenta—, o por lo menos aliviada, porque sabía que afuera, en cuanto sor Monique dijera en alto mi nombre, yo atravesaría la gran puerta de hierro y cristales, bajaría las escaleras y en el jardín estaría esperándome Tata María, con la bolsa de la merienda y su ancha, cálida y dulcemente áspera mano, como la cuevecita donde podría esconderse la mía, fría, pequeña y asustada. Aquel día no esperé a que sor Monique me llamara: crucé pasillo y puertas como un rayo, me veía y me sentía a mí misma como una ráfaga de viento, bajé las escaleras hasta el jardín, y allí estaba, tranquila, grande, hermosa como jamás antes había visto a nadie, mi vieja Tata María. Me precipité hacia ella, abracé su cintura, hundí la cara en su delantal plisado, que olía a tostadas, a voz cansina leyendo por enésima vez las desventuras y goces de un soldadito de plomo, y enjugando, con una punta, alguna vergonzosa lágrima.

Fue a partir de entonces, cuando yo fui MALA. Para todos, no. Para Tata María, Isabel, Jerónimo y Fabián, sólo un poco rara. Y, como tuve ocasión de comprobar, no mucho más tarde, para Eduarda fui entonces, y siempre, Adri, sólo Adri, sin adjetivos.

Pero antes, ocurrieron otras cosas. Mamá recibió una llamada muy importante. Por entonces, la persona más importante de quien yo tenía noticia era Madame Saint Simon, la superiora y directora del colegio del paseo del Cisne. Esta vez, mamá no me explicó lo que había oído. Sólo me dijo que yo era mala, y que desde aquel momento iba a ser muy severa conmigo.

Me refugié, como antes hacía, en el cuarto de la plancha. Era un sábado por la tarde, olía a ropa limpia, a plancha caliente, y a conversaciones en susurro. Tata María e Isabel me miraron en silencio. Yo me senté cuidadosamente sobre un cesto lleno de sábanas por planchar y las miré sonriendo, intentando que me quisieran un poco. Pero también su cariño parecía ahora como frenado, aunque no desaparecido.

—No te sientes ahí, que está húmedo —dijo Tata María, acercándome un taburete. Ya no podía meterme debajo de la mesa, a pesar de que, a mis casi siete años, todavía era muy menuda para mi edad.

Dos días más tarde, me admitieron de nuevo en las pláticas de Preparatorio. Debieron de perdonarme algo cuyo nombre yo ignoraba pero que sin duda había cometido. Entonces me dije que nunca más preguntaría nada, y que todo lo que me despertara curiosidad intentaría averiguarlo por mí misma. La sombra angélica de Cristina planeaba sobre mi cabeza. Otra vez me unía a las oruguitas que lenta y misteriosamente se arrastraban asidas unas tras otras, bajo las grandes moreras del jardín. No sabía nada de nada.

Faltaban sólo quince días para el gran día. Y entonces, llegó Eduarda.

3

Como era tan menuda, tan pequeñita, a veces me creía de la familia de mis amados gnomos, aquellos a quienes preparaba meriendas debajo de algún radiador, en una caja vacía de fichas de dominó, con migajas de mi pan y chocolate. Preferentemente, claro está, debajo de los radiadores del salón de mis excursiones nocturnas, donde me podía meter debajo de cualquier mueble, o esconderme tras el respaldo de otros. Mi corta estatura, unida a mi capacidad de silencio —entre otras cosas el silencio era, y es aún, uno de mis amigos más queridos— me convertían en una especie de esponjita que absorbía cuanto escuchaba y, en ocasiones, incluso veía.

En cuanto llegó Eduarda, supe que mamá y ella tendrían un encuentro donde, desde mi escondite, acaso entendería alguna de las incomprensibles cosas que, por lo general, sucedían en mi vida y su entorno. Por tanto, me fui, sigilosa y casi invisible, como acostumbraba, al gabinete de mamá; un cuartito contiguo a su dormitorio, donde a veces la había visto tenderse en un pequeño diván, poner discos en una gramola y fumar. Fumaba unos cigarrillos que se llamaban ABDULLA y tenían la boquilla dorada. Luego agitaba las manos, como si espantara mariposas de humo, se daba un toque de polvos en la nariz, un ahuecamiento de cabellos, un poco de brillo en los labios, difuminaba una sombra oscura en los párpados con la yema de los dedos, y salía hacia el salón, donde unas veces algunas amigas, o invitados otras, la esperaban. Parecía un guerrero, bien armado ante la batalla. Sin saber muy bien por qué razón, en aquellos momentos, sentía nacerme un cariño muy grande hacia mi madre. Luego, poco a poco, ella misma, y sobre todo sus largas ausencias, iban deshaciéndolo. Creo que en aquellas ocasiones ella sentía lo que yo ante los Gigantes. ¿También mamá tendría que enfrentarse a ellos como lo hacía yo? Ella era alta, bella y fuerte. Yo no.

Al tener noticia de que Eduarda había venido desde sus montañas y sus Ruinas, para asistir al día más feliz de mi vida, sospeché que acaso tenía una aliada. Eduarda era una persona de la que se hablaba en voz medio baja, medio burlona, pero siempre con el acento de quienes no comprenden nada de lo que hablan. Un día, Eduarda había dicho que yo tenía otro lenguaje: por tanto, me conocía mucho más que los que me llamaban mala. Por otra parte, este calificativo no me ofendía demasiado, porque, pensaba, ser malo sólo significaba no ser como los que me lo llamaban. El caso es que, en cuanto supe —naturalmente el cuarto de la plancha tuvo mucho que ver en esto— que iba a producirse el encuentro entre las dos hermanas fui a agazaparme en mi escondite, y escuchar.

Como de costumbre, Eduarda había llegado como un huracán. Toda la casa se movilizó, Tata María en especial, porque cuando estaban solas las llamaba de tú, e incluso a su modo las reñía un poco. En el cuarto de la plancha, ante una Isabel atentísima y muy involucrada en el tema, le había oído decir que había conocido a las Niñas —las Señoritas fuera del cuarto de plancha— cuando aún eran unas criaturas de once y catorce años. «Y qué diferentes, Dios mío, qué diferentes, ya ves, la una tan buena, tan fina y tan como debe ser, y la otra tan a su aire... y un poco *p'allá*, aunque eso sí, buena, buena, rebuena.» Y añadió: «Pero tan rara como la Adri». Isabel metió un huevo de madera en el talón de una media, aguja en ristre y dijo: «Esas cosas se heredan». Pero Tata María dijo muchas más cosas, como que ella nos quería mucho a todas y a todos, y malas lo que se dice malas, ni Eduarda ni yo nos merecíamos ese nombre.

Malas o no malas, de pronto había nacido un vínculo entre Eduarda y yo. Y yo esperaba ansiosa su llegada. Me oculté en el gabinetito de mamá. Para estos casos iba descalza o en calcetines. Creo que aquel día iba descalza, porque recuerdo bajo las plantas de los pies la cera del parquet y ese peculiar aroma a caoba, que nunca abandona a ciertos muebles antiguos.

No tardé en oír el ruido. Porque Eduarda llegaba con mucho ruido. La seguía siempre una criatura llamada Sagrario y era, por lo visto, quien se ocupaba y llevaba a cabo la solución de todas sus necesidades materiales. Una vez, había oído decir a mamá que Sagrario era un «siervo sin dignidad», alguien impropio de pertenecer a una familia como la nuestra, que no aceptábamos estas cosas. Pero Sagrario era muy distinto a la descripción de mamá. Tuve ocasión de conocerlo mucho más, a lo largo de estos recuerdos. No se qué edad tenía —nunca lo supe— pero todo él respiraba paz, sosiego, casi felicidad. Si la felicidad existiera, él la conocía.

Sagrario era muy menudo, con el cabello blanco, y ojos muy pequeños y relucientes. Sonreía casi siempre, y tenía los dientes muy grandes, muy blancos y sin una sola mella. Iba vestido de una forma muy extraña. Yo había visto algo parecido en alguno de los libros de los gemelos. Calzón corto, medias y zapatos con hebilla. Pero de cintura para arriba se cubría con una toquilla de punto, camisa bordada y corbata azul. Casi nunca le vi vestido de otra forma. Pero aquel día oí que mamá decía a Eduarda: «Por favor, escóndelo, no me avergüences ante...». Y Eduarda dijo: «Otras cosas son muchísimo más vergonzosas que Sagrario, y están ocurriendo a tu alrededor, en esta misma casa... ¿Por qué no das la cara y dices a todo el mundo que ya no quieres a tu marido? Ahora ya tenemos una ley que lo permite, pero, claro, esa ley no tiene ninguna importancia en esta casa».

Yo no sabía qué era lo vergonzoso de Sagrario, sólo lo que decía Isabel: «Tiene la cabeza *p'allá*, como su señora». A mí me daba rabia y pena que no quisieran tenerlo las Tatas cerca, y le pusieran un catre para dormir en el cuarto de la plancha. Por las mañanas —yo lo veía, escondida en la despensa— se quedaba sin ropa, y lavándose en el fregadero de la cocina, me parecía muy semejante a un gnomo. Decidí que, junto a Paco y el farolero, era también mi amigo.

Aquel día las dos hermanas se sentaron frente a frente y tal como presentía, hablaron de mí. Mejor dicho, sólo habló mamá. Eduarda la escuchaba en silencio, y yo tuve ocasión de contemplarla detenidamente. Era muy alta, más que mamá, que no era precisamente bajita. Tenía el cabello muy blanco, que contrastaba con su piel dorada sin arrugas, donde resplandecían sus grandes ojos azules de Unicornio. Llevaba un vestido muy raro, muy diferente al de mamá, o a los que usaban sus amigas. Era un traje casi de hombre, y súbitamente pensé «va vestida de cazador» porque en uno de mis cuentos había una ilustración que representaba a un cazador, y aunque Eduarda no llevaba ni escopeta —aún no había visto su sombrerito emplumado— ni polainas, la verdad es que me lo recordaba mucho. Tenía la voz un poco ronca, y fuerte. Y hablaba poco, pero cuando decía algo parecía poner punto final a cuanto se estaba debatiendo. Lo que mamá le decía en aquellos momentos era que estaba muy preocupada conmigo porque iba a hacer la Primera Comunión, y no parecía que estuviera bien preparada, ni siquiera que supiera lo que iba a hacer, porque era una niña muy, pero que muy rara, que me escondía en lugares donde nadie, ni siquiera Tata María, me encontraba, y que, incluso ellas, la Tata e Isabel estaban un poco asustadas conmigo, y hasta la pobre Isabel decía que yo tenía algo de bruja —aquí mamá sonrió, condescendiente—, y a seguido contó a Eduarda, con todo pormenor —o lo que ella imaginaba era así—, el incidente de la clase de Preparatorio. Que incluso me habían enviado a casa y que me habían readmitido por ser quienes éramos —ellos, no yo— y que, precisamente en los momentos que estaba atravesando, con toda la separación y sus consecuencias, lo estaba pasando muy mal, pero que muy mal.

Eduarda la había escuchado tranquilamente, sin interrumpir ni asentir siquiera con la cabeza. Cuando mamá terminó, y se llevó un pañuelito a los ojos, y luego a los labios, Eduarda dijo: «Me gustaría hablar con ella. Déjamela una tarde, la llevaré a merendar y hablaremos. Me parece que no es para tanto». Mamá la abrazó, lloró un poquito, de mentirijillas —yo lo notaba—, y le dijo: «Siempre has sido un refugio para mí, Eduarda... ¿Te acuerdas de cuando...?». Aquí dejé de prestar atención porque ya sabía lo que iba a continuación. Me miré las manos: estaban cerradas, en dos puños muy pequeños, pero con tanta fuerza que se me clavaban las uñas en la palma. «Qué pequeñas son.» Me pareció que las contemplaba por primera vez. Y noté que también tenía los dientes muy apretados. Cuando las dos salieron del gabinete abandoné mi escondite, y fui a refugiarme a mi cuarto, junto a la ventana que daba al patio. Descorrí el visillo y miré hacia allá abajo: no estaban los chóferes, ni siquiera Paco, mi novio. Me sentí muy sola, muy pequeña, muy rara y muy mala.

Al día siguiente, por la tarde, Tata María me vistió con la parsimonia que empleaba para las cosas que creía importantes. Me puso el vestido nuevo, «ya de primavera», había dicho mamá. «Que se note que ha venido la primavera.» Lo dijo con el pañuelito, que ya parecía formar parte de su mano, apretado contra la mejilla. Y empezó a llorar, muy suavemente, sólo se sabía que estaba llorando por las lágrimas que, al deslizarse por su cara empolvada, brillaban. Entonces, Tata María dijo, ronca y dulce: «Vamos, niña, niña...». Y mamá hizo una cosa sorprendente, se inclinó hacia ella —estaba arrodillada junto a mí, enfundándome los brazos en las mangas— y la besó, y oí que murmuraba muy bajito: «Tata...». Y se marchó casi corriendo. Tata María suspiró, y terminó de vestirme. Me peinaba con cuidado, murmurando: «Qué diferencia de los rizos rubios de Cristina...». De nuevo regresaban las palabras mil veces oídas. Me calzó los zapatos nuevos que me rozaban los talones, y aunque le supliqué que me pusiera los del colegio fingió no oírme. Era la tarde de Eduarda.

Eduarda era una de las pocas mujeres que por aquellos años conducía un automóvil. Así que ya me esperaba dentro, sentada al volante. Era la primera vez que yo veía algo semejante. Porque ni en sueños podía imaginar a mamá ni a ninguna de sus amigas en una situación parecida. Su coche me llamó también la atención, y casi comprendí que ella lo llamara «la Cafetera», cosa que hasta aquel momento me había intrigado bastante. Durante su estancia entre nosotros la Cafetera se guardaba también, con los otros coches, en el pequeño garaje del «patio de los chóferes» (como yo lo llamaba), y empecé a intuir la causa del tono burlón y un tanto enigmático que empleaban Paco y los otros chóferes para referirse a él. Y por qué lo hacían con tanta frecuencia, y por qué se reían tanto. El mundo a mi entorno era un mapa lleno de laberintos, que había que ir descifrando poco a poco y paso a paso.

Una vez instaladas en la Cafetera, Eduarda emprendió una lucha de poder a poder contra y con palancas, llaves y pedales (o eso me parecía) en medio de un concierto de bufidos, no salidos de su boca, sino del motor, que parecía estar muy enfadado. Hubo algunas sacudidas que estuvieron a punto de arrojarme despedida del asiento, hasta que de improviso, diríase que alegremente, nos pusimos en marcha. Alegremente porque a medida que avanzábamos calle abajo entre dos hileras de acacias, descubrí a través de la ventanilla una familia de vencejos que descendían como flechas desde el cielo, lo cruzaban, y huían. Creo que fue ésa la primera vez que sentí algo parecido a la euforia. Una especie de grande y despreocupada libertad se levantaba dentro de mí, y tuve ganas de reírme sin saber muy bien por qué.

Eduarda dijo:

—Vamos a comprar tu regalo de Primera Comunión.

Estaba tan sorprendida que no pude decirle nada, ni siquiera dar las gracias. Hasta aquel momento, había recibido algunos regalos. Casi todos eran rosarios, pequeños misales de tapas nacaradas, crucifijos, medallas y una muñeca vestida de Primera Comunión, bastante fea. Se parecía tanto a las niñas de mi clase que casi de inmediato la odié. En general, no sentía ningún afecto por las muñecas, porque todas, como aquélla, se parecían a las niñas, y las niñas de aquel tiempo no eran precisamente cariñosas conmigo. Pero el regalo de Eduarda no tenía nada que ver con eso. Me llevó a una gran tienda de juguetes y me compró un teatrito de guiñol. Con decoraciones y personajes, en los que no faltaba el Demonio. Sentí una gran emoción al verlo, porque alguna vez, en el parque a donde me llevaba Tata María, aparecían unos hombres cargando una especie de biombo, que desplegaban y tras el que se escondían. Al poco rato, salían por encima unos muñecos iguales a los que acababa de regalarme Eduarda. Los del parque se pegaban muchos porrazos, con sartenes y palos, y entonces yo cerraba los ojos. Pero estos de ahora estarían bajo mis órdenes, y podría hacer con ellos lo que quisiera: inventarme lo que se me ocurriera, de la vida, de la gente, de los malos, de los buenos, de los gigantes y de mí misma. Sin que nadie metiera sus narices y castigos en el espacio que yo fabricaba al margen, siempre al margen... Todo esto pasaba por mi mente, rápido, como una película casi vertiginosa, cuando Eduarda me dijo:

—Sé que te gusta esconderte. Te escondes aquí detrás, y haces lo que te dé la gana.

Se trataba de un guiñol bastante grande, así que los de la tienda dijeron que lo enviarían a casa. Eso hizo que rompiera mi silencio y casi gritara:

—¡No, no, *ahora*, *ahora*!

Eduarda pareció entenderlo enseguida, y entre uno de los vendedores y ella lo colocaron en el asiento de atrás de la Cafetera. No sin dificultades, porque era muy grande, y la Cafetera bastante pequeña. Yo estaba segura de que ahora vendría la parte menos agradable. Que ella me dijera que todo aquello era a cambio de algo que a mí me dolía, o ignoraba, o no me gustaba. Pero no fue así.

—Adri, ¿adónde quieres ir ahora...?

Nada de preguntas, nada de respuestas, nada de todo aquello a lo que me tenían acostumbrada y aborrecía. Y de pronto me acordé de una tarde en que mamá me llevó con ella de compras por primera y última vez. Recordé que, cuando llevaba a Cristina a esas excursiones, volvían las dos más amigas que nunca. Cristina besaba mucho a mamá, iban llenas de paquetes y de secretos. Pero a mí me tocó ir a la Corsetería Venus, esperar más de una hora sentada en una silla en la que no me llegaban los pies al suelo hasta que mamá salió del probador. Al final, me recompensó llevándome a un sitio que se llamaba Espumosos Herranz, donde nos sirvieron unas enormes jarras, a mí de fresa, y a ella no sé de qué. Por eso dije:

—A los Espumosos Herranz.

Entonces, Eduarda sonrió. Fue la primera de las escasísimas ocasiones en que la vi sonreír. Y dijo:

—Bueno, si no te importa, te voy a enseñar otras cosas.

Yo sólo dije: «Bueno». Y lo fue.

En la Cafetera ya éramos tres. Iba dando tumbos, por calles muy estrechas, hasta llegar a un bar donde al parecer la conocían mucho, porque todo el mundo la saludaba con mucha alegría.

—Para la niña, lo que pida.

Yo no sabía qué pedir. Al fin, dije que no quería nada porque lo que verdaderamente quería era ver qué hacían Eduarda y toda aquella gente. De todos modos, me trajeron un helado de vainilla. A mí me gustaban los de fresa pero no dije nada. Estaba muy bueno. Ella pidió un *escocés*, y me acordé de las ilustraciones de un cuento, donde había escoceses con falda a cuadros y tocando la gaita, así que me pareció raro que lo pidiera. Pero lo que le trajeron fue un vaso de whisky. Le ofrecieron hielo y ella dijo que no, que el de malta era un pecado tomarlo con hielo.

—¿Tú sabes que tus padres están separados? —me dijo de sopetón.

Yo sólo sabía que no dormían en la misma habitación, que papá sólo comía de vez en cuando con nosotros, y que casi nunca lo veía.

—Tampoco a mamá la veo mucho... Sólo cuando me llama a su gabinete.

Eduarda pidió otro escocés, y luego dijo:

—Te he comprado ese teatrito, para que te escondas detrás y hagas lo que más te gusta. Algún día te llevaré a mis Ruinas... Me gustaría mucho que vieras mis Ruinas. Porque tú eres también de la rama normanda. No hay más que verte.

¿Qué era la rama normanda, y en qué se me notaba a mí? Más misterios. Todo en mi pequeña vida eran misterios sobre misterios. Y pregunté:

—¿Por qué, si están separados, no se van papá o mamá de casa?

—Porque tienen miedo —me contestó Eduarda al cabo de un corto silencio—. Porque no tienen valor para decirlo; porque son cobardes.

Y aquí puso punto final a nuestra brevísima conversación.

La confusión llegó a su más alto grado en mi mente. Pero también mi aprecio hacia Eduarda. De allí, nos fuimos a casa.

A mamá le sorprendió mucho el regalo de su hermana. Más aún, cuando, cosa excepcional, me llamó a solas a su gabinete y me dijo:

—¿De qué habéis hablado con tía Eduarda?

—De nada.

—¿No te ha preguntado nada?

—No.

—¿Adónde habéis ido?

—A comer un helado de vainilla.

Por vez primera me fui con una sensación de alivio del gabinete de mamá. Eduarda no me había preguntada nada, y yo no había tenido que explicar nada.

La sorpresa de mamá fue bastante visible cuando entre Sagrario y el portero subieron el guiñol a casa. Mamá se quedó sin habla, hasta que al fin dijo:

—Eduarda, por Dios, esto no es el regalo más apropiado para...

—Es lo más apropiado —dijo ella, lentamente, mientras se quitaba los guantes amarillos que usaba para conducir la Cafetera.

Y, como de costumbre, puso punto final a la conversación. Luego vino la discusión entre mamá, Tata María y Cristina para decidir dónde colocaban lo que de pronto empezó a denominarse como «el armatoste». Cristina se negó de plano a que formara parte de su reino. Tras algunas dudas y vacilaciones, y algún que otro intento de incorporarlo al cuarto de estudio «porque —decía Tata María— después de todo éste era el cuarto de jugar, antes de que los niños crecieran, y ella todavía es...». Tras muchas probaturas, desistieron. Claro que fue decisiva la oposición rotunda de Jerónimo y Fabián. Así que finalmente gracias a Tata María —que, como muy a menudo, sacaba de sus dudas a mamá («porque me cuidaba de pequeña»)— se decidió que, puesto que era un lugar ambiguo, espacioso y no creaba problemas de ningún tipo, se instalara en el cálido, amoroso cuarto de la plancha. Y allí estuvo, en sustitución del hasta entonces escondite bajo la mesa. Durante tiempo y tiempo, hasta allí donde alcanza la memoria de mi primera infancia, permaneció, en un ángulo, casi invisible para todos, menos para mí.

Fue una feliz ocurrencia. Empezaba haciendo funciones para la Tata e Isabel, con los brazos en alto y dos muñecos enfundados en mis manos de niña —aquellos puños pequeños y apretados—, y acababa siendo totalmente olvidada por las dos mujeres, hasta el punto de hacerme realmente invisible, como cada vez más me gustaba sentirme. Agazapada bajo el pequeño escenario, sentada en el suelo, con los muñecos a mi alrededor y una suave penumbra atravesada por la luz rojiza que transparentaba el telón, pude escuchar infinidad de historias, sobre mi familia, sobre mí misma, sobre las familias de las Tatas, y sobre otras muchas cosas más. Fue mi nuevo refugio, y, aunque ellas ahora sí conocían mi escondite, el saberlo las despreocupaba, y no me buscaban, ni me llamaban, ni me importunaban. Fue un gran regalo el de Eduarda.

Poco después, llegó el día de la Primera Comunión. Fue un día muy agitado. Me vistieron de blanco, con un velo también blanco. Me habían dicho que tenía que pedir por todo el mundo, pero nadie me decía qué es lo que tenía que pedir para todo el mundo. Así que pedí para mí, y pedí un caballo vivo. Nunca me lo trajeron.

Al día siguiente, Eduarda se fue a sus Ruinas. Sin apenas despedirse, con Sagrario, y todas sus maletas, en el asiento trasero. Paco, en el patio, los vio marchar. Se reía mucho, todo lo que hacían Sagrario y Eduarda le hacía mucha gracia, aunque yo no comprendía por qué. Claro que la mayoría de las cosas que ocurrían a mi alrededor tampoco las entendía.

Yo fui la única de la familia que la vio marcharse, porque a aquella hora toda la familia estaba durmiendo. Me asomé al balcón del salón, abierto de par en par. Estaban limpiándolo las Tatas, así que ellas también se asomaron, pero como escondiéndose, y diciendo cosas en voz baja. Secretos. Siempre secretos. Los Gigantes eran verdaderos enigmas, incluso las Tatas. Yo agité la mano en el aire, y la vi arrancar por la calle abajo, y al poco sólo quedó en su lugar la tapia del jardín del convento la Milagrosa, medio tapando sus árboles inmóviles, porque no había ni la más pequeña brisa, ni transeúntes, únicamente los faroles apagados, en fila, a cada lado de la calle. Pensé en mi amigo el farolero, que al anochecer volvería con su larga pértiga y su gorra azul, con una cinta roja, a darles vida nocturna. Como yo.

Volví a la cama y volví a dormirme, porque no había colegio. Eso creía yo. Por la tarde, de nuevo vestida con traje y velo blanco, y todo lo demás, tuve que jurar sobre un gran libro abierto que renunciaba a Satanás, a sus pompas y a sus obras. Yo no sabía de más obras que las casas a medio hacer que veíamos Tata María y yo de camino al parque o al colegio. Así que me imaginé a Satanás en camiseta, y acarreando capazos y no me parecía muy creíble. Lo de las pompas me llamó mucho la atención, porque la imagen de Satanás que yo había visto en grandes láminas, cuando la clase de Preparatorio, era peluda y tenebrosa. En cambio, las pompas de jabón que yo hacía cuando me bañaba Tata María, poniendo los dedos llenos de espuma en forma de trompeta, eran ligeras, redondas, transparentes y reflejando todo el arco iris. Además, volaban.

Al día siguiente, todo esto había acabado. Volví al colegio del paseo del Cisne, a Madame Saint Sulpice y a las antipáticas niñas burlonas, misteriosas y buenas.

4

—He venido a saber de la niña —dijo Eduarda, con su acostumbrada economía verbal.

Había aparecido sin avisar, esta vez sin Sagrario, sólo con su maletín. Apenas la oí llegar corrí a mi refugio del gabinetito de mamá, donde sabía que iban a reunirse ellas dos. Aquel escondite consistía en el espacio, no muy grande, que se abría entre un biombito llamado *chinois* (muy de moda por aquellos años) y la pared. No creo que tuviera otra utilidad que la que yo le daba porque detrás del *chinois* sólo cabíamos un taburete y yo.

—Llegas muy oportuna, Edu —dijo mamá. Después de haberla besado en las dos mejillas, se sentaron una frente a otra, como solían y yo conocía de memoria. Enseguida blanqueó el pañuelito en la mano de mamá. Yo las veía bastante bien a través de las junturas del biombo.

—Te digo que llegas muy oportuna —recalcó mamá, tras esperar en vano un comentario por parte de su hermana—, porque estoy a punto de enloquecer a causa de esta criatura. Se esconde y no hay quien la encuentre, no habla, no contesta, no pregunta...

sólo se te queda mirando con esos ojos enormes tan quietos, tan fijos, que a veces me asustan..., no son ojos de niña... Y además, ¡qué falta de sensibilidad! Nada, lo que se dice nada le conmueve, nada le arranca una lágrima... ¡Hace tanto tiempo que no la he visto llorar ni reír! Ay, Dios mío, a veces pienso qué habremos hecho nosotros, qué mal habremos cometido para que Dios nos castigue con... este último coletazo (por decirlo de alguna manera), donde no hubo más que pasión... y nada de amor...

—No digas tonterías —la interrumpió Eduarda—. Al grano porque no dispongo de mucho tiempo.

—Pues no puedes imaginar qué clase de notas y notitas recibo desde Saint Maur sobre la forma de comportarse de Adri... Claro, ya sé que esta niña está pagando las consecuencias de una familia rota, pero...

—No hay ninguna rotura que ella pueda apreciar. Que yo sepa, Germán sigue viviendo aquí.

—Sí, pero ya sabes...

—No sé nada, ni me importa. Lo único que me ha traído aquí, lo único que me importa es Adri, y quiero verla.

Detrás del biombo hubo, a mi parecer, una especie de sacudimiento, un minúsculo seísmo, que hizo temblar los caballos y las pagodas del *chinois*. Y sentí como un brusco abrazo, intempestivo y enormemente cálido a un tiempo. Vi, entonces, que mis manos pequeñas y apretadas temblaban.

Eduarda se levantó, dando por terminada la conversación del gabinetito. Las próximas conversaciones —yo lo sabía— serían conversaciones para *el público en general*. Ya no serían las Niñas, serían de nuevo las Señoritas.

Sin embargo, en aquella ocasión, tras el conocido punto final de Eduarda, hubo una especie de posdata. Se detuvo en la puerta y añadió:

—En cuanto a esas notas y notitas que recibes de Saint Maur, te aconsejo que las olvides. En aquella casa predominan la estupidez, la ignorancia y la soberbia.

Entonces mamá salió de su mutismo para casi gritar, asombrada:

—¿Cómo puedes decir eso tú... precisamente tú, siempre la primera de la clase, la más alabada, la que nos ponían por ejemplo, la que...?

Eduarda la atajó, con un gesto. La sombra de una sonrisa vagaba en sus ojos burlones.

—Precisamente por eso —dijo.

Y salieron de la habitación mientras mamá —qué raro me parecía, una vez más, el mundo de los Gigantes— se reía a carcajadas. Como poquísimas veces la había oído (ni oiría luego) reírse.

Era ya casi de noche, y cené con las Tatas sin que nadie me llamara. Me acosté con una sensación de desánimo, o decepción, y bastante confusa. Al día siguiente era domingo, por lo menos no había colegio. Creo que fue lo último que pensé antes de dormirme.

—Hoy irás a comer con tía Eduarda —me dijo mamá, apenas terminé de desayunar. Y añadió, recalcando las palabras:

—Pórtate bien, no seas huraña, ni arisca, ni medio muda... Tú ya sabes a lo que me estoy refiriendo. Pórtate como debes hacerlo, que también lo sabes, aunque no lo hagas. Eduarda, *tía* Eduarda —rectificó, porque no quería admitir la supresión «tía», que tanto molestaba a su hermana— se está portando muy bien contigo, intenta corregirte, y debes agradecérselo.

Al oír estas últimas palabras, algo intangible, pero muy pesado, pareció desplomarse sobre mi cabeza: así que también Eduarda iba a «corregirme». Qué desengaño tan grande. Casi estuve a punto de gritar o derramar lágrimas (que era otra forma silenciosa dc gritar).

A eso de media mañana, Tata María me vistió «para salir». El abrigo, los guantes y los zapatos de ir a ver a Shirley Temple. Aún era invierno y estaba cerca la Navidad. Yo había crecido un poco después de la última gripe. «Parece mentira —decía Tata María, haciendo coro a mamá— en sólo dos semanas cómo ha *estirao* esta criatura...» El abrigo «de salir» me quedaba demasiado corto, así que me pusieron el del colegio, que era bastante más largo, como querían en Saint Maur. Era azul marino, me llegaba casi a los tobillos, y lo odiaba. Todo se iba marchitando por momentos.

Al fin Tata María me llevó al salón, donde me esperaban mamá y Eduarda. Ésta ya se había puesto los guantes amarillos y el sombrero que a mí me parecía de cazador, porque llevaba insertada una plumita.

—Vamos a pasar un día estupendo, Adri. —Fue lo primero que oí decir a Eduarda. Y de pronto todos mis temores se desvanecieron. Aquellos ojos grandes, azules, brillaban como la mejor y más alegre de las complicidades, aunque su boca no iniciase ni el menor atisbo de sonrisa.

No, Eduarda no iba a defraudarme. Y no me defraudó en absoluto. Todo lo contrario, ensanchó y compartió hasta límites insospechados el mundo y el lenguaje que yo había creado para mí.

Cuando me instalé en la Cafetera —«de copiloto», como ella dijo—, ya me sentí como en mi propia casa. Es decir, como en el mejor de mis escondites nocturnos y diurnos. No parecía una invitada, yo era parte de cuanto me rodeaba. No era una extraña, no era un ser aparte, pequeño y huidizo, intentando sobrevivir entre los Gigantes. Era una piececita más de aquel desbarajuste ruidoso, traqueteante, con bruscas paradas y arranques insólitos, con las ventanillas abiertas al frío de la mañana que, con la velocidad —aunque muy moderada, a mí me parecía vertiginosa—, despeinó mis cabellos y lanzó al aire la odiada boina del colegio. No pude reprimir un grito de alegría, y, entonces, Eduarda se volvió hacia mí y, me guiñó un ojo. No hacían falta explicaciones, preguntas ni respuestas. Un pacto acababa de establecerse para siempre jamás.

—Como me he dado cuenta de que no vas contando lo que a nadie más que a ti y a mí nos interesa —dijo de pronto, sin mirarme— vamos a ir a comer a un sitio donde lo más seguro es que ni tu madre, ni nadie de «esa casa» —y dijo *esa casa* con el tono de quien se refiere a algo muy distante y ajeno—, pondría los pies...

—No es que sea nada prohibido —añadió, tras una pequeña reflexión—. Es que, simplemente, no coincide con sus gustos. No es lujoso, ni exquisito, pero conozco al dueño, y a todos, y ellos me conocen a mí; así que con pocas palabras basta, y te adivinan lo que quieres, con un simple parpadeo. Te sientes feliz.

Todo aquello que me decía era tan nuevo, tan estimulante, que ponía toda mi curiosidad en pie. Y también mi creciente asombro por el mundo y sus variadísimas clases de gentes, incluso de una misma familia, incluidos Gigantes.

No tardó mucho Eduarda en añadir:

—Son pobres y bien educados. Han huido de su patria porque los querían matar. Ya ves qué cosas pasan, hay gente que mata a otra gente. No somos mejores que los animales depredadores... ¿Tú sabes lo que son animales depredadores?

—No.

—Pues los que se parecen a los humanos.

Enfilamos por una callecita empedrada, cosa que hacía saltar la Cafetera de trecho en trecho, por culpa de los adoquines.

—Tendré que cambiar las llantas... pero cuando llegue a mis Ruinas... ¿Tú quieres acompañarme a mis Ruinas?

—Sí —dije con toda la vehemencia de que era capaz. Las Ruinas de Eduarda se parecían cada vez más a la felicidad que había nombrado ella poco antes.

Era una mañana de invierno con el sol como oro pálido, cuando luce espléndido en el cielo, un cielo casi azul, de nubes desflecadas por el viento. Aunque aquella mañana no había viento, sólo pájaros invisibles, escondidos en alguna rama ya desprendida de sus hojas.

—Fíjate en los árboles, los troncos de los árboles del invierno —dijo de pronto Eduarda.

Miré a los lados de la calle, y allí estaban los troncos, unos y otros sin hojas, con las ramas casi negras recortándose en la claridad del día.

—Son como las personas —añadió—. Mucho follaje, mucho esplendor... tapando o protegiendo la verdadera naturaleza. Ahora ha llegado el invierno, y el invierno no perdona: saca a la luz tanto los troncos rectos como los retorcidos. Así es el invierno. Ya te digo, como las personas en el último tramo de la vida.

Entonces no la entendí muy bien. Pero cuando hablaba no sólo ponía punto final: seducía.

Al final de la calle había una plaza bordeada de tiendas de antigüedades y un par de restaurantes. Enseguida me llamó la atención uno, porque su nombre me resultaba familiar. Era el de uno de los libros preferidos de Jerónimo y Fabián: *Miguel Strogoff*. La puerta del restaurante era pequeña, de cristales y madera pintada de rojo. Había dos ventanas, veladas de la mitad para abajo con visillos de lino bordado. Y en el antepecho interior, una maceta con flores. Eduarda aparcó con cierta dificultad, no porque no hubiera espacio: la placita estaba desierta. Era la ya para mí conocida lucha cuerpo a cuerpo con la Cafetera. Había lloviznado poco antes y en uno de los hoyos del suelo —había unos cuantos— se había formado un charquito, donde picoteaban dos gorriones. Uno de ellos bebía, echando luego la cabeza hacia atrás, y me recordó a Isabel, un día que la vi hacer gárgaras en el fregadero de la cocina. Qué familiar y a la vez extraño era todo: tan mezclado y tan satisfactorio.

Eduarda me cogió de la mano, y por primera vez sentí, después de la de Tata María, lo acogedora, cálida y protectora que puede ser una mano. Incluso si es de un Gigante.

Eduarda empujó la puertecita roja, y los cristales parecieron estremecerse bajo su empuje. Enseguida se oyó tintinear una campanilla.

Entramos en una estancia no muy grande, con mesitas pequeñas y cubiertas de manteles a rayas de colores con largos flecos. Arrimadas a ellas, había sillas de madera negra, con el asiento cubierto de rejilla. Sobre cada una de las mesas había un pequeño florero con flores silvestres, y una palmatoria con una vela. A la entrada había un pequeño mostrador, con timbre, teléfono y una lámpara de porcelana.

Al fondo, se adivinaba una puerta cubierta por una cortina de pana roja. Las mesas, vacías, parecían retener no sólo silencio, sino, sobre todo, ausencias.

Entonces Eduarda gritó, clara y rotundamente:

—¡Michel, Michel, *mon amour*!

Se oyó un gran crujido de madera, como si todos los árboles del bosque se hubieran puesto a gemir y llorar por haber sido convertidos en escalera. Y sus escalones parecieron doblarse bajo el peso del hombre que apareció en el marco de la puerta, tras la cortina roja, apartada de un manotazo. El hombre corrió hacia Eduarda con los dos brazos extendidos, como un náufrago que inesperadamente divisa tierra firme.

—¡Eduarrda, Eduarrda, *mon trésor*...!

Era el hombre más grande que viera en toda mi vida —entonces y ahora—. Medía casi dos metros, sus piernas y sus brazos parecían troncos de abedul, su torso podría competir en medidas y solidez, y con ventaja, con la mayor y más maciza de las cómodas que mamá conservaba —aunque en el cuarto oscuro— de la casa de la abuela.

Era pelirrojo, pero con muchas canas, y llevaba una barba corta, y bien cuidada, y largos bigotes, éstos sí completamente blancos. Se lanzó hacia nosotras como un huracán, y en un visto y no visto Eduarda y él se abrazaron, y quedaron tan unidos como si en lugar de dos personas fueran una sola. Una mezcla de expectación y gozosa curiosidad parecieron estallar dentro de mi pecho. Como si una ola de amor me invadiera —amor a no sabía qué, ni a quién: amor al suelo de madera que crujía, a los cristales que temblaban, a las erres sonoras con que aquel hombre gritara el nombre de Eduarda—. Incluso, me parece, abarcaba a aquel gorrión que acababa de ver haciendo gárgaras, como Isabel, apenas unos minutos antes.

Entonces me ocurrió algo parecido a cuando vi echar a correr al Unicornio. De pronto, todas las velas apagadas se encendieron en sus palmatorias. Y vi —o creí ver— el temblor de sus llamas como un grito gozoso, silencioso y cómplice. El corazón golpeaba fuerte, y en la garganta había algo tenue, tembloroso, que parecía querer escapar hacia algún lugar hasta aquel momento desconocido. Y digo hasta aquel momento, porque enseguida supe que iba hacia las Ruinas; una especie de promesa, paraíso, felicidad, que intuía, aunque no conociera su nombre.

No podría decir cuánto tiempo estuvieron abrazados, la cabeza de él, aquella maraña rojiblanca, como deseando esconderse entre el cuello y el escote de Eduarda. Y recuerdo la mano de Eduarda pasando suavemente, una y otra vez, en una caricia reanudada, como si hubiera comenzado mucho antes y aún no tuviera fin, sobre la enmarañada pelambre de Michel.

Casi sin saber cómo —todo ocurría tan despaciosa y velozmente a un tiempo—, estaban ya separados, compuestos y graves, frente a mí.

—Adriana —dijo Eduarda, llamándome por primera vez por mi nombre completo. Y yo entendí así que el momento era de gran importancia—. Adriana, te presento al Coronel.

El Coronel se inclinó hacia mí, lenta y ceremoniosamente. Entonces yo comprendí que debía corresponderle y, acordándome de las enseñanzas de Saint Maur, levanté con los dedos índice y pulgar de cada mano los extremos de mi horrible abrigo azul marino (ese que me llegaba a los tobillos), realicé la reverencia más armoniosa que luego, en todos y cada uno de los días de mi vida, jamás logré repetir. Saint Maur —por una vez— me habría condecorado.

Enseguida, todo perdió solemnidad. El Coronel —o Michel Mon Amour, o Miguel Strogoff, qué más daba— nos llevó hacia la mesa más luminosa, junto a la ventana. La luz invernal atravesaba el blanco visillo de lino, y vertía sobre el mantel un resplandor de aluminio: los platos, las copas y los rostros parecían casi transparentes. Era un poco parecido al resplandor que atravesaba los visillos del salón nocturno, aquellas noches en que solía escapar y esperar, de nuevo, que echara a correr el Unicornio.

La campanilla de la puerta tintineó, y entró un hombrecito calvo, que desapareció tras la cortina roja y apareció de nuevo vestido con un frac entre negro y verdoso, quizá no de su medida, porque se notaba que le molestaban los faldones al andar.

Sin preguntar nada, colocó dos vasitos, uno frente a Eduarda y otro frente al Coronel Michel Mon Amour. Luego trajo una cubeta con hielo, unas rodajas de limón y sal. Después trajo una botella de vodka, grande —y como supe mucho más tarde totalmente «casera»—, sin marca, pero, al parecer, por el regocijo que despertó, muy apreciada.

Hablaban en francés, aunque Michel Mon Amour con un acento muy especial: además de pronunciar las erres como si siempre estuviera diciendo «carreta», su tono era algo ululante: algo así como lamentos de lobos heridos, no amenazantes, en la lejanía. Oírle despertaba mi imaginación, me trasladaba a paisajes nevados, invernales y muy lejanos. Inalcanzables como un sueño, o un deseo. De nuevo los libros de cuentos, las historias más reales que la realidad de mi vida cotidiana.

Como yo estudiaba y ya casi hablaba francés en Saint Maur, les entendía bastante bien. En resumen, comprendí, más o menos, que Michel estaba muy triste, que el restaurante no iba bien, que apenas venía nadie y que, además, acababa de quedarse sin Serge el cocinero. Por tanto, ¿qué podía ofrecernos? Estaba a punto de cerrar y volver de nuevo a París, al querido París. Aunque allí, por lo visto, tampoco le había ido muy bien. Todas estas cosas las comentaba con Eduarda, vasito de vodka tras vasito de vodka. De cuando en cuando brindaban —por tantas cosas que ya no las recuerdo— hasta que, de pronto, Michel empezó a llorar. Entonces, Eduarda me tapó los ojos.

Yo dije:

—No me tapes los ojos. Yo también lloro, y no me avergüenzo.

Entonces Michel me cogió las dos manos —tan pequeñas, tan apretadas para no llorar— y me las besó.

—Me gustaría tener música para este momento, pero los músicos también me han abandonado —dijo, secándose los ojos.

—Son ellos los abandonados —dijo Eduarda, lenta y grave—. ¡Total, una balalaika y un barítono ronco...! No hay que echarles de menos. La música está en nuestros corazones... ¡y en el vodka! —añadió con una pequeña y oscura risa que apenas se notó en sus labios.

—¡Y, además, aquí tenemos a Lev! —casi gritó Michel—. Él no abandona el barco, como las ratas.

Lev, el hombrecito del frac, sonrió y escanció más

vodka. Luego trajo fiambres, roastbeef y pan moreno con mantequilla. Todo me pareció muy rico. Y Lev me trajo una gaseosa «de bola».

—Siéntate aquí, querido —dijo entonces Michel, como en un rapto—. ¡Siéntate y apura con nosotros la última copa...!

Y de repente, sin que —al menos yo— se supiera por qué razón, empezaron los tres a reírse a carcajadas y a besarse, y luego cantaron.

De pronto, Eduarda buscó en su bolso. No era precisamente un bolso, como los de mamá y sus amigas, era una especie de híbrido entre maletín y bolsa. Le llamaba «cabás». Y dijo:

—Querido —no dijo querido, dijo *chéri*—. Aquí tengo las entradas para el Ballet de esta tarde: *Petrouchka* y *La bella durmiente*. Claro que no es el Bolshoi, pero...

—¡Oh, querida, querida —(*chérie, chérie*)—, no lo puedo creer!... ¡Qué despedida, *mon Dieu*, qué despedida!

Salió corriendo, crujieron todas las maderas, temblaron los cristales y bajó de nuevo. Esta vez, sí, iba vestido de Coronel. Llevaba un uniforme muy bonito, y el pecho lleno de medallas. Decidieron que Lev estaba bien tal como estaba. Podía venir.

—¿Yo también, Madame?

—Tú también. Adquirí entradas para todos... Aún sobran las de las dos ratas. Así que prepárate, y VEN.

Más que una invitación, parecía una orden.

Michel Mon Amour cerró —creo que para siempre— Miguel Strogoff.

La Cafetera iba repleta, los pájaros habían desaparecido junto a los charcos y en el cielo ya no quedaban nubes. Sólo el anuncio de la noche, como un gran animal, cálido, enorme y paciente.

—Qué pena, no tenemos un teatro digno de estas cosas —dijo Eduarda.

A mí me pareció un teatro precioso: era el mismo donde había ido a ver *Cascanueces*, y su recuerdo aún despertaba mi nostalgia.

Nuestra entrada fue un tanto espectacular. En cabeza iba Eduarda, con su indumentaria —según mi apreciación— de cazador; detrás, Michel, vestido de coronel —o algo parecido—, luego yo, con el abrigo que me llegaba a los tobillos, y por último Lev, que probablemente, dadas las circunstancias, iba ligeramente mejor ataviado para la ocasión. Aunque por su manía de taparse la cara con las dos manos, no lo parecía. El acomodador nos miraba con cierto recelo, pero cuando Eduarda le llenó las manos de monedas sonrió, y hasta se inclinó un poco. Acababa de abrirnos la puertecita de un palco, y allí entramos todos, yo creo que con cierto alivio. Enseguida todo volvió a ser muy alegre. Lev llevaba una bolsa de la que sacó pastel y vodka, y otra gaseosa de bola para mí.

Fue una maravilla aquella tarde. Primero *Petrouchka*, que era un muñeco al que nadie quería; otros muñecos muy parecidos a las niñas de mi colegio salían de sus cajas y querían hacerle la vida imposible. ¡Qué bien lo entendí —o creía entender entonces—! Luego, *La bella durmiente*. La música se incrustó en mi memoria, la Princesa Aurora quedó allí para siempre, grabada a fuego, y sólo con cerrar los ojos la recupero: no es la mejor música que he oído, pero sí la más evocadora para mí, la que sabe devolverme a un mundo propio, inventado y vivido a un tiempo, ya desaparecido, excepto para mi memoria. Una niña —yo conocía muy bien la historia— había dormido durante cien años. Cien años, como el soplo de un día, como el canto de un jilguero, como el resplandor fugaz, brillante y efímero del abrazo de Eduarda y el Coronel Michel Mon Amour, capaz de encender las pobres y apagadas candelas del Miguel Strogoff.

En aquella ocasión, en lugar de hacerlo en casa, como solía, Eduarda se alojaba en un hotel.

A la salida del ballet, tras algunas pequeñas deliberaciones, fuimos a cenar a un restaurante cercano al teatro. Me pareció muy bonito, con muchos espejos y camareros —todos muy altos, creo recordar—, con las piernas enfundadas en delantales blancos y ceñidísimos, hasta el punto de preguntarme cómo les era posible andar; y lo hacían, rápidos y eficaces. De vez en cuando, extraían o introducían blancos paños humeantes de unas bolas metálicas con tapadera. Había en todo el recinto un vaho caliente, que me recordó el olor del cuarto de la plancha, su amorosa complicidad: algo como un húmedo resplandor rodeando cosas nuevas y a la vez entrevistas con anterioridad. Como si hubiera estado allí antes —mucho antes—, sin saberlo.

Eduarda fue a llamar por teléfono, y al poco rato volvió. Me pareció que sus grandes ojos de Unicornio brillaban más que nunca.

—Adri, esta noche, si quieres, puedes quedarte conmigo en el hotel. He hablado con mamá y está de acuerdo. Mañana por la mañana yo misma te llevaré al colegio..., ¿quieres o no quieres quedarte?

En medio de tanta emoción inesperada, contesté:

—Sí quiero —con la voz tan firme como me fue posible.

—Parece una boda —dijo Lev.

Todo ocurría tan fuera de lo corriente en mi pequeña vida que apenas si sabía lo que estaba admitiendo *que quería*. Pero enseguida comprendí que lo que *no quería* era romper aquella noche, quedarme sin la cena con ellos, y lo que viniese. Además de la perspectiva de pasar la noche en el hotel, que para mí siempre sería el Hotel, con mayúscula, pues fue el primero del que tuve conocimiento directamente. Hasta aquel momento, yo relacionaba vagamente un hotel con los viajes de papá, y, sobre todo, con sus larguísimas ausencias.

Cenamos casi en silencio, guardando cierta ceremonia. Pero no era un silencio frío y distante, como el que acostumbraba a flotar fuera del cuarto de la plancha, ni la ceremonia un ritual algo adusto y enigmático, como el impuesto durante las «Sesiones de Capilla» de Saint Maur: genuflexiones y puestas en pie al compás de una especie de castañuelas —pero sin el menor asomo festivo— que en esas ocasiones utilizaba Madame Saint Simon. Aquí no había órdenes a rajatabla, sino un orden armonioso y a la vez dispar: yo te acerco las aceitunas, tú los rábanos, pásame la sal... Y en silencio, sólo con la mirada y la sonrisa, sin el clic impertinente de las castañuelas apócrifas de Madame Saint Simon.

Me sentía muy bien. Seguía con la sensación de que se abrían ventanitas, aquí y allá, en mi corazón y en las miradas de ellos.

Pero percibía más que eso, lo veía físicamente, un entrelazarse de palabras sin voz, que iban y venían desde los ojos azules de Eduarda a los negros ojos de Michel Mon Amour. Era el mismo, o parecido, lenguaje que se enviaban unas a otras las lámparas de cristal en la noche, un lenguaje hecho de destellos, comunicándose unos a otros, a través de racimos de luz. Yo conocía aquella lengua aprendida en mis correrías nocturnas hacia el salón, cuando navegaba en un barco de papel de periódico.

Inesperadamente —al menos para el pequeño grupo del que yo formaba parte, y para quien el tiempo era un elemento vago y versátil—, sonaron unas cuantas campanadas. Entonces me di cuenta de que había un reloj de pared, casi a nuestro lado. Su péndulo dorado, en vaivén, resultaba un tanto inquietante. No creo que nadie contara sus campanadas, pero Eduarda dijo:

—Debe de ser bastante tarde.

Todos nos levantamos. Hacía rato que sobre el mantel ya sólo quedaban algunas pequeñas copas con una gota ambarina en el fondo.

Lev se apresuró a ponerme el abrigo con la misma delicadeza con que poco antes lo había colgado en una cornamenta de corzo, o de ciervo, o de quién sabía qué. Y pensé: «Ojalá estuviera aquí Sagrario con todos nosotros». Intuía que Sagrario era la pieza que faltaba para completar aquella suerte de sinfonía humana de la que únicamente podrían ser notas discordantes «los demás», es decir: los que no pertenecían al grupo, los que con mayor o menor disimulo nos miraban y dejaban de hablar cuando pasábamos a su lado. Aquella primera sensación de «nosotros» y «ellos» me persiguió aún durante mucho tiempo; y aún hoy me asalta de cuando en cuando, devolviéndome sombras que acaso no desaparezcan jamás de mi memoria. Tal vez la infancia es más larga que la vida.

Nos despedimos dentro de la Cafetera, porque Michel Mon Amour no quería entrar en el hotel de Eduarda. Dijo que tenía frío en el corazón.

Estábamos casi a oscuras, apenas iluminados a través de las ventanillas por el resplandor azulado de un farol.

Entonces Lev dijo:

—Va a nevar.

Y Eduarda añadió:

—*Chéri*..., yo siempre, siempre, estaré a tu lado.

Sin una sola palabra, sin siquiera mirarnos, el enorme corpachón de Michel Mon Amour salió suavemente de la Cafetera. Quiero decir que parecía deslizarse, casi invisible, a pesar de su gran humanidad. Y Lev le siguió, murmurando:

—*Merci, merci, Madame*...

Luego, cogidos del brazo —es un decir, porque más parecía que Michel lo llevara colgando, como un bolso— se integraron a la oscuridad. Y entonces vi sus sombras rezagadas bajo la farola, y me pareció que se quedaban allí un rato, como si quisieran dejarnos sus pasos, el eco de su presencia, su recuerdo.

En el vestíbulo del hotel, que era muy antiguo y muy grande, pendían del techo lámparas-arañas como las del salón, pero mucho más grandes, y sin misterio alguno. Cuando entramos en el ascensor, renqueante como la Cafetera (a quien mentalmente emparejé), me vi rodeada de espejos y enfrentada bruscamente a mi propia mirada bajo el flequillo lacio y rojizo que me tapaba las cejas. Creo que por primera vez en mi vida deseé entrar en mis ojos. Todo era asombro, descubrimiento, casi sin interrupción.

En cuanto nos quedamos solas Eduarda y yo, las palabras se agolparon en mi garganta como si hubieran reventado un muro de contención. Un borbotón incontenible se desbordaba, atropellándose unas a otras. Y aquellas que yo tanto temía, y de las que huía, se agolpaban ahora en mi lengua: las preguntas. Una tras otra, sin rubor. Ahora no las eludía y odiaba, ahora era yo quien las formulaba. Pero Eduarda no parecía ni molesta ni sorprendida. Incluso creí ver en el espejo del tocador, mientras se desprendía de su sombrero de cazador, la sombra de una sonrisa, digamos que «giocondina» (aunque cualquier parecido entre ella y la Gioconda sería puro disparate).

Antes de que desenfundara sus grandes manos de los guantes amarillos, yo, detrás de ella, contemplándola en el espejo, dije:

—Eduarda... ¿por qué se ha ido Michel Mon Amour? ¿Por qué lloraba? ¿Por qué se va a París?

Se volvió despacio hacia mí y dijo:

—¿Cómo sabes que se va a París?...

Me encogí de hombros y, al fin, murmuré:

—Lo sé porque... sé que lo sé.

—Buena respuesta —dijo Eduarda, sin el menor asomo de ironía. Luego se desprendió de su abrigo, se descalzó y añadió—: Siéntate ahí y espérame. Esta noche vamos a contarnos muchas cosas.

Entró en el cuartito de baño, cerró la puerta y yo hice como ella: me quité el abrigo, lo coloqué lo mejor que pude sobre una de las dos camas, y me descalcé. Luego me senté en una butaca, junto a una mesita redonda, donde había un cenicero y una lámpara con pantalla rosa. A la derecha, había un balcón, con largas cortinas amarillo doradas. Y detrás de los visillos, como a través de los del salón de casa, otra vez brillaba la noche. Esto aumentó, no sabía por qué, los latidos de mi corazón; y una espumosa sensación, si no de alegría, de alivio; una forma de libertad que nunca había sentido antes. Parecía como si hasta entonces hubiera tenido una mano apretada sobre los labios y de repente esa mano se aflojara y se retirara. Y respiré, hondo, muy hondo; aspirando y dejando fluir el aire lentamente entre los labios, con un gran bienestar.

Eduarda salió al poco rato, vestida con una larga bata y la cabeza envuelta, a modo de turbante, en una toalla.

—Te voy a dejar algo que haga las veces de camisón —me dijo.

Entonces yo no llevaba nunca camisón, sólo pijamas, pero no dije nada. Todo lo que venía de Eduarda constituía por sí solo una sorpresa, o un descubrimiento. Al fin, tras rebuscar un poco entre sus cosas, me tendió una blusa. Me quité la ropa y fui al cuarto de baño, donde aún goteaban los grifos y un vaho caliente cubría el espejo. Estuve un rato curioseando las cosas que allí había: frascos, jabones, colonia, cepillos... Luego borré el vaho del espejo con la mano y me miré en él. Me saqué la lengua, y salí vestida con la blusa blanca, que me llegaba algo más abajo de las rodillas.

—Siéntate, Adri. —Me invitó, con la mano extendida. Tal y como hacían los Gigantes con los otros Gigantes, no los Gigantes con los Enanos. Y me dije que Eduarda me hablaba de igual a igual, no como me hablaba todo el mundo: de arriba abajo.

Me senté en la otra butaca, al otro lado de la mesita, y vi que mientras yo había andado curioseando por el cuarto de baño ella había pedido un whisky, porque en aquel momento un camarero muy viejo, con patillas blancas, lo traía en una bandeja junto a una cubitera con hielo.

Cuando se fue, Eduarda sacó su pitillera de plata, y casi estuve a punto de creer que iba a ofrecerme un cigarrillo: tan natural y placentera era aquella paz, libertad y —me atrevería a decir— felicidad que se respiraba a su lado. En lugar de eso, se puso un cigarrillo entre los labios, cerró la petaca con un clic y tras la primera bocanada de humo, surgieron por los agujeritos de su nariz, como si se tratara de un hermoso y amigable elefante, dos largos colmillos blancos, tal y como los había visto en un libro de «aprender jugando», que me regaló no sé quién por mi Primera Comunión, y con el que ni jugué ni aprendí otra cosa que, desde aquel momento, amar a los elefantes. Eduarda pasó a ser parte integrante del grupo elegido.

Entonces, como ya había abierto la compuerta de las palabras no estaba dispuesta a sofocarlas, así que señalé la cubeta con hielo, luego al vaso y dije:

—No es de malta.

Eduarda mantuvo unos instantes el cigarrillo en alto, mirándome, sólo mirándome. Pero era imposible no sentir aquella mirada hasta los huesos. Expulsó otra bocanada de humo, esta vez entre los dientes, y sacudiendo la ceniza dijo:

—Eres buena observadora, eres discreta y eres de la rama normanda. No se puede pedir más a una criatura de nueve años.

Iba a corregirla, y decir que estaba a punto de cumplir diez. Pero, haciendo alarde de mi recién descubierta discreción, no dije nada. Sólo sobre aquel tema, porque acto seguido fui un verdadero torrente de preguntas. Yo, que tanto las rehuía, que tanto las odiaba. Pero la vida, el mundo, las horas eran otros con Eduarda.

No puedo recordar ahora todas y cada una de las preguntas con que la acribillé. La compadecería ahora si no fuera porque aún conservo en mi memoria la complacencia con que respondió a todas ellas, sin asombro ni irritación, las dos razones que hasta aquel momento me habían impedido plantearlas a nadie. De modo que sólo retengo las explicaciones que más me interesaban en aquella época. «¿Qué era la rama normanda?»

Supe que mi bisabuelo era de Normandía, por eso mi segundo apellido era difícil de pronunciar para las niñas de Saint Maur, y tan fácil, en cambio, para las monjas.

Entonces ya había leído en algún libro de los gemelos algo sobre los vikingos, y en aquel momento los relacioné con los normandos. Eduarda dijo:

—Ya no eran vikingos, aunque lo fueron. Pero... en fin ¿a ti te gustan los vikingos?

—Creo que sí... Sí, me gustan.

Aplastó la colilla contra el cenicero y, antes de encender otro cigarrillo, añadió:

—Se es de donde se quiere ser, y se pertenece a quienes se desea pertenecer... Lo mismo que al revés. Así que si te gustan los vikingos, tiene sentido porque, digamos, son parientes lejanos. Puedes añadirlos a la familia.

Y de ahí pasamos a:

—¿Por qué están separados papá y mamá?

Me dijo que las personas crecen y crecen, y si se han conocido de niños y se casan, luego ya no son como cuando se conocieron, ni siquiera como cuando se casaron, porque «el tiempo es un asco». Y de pronto me vinieron a la mente las lentas campanadas del reloj de pared y el vaivén de su péndulo. Y eso era todo lo que pasaba.

Entonces comprendí lo que le había oído decir anteriormente, la tarde del helado de vainilla y la compra del guiñol: mis padres eran cobardes. La causa de aquella cobardía la entendí, a mi modo, con mi mente de diez años: que ellos se habían conocido cuando eran de una manera y que con el tiempo se volvieron de otra; y que aquella primitiva forma de ser no se podía alargar y alargar... y pensé que aquel deseo de permanecer era algo así como las sombras que dejaron en la acera Michel Mon Amour y Lev, que por mucho que se rezagaran y estiraran tras ellos acabaron desapareciendo.

Me fui a la cama, pero como ella tenía una lámpara encendida en la mesa, la estuve mirando bastante rato. Fumaba lentamente, y cuando acabó la copa de whisky se levantó despacio. Me pareció que llevaba un peso muy grande sobre la espalda. Fue hacia el balcón, descorrió el visillo y contempló durante mucho tiempo la ciudad, la noche, las luces que se encendían y apagaban allá abajo. Tal y como yo hacía cuando corría los visillos del salón y contemplaba al farolero, mi amigo. O las luces que había dejado a su paso, aunque él ya no estaba. Como las sombras en el suelo, bajo la farola. Luego, me dormí.

Al día siguiente tenía tanto sueño que apenas me acuerdo de cuando Eduarda me llevó a Saint Maur. Pero sí guardo en mi memoria el gran vacío que dejó cuando se fue. Y tuvo que pasar mucho tiempo antes de que volviéramos a encontrarnos.

No sólo había desaparecido ella, también habían desaparecido el calor, la curiosidad y las ganas de conocer que me había despertado. Nunca hubiera podido imaginar que una ausencia ocupara tanto espacio, mucho más que cualquier presencia. Y fui consciente de mi gran soledad. Y este conocimiento aumentaba la tristeza que ya había descubierto. Sólo que ahora era mucho mayor.

Si antes todo o casi todo me llenaba de inquietud, curiosidad y temor, ahora la soledad se iba ensanchando, día a día, creando una distancia cada vez más grande entre mi persona y cuanto me rodeaba. Y Saint Maur, de incómodo y desazonador, pasó a convertirse en tortura.

Cada mañana, cuando Tata María me despedía a la puerta del colegio, no me *dejaba*, me *abandonaba* tras la verja de altas lanzas negras, hirientes y amenazadoras. De pronto, lo más inane, lo más anodino, se convertía en enemigo, amenaza, o alguna oscura trampa donde yo caería sin remedio, y nadie vendría a salvarme, porque Eduarda no estaba. Creo que nadie ha soñado con unas ruinas como yo soñaba entonces con ellas. Sin siquiera saber de qué se componían, ni cuál era su aspecto.

Y entonces recuperé en mi memoria una escena, medio sepultada en el vaivén de los acontecimientos, tan rápidos como sorprendentes, que se habían acumulado en mi vida. Recordé: era casi de noche, ya me habían enviado a la cama, pero yo me escondí en la despensa, desde donde podía oír todo lo que se hablaba en la cocina. Sucedía esto durante la semana en que vino Eduarda a mi Primera Comunión, y estaban en la cocina, a solas, Isabel y Sagrario, hablando casi en voz baja, supongo que para que no les oyera Tata María, que andaba por otras habitaciones y no le gustaban ni la conversación ni la presencia de Sagrario. Pero, cuando estaban solos, Isabel y Sagrario parecían entenderse, sobre todo en un tema: «Ellos». En aquellos momentos, estando solos, la voz de Sagrario, más alta y más firme, decía algo relacionado con las Ruinas:

—Sí, querida —decía (llamaba querido a todo el mundo, y sobre todo al gato de Isabel, que lo había recogido de la calle y nadie en la casa, excepto Tata María y yo, sabía de su existencia, aunque sospechaba que Jerónimo sí lo sabía pero disimulaba)—. Sí, querida, yo te puedo asegurar que les conozco... incluso les he visto. Pon atención: durante las noches, sobre todo con luna, no hace falta que sea llena, con un cuarto basta, pero eso sí, sin nubes que la tapen, empiezan a moverse por lo alto. Andan por las buhardillas, se oyen sus pasos, tac, tac, tac... Yo entonces no me muevo, me quedo muy acurrucadito donde me pille, y escucho, escucho mucho, porque, ¿sabes?, ¡yo sé escuchar! Pues, te digo, algunas noches tocan el violín, ¡desgarrador, completamente desgarrador! Se me pone la carne de gallina, pero escucho, escucho... y veo. A veces se descuelgan desde lo alto y aparecen detrás de las ventanas, cabeza abajo... y asoman sus caras al revés, y las pegan a los cristales... y entonces sus largas cabelleras cuelgan, como cortinas, o como las ramas de algunos árboles (pongo el sauce, por poner...), y todo eso, querida Isabel, pasa cuando estoy solo, cuando todos se han ido, o están durmiendo, que es como no estar...

Isabel escuchaba, sobrecogida. Lo notaba por su espeso silencio. Ella tan parlanchina, acostumbrada a interrumpir siempre. Entonces me dije que «ellos», aquellos a quienes se refería Sagrario, eran un poco como yo, que también salía a recorrer un trocito de la casa, cuando los Gigantes estaban dormidos, o no estaban de ninguna manera. Y Sagrario seguía hablando: «Allí, sólo saben de ellos los gatos, aparte de mí...». Isabel se interesó entonces por los gatos, aunque noté un inusitado temblor en su voz: «¿Tiene gatos doña Eduarda?». «Sí —dijo él—. Tiene una barbaridad de gatos.» «¿Cuántos?», insistió Isabel. «Ni siquiera yo los puedo contar porque siempre sale alguno más debajo de un mueble.» Comprendí el interés de Isabel porque ella había recogido aquel gato callejero, aún muy chiquitín, y sólo Tata María y yo conocíamos su existencia. Se llamaba Paco —yo lo bauticé—, y tenía los ojos azules, muy brillantes, y muy grandes. Como el Unicornio y como Eduarda. En aquel momento entró Tata María en la cocina, se acabó la conversación, y yo me fui a la cama. Creo que soñé con las Ruinas; tenían ventanas cubiertas con largas cabelleras de sauce, y se oían violines lejanos, confundiéndose con la lluvia y el resplandor de algún relámpago.

Pero desperté con la penosa rutina de Saint Maur; y hasta aquel momento no regresó a mi memoria lo poco de las Ruinas que había llegado a mi conocimiento. O a mis sueños.

5

Poco a poco, sin apenas darme cuenta, adquirí la costumbre y el convencimiento de ser mala. Ya «mala» no era sólo una palabra pronunciada por Gigantes, era una realidad, porque si antes no la comprendía, ahora ya me había hecho una idea de lo que significaba: ser mala era no ser como ellos. Y yo no era como ellos —o como ellos querían que fuera—. Yo era como Eduarda. Es decir: Eduarda y yo éramos malas. Y ahí estaba la causa y el porqué de que Tata María e Isabel hablaran de ella —y cada vez más de mí— en un susurro. Me pareció que las Mesdames de Saint Maur eran como una condensación de todo el Bien que me estaba negado, oponiéndose a mi maldad. Y me molestó que Lev llamara Madame a Eduarda.

Saint Maur, de incómodo y fastidioso, empezó a convertirse en tortura. Cada mañana cuando Tata María me acompañaba —ya no me vestía ella, ni me ponía los calcetines, cosa que secretamente añoraba—, ya no me hablaba por el camino. Sólo, cuando me abandonaba frente a la verja de altas lanzas negras —ahora no me acompañaba de la mano hasta las escaleras que conducían a la puerta encristalada—, me daba un besito pequeño, muy pequeño, en el flequillo, o donde más o menos alcanzara. Porque parecía tener prisa en dejarme, en abandonarme, y aquel beso era como una caprichosa mariposa, que unas veces se posaba, y otras volaba por su cuenta, sin apenas rozarme.

Lo más persistente en mis recuerdos de aquel tiempo es una especie de piedra en que se convertía mi corazón. En cuanto atravesaba la verja, el peso de aquella piedra aumentaba a cada minuto. Y ya no me abandonaba hasta la salida, por la tarde. Me quedaba a comer en el colegio, una de las cosas que aborrecía. Como era la más pequeña de mi clase, me sentaba al extremo de la mesa, y todo me llegaba ya como de segunda mano. Apenas quedaba nada en las fuentes, y no era esto lo que me irritaba, sino cómo me llegaba. Por bueno que fuera —y debo decir que la comida de Saint Maur lo era— me llegaba siempre en forma de residuos, casi me atrevería a decir que desperdicios. Pero no era esto lo peor.

Durante las horas de las comidas, la vigilancia se relajaba un tanto, las Mesdames comían en otro refectorio y sólo andaban a nuestro alrededor las *sores*, que servían a la mesa. Eran generalmente jóvenes, distraídas o preocupadas por las órdenes recibidas desde la cocina, y no se interesaban y entrometían en nuestras conversaciones ni en lo que hacíamos.

Entonces se manifestaba en todo su esplendor el reino de Margot. Margot era una niña alta, más bien robusta —sus piernas eran gruesas y poderosas—, y la única de la clase que llevaba medias. Era la capitana del equipo de pelota «a campos», a la vez pelotón adulador y amedrentador, compuesto por un selecto grupo de imbéciles aterradas. Me odiaban. Y no perdían ocasión para demostrármelo.

La única supervisora de nuestro comedor era Madame Saint Sulpice, tan viejecita que ya sólo se ocupaba de eso. Pero pasaba todo el tiempo rezando el Rosario y dormitando o dando resoplidos entre Misterios de Gozo y de Dolor. No se enteraba de nada, excepto cuando alguna sor rompía un plato, un vaso o derramaba algo. (Es la única Madame de la que conservo un buen recuerdo porque, incluso en estas ocasiones decía a la sor: «Anda, hija, anda, recógelo sin que se enteren en la cocina...». Y volvía a desgranar cuentas, a dormitar y resoplar.)

Una vez, cuando salíamos en fila del comedor, al pasar a su lado me sonrió y me acarició la cabeza, sin nombrar mi parentesco con Cristina. Entonces pensé, por vez primera, que nadie me acariciaba nunca.

Cuando había flan, Margot me decía: «Tú, pequeñaja, ya sabes que me tienes que guardar el postre». Y yo se lo guardaba, más por pereza que por temor, aunque había más de lo primero en aquella humillante sumisión. Hasta que un día, en que había brazo de gitano, y aunque no me gustaba especialmente, me encaré a ella y le dije: «No me da la gana», y ataqué con la cucharilla un bordecito del esmirriado trozo que me había tocado. Recuerdo que rezumaba mermelada de cereza por el centro (realmente, como un trozo de brazo cortado), y entonces ella se lanzó sobre mí, zarandeándome. Me defendí como pude y se armó un gran revuelo. Madame

Saint Sulpice despertó de sus Misterios y corrió hacia nosotras gritando que paráramos. Como hablaba en francés, aunque la entendiéramos, no nos parecía que se dirigiera directamente a nosotras, así que continuamos enzarzadas: yo, abrazada a las gordas piernas de Margot, y ella dándome todas las bofetadas que me cabían en la cara.

Claro que enseguida se alertó a los mandos. Vinieron a separarnos, y nos castigaron. A mí, cara a la pared, como solía, y a ella no sé cómo, pero, por lo menos durante aquella tarde, no la volví a ver.

Sin embargo, al llegar a casa, hubo consejo de guerra. El silencio espeso de Tata María cuando nos encontramos, a la salida, ya me había anunciado algo. Llovía mucho, y ella llevaba un enorme paraguas, donde las dos nos cobijábamos. No me decía nada, ni siquiera me dio un beso volátil. Cuando entramos en el portal de casa, Joaquín, el portero, con su gorra y sus patillas blancas, su uniforme verde con galones dorados, me miraba desde su tercer escalón —el que daba entrada a su vivienda— como si también él tuviera que reprocharme algún agravio. Era muy serio, y siempre tenía que discutir o afear alguna cosa a mi novio, el chófer Paco.

Mientras cerraba el paraguas, Tata María me dijo, casi en un susurro: «Sé humilde, niña, sé humilde... No te insolentes ahora, cuando mamá te hable... Ten paciencia, porque la has armado, niña, la has armado». Lo que yo había armado sigue siendo un enigma para mí, pero al día siguiente, me habían trasladado, con todos mis cuadernos, libros, lápices y gomas de borrar —la pizarra y el pizarrín, tan entrañables, ya habían sido eliminados de nuestro material escolar— a la última fila de la clase y, en cambio, Margot continuaba en su tercera fila. Eso no sólo no me apenó, sino que me alegró: en aquella última fila de la clase, el único pupitre habitado éramos yo y mis cosas. Así que pude instalarme a mis anchas añadiendo detalles muy queridos a mis posesiones escolares.

Aún hube de escuchar reprimendas sobre mi comportamiento: «Atacando de manera impropia de una señorita a una alumna como Margot, que no sólo no me había ofendido en nada, sino que yo había querido comerme su pastel». Aquel horrible trozo de brazo sangrante, pensé, con un leve suspiro. Desde entonces detesto la mermelada de cereza.

Pero antes de eso, aquella misma tarde, cuando ya me había instalado en el cuarto de estudio y sacado mis cuadernos, lápices y sacapuntas, mamá me llamó a su gabinetito.

Estaba muy seria. No llevaba las gafas puestas, pero las sostenía en la mano derecha.

—Acércate —dijo, sin mirarme.

Entonces escuché nuevamente —ya había perdido la cuenta de las otras veces— que si yo me empecinaba en ser mala, ella se empeñaba en que dejara de serlo. Así que, a partir de ese momento, ella sería muy severa conmigo.

—Has intentado quitarle el postre a otra niña. Adriana, eso es muy feo, eso es algo que no es propio de una señorita. Cristina se moriría de vergüenza de ser acusada de algo semejante, de enterarse que su hermana...

Y yo, por primera vez en mi vida, deseé que se enterara de aquello (que era al revés de como lo contaba mamá), y que si se iba a morir de vergüenza, que se muriera de una vez, y me dejara en paz. No lo dije, pero mamá, que debió de leer algo en mis ojos, se levantó como horrorizada y dijo:

—Ahora mismo te vas a tu habitación hasta que yo te llame y recibas el castigo que mereces.

Y el castigo que me merecía fue una de las cosas más buenas que me ocurrieron por aquel tiempo.

Se trataba del Cuarto Oscuro. Yo había oído hablar de él a la Tata María —cuando aún era muy pequeña—. Cada vez que hacía algo que no le gustaba, me decía: «Ten cuidado, no lo vuelvas a hacer porque si lo haces te meterán en el Cuarto Oscuro».

El llamado, con tan respetuoso temor, Cuarto Oscuro era un cuarto interior, con un ventanuco tapado por uno de los armarios que lo llenaban. Así que la luz no entraba allí nunca, y la única bombilla, que colgaba de una escuálida cuerda, estaba fundida. Nadie se preocupaba de reponerla porque allí dentro sólo había los armarios que le daban el nombre: «El cuarto de los armarios». Y en aquellos armarios, amén de otras cosas innumerables y ahora recordadas con melancolía (juguetes viejos, «plumiers» de niños crecidos, algún ejemplar de la colección *Ya sé leer*), se almacenaban ropas que ya no servían a nadie, excepto, en vísperas de Navidad, para aumentar o simplemente constituir el lote aportado en esas fechas a una entidad muy nombrada en Saint Maur —aunque para mí, entonces, misteriosa, por la especial mezcla de recelo y pudor con que se pronunciaba—, y que se conocía entre las alumnas como «Los Pobres». Algo así como una tribu asentada al otro lado de las murallas, vagamente amenazadora, a la que había que aplacar de Navidad en Navidad con ropas usadas, latas de conservas y juguetes con los que ya nadie se divertía. A «Los Pobres» también pertenecían las niñas del otro lado del muro que separaba nuestros patios de recreo.

Eran llamadas precisamente así: «Las Pobres». Ahora sé que eran niñas que recibían gratuitamente instrucción —es un decir— en Saint Maur, a través de las asociaciones de damas a las que mamá pertenecía, y de las que algún día fue presidenta, o algo parecido. Entonces tenía noticia de ellas por la frase que a veces oía de niñas como Margot, las que jugaban todos los días a «campos»: un juego que consistía en enviarse pelotazos de bando a bando, al que jamás pude, ni quise, contribuir, y por lo que también se me adjudicó una de mis muchas faltas. Cuando la pelota lanzada pasaba sobre el muro, y caía en el otro lado, las niñas se apresuraban a gritar, con sus chillonas vocecitas: «Ha caído al lado de Las Pobres». Y de esta manera las asocié al poblado extramuros, acechante y misterioso. Porque había leído demasiadas historias de romanos y vikingos, los que más le gustaban a Jerónimo. Y él me contaba a veces, somera y roncamente, entre libro y libro, espantosas guerras medievales, con castillos asediados por hordas enemigas y temibles.

Pues en el Cuarto Oscuro, en sus armarios grandes, colgaban, entre otras ropas invadidas de olor a naftalina, algunos abrigos de mis hermanos Jerónimo y Fabián, porque se les habían quedado cortos y ya no les servían (por lo visto no se los hacían «creceeros», como a mí). Seguramente tenían algún misterioso destinatario entre la nebulosa que constituía el pueblo, o tribu, llamado «Los Pobres».

Esta vez fue la misma mamá quien me llevó de la mano hasta el castigo. Tan solemne y poco corriente era.

Una vez detenidas ante la puerta, la abrió lentamente, y oí su largo gemido, como el de una criatura a quien despiertan bruscamente de su sueño. Luego, con un empujoncito, me adentró en aquella tan temida oscuridad. Todo revestía una apariencia punitiva, solemne, y, sin embargo, yo me sentía expectante, secretamente divertida.

Ellos no lo sabían pero ya estaba acostumbrada a deslizarme en mi barquito de papel, pasillo abajo, en la ausencia de luces, hasta llegar a la sinfonía de destellos que suponía para mí el salón. Esperaba que en el Cuarto Oscuro sucediera, si no lo mismo, por lo menos algo parecido, o incluso mejor.

Apenas se cerró la puerta tras mi espalda, una oscuridad amable, podría decirse que protectora, me rodeó. Allí nadie me reprocharía nada, allí nadie me preguntaría nada, allí yo estaba sola, deliciosamente sola. Y fue entonces cuando intuí las dos vertientes de la soledad: la Mala y la Buena. La Mala era la ausencia de calor, de alguna caricia, de un beso volátil sobre mi flequillo; la Buena era la ausencia de intromisiones, exigencias y preguntas que estaban más allá de mi capacidad de comprensión. La Mala era el vacío en que me había sumido la ausencia de Eduarda, la distancia que crecía, a mi entender sin razón, entre Tata María, Isabel y yo.

Al principio, la oscuridad fue total, puesto que el único ventanuco, que daba al patio interior, estaba tapado por un armario. Luego, poco a poco, muy lentamente, fueron apareciendo distintas siluetas. Parecía que la oscuridad adquiría una luz propia, una luz diferente a la conocida: la luz de la oscuridad que luego, a través de los años, he llegado alguna vez a recobrar.

Me senté en el suelo, en un rincón, y estuve atenta a todo cuanto me rodeaba. Escuchaba y sentía una mezcla de curiosidad y desazón.

Al poco, las siluetas de los armarios fueron tomando cuerpo en la oscuridad. No llegaban al techo y, unos más altos que otros, formaban algo parecido al contorno de una ciudad flotante que, en la oscuridad, adquiría una dimensión desconocida.

Eran los armarios de siempre, pero ahora aparecían misteriosos, paradójicamente más resplandecientes. Y me pareció que los circundaba algo semejante a una aureola. O mejor dicho, como si la misma oscuridad, cada vez más transparente, fuera una enorme lupa que aumentaba y a la vez aproximaba a mí cuanto me rodeaba: algo parecido a cuando, en soledad y silencio, poco a poco, me invadía otra oscuridad luminosa: aquella en la que me sumergía cuando iba adentrándome en las páginas de un libro. Se producía entonces una mezcla de ascensión y descenso desde increíbles alturas hasta profundidades casi marítimas. Aquella suerte de lente de aumento iba acercándome a cuanto allá arriba (en el exterior, en la realidad de los Gigantes) era totalmente invisible y desconocido. Ahora yo flotaba a mi antojo y placer en un cuarto oscuro, convertido en inmenso, maravilloso Libro de Cuentos. Y en su fondo y superficie las órdenes, castigos y molestas advertencias-amenazas sólo eran palabras sin sentido, un cri-cri de grillos en la noche. Como en el Libro de Cuentos, las dimensiones y los espacios se transformaban, se ajustaban, resplandecían. Y nunca olvidaré aquel resplandor.

Lúcidamente, a tientas, palmo a palmo, fui descubriendo cada rincón. Aquel descubrimiento, aquel palmo a palmo, iba mucho más allá de lo que parecía a la luz externa. Como si se tratara de la materialización de un sueño, que apenas se encendiese la luz, recobraría su aspecto cotidiano, vulgar, sin magia, y sin esperanza. La esperanza de algo muy bueno que iba a ocurrirme de un momento a otro.

Entre tanteos vacilantes, tropecé con una escalera. Se trataba de una escalera casera, y la reconocí porque alguna vez había servido a Tata María o Isabel para alcanzar algún lugar normalmente inaccesible, como los propios armarios del Cuarto Oscuro. A pesar de que era bastante pesada, con mucho esfuerzo, la arrastré y apoyé contra uno de aquellos *armarios-edificios* que empezaban a componer mi Ciudad Secreta, la Luminosa Ciudad de la Oscuridad. Y trepé por ella hasta la cima, y apenas quedaba espacio entre el armario y el techo, excepto para una criatura como yo: tendida de bruces y avanzando sobre los armarios tal y como, imaginaba, podría avanzar una rana en terreno seco.

Después de pasar un rato sobre aquella ciudad imaginaria, y, por otra parte, la más cercana y verdadera para mí, decidí bajar y escudriñar cuanto pudiese.

El descenso fue algo más difícil que el ascenso. Varias veces mis pies se balancearon en el vacío antes de dar con el escalón, pero al fin llegué a tocar el suelo.

Luego me dediqué a abrir los armarios, a medida que iba encontrando sus tiradores y pomos. No era fácil porque unos estaban más altos que otros, y algún armario ni siquiera tenía, aunque, afortunadamente, en su lugar una llave grande permanecía insertada en la cerradura. Fue un recorrido lento, muy lento y minucioso. Pero me empujaba un deseo inconcreto, en donde era menos emocionante el hallazgo que la búsqueda.

En el primer *armario-edificio* que logré abrir, me topé con una larga y alta serie de cajones. Seguramente allí, en lo más alto, estaría lo que yo buscaba a tientas. Los fui abriendo de forma que, a mi entender, podrían formar una escalera. Afortunadamente estaban vacíos. Tuve que ir abriéndolos a medida que subía y sentía tambalearse el mundo bajo mis plantas. Cuando llegué al tercer cajón, apenas cabían en él mis pies —por otra parte juiciosamente desprovistos de zapatos—, lo que me obligó a retroceder y volver al suelo.

Por poco me mato.

Volví a sentarme en el rincón respirando agitadamente. Llevaba aún el uniforme del colegio, que tenía dos grandes bolsillos medio disimulados entre los pliegues de la falda. Allí se mezclaban, desde el primer día, innumerables objetos de difícil clasificación. Bolas de vidrio de jugar al *guá*, restos de las colecciones de Jerónimo y Fabián —una con espiral roja, otra azul—, ya despreciadas por ellos y atesoradas por mí como verdaderas joyas, o pedacitos de cristal rojo, restos descuartizados de algún jarrón, o papeles de plata que envolvían chocolatinas, caramelos de fresa o melocotón, o un cordón dorado sin destino conocido... Pero también terrones de azúcar. Los terrones de azúcar tenían para mí un gran atractivo. Quizá porque los añadía a las meriendas de los gnomos, que preparaba bajo los radiadores. Quizá porque estaban tan bien cortados, tan blancos, tan bien hechos.

Para estar un ratito conmigo misma, sin más, busqué en uno de mis bolsillos, y topé con un terrón de azúcar. Lo saqué y lo partí en dos. Y de pronto, en la palma de mi mano y a oscuras, se produjo un milagro. Claramente, en un chispazo, aquel trozo de azúcar se convirtió en una levísima, extraordinaria, llamita azul. Me vino a la memoria la vez que Isabel me llamó a la despensa para enseñarme, en su penumbra, unas rodajas de merluza rodeadas de resplandor azul. «Pa que veas qué bonita y fresca es», decía, sin que yo alcanzase a comprender totalmente lo fastuoso del asunto. Pero ahora no había ni merluza ni Isabel ni despensa. Ahora sólo estaba yo, con mi joya azul en la palma temblorosa de la mano.

Algo me sacudió entonces. Y digo sacudió porque eso es lo que sentí: como si alguien me zarandeara, como había visto a Tata María e Isabel sacudir alfombras en el terrado.

Porque algo acababa de descubrir, algo que intuía y no conocía su nombre. En mi ayuda acudieron los cuentos de Andersen, de Grimm, de Perrault... y quizás de otros, secretamente elaborados por mí en las tardes de Saint Maur, cuando Madame Colette nos leía las historias de la Leyenda Dorada. Y me dije: «Yo soy Maga».

Bruscamente la luz de la oscuridad se apagó, porque se abrió la puerta. El castigo había terminado y regresé al mundo de los Gigantes.

—Supongo —dijo mamá— que habrás aprendido la lección. Espero que de ahora en adelante sabrás comportarte tal y como se espera de ti.

Ya me iba, aún sin aclararme lo que se esperaba de mí, cuando me tomó de la mano y me retuvo. De pronto vi en sus ojos algo que jamás había visto antes. Estaban húmedos y había en su mirada, en el inicio de una temblorosa sonrisa, algo que nunca antes había conocido.

—Niña... —me dijo, y en aquella palabra, pronunciada por vez primera (porque siempre me llamaba Adri o Adriana), noté un temblor leve, como el de una libélula sobre el agua, presto a desaparecer—. Niña, sé buena.

Entonces, casi sin darme cuenta, me eché a sus brazos y la abracé con todas mis fuerzas. Me quedé después muy quieta, sin saber qué decir ni qué hacer.

—Anda —dijo, de nuevo lejana—. Anda a tu cuarto.

A partir de aquel momento ya había tomado una decisión: portarme mal y que me volvieran a encerrar en el Cuarto Libro de Cuentos.

Tímidamente, cuando creía que nadie me veía, abría su puerta y miraba al interior. No tenía entonces nada que ver con lo que yo había vivido allí castigada. Poco a poco, fui intentando comprender qué era lo que podía enviarme al Cuarto Libro de Cuentos. Qué era lo que los Gigantes consideraban portarse mal.

Y me porté todo lo mal que mis entendederas podían abarcar. Es decir, todo lo que ellos reprobaban y yo, unas veces sí, otras veces no, consideraba reprobable. Pero que de todos modos me llevara al Cuarto Oscuro.

Así fue como una vez descubrí el armario donde se guardaban los abrigos con bolas de naftalina en los bolsillos, aquellos que se les habían quedado cortos a Jerónimo y Fabián, y colgaban pacientemente de sus perchas, a la espera de alguien que no hubiera crecido tanto como ellos.

Poco antes había empezado a imaginar que yo no solamente era yo, sino también otras personas, no necesariamente de mi edad y sexo, como por ejemplo algún personaje de los muchos y variados que poblaban mis cuentos. Tal vez tomaban el lugar de aquellos amigos que nunca tuve, exceptuados Paco, el chófer, y el casi volátil farolero (en realidad, y fugazmente, sólo conocía su sombra mordiéndole los talones, alargándose tras su paso, de farol en farol).

Como ya estaba habituándome a extender los brazos y manos hasta la distancia justa para dar con lo que buscaba, poco o nada me costaba encontrarlo. Creo que llegó un momento en que me movía con mucha más agilidad y desparpajo en aquella especie de ceguera luminosa, que afuera, a la cruda luz del mundo de los Gigantes. Descolgaba los abrigos y, uno tras otro, me los ponía. Con ellos adquiría una personalidad, por decirlo de alguna manera, más *mía*: yo era así la *verdadera* Adri, porque como por encantamiento, dentro de aquel abrigo —no vestida para acudir a Saint Maur ni para ir a ver a Shirley Temple— yo era lo que en aquel momento quería ser, y aquel abrigo sobre mi cuerpo también tomaba la forma que yo quisiera darle. Así, con abrigos desechados o sin ellos, trepaba por la escalera de mano, que seguía milagrosamente apoyada contra un armario, tal como yo la dejara la primera vez que entré en el Cuarto Oscuro, y una vez arriba, en las misteriosas azoteas de la Ciudad de los Armarios, reptando, cubriéndome de polvo que, al salir, llenaba de extrañeza a Tata María —por lo visto, la parte superior de los armarios era un terreno totalmente ignorado por los plumeros y por todo el mundo— yo podía convertirme en otro, sin dejar de ser yo misma: desde un mendigo, pasando por Piel de Asno, hasta Kai y Gerda, en su Jardín sobre el Tejado, especialmente estos últimos, muy apropiados para la ocasión.

6

Una tarde de invierno, vísperas de Navidad, había nevado en la ciudad. No era un raro acontecimiento porque en los fríos inviernos solía nevar allí, mientras que en otras ciudades —como la de papá— lucía el sol cálido, e incluso en alguna que otra parte del mundo aparecían flores de invierno. Él me lo contó el día que me llevó a ver *Cascanueces*.

Como casi siempre por aquellas fechas, la casa andaba revuelta, sobre todo en mis zonas. Me refiero a la parte del parquet sin encerar (o *innoble*, según Tata María). En aquella zona se encontraba también la llamada Puerta de Servicio, que era la puerta por donde llegaban Mario, el pescadero, Fermín, el panadero, y Luquitas, el lechero. Todos ellos y alguno menos frecuente, pero más ruidoso, como el carbonero en invierno o «el hombre de las barras de hielo» en el verano. Estos dos últimos daban un poco de miedo porque entraban bruscamente, y muy deprisa, como si portaran algo que podía morirse o explotar de un momento a otro, y lo descargaban casi sin hablar. El uno estaba tiznado de negro, y el otro llevaba una capucha de saco. Tenían muy mal genio, y a veces se enfadaban con Isabel, que también les gritaba. A mí me parecía que ella también les tenía miedo. Yo me escondía cuando ellos llegaban. Pero con los otros no. Sobre todo con Mario, el pescadero, al que Isabel llamaba siempre Marisco. Le faltaba un diente en su sonrisa perenne, y llevaba un delantal verde con rayas negras, y olía a merluza fresca. Cuando me veía me saludaba con un nombre que no me gustaba nada: «pequeñaja», y por eso no podía ser mi amigo, como el farolero, ni mi novio, como Paco, el chófer. Pero siempre se reía y me decía que cada día estaba más alta —lo que no era del todo verdad— y que «con esos ojos, vas a hacer mucho daño, ya verás». Yo no tenía interés en hacer daño a nadie —salvo a Margot, quizá— y eso me desconcertaba bastante.

Isabel se reía mucho con él, aunque siempre se peleaban. Él decía que estaba loco por ella y ella decía que estaba loco nada más. Pero yo notaba que había algo entre ellos, algo escondido y a la vez transparente que no conseguía entender, pero alegre, muy alegre. Con el panadero me ocurría algo especial. Sabía cuando llamaba él porque daba tres timbrazos, y yo corría a abrir la puerta, aunque Tata María me regañase y me dijese que las señoritas no abrían las puertas, que para eso estaban ellas, y yo me decía que yo no era una señorita, que aunque nadie lo supiera, yo era Maga. Pero claro, esa palabra era como la sonrisa de labios apretados, que no se quiere que vean los demás.

El panadero era un muchacho de la edad de Jerónimo y Fabián, muy rubio, tanto que tenía el cabello blanco y los ojos pequeñitos, que parpadeaban continuamente. Tata María me dijo: «Es albino... En mi pueblo, cuando yo era niña, había uno igual, y nadie lo quería. Ya ves, qué malos somos, tú tienes que ser buena con él, porque el albino de mi pueblo se murió de pena porque nadie le quisiera, y eso es muy malo, y muy feo». Así que yo salía siempre a verle y le decía: «Hola», y él decía: «Hola», y nada más. Traía una bolsa con el pan, Isabel la recogía y luego se la devolvía vacía. Un día (creo que fue precisamente esa víspera de Navidad), yo pensé: «Voy a hacerle un regalo». Dibujé un pan y dos bolas rojas, y metí el papel, donde había escrito: «Te quiero mucho, Albino» en la bolsa. Pero Isabel me vio meter el papel, lo sacó y dijo: «¿Qué es esto?». Yo se lo dije y entonces ella me miró de un modo como nunca me había mirado, como con susto, o como si no me conociera. Arrugó el papel, lo tiró y me dijo: «No sabe leer... Como yo».

Y eso para mí fue un gran asombro: había gente en el mundo que no sabía leer. ¡Qué desgraciados debían de sentirse! Me fui a la cocina, donde Isabel y Tata María andaban ocupadas y preocupadas con todas las cosas que daban tanto trabajo en la cocina de Navidad. Me senté en un rincón, esperando un trocito de silencio donde introducirme. Al fin, Tata María se fue porque mamá la llamaba, y yo me acerqué a Isabel.

—Isabel..., si no sabes leer, ¿cómo es que sabes tantos cuentos?

—Porque me los contó mi abuela.

—¿Tu abuela sabía leer?

Entonces Isabel lanzó una carcajada, aunque sin alegría. Yo esas cosas las notaba enseguida. Luego me dijo:

—No, hija, no. Nadie sabía leer en mi casa..., pero, eso sí, nos lo contábamos todo, unos a otros.

Luego se enfrascó en sus pucheros y sartenes, murmurando. De pronto se quedó quieta, mirando hacia algún punto invisible para mí. Se fue a la despensa y yo la seguí, tan sigilosa y silenciosamente como solía. Isabel se empinó sobre la punta de los pies, y alargando el brazo alcanzó del estante una botella. Se echó un trago del gollete mismo y luego llenó un vasito hasta el borde. Entonces me descubrió y por primera vez vi en sus ojos una mirada de temor y timidez.

—Da mucho calor al corazón...

—Yo también quiero calor en el corazón —dije.

Me dio un par de sorbitos y murmuró:

—Ahora vete... y no digas nada a nadie.

Y añadió:

—¡No es nada malo! Pero... ¿sabes? *Ellos* no entienden estas cosas.

Rápidamente comprendí que para Isabel *Ellos* eran como los Gigantes para mí.

Como estábamos en vacaciones, yo sabía que por aquellos días algunas niñas de Saint Maur invitaban a sus amigas a su casa a merendar y a imitar a sus madres, que era lo que más les gustaba. A mí no me invitaba nadie. También Cristina atendía muchas llamadas e invitaciones, sobre todo por teléfono. Desde que nos lo instalaron, María lo miraba con mucho respeto, y lo descolgaba con tanto recelo como si fuera a recibir una descarga eléctrica o un latigazo. Cuando oía su estridente llamada, pasillo adelante, los ojos de María se abrían mucho como si la recorriera un escalofrío, como si oyera despertarse algún animal milenario, como el Mamut del museo a donde me llevaba, cuando aún yo no iba a Saint Maur.

El teléfono, por tanto, era también para mí una especie de criatura desapacible, intrusa, que destrozaba el silencio, aunque a la vez espoleaba mi gran curiosidad sobre los Gigantes y sus cosas.

Todo el mundo de la casa estaba demasiado atareado para llevarme al cine o al parque, que, de todos modos, estaba medio helado. A ratos pensaba en papá. Era en esos días, precisamente, cuando más le veíamos. Mejor dicho, cuando le veíamos, porque el resto del año era sólo una sombra, de su cuarto a la salida, de la puerta de salida a su cuarto.

Y pensando en papá me acordé de *Cascanueces*, y deseé con todas mis fuerzas que volviera a llevarme al teatro, y volver a ver a aquella niña que, yo así lo creía, se parecía tanto a mí. Pero por más que me acerqué a la puerta de su dormitorio, y la entreabrí sigilosamente, no lo vi. Y tampoco cuando atisbé a través de la puerta encristalada de su despacho (así llamado, aunque nunca despachaba nada en él). Pocas veces estaba allí. Y en aquella ocasión ocurrió lo mismo. Sólo encontré, al empujar cautelosamente la puerta, su pequeña biblioteca, los libros impecablemente alineados en sus estanterías, pero ahora muy espaciados, en el inconfundible silencio de la soledad. No sé si habría polvo en todas partes, probablemente no, pero en mi mente todo, libros incluidos, estaba cubierto de un manto sutil y levemente plateado. Mamá no leía más que una revista argentina que se llamaba *Para ti*, y Cristina, nada. Pero los gemelos sí: leían mucho, y además estaban suscritos a *Billiken*, otra revista argentina para niños. Aunque ya eran demasiado mayores para leerla, yo veía como la ojeaban, y luego me la daban a mí, que la consumía de la primera a la última página.

Por aquellos días, tal como he dicho, nadie me hacía caso a no ser que tropezaran conmigo. Entonces me acordé de aquella botella que daba calor al corazón, y fui a la despensa. Me encaramé sobre uno de los taburetes, y alcancé el frasco milagroso. Lo destapé con cierto esfuerzo y oí un crujido de corcho húmedo, como una risita pequeña, una risita de gnomo. Me eché un par de traguitos, que me parecieron de mejor sabor que la primera vez, y con mucho cuidado la volví a dejar en su sitio. Bajé del taburete y me puse la mano al lado izquierdo del pecho, allí donde, según me habían dicho, estaba el corazón. Pero el corazón hacía su tac-tac habitual, sin que recibiera un calor especial. No sentí nada.

Me acordé de Paco, mi novio, pero yo tenía muy claro que Paco no era un novio como los demás. En el cuarto de la plancha, la palabra novio había adquirido, desde mucho antes, un significado que no tenía nada que ver con él. Cuando aún era muy pequeña y podía esconderme debajo de aquella mesa, en cierta ocasión, oí a Isabel y a Tomasa, la mujer que venía los lunes y los jueves a lavar y tender la ropa, hablar de sus novios. Tomasa se quedaba esos días a comer en la cocina, con María e Isabel, y daba unos terribles puñetazos en la mesa mientras sujetaba el cuchillo, punta arriba, en su poderosa mano. Me daba un poco de miedo, aunque la encontraba muy guapa. Era muy robusta, sin llegar a la gordura, quizá porque su carne era firme y apretada. Tenía unos ojos muy grandes, de color verde, que echaban chispas cuando hablaba, tanto de sus novios como de «Los Señorones» (una raza nueva, recién descubierta, como antes «Los Pobres»).

Porque los unos, que eran los novios-bandidos —casi gritaba—, le destrozaban el corazón, y los segundos le chupaban la sangre. Y todo esto lo decía a borbotones, y dando puñetazos en la mesa, hasta que Tata María se enfadaba con ella y le decía: «Pues buenos colores tienes en los mofletes, no te la habrán chupado tanto...». Y entonces ella e Isabel se echaban a reír y decían: «Anda, anda, que tú estás domesticada... y además ya no estás para novios, ni cosa que se le parezca..., ¿qué sabes tú de la vida?». Tocante a los novios había una palabra, un denominador común: «bandidos». «Y ese bandido —añadía la lavandera Tomasa, aún más colorada en su furia—, cuando me dejó preñada y tirada en la calle...» Eran terribles los novios-bandidos, me decía yo; y me imaginaba a Tomasa tendida en la calle y medio desangrada por «Los Señorones», cosas ambas que me aterraban. Isabel añadía por su cuenta: «Eso es lo que son: bandidos».

Yo entonces no sabía lo que quería decir «preñada», pero, por las caras de indignación y pena de Isabel y Tata María, supuse que era algo tan espantoso que te dejaba tirada en la calle. Entonces salí de mi escondite —en aquellas ocasiones era la despensa—, y vi que no era ninguna sorpresa para las mujeres, lo que me hizo sospechar que de escondite la despensa tenía poca cosa. Dije: «Paco, mi novio, ¿también es un bandido?». Estallaron en risas que me mortificaron bastante. Hasta que Isabel me atrajo hacia ella, me apretó contra su delantal a rayas azules y blancas, y me tranquilizó: «No, Paco no es un bandido, no todos los novios son bandidos... sólo *los nuestros*». Y las tres estallaron en risas. Pero yo había leído en mis cuentos que los bandidos eran muy malos, y no sólo robaban a los caminantes su dinero, sino que también robaban niñas y niños, y además les sacaban las mantecas, cosa que yo no podía ni imaginar. Así que todos los novios —menos Paco— eran bandidos. Y esta opinión se veía reforzada por Isabel, que tenía una pulsera de oro con una chapita, donde por un lado estaba grabado su nombre, y por el otro, el de su novio. Entonces me acordé de que, una vez, la arrancó de un golpe de su muñeca y la tiró al suelo. Aunque luego —nadie más que yo la veía— la recogió y la guardó. Y había dicho, cuando la tiraba: «Ese bandido, ese bandido, que se vaya al infierno...».

Fui a mi cuartito y descorrí las cortinas y el visillo, y me asomé al patio. El cristal estaba empañado, pasé la palma de la mano y se abrió como un segundo cristal, húmedo, transparente y brillante. Apoyé en él la frente y miré hacia el patio. Entonces, por vez primera, lo vi.

El patio parecía distinto: estaba cubierto de nieve, y brillaba. Algunos rayos de pálido sol caían sobre aquella blancura, y de pronto fue como si empezara a descubrir un espacio nuevo, distinto. «Es como el Cuarto Oscuro, pero al revés», me dije, deslumbrada. Porque si en el Cuarto Oscuro la oscuridad se hacía translúcida, ahora, en el patio nevado —normalmente tan opaco—, era como si de pronto la luz se hubiera apoderado de todo, con un resplandor casi cegador. Y en cada esquina, en cada rinconcito, parecía que hubiera un puñado de cristales, como cuando las arañas del salón se comunicaban mensajes, o como cuando se rompía una copa y Tata María se enfadaba, y yo me alegraba porque parecía que se hubiera derramado una cascada de destellos de arañas de cristal, de aquellas arañas de *salón de los reflejos*, que me revelaban palabras, comunicándose en un idioma para todos desconocido, menos para mí. Era una luz llena de silencio luminoso, que transformaba un patio interior en un valle resplandeciente, blanquísimo.

Y entonces creí ver cruzar, tan blanco y reluciente como lo viera salir corriendo del cuadro que lo aprisionaba, al Unicornio. Esta vez cruzó el valle recién descubierto, sin ruido de hojas pisoteadas, tan sólo hollando y dejando a su paso misteriosas huellas en el silencio solemne de la nieve. Mi corazón parecía un pájaro que quisiera escapar de su jaula. Y de pronto me vino a la memoria el pequeño Kai, aquel día de invierno en que calentó en la estufa una moneda, la acercó al cristal de la ventana y, cuando el hielo se derritió, por aquel redondel vio, por primera vez, a la Reina de las Nieves.

Pero yo no vi a ninguna odiosa y malvada Reina de las Nieves, sólo vi a Paco, el chófer, con las manos en los bolsillos, enfundado en su chaqueta de cuero, y sus altas botas, mirando hacia algún lugar que le hacía sonreír de complacencia, una mirada que sólo tenía para mí. Miré hacia el mismo lugar, y entonces apareció una criatura insólita —por lo menos para mí, en aquel momento— que jugaba con un perro lobo, grande, ágil, saltarín. Le lanzaba una pelota roja, y el animal la cogía entre los dientes y se la llevaba a los pies, esperando un nuevo lanzamiento. Jugaban muy rápido, tanto que casi no daba tiempo a ver cuándo y cómo y dónde caía la pelota, y cuándo y cómo la recogía el perro.

Abrí la ventana como si fuera verano, y casi descolgué medio cuerpo fuera, tal era mi curiosidad y mi ansiedad. En el silencio suntuoso de la nieve, se oía una palabra, mejor dicho, *se veía* cruzar el espacio una palabra: «Zar». Aquella criatura llamaba *Zar* a su perro, y saltaba de un lado para otro como si tuviera alas en los pies. Yo había visto en un libro de los gemelos un dios que llevaba casco y tenía alas en los pies, y me lo recordó.

Pero mucho más raro que si las llevase, me pareció el resto de su persona. Recuerdo que mamá criticaba muy desfavorablemente la moda entonces en boga de que los niños lucieran melenita o tirabuzones (esto último parecía, incluso, escandalizarle). Sin embargo, y para mi confusión, se enorgullecía de los rubios y espesos tirabuzones de Cristina (laboriosamente enrollados por Tata María noche tras noche, en apretados bigudís; curiosa operación que yo atisbaba por la puerta entreabierta del cuarto de baño). Tirabuzones que, por cierto, eran muy ponderados en Saint Maur; y aún retengo en mi memoria los lamentos de aquel día en que se los cortaron, y otro en que Cristina apareció por decisión propia con melenita a lo *garçon*. Pero las travesuras de Cristina eran muy indulgentemente consideradas (tanto en casa como en Saint Maur). Así que, quedaba bien claro, los tirabuzones sólo podían lucirlos las niñas. Y los de aquella criatura eran largos, y sobresalían de una gorra marrón con visera, una gorra como yo no había visto a ningún niño, todavía. Y además, en los vaivenes de sus juegos, los tirabuzones parecían flotar con propio impulso, y una vez, cuando se cayó la gorra hasta la nieve, y antes de que se agachara a recogerla, toda su cabeza apareció inundada de oro: tal y como yo había visto representado al Arcángel San Gabriel. («San Gabriel Arcángel, Gran Batallador...», canturreaba a veces Tata María, entre golpes de plancha y almidón.) Y también en los vaivenes de su abrigo de pieles —tampoco visto antes a ningún niño o niña un abrigo parecido—, surgían unas piernas largas, cubiertas mitad por mitad por un pantalón de terciopelo marrón, y unos largos calcetines a rombos, con tantos colores como jamás había llevado yo en una falda. «Siempre azul marino», me dije con una leve irritación. «Siempre oscura...» De pronto me vino a la memoria Bibi, aquella niña danesa que, en la portada del libro que narraba sus ires y venires, y que tanto me gustaba, llevaba encasquetado un precioso gorro de colores, del que sobresalían dos trenzas doradas.

Por primera vez en mi vida, sentí lo que puede ser una atracción. Algo así como aquella vez que se desparramaron por el suelo todos los alfileres del costurero de Tata María, y vino Fabián, y con un diminuto imán que usaban Jerónimo y él cuando armaban el Meccano y se les caían piezas al suelo, los recogió todos. Así era yo, en aquel momento, y así era el pantalón de terciopelo marrón, porque me dije: «Yo quiero un pantalón así, no el uniforme de Saint Maur». A lo que no podía aspirar era a los tirabuzones, con mi melenita lisa, rojiza e indómita a retorcidos bigudís. Y no estaba segura de si aquel ser se trataba de un niño o una niña. Pero sí que yo era un pequeño alfiler atraído por un imán.

No eran únicamente él y su perro los que me atraían; era todo el espacio que abarcaba mi mirada, y un más allá de mi mirada: la luz sobre la nieve, el recuerdo de los mil colores del gorro de Bibi, como el de los gnomos, los rizos dorados del Arcángel San Gabriel, el pantalón de terciopelo marrón, los saltos —que más recordaban los de Jerónimo y Fabián que cualquier desplazamiento físico de Cristina—, fue decirme: «Yo quiero jugar así... y tener un amigo así, o, por lo menos, como *Zar*». Porque, de pronto, ellos ya eran amigos, deseados y tangibles; no como el farolero, ni siquiera como Paco, o el pescadero o el panadero. Podían ser amigos de verdad. En aquel momento Paco les animaba en sus juegos, gritándoles: «¡Hala, hala, *Zar*...! ¡Hala, hala, Gavrila!...».

Como el telón del teatro donde vi *Cascanueces*

y *Petrouchka*, cuando me hicieron desear, y soñar, aunque lo deseado y soñado fuera tan desconocido como deseado y soñado, algo se alzaba ante mí; una puerta o una ventana que se abría para darme paso a espacios que iban mucho más allá de Saint Maur, de mamá, de Tata María e Isabel; y, misteriosamente, me devolvían la imagen de Eduarda y Michel Mon Amour abrazados, aquel día en que creí ver encenderse todas las apagadas velas de las mesas del Miguel Strogoff. Ahora también la nieve se había encendido, como ellas, y el Unicornio regresó por un extremo del patio, donde antes había desaparecido, y a la inversa, volvió a cruzarlo. Por primera vez me di cuenta de que su cuerno era de oro, y de que ahora sus pisadas no dejaban huellas en la nieve aunque volvía a mis oídos y a mi olfato el ruido pisoteado y el aroma de las hojas caídas.

Estuve un rato —no sé cuánto— contemplando el ir y venir de aquella criatura, de su *Zar* y su pelota roja; y el resplandor de la nieve, y las miles y miles de diminutas estrellas que parecían estallar y ascender como un surtidor tras sus pisadas. No sé cuánto duró aquella visión, pero sí que recuerdo, y muy claramente, el momento en que los dos (mejor dicho los tres, porque la pelota roja también formaba parte de su entidad) abandonaron el patio y desaparecieron por una de las puertas que lo rodeaban. Y entonces me pareció que algo que había estado apagado hasta aquel momento se encendía. El mundo, o mi mundo, por primera vez se había encendido. Porque en la nieve habían aparecido, tan claramente como ahora las vuelvo a recordar, y tan claramente como entonces, algo que nadie más que yo podía ver: las huellas de las pezuñas del Unicornio.

Ya no estaban allí Paco ni Anastasio, el otro chófer, ni nadie más que una voz que cruzaba el aire, como un pequeño latigazo, y llevaba hacia algún lugar desconocido, muy lejos de allí. Pasó mucho rato. Había oscurecido totalmente cuando, muy despacio, fui abandonando la ventana. Y en aquel momento entró Tata María.

—¡Dios mío, cierra esa ventana!... ¿No te das cuenta de que puedes coger una pulmonía? ¡Estás helada!

Y más cosas que dijo, pero no me importaban; ni la pulmonía ni todo lo demás. Dentro de mí había nacido una alegría agridulce, diríase que una alegría entremezclada de impaciencia y angustia, por alguna razón que no podía desentrañar.

—¿Has olvidado lo que significa esta noche?... ¡Es Nochebuena! Tengo que vestirte y peinarte, y debes portarte bien... porque Jesusito nace esta noche, y quiere que los niños le amen y sean buenos.

Ya no me acordaba de que era la noche de Jesusito, y de los niños buenos. Me dejé poner aquel vestido de terciopelo azul con cuello de encaje, y los calcetines blancos, y los zapatos de charol. Y Tata María me peinó, como siempre, suspirando por los bucles rubios de Cristina, y comparándolos con mi lacia melena rojiza y aquel flequillo que, según ella decía, siempre olvidaban recortarme hasta el punto de que un día llegaría a taparme los ojos. Y de pronto, como si hubiera estado esperando el momento propicio, dijo, muy deprisa y de corrido:

—Papá ha preguntado por ti, y me ha dicho que te guarda una sorpresa...

Hablaba en un susurro como quien confía un secreto, o teme ser oído por alguien que no lo merece.

—¿Papá...? —Me extrañé. Pero enseguida recordé que por aquellas fechas papá cenaba con nosotros y, de alguna manera, se hacía *visible*, cosa que el resto del año no ocurría.

«Una sorpresa...», me dije, esperanzada. Y acudieron a mi memoria, de nuevo, la tan añorada vez que me llevó a ver *Cascanueces*. Y de nuevo, renació el recuerdo de Eduarda, de *Petrouchka*, *La bella durmiente* y Michel Mon Amour.

Papá y mamá estaban en el salón, sentados cada uno en una butaca, y mis hermanos iban y venían y hablaban muy animados mientras recogían sus regalos.

Miré a papá y, por primera vez en mi vida, intuí algo que después, con los años, he reconocido como la soledad en compañía. Aunque sonreía, sus grandes ojos negros parecían estar esperando algo. Eché a correr hacia él, con un gran deseo de abrazarle, de esconder mi cara en su cuello —como hacía, a veces, con Tata María—. Pero cuando llegué a tocar sus rodillas, me quedé como paralizada por una súbita timidez, casi diría que vergüenza, aunque no sabía de qué me avergonzaba. Acaso porque noté que todos se habían callado en un espeso silencio y me miraban. Y que me mirasen era algo que entonces —y ahora— no podía soportar. Deseé tener a mi alcance alguno de mis numerosos escondites o, por lo menos, ser un gnomo capaz de camuflarse, como lo había leído en un cuento de Andersen, tras el tallo de una flor.

¿Cuál sería la sorpresa que me tenía reservada papá...? Desde luego, no la cocinita, el parchís o el libro *Heidi*, que fue lo único que me gustó de todos los regalos, donde también encontré dulces de mazapán, cigarrillos y monedas de chocolate, envueltas en papel dorado. La cocinita me pareció un trasto inútil porque a mí me entusiasmaba la cocina de verdad —donde aún no había llegado el gas ni la electricidad, y se encendía con astillas y carbón, espectáculo a todas luces maravilloso cuando lo descubrí a mis cinco años—. Allí era donde Isabel me dejaba batir huevos e, incluso, claras a punto de nieve, juego preferido entre todos los juegos permitidos a las niñas. Porque en la cocinita regalada, todo era de mentira. Como era de esperar, si venía del mundo de los Gigantes.

Pero papá puso fin a mi timidez, o miedo, o qué se yo, acogiéndome y abrazándome con tanta fuerza que casi me hizo daño. Y me acordé de que Isabel decía, a veces: «Ésta es la que más se parece al Señor...». Al principio, el Señor era para mí Dios porque así lo nombraban Tata María e Isabel. Pero luego, poco a poco, fui comprendiendo que en aquella palabra también cabía papá.

Cuando me desasí de sus brazos, con mucho cuidadito, suavemente, como si se fuera a romper, le di un beso. Creo que fue el primer beso que di en mi vida.

Entonces, mamá se levantó del sillón y empezó a corretear de un lado a otro entre mis hermanos, repartiendo risas y sonrisas como si estuviera muy alegre. Pero yo sabía que no estaba alegre. Porque en aquel tiempo sabía leer las palabras que no se dicen, del mismo modo que, destello a destello, cristal a cristal, había aprendido a leer las palabras de la luz en las lámparas que las Tatas llamaban arañas.

Mamá estaba muy guapa con los labios pintados, y además llevaba un vestido escotado con brillitos pequeños de plata. También se había puesto el largo collar de perlas de la abuela y los pendientes de brillantes de la tía Antonia, y yo pensé que cuándo se pondría algo que fuera suyo, no heredado de alguien.

Enseguida nos fuimos a cenar. Y después de cenar, yo, a la cama, sin haber conocido todavía qué sería aquella misteriosa sorpresa que me reservaba papá.

Al día siguiente, Tata María me despertó con novedades. Seguía usando el mismo tono confidencial de la noche anterior, pero yo adivinaba en su mirada una media sonrisa de satisfacción. Me dijo mientras me enfundaba los calcetines:

—Hoy vas a pasar el día con papá.

En «el despacho» o «la biblioteca de papá», papá no estaba casi nunca. Además, sólo quedaban la mitad de los libros que antes atiborraban las estanterías. «El señor se está llevando todos los libros... él sabrá dónde», decía Isabel. Y Tata María: «Mujer, qué cosas dices, él tiene su bufete en otra parte... ¡Qué mal pensada eres! Además, para lo poco que está en esta casa...».

Alguna vez —muy pocas, acaso sólo un par— yo me había acercado sigilosamente a aquella puerta de cristal esmerilado cuando transparentaba la luz de la lámpara. Por un ángulo del cristal, de los pocos que dejaba transparentes el florido dibujo, yo acercaba un ojo, y veía a papá, mejor dicho, un trocito de papá, sentado en una butaca, y leyendo.

Aquella mañana del día de Navidad, me acordé de todo esto mientras Tata María me vestía y repeinaba varias veces, sobre todo el flequillo, que cepillaba delicadamente, mientas decía:

—Tú sé buena, y verás como papá es también muy bueno.

Todo el mundo, pues, rebosaba bondad. Después de desayunar, y tal como había sido instruida para la ocasión, me acerqué a la puerta esmerilada. Mamá no se había levantado todavía ni, al parecer, Cristina, pero sí oía charlar a los gemelos en el cuarto de estudio. Por un momento tuve ganas de correr a ellos y contarles que papá me iba a llevar con él, pero enseguida abandoné la idea. Cuánto me costaba romper la corteza de mi timidez, o el miedo a que algo se estropeara si lo comentaba con alguien.

La puerta de la biblioteca daba al pasillo, allí donde mis correrías nocturnas, cada vez más espaciadas. Pero en el silencio de la mañana, en la suave penumbra, parecían renacer del suelo mágicas travesías y un aroma a cera y a madera y a alfombra calentada por los radiadores que volvieron a despertar en mí la magia de mis viajes a sueños y descubrimientos secretos.

Apoyé la frente en el cristal y, a través de la hojarasca esmerilada, atisbé el interior. Esta vez papá no estaba sentado en la butaca. Pero a través del cristal la luz era más viva porque no era luz eléctrica, era el sol. Llamé con los nudillos, como me había enseñado Tata María, y esperé. Casi enseguida oí el ruido de una silla arrastrándose y al poco la puerta se abrió. Papá me pareció más alto que nunca, y lo era mucho. Así que no pude evitar la pequeña desazón que me producían los Gigantes.

—Entra, Adri, entra —dijo agachándose hacia mí. Y me besó en el flequillo, lugar idóneo, al parecer, para recibir esa clase de efusiones.

Entonces vi, por dentro, aquella habitación que a partir de entonces iba a visitar con tanta frecuencia en la nocturnidad y el secreto.

Tal como había dicho Isabel —fue en lo primero que me fijé— faltaban la mayor parte de los libros de las estanterías. Daba la sensación de que había ocurrido alguna catástrofe, algo como un huracán que hubiera arrancado pedazos de un pueblo —como yo lo había visto una vez en el cine, en un Noticiario—, o una gigantesca dentadura a la que se le hubiera caído la mayoría de sus dientes. Sentí una extraña congoja, puesto que casi al mismo tiempo me imaginé a papá empaquetando y metiendo los libros que faltaban en grandes maletas; y me lo imaginaba con el abrigo puesto los guantes y el sombrero. Y hasta llevaba una pipa en los labios, humeante como una pequeña locomotora a punto de salir pitando, lejos, muy lejos de allí.

Pero papá parecía muy tranquilo, y me sonreía. Entonces se sentó en aquella butaca donde yo, entre follaje esmerilado, lo vi leer, y me dijo que me sentara en otra igual, frente a él.

Después de una rápida ojeada, vi que en aquella habitación sólo había una mesa, una máquina de escribir, nuestras dos butacas y un pequeño sofá. Pero parecía desnuda, o mejor dicho, despojada.

En algunos tramos de la pared había huellas más pálidas, que hacían suponer se colgaron cuadros, ahora desaparecidos.

Papá y yo estuvimos un rato mirándonos, en silencio. Papá no dejaba de sonreírme, y los dedos de su mano derecha tamborileaban sobre el brazo del sillón. Me pareció que no sabía qué decir, o que por lo menos le costaba tanto como a mí. Y pensé: «Tienen razón... me parezco mucho a papá». Traté de imaginármelo con flequillo, pero no dio buen resul tado. Papá tenía una frente ancha, y cabellos negros, con algunas canas por encima de las orejas.

—Eres la más pequeña de tus hermanos —dijo de pronto, y muy deprisa. Carraspeó y continuó—: Como digo, eres la pequeña, y por eso la que he podido tratar menos tiempo... Así que en vista de que ya tienes diez años...

—Once —interrumpí yo.

Aún no los había cumplido, pero había decidido que, para lo poco que faltaba, ya casi los tenía. Papá dudó un poco, como quien repasa una cuenta que no acaba de cuadrarle. Pero enseguida desechó esos cálculos.

—Bueno, once, tanto mejor. Pues he pensado que hoy es un buen día para que lo pasemos juntos. Iremos a comer a un sitio que te gustará mucho, y luego a donde tú quieras.

—A ver *Cascanueces* y *La bella durmiente* —dije

precipitadamente, llena de esperanza. Papá pareció muy sorprendido, incluso se le había quedado la boca un poco abierta.

—Pero... en fin eso había que haberlo pensado antes. Además, no creo que haya hoy ningún teatro que ofrezca ese programa... La verdad es que pensé que te gustaría ir al cine. ¿Sabes? Hoy es día de Navidad y la mayoría de los cines están cerrados. Pero hay dos que no cierran, y en uno hay una película que, me imagino, te gustará mucho... Yo, por si acaso, ya he reservado dos entradas.

—¿De Shirley Temple...? —pregunté, con un ligero temblor capaz de arrancar de cuajo las alas de mariposa que, de tarde en tarde, parecían brotarme.

—No, pero... ¿no te gusta Shirley Temple?

—Sí, me gusta..., pero ya las he visto todas. Y una, dos veces.

—No, no es de Shirley Temple... Se llama *Las cruzadas*. Es que los gemelos, tus hermanos..., yo sé que pasas más tiempo con ellos que con... bueno, me han dicho que te gustan mucho los libros que ellos leen... Cuando te los explican, claro.

—Sí —dije. Y me acordé de Beau Geste, y de Robinson, y de Jim, el de *La isla del tesoro* y de tantos otros. Entre ellos, uno sobre Ricardo Corazón de León.

—Pero si no te gusta, te llevo a otro sitio.

—Sí que me gustará porque no la he visto.

—Si no entiendes algo, yo te lo explicaré.

—Sí lo entenderé —dije para consolarle un poco porque me pareció entre desilusionado y confuso.

—Además —añadí en un alarde de verborrea—, si no la entiendo, da igual porque ya me la inventaré.

Entonces papá hizo algo verdaderamente insólito. Lanzó una carcajada sonora, y luego otra y otra... Él, que hablaba siempre en voz muy baja y apenas sonreía. Luego, para redondear mi estupor, me cogió las dos manos, me atrajo hacia él y me abrazó mientras decía:

—Tienes a quien parecerte, hija mía...

Fue la primera y la última vez que le oí aquella palabra. Y sin saber muy bien por qué razón sentí ganas de llorar. Pero no lloré. Desde los lejanos tiempos en que Tata María me había secado las lágrimas con la punta de su delantal, no había llorado, sino muy raramente. Y a solas. Pero a veces, durante los últimos tiempos, me había parecido llevar dentro, entre el pecho y la garganta, un puñado de piedras y un gran nudo. En ese momento, aquel nudo pareció, si no deshacerse, por lo menos aflojarse un poco.

Entonces papá hizo una cosa que hacían casi todos los Gigantes: tiró hacia arriba, con un pequeño movimiento del brazo, la manga de la chaqueta, luego el puño de la camisa y apareció el reloj. Papá lo miró unos segundos, y dijo:

—Muy bien, Adri. Empieza nuestro día.

—¿Por qué miras el reloj?... —Me atreví a preguntar, en vista de lo fácil que iba siendo aquel encuentro.

—Porque es necesario saber las horas y en qué las ocupamos... en fin, tenemos que controlar el tiempo, y lo que hacemos con él.

Pero me pareció que lo decía de una forma poco

natural: algo así como si lo hubiera leído en alguna parte, por ejemplo un anuncio del periódico, y lo repitiera. Jerónimo y Fabián lo hacían, para divertirse, y no sé aún por qué razón se reían mucho repitiendo en voz alta, pongo por caso: «Pilules Orientales...» o «Aceite Inglés, todo el mundo sabe para lo que es...». Las personas mayores, incluso cuando aún no habían alcanzado el estrato de Gigantes, todavía eran un verdadero enigma.

—Te voy a llevar a un parque precioso —dijo papá—. ¿Te gustan los parques?

—Sí, la Tata me llevaba al del Museo de Ciencias Naturales.

—Pues éste es mucho mejor: hay un lago, y barquitas, y muchos árboles.

Tata María me vistió el abrigo nuevo que, desgraciadamente, también era azul, aunque no tan oscuro como el del colegio, y por lo menos no me llegaba casi a los talones. Pero intentó encasquetarme un sombrerito «a juego», como decía mamá, cosa a la que me negué rotundamente. Llevaba una especie de borla, a un lado de la cara, sujeta con una cinta, y me pareció lo más horrible que podían colocarme encima. Y lo hacían, hasta aquel día, contra mi voluntad.

—¡No lo quiero! No quiero llevar en la cabeza esa cosa que se llama «capota», como la de un coche.

—Adri. —Tata María me miraba como lo hacía en las ocasiones difíciles—. Las niñas bien educadas llevan capota.

—¿Las niñas bien educadas...? —casi grité.

Todo me parecía tan ridículo, tan ilógico. Y me di

cuenta, a seguido, de que el encuentro con papá, tan breve aún, tan insignificante en apariencia, me había dado fuerza, o valor, para decir cosas que hasta entonces habían quedado aprisionadas en el nudo de mi garganta o sepultadas bajo las piedras que tanto me pesaban dentro del pecho. Era una sensación tan nueva que casi me asustaba. Y apenas sin transición vino a mi mente Eduarda, su sombrerito de cazador, con una plumita, sus grandes ojos azules de Unicornio y los saltos abruptos, maravillosos e inolvidables, de su Cafetera.

—Pues que las lleven las niñas bien educadas —dije, despacito, casi dulcemente. Y me arranqué de la cabeza aquella cosa, y la tiré a un rincón, y Tata María se quedó mirándome como si me viera por primera vez en la vida. A mí, o quizá al fantasma de la pequeña Adri.

Papá ya no tenía el coche que, antes, hacía compañía a los que conducían Paco y Anastasio. Pero tenía siempre a su disposición un taxi. Un taxi era otra novedad para mí. Los había visto pasar, a veces, pero jamás había entrado en ninguno.

El taxi de papá nos esperaba frente al portal de casa. Joaquín, el portero, que de costumbre me parecía tan severo, de repente se mostraba amable y simpático, y nos acompañó hasta la portezuela, que abrió, diciendo:

—Que pasen un buen día los señores.

Y de este modo me vi alzada hasta un altar, junto al Señor.

El chófer del taxi conocía a papá porque lo saludó con más que respeto, yo diría que con cariño. Y en el transcurso de aquel día me di cuenta de que papá despertaba cariño, o algo que se le parecía mucho, allí por donde iba. Parecido, aunque distinto, a lo que despertaba a su paso Eduarda.

El parque de papá —se llame como se llame, para mí siempre será el *parque de papá*— me pareció enorme. Nunca había estado en un lugar semejante —nada que ver con los Jardines del Museo, a donde me llevaba la Tata cuando aún no iba a Saint Maur—, y por primera vez me acerqué al gran misterio de los árboles. Papá me decía sus nombres. Unos nombres que me parecieron extraños, pero tenían la virtud de que yo los bautizara a mi vez: «El que huele a lluvia», el «que parece un viejo», el «que llora»... Todo estaba nevado, apenas había hojas ni flores. Sin embargo, me gustaba: casi más que si hubiera hojas y flores. El estanque que papá llamaba lago parecía helado. Quizá lo estuviera, quizá no, pero se me antojó de cristal duro y reluciente. No caminaba nadie por los senderos, sólo papá y yo los recorríamos despacito, mi mano escondida en la suya, y notaba su calor aunque estuviera enguantada.

Conservo un recuerdo tan vivo de aquel parque, de aquel lento, largo y callado paseo por senderos flanqueados de blancura suntuosa, que nada podrá borrarlo de mi memoria. Despacio, muy despacio, sabiendo que nadie estaba esperándonos para incorporarnos a sus días llenos de sobresaltos y vacíos, sin apenas transición. Sin que nadie nos reprochara por qué llegábamos tarde a alguna imaginaria cita. Sin tener la obligación de explicar —a oídos, por otra parte, totalmente desinteresados del asunto— qué habíamos hecho, en qué habíamos perdido el tiempo. El precioso tiempo de ellos, no nuestro silencioso vagar por senderitos bordeados de parterres blancos y árboles desnudos, con los negros brazos alzados a un cielo de aluminio. Avanzábamos así, en el mágico silencio que despiertan los parajes nevados. No sé cuánto tiempo duró aquel deambular sin rumbo, sin la obligación de llegar a alguna parte; sólo así, caminando, despacito, mi mano dentro de su mano, en el aterciopelado silencio de la nieve.

Y entonces sentí un gran deseo de comunicar la paz o la felicidad, esa peligrosa palabra que no debe pronunciarse y que de pronto había llegado a mí. Pero sólo se me ocurrió apretarle la mano. Lo hice una sola vez, y casi al instante él me devolvió el apretón: y lo hizo dos veces. Los dos mirábamos hacia el cielo casi blanco, y con otro apretón de manos volví a decirle que le quería. Me respondió de la misma forma. Creo que nunca, ni antes ni después, he mantenido con nadie una conversación más íntima, más explícita. Ni tan bella. Aquel parque solitario, aquel hombre y aquella niña solitarios, aquel vagar sin rumbo y aquel silencio. Un parque sin gentes, cubierto de nieve, un estanque de cristal, y la ausencia de palabras, y de ruidos —si hubiera caído la última hoja del último árbol de invierno, la habríamos oído— para no romper la conversación muda que habíamos inventado entre los dos, mano a mano.

Papá se detuvo frente a un árbol muy grande. No recuerdo su nombre, pero sí sus largas ramas desnudas y negras contra el resplandor del cielo. Parecía como si mi cuerpo se hubiera hecho de alguna materia esponjosa, y absorbiera luces, y silencio. Papá me señaló entonces tres pájaros en el suelo, junto al tronco del árbol. Eran oscuros y formaban un extraño corro, como persiguiéndose en redondo. Eran pájaros de invierno, aquellos a quienes Tata María llamaba «pájaros del frío». Sus vueltas y sus revueltas en torno a un eje invisible parecían evocar algún ritual antiguo, casi sagrado.

—Mira, Adri —dijo papá—, se están dando calor unos a otros...

Pero a mí no me pareció que se daban calor, más bien me parecía que se perseguían sin encontrarse. Y además estaban asustados, desorientados, sin saber qué rumbo iban a tomar, ni a qué o a quiénes iban a unirse en su largo viaje hacia las tierras del Sol. Un viaje que acababa de inventarme, un viaje de luz, y nada tenía que ver con lo que nos rodeaba. Allí, en aquel lugar y en aquel momento, en aquel invierno, parecían asustados como si hubieran olvidado cómo se vuela. Casi sin darme cuenta fui hacia papá y me dije que él y yo éramos como aquellos pájaros:

—No se están dando calor... están asustados.

O acaso no sabían qué rumbo tomar, hacia dónde volar. Y añadí, casi sin pensarlo:

—Somos tú y yo, papá.

Pero papá dijo que no, que nosotros no éramos así.

—No digas esas cosas, Adri. Tú y yo no nos asustamos de nada.

No era verdad. Yo sí me asustaba, y en aquel momento me di cuenta de que él también.

—¿Tienes frío? —preguntó, de pronto.

—No lo sé.

Hasta que él me lo preguntó no había notado que estaba temblando.

—Soy una calamidad —dijo, pero no me hablaba a mí, hablaba consigo mismo—. No sé tratar a los niños, ni a los mayores... ni a mí.

Entonces yo dije:

—Yo tampoco.

Dejamos de andar y miró hacia el cielo, que tenía un tono de perla, con nubes casi transparentes. Luego cerró los ojos y vi que de su nariz salían nubecillas, algo así como si fuera una diminuta chimenea de gnomos.

—Adri, todo lo que me has dicho de ti me sabe a poco...

Ahora, después de tantos años, creo entender sus palabras. Pero, como entonces, no sé lo que realmente guardaba su corazón.

De pronto parecía muy alegre. Me apretó contra él —mejor dicho, contra sus rodillas— y casi gritó:

—¡Vamos a cualquier sitio donde podamos contarnos muchas cosas!...

Me sorprendió que un Gigante quisiera hablar de cosas con un Gnomo. Desde que era muy pequeña, me gustó imaginar que yo, en cierto modo, lo era. Y me vino a la memoria la vez que Isabel me dijo: «Nos lo contábamos todo, unos a otros...». Y sabían muchas historias, aunque no supieran leer.

Papá casi me arrastró hacia el taxi, que nos esperaba a la entrada del parque.

El chófer conocía tanto a papá que empecé a creer que era amigo suyo, pero de la misma forma como era amigo mío el farolero, pongo por caso. Cuando estuvimos instalados en el taxi, volvió la cabeza hacia atrás, hacia nosotros y dijo:

—Don Germán... aunque sea un día como hoy, usted lo sabe, yo le llevo a donde usted me mande... y en cualquier día del año que sea, y a donde sea...

Me pareció que por un lado estaba diciéndole que le quería mucho y, por otro, que hacía un gran sacrificio trabajando para él en un día así. Estas cosas, a los diez años, parecen leerse en la voz más que oírse. Las palabras oídas en aquel tiempo han quedado grabadas en mi memoria más por la puerta que abrían que por la que cerraban.

—Sí, ya lo sé, Ernesto, ya lo sé... Y te lo agradezco mucho.

Entonces, papá le dio una dirección que por lo visto Ernesto ya conocía porque con sólo decir «A la Peña...», no tuvo que especificar ni la calle ni el número.

El Club La Peña estaba también cerrado. Pero había unos timbrecitos a la derecha de la puerta, que papá pulsó. Y, al poco, la puerta se abrió. Un portero parecido a Joaquín, muy apresurado, se estaba abrochando un botón dorado, bajo la barbilla. Tenía los ojos llenos de sueño.

—Don Germán, qué sorpresa... Anoche tuvimos tanto ajetreo... ¡Hasta las cinco...!

La Peña era bastante oscura. Había dos grandes salones, con paredes recubiertas de madera, que olían muy bien, y donde papá y yo nos sentamos, en dos butacas uno frente a otro —empezaba a parecerse a un ritual— junto a la chimenea, donde agonizaban las llamas de unos pocos leños. Pero enseguida llegó un jovencito con más leña. Se dispuso a revivirlas mientras decía:

—Señor... —Papá volvía a ser Dios—. Perdone, pero hoy no esperábamos...

—¿Dónde está Eliseo? —dijo papá. Y aquella reciente y súbita, casi inesperada alegría, había desaparecido de su voz. En la ventana, a través de los cristales de colores, el sol de invierno, amarillo y verde, había caído a trocitos sobre el parquet, allí donde no alcanzaba a cubrirlo la alfombra. Entonces llegó un muchachito, casi un niño, vestido de viejo. Parecía tímido como yo cuando Madame Saint Genis me pedía que hablara.

—¿Y Eliseo...? —murmuró papá.

—Hoy libra, señor... Es Navidad.

Empecé a sentir en aquel nombre un secreto reproche.

Papá se pasó la mano por la frente y dijo:

—Claro, claro... es Navidad.

Creo que desde aquel día, este nombre, esta palabra conlleva el color de senderitos entre la nieve, el tono semifestivo de una voz, la derrotada e intermitente alegría de un hombre a quien algunos llamaban señor y yo papá.

Papá pidió que le trajeran un fino, nombre que me pareció muy bonito, y el periódico. Pero el periódico no existía ese día porque era Navidad. Me pareció tan desolado que pensé: «Voy a contarle cosas, como hace la familia de Isabel». Así que le dije:

—Papá, he visto un niño jugando en el patio interior.

—¿Qué niño? —preguntó. Y noté la poca emoción que le producía aquella noticia.

—Es un niño que no parece un niño... y juega con un perro que se llama *Zar*. Lleva tirabuzones.

Papá pareció regresar de un lejano viaje, sin reconocer nada ni a nadie. Decidí cambiar de tema:

—Papá... ¿tú conoces a Eduarda...?

Entonces papá sí pareció entender la pregunta. Se inclinó hacia mí y a su vez preguntó, suavemente, casi en un susurro:

—¿Por qué me lo preguntas? Claro que la conozco. Es la hermana mayor de mamá.

—¿Te parece que está *p'allá*?... Eso dicen las Tatas.

Papá se quedó mirándome con la copita de fino en la mano levantada. Al fin, murmuró, inclinándose más hacia mí:

—No uses ese lenguaje, Adri... Nadie está *p'allá* ni *p'acá*.

Y se enredó en lo que se debía decir, o no decir, hasta que los dos nos cansamos, y yo insistí:

—¿Quieres a Eduarda?

—Claro está que la quiero... Y creo que es una de las pocas personas con las que puedo hablar... en esta familia.

—¿Yo soy tu familia?

Entonces papá se puso muy nervioso, y me dijo que mejor fuéramos a comer, que ya era hora. Y volvió a mirarse la muñeca, y a controlar el tiempo. Y mientras esperábamos que nos trajeran los abrigos, y estábamos ya de pie, dijo:

—¿Estás segura de que quieres ir a ver *Las Cruzadas*?

—Sí, sí estoy segura.

Y mientras lo decía, por vez primera tuve la sospecha de que, en realidad, nunca he estado segura de nada.

Fuimos a comer a aquel restaurante que según dijo papá me gustaría mucho. Pero era el día de Navidad.

De todos modos, el restaurante era muy bonito. Mucho más grande y lujoso que el de la noche de *Petrouschka*, con Michel Mon Amour, Lev y Eduarda.

No había casi nadie: sólo un señor y una señora muy viejos, en una mesa, callados y mirando más allá de la ventana. Y nosotros dos. También el *maître* y un camarero, tan viejo como el matrimonio que miraba la nieve a través de la ventana, que le dijo a papá:

—Feliz Navidad, don Germán... ¿ésta es la mocita?

Nunca había oído la palabra mocita. Había tantas y tantas palabras, y no sólo palabras, que yo no conocía, o estaba privada de ellas, que me sorprendió. «Mocita», pensé. La apuntaría en la libreta secreta que guardaba bajo los pañuelos y los calcetines, en el armario de mi cuarto. Con tantas otras cosas como iba atesorando cada vez que tenía oportunidad. Oportunidades eran, hasta entonces, Eduarda, Isabel, Tata María... En ocasiones Paco, o Mario, el pescadero. Ahora había que añadir la de papá, o las que brotaban en su entorno. Como reflejos de cristal a cristal, comunicándose noticias a través de las arañas del salón; o las copas de la mesa en las contadas ocasiones que me dejaban comer con los Gigantes. Los vasos de la cocina —mi habitual comedor— sólo transportaban agua o zumo de naranja.

—Sí, la pequeña —dijo papá. Y de pronto me pareció que lo decía con tristeza. No por mí, ni porque yo fuera la pequeña, ni siquiera porque yo fuera esa palabra «mocita», que no acababa de sentarme bien; ni por el parque nevado, ni por el día de Navidad, ni por el cine en vez de *Cascanueces*. Quizá porque no había tenido tiempo, o simplemente ganas, de hablar conmigo como lo había hecho antes con Cristina o los gemelos.

A lo mejor no estaba triste por ninguna de estas cosas, pensé. La tristeza parecía un sentimiento muy delicado, que se podía rasgar en cualquier momento, que se podía convertir inesperadamente en otra cosa, algo que me repelía. Todo esto bullía en mi cabeza, sin saber muy bien lo que significaba, pero anticipando un vacío. Un vacío parecido al que sentí aquella mañana en que Isabel me llevó con ella al terrado, y me apoyé en la baranda y miré hacia abajo y me invadió un irresistible impulso hacia el abismo. Sólo la voz rotunda de Isabel y sus brazos vigorosos me apartaron de aquel atractivo. El imán, la atracción que recogía las piezas caídas del Meccano, se abría ahora, sutil, bajo cuanto hacía o decía papá.

—Pide lo que quieras, hoy no tienes que comer lo que no te guste, y, cuando ya no tengas apetito, puedes dejar en el plato lo que no quieras...

Creo aún recordar, como en una neblina, casi todo lo que ocurrió en aquella comida y la voz de papá. Intentaba ser amable, intentaba darme confianza, intentaba, quizá, darme cariño. Pero yo tenía miedo: y así supe que siempre lo había tenido, y que el miedo acababa apoderándose de todo lo que hacía, o decía, o escuchaba. Era un miedo sutil, frágil, y sin embargo, poderosamente destructor.

Pero afortunadamente existe la risa, y aquel día —aunque por entonces me daba poca cuenta de ello— fue la risa quien nos unió. La risa que brotó al final de nuestra breve conversación:

—Adri, el día seis de enero, ya sabes, los Reyes Magos te traerán lo que pidas, ¿has hecho ya la carta?

Le miré, casi con ternura de Gigante a Gnomo:

—No, papá. Ya hace dos años que no creo en los Reyes Magos. Pero sí tengo una lista de pedidos...

Papá parecía asombrado.

—¿Quién te dijo que no existían los Reyes Magos...? Los Reyes Magos existen. Lo que pasa es que, cuando los niños dejan de creer en ellos, los abandonan, y entonces los papás tienen que sustituirles, para que no... para que no dejen de creer en...

—Sí. —Le interrumpí porque me di cuenta de que estaba hecho un lío—. Ya lo sé, no te preocupes. De todos modos los Reyes Magos y yo seguiremos siendo amigos.

No era verdad, pero desde aquel momento acababan de incorporarse al farolero, al pescadero, a Paco, el chófer... Y añadí:

—El año pasado les pedí un caballo vivo.

Papá movió la cabeza con aire apesadumbrado, y de pronto vi en sus ojos negros una lucecita de alegría, o de risa contenida:

—Vaya, vaya... en menudo aprieto los pusiste.

—Sí —dije, continuando la broma—. No cabría en mi cuarto, y puedes imaginarte lo que diría Cristina...

Y los dos empezamos a reírnos tan fuerte que el matrimonio de ancianos que miraba la nieve, tras una mirada de falso reproche, sonrió.

Entonces papá alargó las dos manos sobre los platos, las copas y todo lo demás, agarró mis dos pequeños puños, y los apretó tanto que casi me dolieron.

Y era la primera vez que yo me reía, por lo menos con tantas ganas, y sentí como si dentro de mí algo estallara en mil pedazos, como si aquel montoncito de piedras que pesaba sobre mi corazón saltara por los aires. Y pensé: «Qué bueno es reírse...».

Papá dijo entonces:

—Tendrás un caballo vivo, te lo prometo... No ahora, ni mañana, ni sé cuándo... Pero te doy mi palabra de honor de que lo tendrás. Y cuando lo tengas, acuérdate de papá.

Yo le miraba atentamente, casi ávidamente: como miraba todas las cosas que de algún modo quería aprehender, en aquel tiempo. Y me di cuenta de que tenía los ojos llenos de lágrimas.

Despacito, porque apenas me salía la voz, apreté también sus grandes, morenas, cálidas manos, y dije:

—Sí, papá.

Y luego retiré mis puños, apretados, indignados o doloridos por tantas y tantas cosas que aún no lograba comprender y, sin embargo, estaban dentro de mí. Algo se abría paso, entre todo cuanto me llenaba de regocijo: Cristina era incapaz de albergar un caballo vivo en su habitación. Yo, sí. Y al Unicornio.

—Papá, ¿vamos a ver *Las Cruzadas*?

—Sí, claro, naturalmente... seguro que te gustará.

Y terminamos el postre, nos abrigamos y nos fuimos a ver *Las Cruzadas*.

7

El cine era uno de los más grandes, de entre los muchos que había en una calle que llamaban Gran Vía. Sólo ver sus grandes carteles en color, sus muchas luces encendidas y aquellas letras luminosas donde podía leerse *Las Cruzadas* me hicieron latir el corazón. Presentía que allí me esperaba algo nuevo y, por supuesto, emocionante. Leí, en grandes titulares, los nombres de Henry Wilcoxon y Loretta Young. Y en los enormes carteles vi a un hombre con la espada en alto. Papá lo señaló y me dijo:

—Es el rey Ricardo Corazón de León.

Quedé sobrecogida, y volvió a mi memoria aquel nombre, pronunciado a menudo por los gemelos.

—¿Tenía corazón de león...? —pregunté, asida a su mano, con la mirada alzada hacia aquel impresionante caballero.

—Quiere decir que era muy valiente... y por eso le llamaban así.

El cine estaba en una suave penumbra, y el acomodador, con su linterna, parecía el cómplice de alguna aventura a punto de producirse. Todo era suntuoso, solemne y muy grande. Nada tenía que ver con los domingos de Shirley Temple, con Tata María durmiéndose en la butaca de al lado, y a la que tenía que despertar de cuando en cuando para que no roncase. Apenas podía moverme en la butaca, me sentía inundada de pasmo, fascinación y una chispita de miedo. Y, sobre todo, la emoción de entrar en un espacio nuevo, absolutamente desconocido y cautivador. Porque no *veía* la película, *entraba* en ella, galopaba en sus caballos, gritaba con sus gritos de guerra, blandía sus espadas... Y no entendía nada. Pero precisamente por eso me atraía más: puro misterio, puro enigma; la tierra donde a mí me gustaba vivir, avanzar, imaginar; el mar donde deseaba sumergirme, al borde siempre de un descubrimiento; puro deseo de alcanzar o de recuperar algún lugar que me pertenecía, y que todavía no había encontrado. Las inquietudes que me despertó la visión de aquella película son difíciles ahora de repetir. Sólo retazos, fragmentos, como el de la aparición de aquella Loretta Young —que en la película era una princesa llamada Blanca de Navarra—, y que su belleza me dejó anonadada. Yo estaba acostumbrada a oír que Cristina era la más guapa, la más elegante, y en cuanto apareció la Princesa Loretta Young, todas las bellezas conocidas quedaron reducidas a cenizas. Jamás había visto —ni siquiera en las ilustraciones de los cuentos— alguien parecido. Era tan rubia, tenía unos ojos tan grandes y tan brillantes, y sobre todo estaba envuelta en una especie de halo luminoso, al que contribuían las ropas, todo gasas y sutilezas. Contrastaba casi dolorosamente con la rudeza y crueldad del ambiente, y me llenaba de estupor, especialmente cuando la vi casarse con la espada de Corazón de León.

Mi asombro, incomprensión, y el soterrado atractivo que aquel mundo me suscitaba, llegó a su cenit. Jamás he comprendido menos una película —y no sólo una película— que, por contra, me haya conmovido más. Cuando terminó, yo tenía la boca seca, las manos me temblaban y estaba como paralizada. Papá ya se había levantado, con su abrigo al brazo, e intentaba enfundarme en el mío.

—Bueno —decía—, no sé si te habrá gustado... Pero, hijita, no había mucho donde elegir... Y además creo que no tendrás que inventarte nada: por lo que he visto, ya se lo han inventado todo ellos... ¡Qué barbaridad, qué estropicio de la historia!...

Salimos en silencio. Aún me latía el corazón.

Papá —era un tic de Gigantes, al parecer— miró su reloj de pulsera y dijo:

—Ahora vamos a merendar... porque tendrás hambre, ¿verdad?

Yo no sabía si tenía hambre, sólo sabía una cosa: que no quería regresar al mundo de los Gigantes, de Saint Maur, de la casa... Pero no podía decir nada como si de pronto se me hubieran acabado todas las palabras que sabía, y aún las que tenía que descubrir o inventarme.

Papá y yo de su mano entramos en una chocolatería-heladería —aunque, entonces, no se llamaban así—. Nos sentamos a una mesa, al lado de una ventana, y después de un ratito, se acercó una camarera, con aire aburrido.

Papá me preguntaba qué quería merendar, pero yo no decía nada, no podía hablar.

—Pero, dime, Adri... ¿qué quieres?

Entonces algo estalló dentro de mí, y apretando los puños —como siempre que quería darme fuerzas—, casi grité:

—¡Quiero volver al cine, quiero ir otra vez al cine...!

Papá se quedó mirándome con tanto asombro que me reconocí en él. O, por lo menos, en sus ojos. Dijo:

—Bueno, pero entretanto... ¿qué quieres?

Pedí un helado de vainilla —en recuerdo a Eduarda— y cuando la camarera se fue, dije:

—Papá, por favor... quiero ir otra vez al cine, por favor.

—Bien, bien —dijo papá, cogiéndome una mano y apretándola. Suspiró y murmuró, no tan bajo que yo no pudiera oírle:

—Qué raros son los niños... o por lo menos ésta.

Al comprobar tan buena disposición, me aventuré a decir:

—Yo no quiero ir a casa... yo quiero estar siempre en el cine, contigo... y en el cine.

Tanto insistí, y con tanto empeño, que al fin papá cedió:

—Bueno, creo que tienes algún Ángel, o algún Diablillo, que está de tu parte... había sacado, por si acaso, entradas para otra película, pero *Las Cruzadas* me pareció mejor... aunque no sé si me equivoqué.

Sacó entonces de su cartera dos papelitos rosa,

donde se leía «butaca» y que me llenaron de alegría. Papá, con cara de resignación, añadió:

—Esta película ocurre durante la Revolución Francesa; la verdad que no sé cuál va a ser menos adecuada para un día como hoy.

Casi me pareció que sonreía, por el modo de apretar las mandíbulas, y la vena de la frente, que se marcaba más.

—Así que, en lugar de devolverlas...

—¡No las devuelvas, no las devuelvas...!

Casi se las quité de las manos. Papá me miraba cada vez con más asombro como si, en lugar de verme a mí, viera una criatura desconocida:

—Papá —dije, para suavizar aquella impresión—, es que yo quiero estar siempre en el cine, quiero vivir en el cine...

Antes de contestarme, papá pidió otro helado para mí y un copa de no sé qué para él. Y mientras yo comía, y él bebía, dijo:

—Ya tienes edad para saber que en el cine no se puede vivir. La gente del cine también tiene sus casas, su familia...

«No entiende lo que yo le quiero decir —pensé—, se cree que soy tonta.» Pero con tal de que fuéramos a ver otra película, me callé. Entonces él dijo, con aire abatido —o eso me pareció:

—Vámonos ya. Y si no te gusta... ¡Cállate, por favor!

La película se llamaba *Historia de dos ciudades*.

Recordé que uno de los libros de los gemelos se titulaba igual. En la portada había una guillotina.

Durante la película me enteré de para qué servía

aquella máquina y de muchas más cosas. Creo que en aquellas dos sesiones de cine aprendí más de los Gigantes y de su comportamiento que en los cinco años de asistencia a Saint Maur.

Cuando salimos a la calle, ya era de noche. Me aferraba a la mano de papá, y notaba un temblor casi irreprimible. Yo estaba acostumbrada a disimularlo, sobre todo cuando mamá me llamaba a su gabinete y llevaba las gafas en la mano. Ahora era diferente. Apenas podía abrir los ojos, me dolía la cabeza y daba diente con diente. Papá se dio cuenta:

—¿Qué te pasa...? Dios mío, me parece que tienes fiebre...

Me puso la mano en la frente.

—¡Pero si estás ardiendo!... Dios mío, menuda papeleta —murmuró.

Llamó a un taxi —porque Ernesto ya se había despedido para irse a la Navidad de su mujer y sus hijos— y tardó un poco en encontrarlo.

Durante el trayecto del cine a casa, papá me tuvo abrazada y de cuando en cuando me apartaba el flequillo de la frente, como si el flequillo tuviera la culpa de algo.

Cuando llegamos a casa, llamó enseguida a Tata María:

—Ocúpese de la niña mientras yo llamo al médico. —Me pareció que su voz temblaba casi tanto como yo—. Me parece que no está bien. ¿Dónde está la señora?

—Ha ido al teatro con los niños...

María me cogió en brazos, a pesar de que yo era demasiado grande para que me llevase así. Como de costumbre, María era la única que se mantenía serena. Al refugiarme en sus brazos sentí algo así como una especie de consuelo, aunque no sabía de qué tenía que consolarme. Porque, a pesar de todo, a pesar de la fiebre, del dolor de cabeza y del cuerpo entero, como si me hubieran dado una paliza, yo estaba alegre. La alegría me inundaba y, aunque temblaba, aquel sentimiento se sobreponía a cualquier otro.

Tata María me llevó a la cama y me desvistió. Había calentado antes el pijama, como cuando yo aún no podía quitarme la ropa. Me santiguó, me quitó los largos calcetines azul marino, y me frotó los pies.

—Tienes fiebre..., tienes los pies helados, niña —dijo, casi en un susurro.

Lo último que hizo fue desprenderme los pendientes con mucha suavidad: unas pequeñas perlas con aritos, atravesándome las orejas, que llevaba desde que nací o poco después. Y fue, creo, lo último que recuerdo antes de que Tata María me acostase.

Aquella noche dormí o medio dormí con gran inquietud, despertándome de tanto en tanto con sed. Tata María no se apartaba de mi cama, y tenía encendida la pequeña lámpara de la mesilla. El suave resplandor que transparentaba su pantalla, y la presencia de Tata María dormitando en una butaca a mi lado, me inundaron de paz, de bienestar. Hacía mucho, mucho tiempo que no sentía una paz y un bienestar parecidos. «La felicidad...», me dije, como una palabra oída, o leída, y hasta aquel momento sin sentido. Una especie de sonrisa múltiple que por primera vez conocía e inundaba todo cuanto miraba. Como si sonriera con todo mi ser.

De lo que ocurrió luego sólo guardo imágenes fragmentadas: la visita del doctor —le conocía, o al menos recordaba sus manos—, el termómetro, su voz apacible. Desde hacía mucho tiempo —quizá nunca antes— no había experimentado una sensación parecida de equilibrio y suave alegría. De pronto ya no existían Saint Maur, ni Margot, ni las niñas burlonas, ni las hojas caídas de las moreras con sus ristras de orugas rodeando mis solitarios recreos. Parecía que desde aquel día la vida recomenzaba su ruta y, sobre todo, dejaba atrás cuanto detestaba o entorpecía mi camino.

Después, vagamente, aparece la cara de mamá, inclinada sobre la mía, y sus verdes ojos, sin gafas. Pero el recuerdo más claro es el de su largo collar de perlas, rozándome, y su perfume.

Creo que me dormí. O por lo menos estuve largas horas —quizá días— mecida en aquella penumbra, con la luminosa transparencia de la lamparita a mi lado, esparciendo sobre mí y hacia el techo sombras y resplandores portadores de sonrisas invisibles. Y la felicidad —o así me parecía— que conocía por primera vez. Por fin conseguía lo que solamente había vivido en el Cuarto Oscuro. Que me dejaran en paz.

Entonces sentí por vez primera el placer de *saber* que dormía. Descansaba, me mecía en el sueño casi beatíficamente, y al mismo tiempo *me enteraba* de que dormía; dormir no era un bien desperdiciado. Como si de pronto me diera cuenta de que estaba reparando una larga fatiga arrastrada desde tiempo atrás, sin saberlo. Me liberaba lenta, suavemente, de un cansancio que me había acompañado no sabía desde cuando. Recuerdo que respiraba profundamente y me sentía contenta, o algo parecido, aunque me dolieran los huesos, la cabeza y el entorno de los ojos. La somnolencia y el ardor de la fiebre se mitigaban cuando Tata María me daba a beber algo que sabía remotamente a almendras amargas.

La fiebre, o por lo menos el amodorramiento, duró tres o cuatro días. Al final, desperté, y por entre los párpados medio cerrados, lo primero que vi fue un cuadro de luz proyectándose en el techo. Y dentro de aquel cuadro de luz, que llegaba del patio, se agitaban pequeñas siluetas en sombra, y me recordaban el perfil de ciertos gnomos y de un perro. Pero a la vez yo sabía que, aunque atravesaran de un lado a otro el cuadro luminoso como había visto hacer al Unicornio, estas siluetas pertenecían a criaturas vivas, y oía sus voces. A ratos una de aquellas siluetas saltaba como si volase, y aquella especie de vuelo corto me resultaba familiar.

Las voces, como suele ocurrir con el viento, traían palabras que al principio cuesta descifrar y luego resultan clarísimas. Y aunque muy lentamente iba captándolas, había una sobre todas ellas —un pequeño latigazo en el aire— que me trajo un nombre y una voz, ya inconfundibles para mí: «¡*Zar*...!». En ese momento fue cuando verdaderamente desperté.

Me senté en la cama, con la mirada fija en el cuadro luminoso del techo, donde las siluetas se sucedían en una especie de película prodigiosa. Y, una a una, las fui identificando por su perfil y por sus saltos, por cada uno de sus movimientos: Gavrila y *Zar*. Y al fondo, animando sus juegos, la voz de mi novio, el chófer Paco. Entonces sentí algo parecido a lo que Isabel me había dicho cuando me dio a probar un chupito de la botella: el secreto que daba calor al corazón. Aquel día no lo había sentido, pero ahora sí. Tuve calor en el corazón.

Despacito, como si todavía estuviese meciéndome en la duermevela, pero por otra parte totalmente consciente de cuanto hacía, me deslicé suavemente desde la cama al suelo. Descalza y en pijama, me acerqué a la ventana y la abrí de par en par. Ya no nevaba, pero el frío entró en la habitación casi diría que alegremente.

Me incliné cuanto podía sobre el alféizar, asomando medio cuerpo hacia el patio, y pude verles nuevamente, ya no en sus sombras en el techo, sino tal como eran, con el color de la vida. Los tres: *Zar*, Paco y Gavrila. Era como la repetición de otras escenas anteriores, pero ahora sin ocultarme tras los cristales medio velados por los visillos.

De pronto, Gavrila se paró bajo mi ventana, quieto, las manos en los bolsillos de su pantalón de terciopelo marrón, y la cabeza alzada hacia mí. Nunca le había visto tan cerca, y pude darme cuenta del azul intenso de sus ojos. Estuvo así unos segundos (aunque al recordarlo, todavía me parecen horas), mirándome. Y de pronto levantó la mano y me saludó.

Me inundaba la confusión porque, abriéndose paso en el barullo de mis sentimientos, una frase oída muy a menudo regresó a mí: «Los niños juegan con los niños, y las niñas, con las niñas». Casi sin darme cuenta, yo también levanté la mano y la agité en el aire, tal y como lo había hecho él.

Entonces Gavrila dijo, arrastrando las erres:

—¿Quieres jugar conmigo... y con *Zar*?

—Sí —dije, en voz tan bajita que hube de repetirlo—. ¡Sí...!

—¿Cómo te llamas?

Como si estuviera soñando, contesté que me llamaba Adri. Y añadí:

—Sí..., quiero jugar contigo. Cuando ya no tenga fiebre, bajaré a jugar... contigo.

Gavrila sacudió la cabeza, de arriba abajo, asintiendo. Sus largos tirabuzones rubios se balancearon.

Y me enamoré.

Cuando Tata María llegó corriendo a cerrar la ventana, llamándome imprudente, y haciéndome la tonta pregunta de si quería coger una pulmonía y morirme, sentí de nuevo dolor de huesos, de cabeza, pesadez en los párpados. Ella cerró la ventana, y me devolvió a la cama.

Desgraciadamente, no pude bajar a jugar con Gavrila y *Zar*. Estaba demasiado débil. El doctor Zarangüeta era un hombre, casi gordo, que vestía capa y llevaba patillas. Tata María decía que era muy bueno, porque tenía una consulta gratuita en la Corredera Baja. Yo retenía estas palabras, sin saber lo que querían decir, excepto que era bueno. Así que cuando me estaba auscultando, le tiré de la manga y le dije:

—Óigame...

Quería pedirle que me dejara vestir, bajar al patio a jugar.

Pero no me oyó. Sólo escuchaba —y quizá oía— a mis pulmones. Luego recetó algo, pidió su capa, y se fue. Sentí un vasto desamparo, pero poco después oí la voz de Gavrila a través de la ventana cerrada. Era una voz de niño, pero tan poderosa que atravesaba cristales, cortinas, y me atrevería a decir que hasta paredes. Su forma de arrastrar y reforzar las erres la hacía aún más sonora. Yo le oía decir, mejor dicho, gritar: «¡Adrri...! ¡Adrri...!».

Se me partía el corazón, así que en un descuido de Tata María abrí la ventana y temblando de frío, o quien sabe de qué, grité:

—¡Espérame, Gavrila, espérame...!

Y me esperó tanto que todavía está ahí, con su mano levantada, saludándome. En ese tiempo, en ese lugar indefinible donde se guarda lo más profundo y, quizá, lo más inexplicable de la memoria.

Desde que me llevó papá con él, el día de Navidad, había empezado a quebrarse la rutina de mis días. Aunque no le volví a ver, en cambio, mamá sí se acercaba a mi cama todos los días, y, cuando venía el doctor, hablaban los dos en voz baja. Mamá me acariciaba entonces la frente. Pero papá, que era a quien más deseaba ver, no vino. Y no lo volví a ver nunca más. Desde aquella Navidad, en que me había sentido tan unida a él, desapareció de mi vida, por lo menos físicamente. Al parecer —lo supe más tarde— mis padres habían dejado de ser cobardes —según Eduarda—, y papá se había ido de casa. No me convencí totalmente de esta decisión hasta que, mucho después, cuando me acerqué a su despacho-biblioteca, no vi ni un solo libro en las estanterías, y sí percibí, en cambio, ese espacio polvoriento —con polvo invisible— que cubre las habitaciones ocupadas anteriormente por gentes que han muerto, o desaparecido o, simplemente, se han ido a otra parte.

Pero otra de las novedades, quizá la más importante por las consecuencias que trajo, fue las visitas diarias y puntuales de la cocinera Isabel.

Asomó su cabeza ensortijada, su naricilla respingona, sus ojitos negros y pequeños, como dos granos de pimienta, por la puerta. Y dijo con su risa fresca y sonora —quisiéralo o no, la risa siempre se entremezclaba a casi todo lo que decía:

—¿Se puede pasar, *señorita* Adri?

Jamás me había llamado señorita, así que enseguida me di cuenta por su retintín de que estábamos jugando. Una suave alegría me inundó y, aunque todavía me costaba sentarme en la cama, creo que grité:

—¡Entra, Isabel, entra...!

Isabel no llevaba puesto el delantal, venía arreglada y oliendo a agua de colonia porque era jueves, y aquella tarde salía.

—¡Isabel, ven, ven... tengo que decirte una cosa!

Isabel no me apartó el flequillo, se inclinó hacia mí y me estampó dos grandes besos en las mejillas. Luego se sentó al borde de la cama, sonriendo. Y de pronto me pareció que, por primera vez en mi corta vida, tenía una amiga: confidente, leal, alegre... Todo aquello que hasta entonces había presentido que podía ser la amistad: nada parecido a las niñas de Saint Maur, ni a ninguna niña conocida hasta el momento. Y de pronto, una mujer que rebasaba los treinta años, y que no sabía leer, era mi amiga.

—Me ha dicho Paco que ya no lo quieres, que tienes otro novio...

Esta noticia me sobresaltó tanto que me senté en la cama de un solo impulso:

—¡No, no...! Dile a Paco que *también* es mi novio... y, además, Gavrila no es mi novio...

Isabel empezó a reírse y me abrazó. Y mientras me abrazaba, me dijo al oído:

—¡Pero si se pueden tener muchos novios a la vez! Con lo bandidos que son, ¿vamos a ser menos que ellos...?

Y se enredó en palabras que no entendía, así que le dije:

—Isabel, estoy enamorada de Gavrila.

Entonces, ella se quedó mirándome en silencio. Directamente a los ojos, como hasta aquel momento no había hecho casi nadie. Y me pareció que en el centro de los suyos nacía una llamita roja, diminuta, pero aguda como la punta de un alfiler.

—Bueno, niña..., tú eres ya una mujercita... Y yo sé lo que es el amor.

De pronto me acordé de los chupitos de la despensa, y dije:

—Calor en el corazón...

Soltó una carcajada:

—¿Calor...? ¡Un volcán!

Y a partir de aquel día, venía todas las tardes, a la hora en que Tata María planchaba; y se sentaba al borde de la cama, y así, poco a poco, fue contándome muchas cosas de Gavrila. Porque ella se enteraba de todo.

De todos modos, lo que me contaba yo sólo lo entendía a medias. Y lo que no entendía, lo imaginaba. De cuando en cuando, Gavrila me llamaba desde el patio, con su poderosa voz. Yo me asomaba a la ventana y los dos agitábamos la mano en el aire. Gavrila fue convirtiéndose así en una criatura mítica, incorporándose a las historias de vikingos, de Beau Geste y de Ricardo Corazón de León, en disparatada amalgama. Pero sobre todos era Gavrila, sólo Gavrila, resurgiendo al final de todas las historias como de alguna misteriosa catástrofe, y agitando, sonriente, la mano en el aire.

Por lo que me contaba Isabel, supe que Gavrila era ruso y que su madre era bailarina. Isabel decía entonces con acariciadora voz de secretos, guardiana de tesoros ocultos:

—... y Gavrila y su madre, bueno, ellos no, pero sus padres, o abuelos, o qué sé yo, salieron escapados de la revolución, de su país, que es Rusia. Y bueno, ahora ella, quiero decir la mamá de Gavrila, es bailarina, porque en sus tierras los bailarines son muy buenos y ganan sus buenos cuartos... Y en fin, Adri, que están ahora viviendo en uno de los pisos altos, los que están debajo del terrado... Pero bueno, niña, no sabes qué lujo, aunque el piso sea de los más baratos. Porque vaya de visones y de alhajas y qué sé yo que se gasta la señora. Bueno, pues como te decía, viven en uno de los altos, y tienen un criado que hace de todo, limpia, cocina, cose, plancha... ¡Y hasta borda! Ahora, a mí. —Aquí Isabel hizo un pequeño descanso, mirándose las uñas—. A mí me está bordando un camisón... Borda que es una maravilla, borda como no se ve ya por ahí. Bueno, a lo nuestro: cuando Gavrila baja al patio, lo hace por la escalera interior... vamos, la de servicio, la nuestra. Pero su mamá, menudos lujos, menudos lujos... Para ella, claro, porque lo que es para el niño... ¡Menos mal que tiene a ese bendito Teo!, quiero decir el criado, puedes creer que todo el peso de la casa cae encima de él... Guisa, cose, limpia, plancha... y se desvive por el pobrecito Gavrila. Nadie se ocupa del niño, más que él. ¡Hombre más bueno...! Y ella, en cambio, sólo pendiente del conde.

—¿Quién es el conde?

—Pues hijita, el que les protege... el que lo paga todo.

—¿Por qué...? ¿Qué es lo que paga?

—Pues todo, Adri, todo... Es su protector.

—¿De qué les protege?

Isabel se quedó callada unos instantes, pensativa. Me pareció que algo le cruzaba el rostro como la sombra de un pájaro en vuelo. Y dijo, precipitadamente:

—De la pobreza, Adri, de la pobreza... Hay que saber lo que es la pobreza para entenderlo...

Y añadió, casi con temor:

—Adri, cariño... no le cuentes a mamá, ni a nadie, ninguna de las cosas que te he dicho... ¿Sabes?, las señoras de esta casa —y tu mamá también— no quieren a la mamá de Gavrila.

En un impulso que no acertaba a explicarme me tapé la cabeza con la sábana. Como si no quisiera estar allí, ni en ninguna parte conocida, excepto, acaso, debajo de la mesa de la plancha. Algo parecido a una espesa cortina se descorría lentamente ante mis ojos, paradójicamente cerrados.

Isabel, entonces, se asustó. Precipitadamente me quitó la sábana de la cabeza, me abrazó y, meciéndome suavemente entre sus brazos, dijo:

—Pero Gavrila es aparte... Gavrila no tiene nada que ver con estas cosas... Gavrila es como tú, que tampoco tienes nada que ver con las cosas de esta casa... Bueno, sí y no...

Estuvimos así un breve rato, yo con la nariz aplastada contra el medallón que reposaba sobre su mullido escote. Y cuando me liberé, dijo:

—¿Sabes una cosa que a veces se me ocurre cuando os miro a ti o a cualquier niño? Pues eso, que en mi pueblo, cuando llega la primavera, crecen unas plantitas muy pequeñas. Las llaman «diente de león», y cuando las miras se las ve tan acabadas, tan redondicas, tan bien hechas... y de pronto, viene un vientecillo o una brisa cualquiera y, ¡hala!, se deshacen en un soplo, sólo en un soplo de viento, y se echan a volar en vilanos y vilanos, y nadie los vuelve a ver...

Me pareció que tenía ganas de llorar porque se mordía los labios. Entonces, para espantar las lágrimas, dije:

—Isabel... ¿quién es el conde?

—Un pez *mu* gordo —contestó, rápida—. ¡*Mu* gordo!

Y lo imaginé obeso.

Isabel se levantó, alisó con las palmas de las manos el trozo de colcha donde había estado sentada, y dijo:

—Adiós, Adri... No te preocupes, pronto estarás buena, sólo ha sido una gripe fuerte... Pero enseguida podrás levantarte.

—Isabel, vuelve...

—Claro que sí, Adri, todas las tardes, cuando Tata María planche, vendré a hacerte compañía...

Echó una mirada al espejo, se estiró la falda y luego hizo lo mismo con su cara, como si fuera también a estirarse las arrugas. Aunque ella no tenía arrugas en la cara, como la Tata.

Y se fue. Seguramente, me dije, la esperaba alguno de sus novios. Pero siguió viniendo por las tardes, a la hora de la plancha. Tata María, que venía también, pero sólo a cuidarme —lavarme, darme las medicinas y la comida— no a hacerme compañía, parecía muy divertida con aquellas visitas. Mientras me cambiaba el camisón, se reía bajito, y decía:

—Mira por dónde, qué amistades tan grandes se hacen con la gripe...

Yo también sonreía, aunque sin saber muy bien por qué le hacía tanta gracia.

A veces, por las tardes, oía la voz de Gavrila, jugando con *Zar*. Y un par o tres veces más, mi nombre, atravesando los cristales, los visillos y todo cuanto se opusiera:

—¡Adrriiii...!

Sólo decía mi nombre, pero yo sabía todo lo que encerraba esa palabra. Por primera vez me gustó mi nombre y sobre todo el diminutivo. Y pensé que, en adelante, diría a todo el mundo que me llamasen así, arrastrando y remarcando la erre.

Pero nadie lo hizo nunca. Sólo él.

En realidad no he sabido a ciencia cierta cuál fue aquella enfermedad porque, evidentemente, no era una simple gripe, como dijo Isabel. En todo caso, las noticias que, a retazos, me han llegado más tarde son contradictorias. Aún recuerdo las conversaciones apagadas, casi un susurro, entre mamá y el doctor, y un día en que la fiebre era muy alta, y yo hablaba mucho, casi a gritos, sin tener constancia, en cambio, de nada de lo que decía. Y sobre todo, el sorprendente hecho de que Cristina viniera a verme, y se sentara a mi lado, y me cogiera la mano. Abrí los ojos, la miré y ella me miró. Pero ni yo podía —ni sabía— decir nada, ni ella tampoco tenía, o no sabía, nada que decirme. Me sonrió y, cuando ya se marchaba, se volvió y dijo:

—Adri, cuando crezcas seremos muy amigas... Ya lo verás.

También vinieron los gemelos. Yo estaba más espabilada aquel día, incluso me incorporé para verles. Los dos me miraban, en silencio. Jerónimo me acarició el consabido flequillo y Fabián me sonrió. Estuvimos así un ratito, en silencio, hasta que yo dije:

—He visto una película que es como el libro que se llama *Historia de dos ciudades*...

Los dos se sorprendieron.

—¿Te ha gustado? —dijeron, casi a la vez.

—Sí, me ha gustado mucho. En cuanto pueda leer, quiero que me dejéis el libro...

—¡No lo entenderás! Mejor el año que viene, o el otro...

—Las películas se entienden más que los libros...

Como no tenía fuerzas para contradecir, ni siquiera para decir, me callé y cerré los ojos.

Cuando los abrí, Jerónimo me dijo:

—El día que te levantes, te vas a llevar una sorpresa... ¡Habrás crecido mucho!

Me dieron cada uno un beso en la frente y se fueron. Me quedé pensando en lo que había dicho Jerónimo. Qué raro, todo el mundo parecía dar mucha importancia a la estatura. «Cuando crezcas...» «Habrás crecido mucho...» Y sin saber por qué, me vino a la memoria aquello que me había dicho Isabel sobre los niños y unas plantas de su pueblo, que se llamaban diente de león.

8

Y por fin llegó el día en que el doctor dijo que podían levantarme un ratito por las mañanas.

Lo primero que pensé fue en cómo me las arreglaría para bajar al patio. Durante todos aquellos días, en cama, había recordado algo que, en un principio, no había tenido en cuenta: que lo más probable era que no me dejaran hacerlo. Porque aquella frase tan oída, y que hasta aquel momento no había relacionado conmigo, de pronto encerraba un agorero significado: «Las niñas juegan con las niñas, y los niños con los niños».

Tata María entró en mi cuarto con mi ropa al brazo, y un aire casi tan solemne como el día de mi Primera Comunión:

—Vamos a ver qué guapa y qué saludable está esta señorita...

Lo decía con una voz tan alegre que apenas se notaba que no sonreía.

Me puso los calcetines, los zapatos y todo lo demás. Noté entonces que era ropa nueva, no la conocía.

—¿Ya no voy a volver más al colegio...?

Una lucecita de esperanza se abría paso mientras, al ponerme en pie, notaba un ligero vahído. El mismo que había sentido todos aquellos días, cada vez que me incorporaba para comer o que me llevaban al cuarto de baño.

—Claro que volverás... pero no hasta que llegue octubre. Tienes que pasar la convalecencia en casa... Y de todas maneras, has perdido el curso.

¿Tanto tiempo había pasado? No me lo parecía.

—Tata, me mareo...

Me abracé a su cuello y me llegó una vez más el aroma a pan tostado de sus manos al acariciarme.

En aquel momento, mamá entró en la habitación. Estaba muy guapa, o así me lo parecía. Se había teñido el cabello de rubio. Me extrañó porque ella siempre criticaba a una de sus amigas por haberlo hecho.

—¡Ésta es la enfermita... que ya está bien! Ven a darme un abrazo...

Me desprendí de los brazos de Tata María, y se los tendí. Casi no podía dar un paso, tan débil me sentía, pero ella me recogió, rápida, antes de que me cayera al suelo. De nuevo me tendieron en la cama mientras cuchicheaban, en voz muy baja. Luego, mamá me puso la mano en la frente. No he olvidado su perfume, creo que no lo olvidaré nunca. Incluso la sola palabra «mamá» lo trae consigo, mucho después de su muerte. Perdura más de lo que duró su vida.

Estuvo a mi lado hasta que, de nuevo, pude incorporarme. Muy lentamente iba recuperando fuerza, y creo que esa fuerza me llegaba por el mismo deseo que tenía de levantarme y bajar a jugar con Gavrila.

Pero mamá ignoraba estas cosas, y empezó a contarme otras, que me interesaban bastante menos.

—Adri, ya han pasado las fiestas de Navidad, pero no te preocupes porque tienes todos los regalos de Reyes... Y además, las niñas de tu clase, al saber que no volverás hasta octubre, te han mandado algo precioso, ya verás qué bonito; una cartulina deseándote que te pongas buena, con la firma de todas... ¡Y Margot, la primera! ¡Fue ella la que tuvo la idea...! ¿No te das cuenta, Adri? ¡Todo el mundo te quiere!

Me vinieron a la memoria los empellones de Margot en la fila hacia la capilla, para hacerme caer; las risitas a mi espalda, cuando yo tartamudeaba —cosa que entonces me ocurría a menudo— y las muchas veces que no sólo me había quitado el postre, sino también la merienda —aquella mísera merienda de pan con higos secos, luego facturada a precio de caviar— y la tiraba al estanque del jardín, ante mis ojos, porque creía que me dolería, cuando sólo me asombraba. En aquel momento, regresó a mis oídos, casi físicamente, el coro adulador de las niñas buenas riéndose de mí. Me habían bautizado con el apodo de «la Enanita», en parte porque era mucho más menuda que ellas, y en parte porque era la menor, en años, de la clase. Al parecer, no podían tolerar que alguien uno o dos años menor que ellas perteneciera a su clase. Que tuviera, por así decirlo, el *mérito* suficiente para estar en su curso. Yo no creía ni quería tener mérito alguno, por lo menos a sus ojos. Porque si algún mérito había en mí, sería, en todo caso, aguantarme las ganas de llorar. Como el impávido soldadito de plomo, o aquellos otros soldados que admiraban Jerónimo y Fabián.

«Mierda», pensé, aunque nunca había dicho, ni siquiera pensado decir, esa palabra. Y descubrí que era algo así como reventar un grano. No me importaba lo más mínimo la cartulina, ni las firmas (Margot a la cabeza), que mamá puso ante mis ojos como un trofeo. Era una cartulina llena de colores, y un dibujo con un ángel donde se leía: «El Ángel de la Guarda te llevará por el buen camino». Ya sabía yo que tenía un Ángel Guardián porque me lo había dicho Tata María, antes de que lo dijeran en Saint Maur. Pero mi Ángel no tenía nada que ver con el de la cartulina. Se notaba que lo habían calcado de alguna lámina, y muy mal. Además, lo habían llenado de colores, amarillos, rojos y azules, y mi Ángel era blanco, como el Unicornio. Y cuando vi la firma de Margot, sentí, por primera vez en mi vida, odio. Que me despertara ese sentimiento, hasta entonces desconocido, es lo único que todavía no le he perdonado. El resto de firmas no me dio ni frío ni calor. «Mierda», volví a decirme. Aunque esta segunda vez, me dio un poco de asco, entre lo mareada que estaba y lo que veía, oía e imaginaba.

Pero mamá estaba eufórica, y empezó a decir tonterías. Algo así como que gracias a Dios cuyos caminos son impredecibles, yo, al fin, había logrado el aprecio de Saint Maur. Me imaginé el edificio en peso del colegio apreciándome. Con todas las monjas y las niñas dentro, y Margot a la cabeza, disfrazada de ángel guardián, y blandiendo la espada de fuego que, según las láminas ilustrativas de la *Historia sagrada*, esgrimía el que arrojó a Adán y Eva del Paraíso.

Me dejé besar y abrazar, flojamente, en su regazo. Luego se levantó y dijo:

—Estarás un ratito levantada, comerás aquí tu dieta, antes de volver a la cama... y ya verás como, poco a poco, te sentirás mejor que nunca.

«¿Que nunca...? —pensé. Y me repetí maquinalmente, sin saber por qué—: Que nunca, que nunca...»

Pero antes de marcharse, ya casi en la puerta, se volvió hacia mí y dijo:

—¡Ah, por cierto...! Papá te ha enviado una carta. Tata María te la dará.

Y con prisa repentina, salió de la habitación. Casi corriendo.

Aquella noticia sí me conmovió. Miré a Tata María, y ella tenía la boquita fruncida como siempre que dudaba algo o estaba asustada.

—Sí —asintió suavemente. Sacó del bolsillo de su delantal un sobre, y me lo dio.

Las manos me temblaban, casi no podía abrir el sobre. Era la primera carta que recibía en mi vida. Me daba un poco de miedo leerla, y pregunté a Tata María:

—¿Por qué me escribe una carta... si puede venir a verme, como los demás?

Entonces Tata María se sentó en mi cama, me atrajo hacia ella y dijo en un susurro:

—Adri... papá ya no vive en esta casa, pero te quiere mucho...

Lo primero que me vino a la mente fue aquella frase de Eduarda: «Porque son unos cobardes...». Y, contrariamente a lo que seguramente esperaba Tata María, me invadió una mezcla de alivio y tenue regocijo. Aunque enseguida se transformó en una gran curiosidad. «¿Por qué...?» Todo estaba lleno de «por qué», entonces y ahora.

—Lee tranquilamente, Adri... Quédate ahí, sentadita, leyendo. Yo volveré cuando hayas acabado.

Salió de la habitación, y yo me senté, tal como ella había dicho, en la cama, que aún conservaba el calor de los abrazos y el perfume de mamá.

Era una carta muy corta. Aún hoy creo que casi podría recitarla de memoria. Y mientras la leía, volvían a mí los pájaros del parque, en círculo, como persiguiéndose, cuando él decía que buscaban calor, y yo, que estaban asustados.

> Querida Adri, papá ya no está en casa, pero eso no quiere decir que tú no estés conmigo, y siempre lo estarás. El día que pasamos juntos es uno de los más bonitos de mi vida.
>
> Te quiero mucho, mucho, no lo olvides nunca. Y además, un día te compraré un caballo vivo. Te lo prometo, y cuando papá hace una promesa, la cumple. Te envío miles de apretones en la mano y espero los tuyos.
>
> Papá.

Dejé la carta sobre las rodillas, y creo que fue entonces cuando intuí lo que podía encerrar un solo *ya*. Me había quedado paralizada —por decirlo de algún modo— ante aquel *ya*. Y lo repetí, mentalmente, una y otra vez. De pronto me daba cuenta de que «*ya* no está» no era como «*no* está». Porque aquel *ya* me decía que papá *ya* no volvería a casa, mientras que sin él cabía la posibilidad de que su ausencia fuera pasajera, y que en cualquier momento volvería a verle, leyendo, tras el follaje del cristal esmerilado.

Tuve entonces unas grandes, grandísimas ganas de llorar. Y no sólo apreté los puños, también los dientes, y hasta cerré los ojos, con fuerza. Muy lentamente fui captando el resto de la carta, el calor que emanaba, como un aroma, y la esperanza de que lo que papá promete, siempre se realiza. «Un día...» Cualquier día, eran las mágicas palabras que encendían una llamita temblorosa en el corazón.

Y, una vez más, no lloré. Doblé aquella misiva en varios pliegues, y la guardé cuidadosamente en el lugar más secreto de mis secretos escondites. Parecía —pensé— un pirata escondiendo el plano de un tesoro. Los libros de mis hermanos con parecidas historias no me habían abandonado, todavía.

Y esa misma imaginación me hacía esperar la famosa «dieta» con expectación. Pero enseguida me di cuenta de que se trataba de uno de los muchos fraudes de los Gigantes. La «dieta» consistía en pollo hervido acompañado de verduras insípidas. Y poco más.

De todos modos, me lo comí todo.

Fue entonces, en aquellos primeros días de convalecencia, cuando mi pequeña vida cambió. La rutina se trastocó y dio paso a una etapa de grandes descubrimientos: no sólo en mi entorno, sino dentro de mí. Y fue la analfabeta Isabel quien la inició, fomentó y protegió.

Aún hoy, cuando ya hace mucho tiempo que ella ha desaparecido de este mundo, al recordarla siento aquel «calor en el corazón» que ella pronosticara —y yo entonces no entendía— tras el primer «chupito» de mi vida. Ahora, cada vez que bebo una copa en la armonía de compañías afines, brindo secretamente por ella, allí donde esté, y por cuanto bien hizo llegar a mi solitaria infancia.

Agudizaba el oído, en la espera de recibir algún mensaje a través de la ventana. Estaba rigurosamente prohibido abrirla excepto cuando, muy arropada, y en otra habitación, aseaban la mía. Pero yo esperaba aquella voz potente, impropia de un niño, que atravesaba los cristales. O él ya no estaba —como papá—, o se había quedado afónico. Mi angustia crecía y a veces, ya acostada, pedía a Tata María que dejara encendida la lamparita de la mesilla y, cuando ella se iba, yo espiaba el techo, junto a la ventana, esperando sus sombras. Como no llegaban, se me ocurrió pedirle que en vez de la lamparita de bombilla me dejara una pequeña candela. Se asombró un poco, pero se quedó pensando como si viera lo que estaba diciendo, aunque hubiese ocurrido muchos años atrás.

—Sí, me acuerdo de cuando yo era jovencita, casi una niña..., allá en mi tierra, las mujeres de los pescadores prendían candelas durante las noches. Las mantenían encendidas en sus casas, hasta que al amanecer iban a la playa a esperar las barcas, y cuando las veían llegar cantaban todas a coro. Y al oírlas, todos sabíamos que amanecía y se alegraban porque llegaban vivos, todos... En mi tierra la gente canta en coros y, ¿sabes, Adri?, ¡son los mejores coros del mundo!... Y, claro, sabiendo que ya vienen los maridos, los hijos... y ellas esperándoles, para desmallar...

Aquí se cortó, y enseguida me trajo una lamparita de vela, encerrada en un vaso de cristal.

Mientras la ponía en la mesilla, yo miraba al techo, y vi que el temblor de aquella llamita se contagiaba allí arriba, y, cuando Tata María salió de la habitación, no me costó nada percibir no sólo las sombras que, por cierto, no eran sombras, sino algo así como si todo lo fuera, menos ellas: siluetas de luz moviéndose en la penumbra. Y en aquel momento volví a ver al Unicornio.

Al día siguiente, apareció Isabel. Salté de la cama al verla y me colgué de su cuello. Ella parecía como nimbada de luz. Mejor dicho, como si emanase de ella la luz. Y me recordó las láminas de Santa Isabel de Hungría, que había visto en Saint Maur, con el delantal lleno de flores. Se sentó sobre la cama poniendo un dedo sobre los labios y sonriéndome como nadie me había sonreído nunca: con sonrisa pícara, de cómplice.

Miró alrededor para cerciorarse de que nadie iba a oír lo que tenía que decirme. El corazón me golpeaba, estremecido por una especie de presentimiento, y, sobre todo, un deseo: que me dijera algo que tuviera que ver con la voz que podía atravesar los cristales.

Me cogió las dos manos entre las suyas, que olían a cebolla, y murmuró, tan bajo que apenas la oía:

—Tengo que decirte algo... Pero es un secreto... tienes que jurarme que no lo dirás a nadie.

—Sí.

—Júralo.

—¿Cómo se jura?

Entonces ella puso los dedos en cruz sobre la boca, y dijo:

—Lo juro.

Juré como lo había hecho ella.

—Bueno, niña, pon atención.

Como siempre que lo decía, *poner atención* consistía en escuchar algo que tenía gran importancia, y oírlo en silencio.

Se había levantado viento. Lo oía a través de las invisibles rendijas de la ventana. Gemía como un niño perdido en el bosque: el viento apareció muy a menudo en los momentos más cruciales de mi vida.

—Isabel, tengo miedo...

—¿De qué tienes miedo, cordera?

Ella me llamaba cordera cuando quería ser muy cariñosa conmigo.

—Del viento.

—¿Qué viento?

—¿No lo oyes...? ¡Está gritando ahí afuera, y entra por las rendijas!...

—¿Qué rendijas...?

—Ahí, me parece... por la ventana...

—No hay viento, niña, yo no oigo ningún viento.

De todos modos, se acercó a la ventana y, apartándose el cabello, acercó la oreja a las junturas.

—No hay viento... No te preocupes. Debe de ser cosa de la fiebre.

—Pero ya no tengo fiebre.

—Es igual, déjalo. Pon atención.

Y puse atención. El viento, milagrosamente, cesó. O por lo menos yo dejé de oírlo.

—¿A que no sabes quién ha venido preguntando por ti...?

Nombré a Paco, al pescadero... y me guardaba un nombre, debajo de la lengua, como un caramelo que no se quiere terminar. Pero sin esperanza. Y me equivoqué.

—El niño de la bailarina. Ha venido dos o tres veces, sube desde el patio, por la escalera nuestra (se refería a la escalera de servicio) y con mucha prisa... ¡Lástima los tirabuzones, porque es bien guapo el chico! Y me decía: «¿Cómo está Adri?». Pero habla muy raro, cuesta entenderle. Aunque es majo, vaya si lo es. ¡Lástima no se corte el pelo, criatura!

Me quedé casi sin respiración.

—¿De veras ha venido, Isabel...? ¿De veras ha venido?... ¿Qué decía?

—Pues eso decía: «¿Cómo está Adri? ¿Cuándo bajará al patio?». Entonces yo le dije: «No lo sé, hermoso, pero no creo que tarde mucho», y él dijo: «Que baje pronto», y se fue corriendo escaleras abajo. Luego Paco me dijo: «El chico está tan solo, no tiene amigos, sólo conoce a Adri», y yo pensé: pues *mi* Adri tampoco tiene amigos, así que tal para cual. Y eso es lo que pasa. Conque la última vez que vino, le oyó Tata María, y va y viene y me regaña: «Que la señora no quiere que trate con ese niño, no por el niño, claro, criatura, sino por lo de la madre...». Y yo dije: «Pero, mujer, qué quieres, estos dos están muy solitos, sin amigos, y si pueden estar un poco juntos y jugar... ¿Vamos nosotras a quitarles esa alegría, con lo poco que tienen...?». Y dijo: «Bueno, zascandila, haré la vista gorda, pero como se entere la señora, yo no sé nada». Así que en cuanto te pongas buena del todo, ya sabes, vigilamos que estemos solas, te abro *nuestra* puerta, y bajas. ¡Pero que no se entere nadie más que tú y yo... y Paco!

Me eché —mejor dicho, me caí— de espaldas sobre la cama, respirando fuerte.

Aquella noche esperé ansiosa a que la zona de la casa donde transcurría mi vida quedara en silencio. Espiaba el techo, y, al mismo tiempo que el silencio, llegaron las antisombras luminosas, perfilando siluetas. Y el Unicornio, por vez primera, detuvo su carrera, se quedó quieto, volvió la cabeza hacia mí, y casi sentí más que vi el largo y torneado cuerno de oro, apuntándome. Luego, lentamente, se fundió en la oscuridad que les rodeaba. Y como aquella primera vez en el salón, bajo el sofá, oí un crujido de hojas holladas por sus pezuñas, y me llegó el olor de los helechos y de la hierba, pisoteados.

Cuando regresó el viento —aunque sólo lo oyera yo—, me dormí.

¿Y si Gavrila no quería jugar conmigo porque yo era una niña? Adri, tanto podía ser el nombre de un niño como el de una niña: Adriana o Adrián. Y además, yo llevaba el cabello en una melena corta, con flequillo, como muchos niños de entonces, y se podría creer que era un chico. No estaba dispuesta a renunciar a su amistad, ni a *Zar* —siempre había deseado un perro, cosa que, junto al caballo vivo, me fue negada—. Cuando veía a *Zar* saltando y corriendo en busca de la pelota roja, y traérsela en la boca a Gavrila, me inundaba una especie de envidia dulzona, que me desazonaba.

Ya me permitían estar levantada, ya no me mareaba, y vagaba un poco por aquí un poco por allá hasta que llegaba la hora de la «dieta», que comía en la cocina, en compañía de Tata María y mi adorada Isabel. Nuestra *amistad-complicidad* iba en aumento. Sólo con mirarnos ya nos entendíamos. Fue por aquellos días cuando Isabel me enseñó a guiñar un ojo cada vez que nos referíamos, secretamente, a algo relacionado con el patio.

Pero la duda de si Gavrila podría considerarme o no adecuada para que fuéramos amigos me mortificaba.

Un día, después de la «dieta», aprovechando la ausencia de la Tata, le dije:

—Isabel... ¿Gavrila sabe que soy una niña?...

Ella se quedó un momento con el tenedor en alto, antes de atacar un pedazo de tortilla de patatas.

—Pues, hijita, ahora que me lo dices... bueno, creo que sí debe de saberlo... aunque, a tu edad, quién sabe...

—No lo sabes, Isabel... Y tengo miedo de que si se cree que soy un niño, y soy una niña, no quiera jugar conmigo.

—¿Qué tonterías dices...? —casi gritó ella—. ¿Qué tiene eso que ver? La gente se quiere o no se quiere, no importa que seas niña o niño, o si eres hombre o mujer... La gente, cordera, se quiere o no se quiere, eso es todo. Ya ves a Gavrila, a él no le importa un pimiento querer a un perro, que además es amigo suyo, ¿qué más le da todo eso a Gavrila?

Se quedó pensativa, y añadió:

—¡Y Gavrila te quiere!

Sí, sí, pensaba yo; pero conocía a los Gigantes y sabía que era prácticamente imposible contradecirles. Sobre todo cuando se encerraban en refranes heredados: «Las niñas con las niñas y los niños con los niños».

Entonces se me ocurrió algo que me pareció una buena idea. Hurté la linterna de Jerónimo y entré sigilosamente en el Cuarto Oscuro. Abrí los armarios donde guardaban la ropa que se les había quedado pequeña a mis hermanos. Allí estaban sus abrigos. También había pantalones y algún que otro jersey. Aunque gemelos, mis hermanos no se parecían. Fabián era alto y rubio, como Cristina, y Jerónimo más bajito, castaño-pelirrojo, como yo.

De puntillas, alcancé el largo mango de una percha de madera, de las que entonces se utilizaban para colgar y descolgar prendas de los altísimos armarios. Como apenas podía con tanto peso, todo se desplomó sobre mi cabeza. A tientas, me desembaracé de la percha y descolgué el abrigo. Tenía los bolsillos llenos de bolas de naftalina, que se derramaron por el suelo, rodeándome. Apreté el abrigo contra mí, y como quien roba un tesoro, sorteando las bolitas y recuperando la linterna —hubiera sido imperdonable olvidarla porque su dueño la reclamaría a voz en grito—, salí del cuarto tan sigilosamente como entré. En esto era verdadera experta. Cuando por fin regresé a mi cuarto, respirando atropelladamente, escondí el abrigo debajo de la cama.

Había elegido aquella hora porque, después del almuerzo de los Gigantes, la casa parecía sumirse en la misma siesta que ellos.

Me gustaba mirarme en el espejo del armario, porque Tata María lo llamaba «la Luna», y la idea de contemplarme en la Luna me divertía. Además, contemplar mi imagen encerraba un misterio. Me despertaba una curiosidad indefinible, entre asombro y temor; como la sospecha de estar al borde de una catástrofe irreparable. Sobre todo, desde que Isabel me contara lo de los dientes de león y los vilanos dispersándose en el aire. Un sutil escalofrío me estremecía al recordarlo, y cada vez que me contemplaba en la Luna, temía ver cómo me deshacía en blancos y frágiles vilanos, volando hacia quién sabía dónde.

Pero aquella tarde tenía muy presente el porqué y para qué quería verme reflejada en la Luna.

Saqué el abrigo de Jerónimo, que acababa de esconder bajo la cama. Hube de sacudirlo porque, entre los ires y venires, había recogido bastante polvo del Cuarto Oscuro. Lo sacudí como había visto a Tata y a Isabel hacer en el terrado con las alfombritas de los dormitorios. Y me lo puse. Casi me llegaba a los tobillos, pero me daba un cierto aire masculino.

Me quité el abrigo, lo guardé otra vez debajo de la cama. Y esperé.

Nunca una espera me había parecido tan larga. Sentía algo así como si avanzara lentamente por un desierto, de los leídos en *Beau Geste*, o las huidas a Egipto en las lecciones de *Historia sagrada.*

—Isabel, cuando vuelva a llamarme Gavrila, ¿me ayudarás a bajar al patio sin que nadie se entere...?

—Sí, hija, sí. Si se puede...

Y se pudo. Era un viernes por la tarde, a eso de las cuatro. Los Gigantes aún dormían la siesta, así que todo se presentaba propicio.

Asomada al patio, detrás de los cristales, permanecía en una espera que parecía frenar o precipitar, alternativamente, los latidos de mi corazón. Y cuando ya casi no lo esperaba aparecieron por una de las puertas de servicio y montacargas Gavrila y *Zar*.

Gavrila llevaba calada la gorra casi hasta las cejas, y se arrebujaba en el abrigo. Estábamos en febrero, hacía mucho frío. *Zar* saltaba, alegre, porque sabía que era la hora de los juegos. Entonces me invadió una tenue melancolía. ¿Alguna vez sentiría yo algo parecido?

Vi a Paco, que se desperezaba lentamente. Y pensé: «No me va a traicionar...». Pero no podía hablarle, ni decirle nada sin que Gavrila lo oyese. Ahora estaban los dos conversando. Y, de pronto, Paco le quitó la gorra, la tiró al aire, y *Zar* fue a buscarla. Los tres parecían muy alegres. La cabeza de Gavrila era un remolino brillante. Todo él era un mundo distante y desconocido. Volví a recordar aquel imán, poderosamente atractivo, que recogía las piezas dispersas del Meccano.

Entonces, Gavrila se acercó a mi ventana. Puso las dos manos junto a la boca, como una bocina:

—¡Adrriiii!...

La voz que no parecía voz de niño, ni de hombre, la voz que nunca olvidaré, como el viento que yo creía deslizarse por rendijas que no existían, alcanzaba una sonoridad a la vez lejana y próxima, una voz antigua y tan cercana que no sólo se apoderaba de mí sino de cuanto la rodeaba. Ahora, después de tantos años, aún me asombra.

Abrí la ventana, y el frío se apoderó de la habitación, pero no de mí.

Agité la mano en el aire y dije:

—¡Ahora bajo...!

Apenas lo dije me invadieron a medias el asombro y el temor. Todos dormían o sesteaban, y las dos únicas mujeres que podían ayudarme en aquel momento también descansaban. Sin embargo, una decisión irrevocable me llenaba: «Ahora bajo...».

Y estas palabras eran como una orden, que me daba a mí misma, sin que nada ni nadie pudiera contradecirla, ni evitar que se cumpliera. Aún recuerdo, y por primera vez, la extraña fuerza que de pronto me hacía dueña de mis actos.

Saqué de bajo la cama el abrigo de Jerónimo, del Jerónimo desaparecido ya en su perdida infancia; y como si esa infancia fuera yo a recuperarla, me lo puse. La imagen que me devolvió la Luna no era demasiado estimulante. Me sacudí los faldones —no puedo llamarlos de otra manera— y, escondiendo mechones de pelo detrás de las orejas, me dispuse a bajar al patio, por *nuestra* puerta.

Estaba ya a punto de abrirla cuando vi avanzar por el corto pasillo sin encerar a una Isabel descalza, con el moño suelto y en combinación. También era su hora de descanso, según se veía.

—Pero ¿adónde vas sin decirme nada, cordera? ¡Santo Dios! ¿Qué te has puesto?... ¡Pareces un mamarracho!

La ilusión que hasta aquel momento me electrizaba pareció desplomarse hecha pedazos, a mis pies. Bajé la cabeza, sin ánimo siquiera para mirarla. Entonces Isabel se agachó, y me abrazó, estrechándome contra su pecho, hasta casi hacerme daño. La cadenita de oro de su cuello, con su cruz, se me clavaba en la mejilla.

—Criatura... Tienes que avisarme antes de bajar... No importa si estoy acostada... Porque si no...

Aquel «si no» quedó en suspenso, pero contenía todo cuanto yo debía saber, y cuanto debía evitar.

Me cogió de la mano y casi me arrastró hasta su cuarto, el llamado «cuarto de las tatas». Había dos camas junto a la ventana, que daba al mismo patio de la cocina. En una, dormitaba aún Tata María. Me extrañó verlas en combinación —ellas las llamaban «visos»—, echadas y reposando. Como si, hasta aquel momento, sólo pudiera imaginarlas dentro de sus uniformes: el de Tata María, negro, y azul, con delantal a rayas, el de Isabel. Pues no: ellas también tenían visos: rosa la una, blanco la otra... Y al ver sus brazos desnudos, me sentí sin saber por qué más cerca de ellas, como queriéndolas más. Aquellas dos mujeres aparecían despojadas de cuanto aún las identificaba, en cierto modo, con los Gigantes. Sólo había sentido algo parecido cuando pasé la noche en el hotel, con Eduarda. Ahora ya formaban parte del mundo de los amigos secretos, de las luces que iba encendiendo, con una larga pértiga, de farol en farol, un desconocido y a la vez muy cercano amigo llamado Farolero.

Pero en el recuerdo todo esto es ahora muy confuso.

—Ven aquí, cordera.

Isabel me llevó hacia el lavabito del rincón. En una esquina del espejo había pegada una fotografía.

Isabel devolvió a su lugar los mechones de pelo que yo había remetido tras las orejas, cogió un peine y me repeinó una y otra vez. Mientras, iba diciendo:

—Pero quién te ha engañado, cordera... ¿Tú quieres que Gavrila eche a correr cuando te vea con esa pinta?... ¿Y a quién quieres engañar?...

Yo me resistía a despojarme del abrigo. Aquel abrigo se había convertido en una especie de coraza defensiva, y, si me lo quitaban, me sentiría desnuda. Intenté decírselo a Isabel:

—¡No me quites el abrigo, Isabel, no me lo quites!

—Pero ¿por qué?

—Porque si me lo quito, Gavrila no querrá jugar conmigo...

—Pero ¿qué tonterías son ésas...?

Entonces, a pesar de que intentábamos hablar en voz baja, Tata María se despertó. Medio incorporada en la cama, con los ojos semicerrados y la lengua torpe, murmuró:

—Pero ¿qué pasa? ¿Qué es todo ese ajetreo?...

No necesitamos explicarle nada, porque Tata María parecía saberlo todo. A veces, durante el tiempo que viví cerca de ella, me asaltaba la sospecha de que era la guardiana de todos los secretos de la casa. Que lo sabía todo de todos —desde el lejano tiempo que se traslucía en sus palabras, cuando a solas llamaba «niñas» a mamá y a Eduarda—, hasta cuando me entregó la carta de papá.

Suspiró, pero no de tristeza, más bien de cansancio, como si estuviera presenciando una escena archiconocida, y además supiera cómo iba a terminar.

—Andar con cuidado, zascandilas... Y si la señora se entera, «yo no sé nada».

—Pero ¿qué de malo tiene que dos angelitos, tan solitos ellos, jueguen con un perro? ¡Dios mío, cuánto mal entendimiento hay en este mundo! Así nos va a todos...

—Cierra el pico —dijo Tata María, muy seria.

Y se echó de nuevo en la cama, boca abajo; como si con esta postura no estuviera en aquel cuarto, ni en aquella cama, ni siquiera en este mundo.

—Anda, anda —dijo Isabel, empujándome suavemente hacia el pasillo. Luego se puso un dedo sobre los labios, y fue hacia *nuestra* puerta. La abrió con grandes precauciones para que no rechinaran los goznes. Todo tenía un aire de misterio, que añadía emoción y aun diría que belleza a cuanto estaba sucediendo. Y, sobre todo, a lo que se esperaba que sucediese. El corazón me golpeaba fuerte; parecía un tambor de guerra y era de amor. Como tantos contrasentidos a lo largo de mi vida.

—*No hay moros en la costa* —dijo Isabel.

Y aunque era la primera vez que oía esta frase, y no sabía qué quería decir, se grabó para siempre en mi memoria.

9

Estaba esperándome, parado a la puerta que daba salida al patio, firme como el impávido soldadito de plomo. Y creí que no me atrevería a cruzar la puerta, tanta era la impresión que me causaba verle de cerca. Era mucho más alto de lo que me había parecido cuando le contemplaba desde la ventana. Y como Paco había lanzado su gorra al aire, sus rizos deshechos se agitaban y brillaban cada vez que movía la cabeza. Eran unos movimientos breves, rápidos y enérgicos, como si quisiera alejar inoportunos pensamientos o amenazas. O, acaso, desprenderse de los tirabuzones. Un resplandor solar, de un sol que yo nunca antes había visto entrar en el patio, parecía rodearle, a medias angélico y salvaje. Como el Arcángel San Gabriel, de mi libro de *Historia sagrada* que, a pesar de su origen celestial, esgrimía una espada en alto. Pero Gavrila no tenía alas. No le hacían falta: yo le había visto volar.

Ahora permanecía quieto, frente a mí, como en las láminas de un libro.

Vencí mi timidez y me acerqué a él, hasta casi rozarle, empinándome sobre la punta de los pies, llena de ansiedad: además de no saber si él querría jugar con una niña, yo era una niña pequeña, ¡me doblaba, casi, en estatura!...

—Hola... soy Adri —dije.

Por unos momentos, que me parecieron larguísimos, se mantuvo tan inmóvil que parecía una estatua. Pero de pronto, dando un salto —uno de aquellos saltos que me habían hecho creer que volaba—, gritó:

—¡Adrrriiiii...!

Parecía un grito de guerra, pero volvía a ser un grito de amor.

Me pareció sentir aquel grito como un relámpago, atravesándome.

—¡Ven, ven! —decía.

O quizá gritaba. Yo sólo sabía que parecía esperarme con los brazos abiertos, y me abrazó.

Tuvo que inclinarse, para hacerlo, mientras yo cerraba los ojos, sin saber muy bien por qué. Pero cuando los abrí, aún estaba apretujándome entre sus brazos, y me zarandeaba. Casi me hacía daño y pensé: «Acaso cree que soy un chico».

Algo que quizá había soñado, o vivido en un tiempo anterior, regresó: nos habíamos conocido antes —o quizá nos *íbamos a conocer* en un tiempo que aún no había llegado—. Pero *sucedía* en un presente vivo, casi tan cruel como la luz del mediodía, que a veces duele.

Zar se lanzó en tromba hacia mí. Intentaba ponerme las patas sobre los hombros, lamerme la cara, como si fuéramos viejos amigos. Pero, para entonces, yo ya había rodado miserablemente por el suelo, envuelta en el abrigo del niño que fue Jerónimo. Puedo aún reconstruir en mi recuerdo el deplorable aspecto que ofrecí a la criatura que más he deseado impresionar. Y así fue, aunque no precisamente en el sentido que yo deseaba.

Gavrila retrocedió un paso, asustado, y gritó:

—¡Basta, *Zar*, basta...!

Los faldones del abrigo de Jerónimo no ayudaban a mejorar mi imagen: enredados entre las piernas, me impedían seguir no sólo el vaivén de la pelota, sino sus saltos, o cualquier otro movimiento. Ni los gritos de Gavrila cuando azuzaba a *Zar* lograban estimularme y me enredaba en el abrigo, y tropezaba. En fin, aquel día tuve clarísima conciencia de lo que es el ridículo.

Pero nada de esto me humillaba. Cada tropezón, cada pelotazo fallido, se convertían en un estallido de alegría, de la recién descubierta felicidad de la risa, que hasta entonces sólo había conocido con papá el día de Navidad. Ahora regresaba a mí y me inundaba, como años más tarde la espuma de la cerveza y el champán.

De pronto, en uno de aquellos lances, la voz de Paco se impuso:

—Pero, Adri... ¿por qué llevas ese abrigo, que no te deja mover? ¡Quítatelo de una vez...!

—De acuerdo —dijo Gavrila—. Quítatelo... mira, ¡como yo!

Entonces vi que, a pesar del frío, Gavrila había dejado su sorprendente (para mí) abrigo de pieles en un rincón del patio, junto a la gorra que Paco había lanzado al aire. Ahora llevaba un jersey de colores, tantos como el de Bibi, la niña del cuento danés. Y a pesar del frío, sudaba, porque unas gotitas cristalinas brillaban en su frente. Y de pronto me sentí una mala actriz desempeñando un papel que no me correspondía. Yo no era un niño.

Pero ya era tarde para volver atrás, sin hacer aún más evidente aquella estúpida farsa. ¿Quién me había preguntado, ni siquiera se había interesado lo más mínimo, por el hecho de que yo fuera un niño o una niña?

Entonces, y en medio de las dudas, algo se levantó dentro de mí, casi lo sentía físicamente. Era una contradicción, yo lo sabía, contradecía cuanto estaba dispuesta a soportar con tal de que no se descubriera mi pretendido engaño, y la ola que se alzaba en mi interior me empujó a desprenderme del abrigo de «Jerónimo-niño» y aparecer con mi faldita de niña pequeña, torpe y bastante confundida. Lo arrojé al mismo rincón donde Gavrila había dejado el suyo, y regresé al juego con la frente alta y el corazón a la altura de los zapatos.

Jamás he sabido jugar a esa clase de juegos donde es preciso atrapar en el aire una pelota, o lo que sea. Eran esos juegos, precisamente, los que siempre me relegaban durante los recreos de Saint Maur a un banco del jardín. Allí donde pude observar tan detalladamente el discurrir lentísimo de largas familias de orugas encadenadas unas a otras bajo las moreras. En Saint Maur nadie me quería en su «campo», pero al fin conseguía lo que más anhelaba: que me dejaran en paz. Igual que en casa. A pesar de todo, en aquel momento lamenté —y mucho lo lamenté—

no saber atrapar en el aire ni siquiera una pelota como la que llevaba *Zar* entre los dientes.

Al cabo de un ratito, llena de pena, me fui al montón de los abrigos, me senté en el suelo, a su lado, y me tapé la cara con las manos.

Apenas había pasado un minuto, sentí los lametazos de *Zar*, y a poco, oí los pasos de Gavrila, acercándose. El corazón me golpeaba sin misericordia, pecho adentro. Sentí —más que vi, porque continuaba tapándome la cara con las manos— la proximidad de Gavrila.

—No puedo —murmuré, despacito.

Y al no tener respuesta, continué:

—¡No puedo, Gavrila!... Yo no sé jugar. Yo nunca he jugado, aunque me gustaría jugar, pero no sé jugar porque los juegos y yo no somos..., no somos...

Y oí que Gavrila decía:

—No somos amigos.

Negué con la cabeza, la cara obstinadamente oculta en las manos.

—Pero yo... —dijo de pronto Gavrila, tras un silencio que me pareció muy largo—. Yo sé otros juegos, que a lo mejor sí te gustan.

Rápidamente las manos dejaron de ocultar mi cara y miré con ansiedad (una ansiedad un tanto floja, como si de antemano supiera que lo que deseaba no era verdad, o por lo menos jamás se cumpliría), y dije:

—Sí.

—Dame la mano.

Inclinado hacia mí, dos largos mechones rubios se balanceaban a los lados de su cara, y vi de cerca el tono de su piel tostada como si para él fuera siempre verano. Tenía pestañas larguísimas y rubias. Me deslumbraba el color de toda su persona. Siempre me había maravillado el mundo de los colores, y las doradas pestañas y el azul intenso de sus ojos, nunca antes visto, me tenían totalmente asombrada. Sin saber muy bien por qué me acordé de un luminoso atardecer, hacía ya años, cuando Tata María recogía la bolsa de la merienda y la labor, y ya nadie o casi nadie quedaba en el parque. Revoloteaban dos diminutas criaturas aladas sobre nuestras cabezas. Me parecieron de oro, y quise atrapar una. Tata María dijo: «¡Déjalas volar! ¿Qué daño te han hecho? Sólo están buscando una candela». Como de costumbre, sus palabras no se me habían olvidado.

Pero la suavidad, casi angélica, del rostro de Gavrila, y de toda su persona, contrastaba con la brusquedad de sus movimientos y el tono de su voz, de una potencia insólita en una criatura de su edad. Ni siquiera los gemelos, que eran mayores que él, tenían una voz tan poderosa.

Echó hacia atrás los largos mechones con un rápido movimiento de su cabeza como si quisiera arrancárselos. Tan violento era aquel movimiento que, por instantes, le creí enfadado o incluso enemigo de todo el mundo. Tiró de mí hacia arriba, levantándome del suelo, apretándome la mano hasta casi hacerme daño y gritó (yo creo que con tanta alegría que también rozaba el dolor):

—¡Vamos a casa!...

Pero lo decía de tal forma que al decir «casa» yo sentí que esa casa era mucho más «casa» que aquella donde yo vivía.

No vacilé ni un segundo, a pesar de que un gusanillo molesto me advertía que aquella especie de huida no iba a ser bien vista, ni siquiera aprobada, por mi entorno. Ni tampoco por las Tatas.

Crucé por primera vez el patio de una esquina a la otra (tal como había visto hacer al Unicornio) hasta alcanzar una de las dos escaleras de servicio. Entramos en un ascensor que se llamaba montacargas (según se leía en un letrero sobre la puerta) y Gavrila lo puso en marcha.

—Ven, ven, ven... —seguía murmurando Gavrila. Pero no me lo decía a mí, se lo decía a sí mismo. O quién sabe a quién o a qué. Y canturreaba como si no le importase que yo le oyese, como si estuviera acostumbrado a hablar así, ni se diera cuenta a quién se lo decía ni por qué lo decía, ni a dónde iba a parar su canturreo.

Decía *ven* cada vez en un tono de voz diferente, y me parecieron, cada uno, de colores distintos. O como destellos de *arañas* cristalinas en la noche, cuando aún podía navegar, espiar chispazos, palabras o letras, comunicándose unos a otros historias y recuerdos, un mundo aún sin descubrir, pero quizá vivido.

Cuando llegamos al último piso, casi me arrastró hasta la puerta de servicio: la reconocía porque era lo único que se parecía —o acaso era igual— a la puerta que Isabel llamaba *la nuestra*. Entonces él llamó al timbre, repetidas veces, como si su dedo se durmiera sobre el botón. Luego, se volvió a mí y con el aire de revelar un secreto murmuró, casi a mi oído:

—Está sordo.

Luego nos llegó el chirriar de cerrojos descorriéndose, tan largo y minucioso que se sintió obligado a explicar:

—Tiene miedo.

Yo no podía entender a qué y por qué tenía miedo la especie de fantasma a quien se refería Gavrila. La puerta se entreabrió, y a través de su rendija distinguí un trocito de una cara y un ojo negro y reluciente.

Cuando la puerta se abrió del todo, apareció detrás, casi solemne, un hombre muy alto y muy pálido. Vestía chaleco a rayas rojas y negras que me recordó el delantal verde y negro, también a rayas, del pescadero Mario. Pero este hombre tenía largas patillas, cabellos negrísimos y orejas enormes, muy separadas de la cabeza, parecidas a las asas de un cacharro o a las alas de una mariposa monstruosa. Como estaba de espaldas a la ventana, se volvían transparentes.

Entonces Gavrila dio un salto casi invisible, de tan rápido, y le besó en la mejilla. A veces he intentado evocar con precisión aquel salto, y nunca he podido. Era una especie de vuelo, visto y no visto. Algunos días más tarde vi con cierta frecuencia aquella insólita manera de abandonar el suelo. Así que creía que Gavrila podía volar, y secretamente albergaba la esperanza de que me enseñara a hacerlo. Pero ahora, lo único que retiene mi memoria son sus pies, de puntillas, y aquel beso volátil como los que me daba Tata María, antes de abandonarme a las puertas de Saint Maur.

Luego se volvió hacia mí y dijo:

—Es Teo.

Por la forma como lo dijo, entendí que me pedía colaboración, así que me empiné sobre la punta de los pies, todo lo que pude para alcanzar su cara, o por lo menos una patilla. Pero Teo se inclinó hacia mí y vi de cerca sus ojos. Brillaban de una forma que yo conocía: un casi invisible parpadeo de luz que, a veces, percibía mirando fijamente las estrellas. Y me acordé de que también había visto aquel parpadeo sutil en los ojos de Tata María. Pero en ella parecían apagarse y en Teo encenderse. Gavrila decía:

—Adri, Adri...

Lo canturreaba, como cuando decía «ven, ven...», en el montacargas. Entonces empezó un recorrido por la casa. Teo iba delante, como un heraldo, entrando y saliendo de habitaciones grandes y destartaladas. Todo era muy distinto a nuestro piso —mejor dicho, al piso de los Gigantes—, pero a un tiempo, de alguna misteriosa manera, *reconocible*. Como esos mapas que algunos niños dibujan, inundados de colores y de sueños.

En todo había algo no habitual, raro, aunque amistoso. Sentimiento hasta aquel momento desconocido para quien no tenía ningún amigo o amiga de su edad. Parecía una casa hecha para jugar en todas las habitaciones. Y Teo las iba nombrando una a una, a medida que las íbamos cruzando. (Entonces aún no había visto a ningún guía turístico, pero más tarde, me lo recordaron.)

Las habitaciones eran grandes, quizá más grandes que las nuestras. O por lo menos las que yo frecuentaba. Y con enormes ventanas por las que entraba mucha luz. Como si toda la luz de aquel cielo, que yo sólo había visto sobre mi cabeza en los parques, o en el verano, durante las estancias en el balneario donde nos llevaba mamá —y desaparecía, como sumido en un pozo, apenas regresábamos—, se hubiera enamorado de aquel lugar. Entraba a borbotones por todas partes, casi diría que atravesaba las paredes. Cualquier resquicio permitía la entrada al gran cielo que en el parque de papá o en el de la Tata tanto me maravillaba, si levantaba la cabeza.

Cuando llegamos al «recibidor» —así le llamaba mamá, y Tata María, «recibimiento»— creí reconocerlo. Era, también, muy grande. Pero éste estaba abigarradamente amueblado, parecido a un salón, como en homenaje a la «puerta principal». Teo señaló aquella puerta y declamó más que dijo:

—Puerta Principal... Por aquí debíais haber entrado, Gavi. Para recibir esta visita tan importante.

Me costó unos segundos comprender que la visita importante era yo. Pero Gavrila quitó toda pomposidad a aquellas palabras, porque lanzó una carcajada, y agarrándome de la mano echó a correr pasillo adelante. (Después de tantos años, aún no logro recomponer en mi memoria la distribución de aquel piso.)

Esta vez, Teo no nos seguía, ni nos precedía. Entramos en una habitación llena de objetos, mitad juegos y mitad amontonamiento de trastos viejos. Esparcidos por todas partes, desde los animales de un zoo de madera, hasta una torre Eiffel a medio hacer, que me recordó el ya inútil Meccano de los gemelos (abandonado en un armario del Cuarto Oscuro). Más trenes, aviones, juegos de mesa y dameros con sus correspondientes fichas.

Pero sobre todas estas cosas, instalado sobre una mesa, vi un precioso teatro de cartón. Era un maravilloso teatrito, con decoraciones y personajes. A veces, en vísperas de Navidad o Reyes, lo había visto y deseado cuando nos llevaban a Madrid-París, unos almacenes (quizá los primeros que hubo en la ciudad y que ahora llaman grandes superficies). Se trataba de El Teatro de los Niños, y, aunque lo había pedido repetidas veces —junto al caballo vivo—, jamás me lo trajeron. Así que al verlo sentí una gran alegría, casi me daban ganas de saltar.

Gavrila ya no preguntó si quería jugar con El Teatro de los Niños. Algo debió de ver o intuir en mí que le decidió a elegirlo sobre todo lo demás. Yo lo señalé con el dedo y él dijo:

—Sí, sí.

Como hablaba de forma algo distinta, sobre todo cuando pronunciaba las erres, creía que yo no le entendía. Pero nunca he entendido a nadie como a él.

—Ahora —dijo— ¿quieres jugar dentro o fuera?

Comprendí que se trataba de estar, viéndolo, dentro del teatro o fuera.

—Dentro —dije.

Le pareció bien.

—Ponte al otro lado del escenario y maneja los personajes...

No sabía cómo funcionaba aquello, pero me atraía.

Entonces sacó de una caja unos muñequitos de cartulina. Se insertaban en tiras de cartón donde había unas aplicaciones de hojalata con ranuras. No resultaban fáciles de manejar. En particular el Lobo Rey y el Príncipe Negro, estaban bastante ajados y se tambaleaban en el soporte.

—Eso no importa —dijo Gavrila, excusando aquellas deficiencias— porque *fuera* no habrá gente... Sólo nosotros. Y a lo mejor, Teo.

Entendí que Teo no era gente y ensarté como pude una figura un tanto ambigua en su correspondiente tira de cartón: algo así como un híbrido entre león y perro perdiguero, pero vestido con polainas, sombrerito con pluma y escopeta al hombro. Me recordó vagamente a Eduarda.

—Ahora tú sacas a tu personaje por un lado, se encuentra con el mío... y se dicen cosas.

—¿Qué cosas?

—Nos lo vamos inventando... o lo que sea —aclaró, como si advirtiera mi confusión—. Tengo el librito con la función, pero es muy aburrida y no la entiendo. Mejor lo inventamos, ¿no?

«Como en algunas películas», pensé, recordando la tarde de *Las Cruzadas* e *Historia de dos ciudades*, con papá.

No sé cómo, ni desde qué momento, empezamos a contarnos cosas, cada uno en su correspondiente lado del escenario, moviendo las tiras de cartón, con sus tambaleantes muñecos de papel. Y no sé cuándo, ni cómo, se inició aquella especie de conversación-confesión, desde uno al otro lado de las decoraciones suspendidas sobre «Al primer telar», «Al tercer telar». Gavrila colocó una linterna encendida detrás del escenario. Así se encendían de rojo, amarillo, azul o verde los papeles transparentes que simulaban cielo, ventanas, fuego. Parecían caramelos.

Empezó a hablar de cosas que nada tenían que ver con el decorado, aunque sin dejar de mover el muñequito que le correspondía. Le imité: cuando él terminaba su discurso, empezaba el mío. Todo era nuevo para mí, pero ocurría de forma tan natural, tan distendida y suave, como si fuera algo que siempre había sucedido, sin extrañeza ni tensión, entre nosotros. Como si hubiéramos pasado toda la vida hablándonos así.

—En la ventana, tenías la cara muy pálida.

—No estaba bien, estaba muy mal.

—¿Por eso no venías a jugar conmigo?

—Sí, por eso, pero te veía en el techo, cuando las sombras del patio.

—Ah, sí, ya sé. Yo también veo las sombras del patio en el techo, pero nunca te veía a ti. Quería que bajases a jugar conmigo y *Zar*.

—Yo también quería bajar a jugar contigo y con *Zar*.

—¿Vas al colegio?

—Sí... ¿Y tú?

—No, yo no voy al colegio, pero iré enseguida, después del verano, cuando me acepten en el Liceo.

Entonces me acordé de papá, cuando una vez me dijo que en su ciudad había un teatro muy grande, que conocían en el mundo entero y se llamaba así, el Liceo. Y que allí venían los mejores cantantes, y que un día me llevaría a una ópera que se llamaba *Boris Gudunov*, porque suponía que me gustaría. Pero me costaba bastante relacionar esos dos Liceos, así que le dije:

—¿Tú eres cantante?

Hubo un silencio un tanto peligroso. Pero al fin, me dijo:

—Sí.

Esta cuestión pareció zanjada, pero él añadió:

—Iré al Liceo Francés...

«No debe de ser el mismo», pensé. Y entonces él dijo algo que me emocionó. Bueno, él o su muñequito: los movíamos cada vez que hablábamos, y parecían temblorosos o epilépticos, según el caso.

—¿Somos amigos?

—Sí... Mucho.

—Entonces llámame Gavi.

—Gavi... —murmuré.

—Ahora Teo vendrá al teatro, pero por fuera.

Y como si estuviera escondido, escuchándonos, a pesar de su sordera, apareció Teo. Se sentó en un taburete, delante del escenario de perfil. Sacó de una bolsa finísimas telas blancas, aguja e hilos. Me dirigió un cariñoso saludo, agitando la mano. Y me dijo:

—Adri... yo soy amigo de Isabelita, le he bordado un camisón. Ahora estoy cosiendo unas vainiquitas para las niñas del tercero, que comulgan el día quince...

Era tan suave su voz y su sonrisa que me sentí acariciada, cosa que no había conocido nunca antes.

Entonces me invadieron unas inoportunas e inexplicables ganas de llorar. Pero no sentía pena ni dolor. Al contrario, una leve, espumosa sensación de alegría.

Casi sin darme cuenta, como si alguien manejara mis palabras desde el escondite de mi otro teatro (el que me compró Eduarda), cuando yo urdía mis historias en el cuarto de la plancha, dije:

—Yo siento mucho amor.

Entonces Teo echó la cabeza hacia atrás, y casi gritó:

—¡No, Adri, no a todos... no a todos! Hay gente muy mala por ahí fuera...

Por lo visto el perfil que nos ofrecía era el del oído bueno.

Gavi zarandeó casi furiosamente su personaje, y también gritó, con su poderosa voz, impropia de un niño:

—¡No llores! ¿No te acuerdas de que está prohibido llorar?

Saqué la cabeza del telar número uno, donde la había acercado tanto que casi la metía en el escenario para mirar al «público», y vi que Teo estaba muy quieto, la labor y la aguja y los hilos resbalando por sus rodillas, y la cara cubierta de lágrimas brillantes.

No pude resistirme, salté de mi asiento y fui hacia él, tímida y con mucha pena. Teo me tendió los brazos y me acogió con tanta fuerza que casi creí oír el crujido de mis huesos mientras murmuraba suavemente: «No te asustes, no te asustes... todo acabará bien. Y no debes abandonar el teatro, cuando estás dentro... Vuelve ahí, cariño».

Volví a mi puesto, y pregunté:

—¿Por qué llora...?

—Ya no le quiere.

—¿Quién no le quiere?

—No importa..., no le quiere.

Vi que Gavi se encogía de hombros, pero no era un gesto de indiferencia, al contrario, me pareció muy triste. Pude verlo porque acerqué los ojos hasta el nivel del escenario. Decoraciones y papeles de colores emanaban una luz íntima desde sus ventanitas, cielos y farolas. Y de pronto sentí un gran bienestar: desde allí, podía decirse todo, contarse todo lo que se guardaba, y dolía o no, pero nunca se decía. La luz baja, los colores transparentes, todo pertenecía a un secreto grande, que podía comunicarse con otros secretos. Y me acordé del Unicornio.

—Gavi... ¿te acuerdas de aquel día, cuando jugabas en el patio y estaba todo cubierto de nieve?

—¿De nieve?

—Sí, el patio estaba cubierto de nieve y tú jugabas con *Zar*.

Gavi tardaba en contestar, pero se le adelantó Teo. Tenía el oído *bueno* alerta, y con la mano lo protegía, como un biombo. Dijo:

—Adri, en el patio no puede entrar la nieve porque es un patio cubierto, con techo de cristal.

De pronto algo vacilaba, casi se desmoronaba a mi alrededor.

—Yo vi a Gavi... vi a Gavi en la nieve... y a *Zar*.

—No, la nieve no puede entrar en el patio. ¡Déjalo, déjalo! También Gavi ve cosas que los demás no vemos... Pero no importa...

Sí que importaba, me importaba a mí.

—Gavi... dímelo. Dime que sí, que estaba todo el suelo nevado y se oía mucho silencio.

Gavi abandonó su asiento del otro lado del escenario, se acercó a mí, y dijo:

—Sí, a lo mejor había nieve, puede que entrara por un cristal roto. Durante muchos días había un cristal roto.

—Yo la vi, yo vi la nieve —insistí. Estaba a punto de cometer la imprudencia de nombrar al Unicornio, cuando Gavi susurró, junto a mi oído:

—Ya lo sé, pero es un secreto nuestro. No se lo digas a *los demás*.

Comprendí que para él *los demás* eran como para mí los Gigantes y para Isabel *Ellos*. Sentí un gran alivio. Todo marchaba bien.

El timbre de la puerta por donde habíamos entrado pareció atravesar todo el piso, estridente, angustiado. Los timbres tienen su voz particular —sobre todo la tenían entonces—, y casi se adivinaba el ánimo de quien oprimía el botón. Enseguida supe que venían por mí. Más que un timbrazo era un aullido.

Teo se apresuró hacia la puerta, y regresó, mejor dicho, irrumpió en la habitación acompañado de una Isabel congestionada y balbuceante:

—¡Dios mío, me veo en la calle!... ¡Y todo por culpa de estos dos mocosos!...

Nunca antes la había visto así. Su actitud, su voz, su nerviosismo contrastaban con el sosiego y bienestar recién descubiertos.

Sin lugar a dudas, regresaba a la casa de los Gigantes. Casi me arrastraba tras ella, apretándome la mano con fuerza mientras decía:

—¡Dios mío, la que has estado a punto de armar! Menos mal que ya estamos en nuestra casa...

Nunca las palabras *nuestra* casa me parecieron tan ajenas. Bajamos en el montacargas, cruzamos el patio, subimos el tramo de escaleras que conducían a *nuestra* puerta casi en volandas. Y allí estaba Tata María, como un ángel con delantal, esperándonos:

—¡Cálmate! ¡Nadie se ha enterado...!

Una vez dentro, empezó una discusión entre Tata María e Isabel sobre quién era la culpable de aquel descuido. Cada una de ellas echaba la culpa a la otra, hasta que al fin se calmaron y se abrazaron llorando. Una vez más me intrigó el porqué los Gigantes lloraban cuando parecía menos adecuado, y permanecían impasibles en los momentos que, a mi juicio, hubieran sido más apropiadas las lágrimas.

Restituida la calma, y establecidas las reconciliaciones, la única culpable acabé siendo yo. Después, tampoco yo, sino la soledad, la ausencia de amiguitas o amiguitos. «Necesita amistades, como todos los niños del mundo», remachó Isabel, secándose los ojos. Y Tata María asintió con la cabeza y levantando los ojos al techo, como era su costumbre en semejantes ocasiones.

Isabel me besó, y Tata María me acarició la cabeza. Puesto que todo volvía a estar en orden, decidí que había llegado el momento de retirarme. Fui a mi cuartito y me tendí en la cama, mirando el ángulo del techo donde una vez había visto moverse, saltar y jugar las sombras de Gavi y *Zar*.

Recordé entonces que durante todo el tiempo mientras duró el teatro y después, cuando llegó la sobresaltada Isabel, *Zar* había permanecido tumbado, con el morro apoyado en el extremo de sus patas delanteras, y una mirada que, a partes iguales, traslucía paciencia y una pizca de hastío. No hacia nosotros en particular, sino hacia la especie humana en general.

Afortunadamente, nadie en casa (excepto Tata María e Isabel) tuvo conocimiento de esta primera escapada, de aquella primera huida hacia lugares y criaturas que entonces —y acaso también ahora— me parecieron mágicos.

Aliviadas y confiadas por la nula trascendencia que aquella escapada había tenido en la familia, las dos mujeres no sólo permitieron en adelante nuevas salidas, sino que las favorecieron.

Inolvidables escapadas hacia el último piso, bajo los terrados. Allí donde yo me encontraba con Teo, *Zar* y el hijo de la bailarina.

10

Tal y como ella me había dicho, Isabel no sabía leer ni escribir. Estábamos muy unidas, como es natural entre cómplices. Porque era una complicidad, además de cariño, lo que nos unía.

Todo había empezado en la despensa, el día que me dio a probar el primer chupito, diciendo que daba calor al corazón. Luego, cuando Tata María no andaba cerca, me llamaba con un silbidito tenue, pero que llegaba puntual a mis oídos.

Corría entonces a la despensa y al taburete, donde ella me recibía con un guiño y, en la mano alzada, como un trofeo, el frasco mágico.

—Sólo un chupito, ¿eh? Más, hace daño.

Yo sorbía el chupito, despacio. Nunca hizo el efecto anunciado, pero en cambio tenía la virtud de hacernos reír a las dos, mirándonos, frente a frente, y sin saber muy bien por qué.

Un día, después del chupito y las risas, me dijo:

—Cordera... ¿tú querrías escribirme alguna carta? Yo no sé, ya te dije, pero hay veces que necesito dar noticias mías, a mi familia... o a quien sea.

Adiviné, sin mucho esfuerzo, quién era «quien

sea». Y me sentí necesaria, o importante, que suele ser parecido.

—¡Claro que sí!...

—Yo te lo digo, y tú lo pones.

—Sí.

—¡Tienes una letra tan maja!

En Saint Maur no opinaban lo mismo. Aún recuerdo como una tortura el aprendizaje de aquella caligrafía picuda, que, según oía, era el distintivo de las «Niñas de Saint Maur». Como una marca de fábrica, o «pedigrí». Era la letra de Cristina y de mamá.

—Gracias —dije, como me habían enseñado, tanto si me gustaba como si no.

Mamá me había aleccionado: «Cuando alguien te diga una grosería, o un insulto, no contestes, no te pongas a su altura. Sonríe, di "Gracias", y el otro quedará avergonzado...». Días más tarde sufrí uno más de los ataques verbales de Margot. Una vez más, yo me negaba también a engrosar las filas adictas al juego de los pelotazos, al que, en puridad, pertenecía toda la clase, aunque dividida en dos bandos. Supongo que a Margot le importaba un comino el bando al que yo pudiera pertenecer —del suyo ella era, cómo no, capitana—, pero le molestaba no ejercer su dominio sobre mí. Así que, cuando me negué a alistarme en cualquiera de los dos bandos, me gritó (casi escupió) varias veces, rozando su cara con la mía: «¡Idiota! ¡Idiota, idiota!».

Recordando las enseñanzas maternas, levanté la cabeza cuanto pude, tanto que me dolió la nuca, y en vez de sonreír lancé una sonora carcajada —la más falsa que he lanzado en mi vida— y grité con un brío que no sé si nacía del valor o del miedo: «¡Gracias, Margot, gracias...!». A cambio, recibí dos formidables bofetadas en toda la cara.

Pero volviendo a Isabel y nuestra alianza, recuerdo que empezó entonces una larga correspondencia —es un decir, porque la mayoría de las veces no era correspondida—. Espaciadamente (muy espaciadamente) llegaban respuestas. El cartero Cristián, que también aparecía por *nuestra* puerta, abanicaba el aire con la carta de Isabel, y se reía, escamoteándosela, como si fuera una enorme mariposa a punto de huir. Isabel se enfadaba y se reía a la vez mientras intentaba atraparla. Al fin, Cristián se la daba. Era un hombrecito muy pequeño, con uniforme y gorra gris. Estaba muy pálido. Pero también se quería casar con Isabel. En aquel tiempo yo creía que todos se querían casar con Isabel, desde Mario, pasando por el chófer Anastasio, hasta el cartero Cristián, el que le traía las cartas de «quien sea». Pero yo sabía quién era «quien sea». Se llamaba Frutuoso, y era el único que le contestaba de su propia mano. Porque yo era quien se las leía. Y, de su familia, sólo muy pocas veces recibió contestación porque Isabel me dijo que, como hacía yo con ella, a ellos se las escribía el cura. Eran unas cartas muy raras, de gente que no parecía la familia de Isabel. O por lo menos, no se le parecía en la forma de hablar, ni dictar. Por ejemplo, si ella les había dicho en una carta más o menos esto:

«Querido hermano Lope, me alegraré que al recibo la presente estéis bien de salud. Ya sé lo que le ha pasado a la vaca con lo de los lobos, he llorado mucho, deseo que la otra vaca esté bien, ojalá se muera el que dice que es culpa de los lobos y todos sabemos...»

La carta que recibía en respuesta era, también más o menos:

«Querida hermana Isabel: Ya sabes que la desgracia nos aflige, desde que a la vaca la mataron los lobos, pero estamos resignados por la voluntad de Dios, que pone a prueba nuestra paciencia y nuestra Fe en su Misericordia...» No entendía nada, pero sabía que algo fallaba, que algo no estaba de acuerdo entre una carta y otra. Como si hablaran de cosas distintas.

Pero las que sí entendía eran las del llamado Frutuoso. Unas veces la carta empezaba con un «Querido Frutuoso», y otras sólo con un «Frutuoso». Pero lo que seguía a continuación tenía pocas variaciones. Ya empezaba a aburrirme, y de cuando en cuando empecé a contribuir en el argumento. Por ejemplo, cuando ella le decía (me lo decía a mí, aunque jamás pude expresar por escrito el tono airado, apasionado, desdeñoso de sus palabras, ni la manera como iba cambiando de color su voz, o su misma cara: casi un arco iris completo): «Y ya lo sé, que me lo dijo la Patricia, que te han visto merendándote con esa golfa y en el cine, donde la película de *Mares de China*, en el merendero del Crescencio, y que luego os fuisteis juntos, que sé yo dónde, pero miento, sí sé adónde, guarro más que guarro, ya me has visto bastante, porque de ahora en adelante, morcilla que te den, morcilla...». Yo, que estaba harta de repetir lo de la morcilla, escribía: «pasteles de crema, polos, que te den...», que era lo que más me gustaba por aquellos días. Aunque ahora me viene a la memoria que, en una ocasión, escribí: «Chupitos, chupitos, chupitos...».

Las respuestas, cada vez eran más espaciadas. El llamado Frutuoso decía: «Que no sé lo que dices, que estás majara...». Pero luego se veían y, al parecer, todo se arreglaba. Aunque ella me decía:

—Adri, cordera, no te enamores.

—Ya me enamoré.

—Bueno, pues sigue así... ¡Pero no como yo...!

Cada vez era más frecuente, por las tardes, que Gavi apareciera en el patio. Ponía las manos alrededor de la boca, como si fuera una bocina, y me llamaba.

—Dile que no grite —me advirtió Tata María—. Que ya sabemos cuándo viene... pero que no dé tres cuartos al pregonero.

Aunque me pareció un recado muy raro, se lo dije, desde la ventana:

—Gavi... que no des tres cuartos al pregonero.

Él sacudió la cabeza, y dijo:

—¿Vienes?

Por supuesto que iba. Pero antes tenía que dar cuenta a mis *protectoras-fiscales*:

«Bueno, vete, pero no tardes en volver ni un minuto después de las ocho...»

Sucedía esto día sí, día no. Pero más sí que no. Si me hubieran dicho que tenía que renunciar a aquellas escapadas-huidas-encuentros, creo que me habría muerto. O, por lo menos, hundido. Pero no fue así. Al contrario, el día sí y el día no se convirtieron en el «todos los días». O, mejor dicho, todas las tardes.

Apenas terminaba de comer, sabía que él estaba abajo (porque comía más temprano), con las manos en los bolsillos de aquel pantalón de terciopelo marrón, que tanto me seducía. Se apoyaba en la pared y cruzaba las piernas. Su cabeza rubia parecía rodeada de un resplandor, como había visto a los ángeles, o santos, en láminas de algunos libros. Y esto era muy raro, porque Gavi no tenía nada de santo, ni de ángel.

Paco, mi novio, decía:

—Vaya chico listo que has elegido... ¡Menudo pájaro!

Claro que a Paco todo el mundo le parecía o pájaro o tonto.

Los pájaros eran sus preferidos. Les quería, les admiraba o, por lo menos, les respetaba. A los tontos, desprecio total. Pero me parecía injusto, porque llamaba pájaro a Mario (que a mí me parecía un poco tonto) y tonto a Albino, que no me lo parecía.

—Paco, ¿yo soy tonta... o pájaro?

—Tú eres mi novia, Ojazos. —Y me lanzaba un beso con la mano.

Esta clase de respuestas —como algunas de las que me daba Tata María— me inquietaban, porque no tenían gran cosa que ver con lo que yo preguntaba, y además no podía creerlas. Siempre albergaban alguna duda, aunque en aquel tiempo, todo, o casi todo flotaba entre dudas y preguntas. Misterioso mundo, el de los Gigantes, y misterioso también el pequeño recinto del corazón. Allí donde, según Isabel, daban calor los chupitos. Y tampoco eso era del todo verdad porque, por lo visto, sólo sentía ese calor ella. Yo, no.

Por otra parte, habían aumentado mis conocimientos (precisamente aquellos meses en que no acudía a Saint Maur). Con Gavi y Teo descubría todos los días, casi diría que todos los minutos, varios aspectos de la vida que jamás hubiera conocido sin ellos. Incluso de una vida tan pequeña, rutinaria, solitaria y poco propicia a descubrir nuevos horizontes como era la mía.

Ya apenas jugábamos en el patio, con la consiguiente protesta de Paco, que le gustaba mucho contemplar y jalear el juego de la pelota, *Zar* incluido. Pero cada vez que cruzábamos el patio corriendo hacia el montacargas, antes nos parábamos a ver si él estaba allí, sentado y leyendo periódicos deportivos. Y, si estaba, saltábamos a su cuello y le besábamos, para salir corriendo enseguida. Aprendí entonces a saltar, si no tan ágilmente como Gavi, lo suficiente para que me llenara de euforia. Una euforia burbujeante, que no he vuelto a sentir. Cada vez que lo hacía, me parecía recuperar a la Adri que por las noches navegaba hasta el *salón de los reflejos* y el Unicornio. Y, además, me acercaba más a Gavi, me hacía más parecida a él.

—Gavi... ¿Me enseñarás a volar?

—Sí.

—¿Me lo prometes?

—Cuando llegue la primavera, subiremos a la azotea y te enseñaré. Pero tienes que ser muy valiente.

—Soy muy valiente —mentí, a conciencia.

Pero con él todo sucedía en un tiempo y lugar mágico, donde lo más impensado era posible. Si él me hubiera dicho que podríamos hacernos invisibles, yo me hubiera vuelto invisible, y así ocurrió más de una vez. Aunque mi invisibilidad desaparecía en cuanto nos separábamos. Sucedían con él —o entre él y yo— cosas que jamás han vuelto a suceder en mi vida. Incluso volar.

En el piso —iba a decir «país»— bajo la azotea, que era muy grande, creo que aún más que el nuestro, también había una terraza. Todavía hacía frío y no salíamos a ella, pero Gavi apartaba de un manotazo los visillos de las puertas encristaladas y decía:

—Cuando llegue la primavera saldremos ahí y conocerás el Castillo...

Me señalaba una barandilla de piedra, y a los lados, arcos y columnas, todo de un material arenoso, que brillaba al atardecer en diminutas chispitas: la hora en que yo regresaba a casa. Gavi decía que allí se jugaba muy bien porque los juegos se volvían de verdad.

Yo esperaba con una leve impaciencia —más curiosidad que impaciencia— la llegada de la primavera. Una estación que, hasta el momento, sólo me traía el recuerdo del día de mi Primera Comunión y, sobre todo, de Eduarda. No la había olvidado, y ahora que me dedicaba tanto a escribir cartas, empecé a sentir el deseo de comunicarle mis novedades. Le escribiría una carta muy larga, contándoselo todo. Pero —me dije—, se la daría a Teo, para que la echara al correo. No me fiaba demasiado de Tata María, ni siquiera de Isabel. Algo me decía que ellas la habrían leído antes de echarla al buzón. Y yo no quería que nadie supiera lo que quería contarle a Eduarda. Aunque tampoco sabía cómo se lo iba a contar. Aquel «me alegraré que a la presente os encontréis bien de salud», con que invariablemente empezaban las cartas a la familia de Isabel, no me servía. Y mucho menos el «ya me enterao, so canalla, que te han visto...», o cosas parecidas, dirigidas a «quien sea». Escribir una carta, mía, me creaba insatisfacción, casi angustia, por no saber, o poder, decir lo que yo quería decir. Pero me hice el firme propósito de escribir a Eduarda.

Ya no sólo jugábamos con el teatro. De entre las muchas cosas envidiables que se podían encontrar en aquel cuarto de juegos tan abigarrado, sobresalía una considerable cantidad de libros de cuentos. Algunos en francés, pero la mayoría en español. Yo tenía en casa muchos libros, pero casi todos estaban más que releídos. Últimamente, con la ausencia de papá, que era quien escribía a los Reyes Magos, o me los regalaba por Navidad o por mi santo (y a veces sin festejo alguno de por medio), ya muy raramente me llegaban. Leer fue una de las cosas que más me unió a Gavrila.

A menudo nos echábamos en el suelo, boca abajo, compartiendo un mismo libro y un mismo trocito de alfombra. Tácitamente elegíamos siempre el mismo tramo, con los mismos dibujos y colores, una mezcla de rombos y círculos azul y marrón. Con los días, llegó a ser un territorio propio, una especie de refugio-cabaña en algún bosque, donde se entraba para trasladarnos a espacios sólo visibles a través de sus palabras, de donde se salía para reincorporarse al mundo exterior. Yo veía aquel trocito de alfombra como puerta, cerradura y llave de un país sólo nuestro. Se abría al entrar, se cerraba al salir. Un secreto tan íntimo que ni siquiera se podía nombrar en silencio, con el libro abierto y compartido. Si era un libro francés y contenía frases que yo, todavía, no entendía bien, él las traducía, con su peculiar pronunciación de erres rotundas, que no eran precisamente las suaves y casi guturales erres francesas. Un día le pregunté:

—¿Por qué dices así la erre?

—Porque soy ruso.

Y al decirlo levantó la cabeza, casi desafiante. Me pareció una razón bastante buena, aunque sin comprender muy bien por qué. Todo lo que él decía, a pesar de que a primera vista me pareciese más allá de cuanto hasta entonces sucedía o había escuchado en mi entorno habitual, acababa siendo razonable y, sobre todo, verdadero. Mucho más verdadero que las aplastantes «verdades como puños» con que solían apabullarme tanto en Saint Maur como en casa.

Las láminas de los libros de Gavi eran extraordinariamente sugerentes, y nos deteníamos largo rato en ellas, mirándolas al detalle, descubriendo cosas que a primera vista parecían invisibles o anodinas. Recuerdo una donde había una casa partida de arriba abajo, y dejaba al descubierto no sólo a sus moradores, muebles y objetos, sino también a *los otros*, los ocultos habitantes que yo conocía en mis travesías nocturnas hacia el salón y a los que una vez aludió Sagrario. Creo que Gavi y yo llegamos a vivir dentro de aquella casa partida, durante días y días. Y cuando ya habíamos leído el cuento que la había inspirado, retornábamos a ella. Y antes de volver página, nos mirábamos y sonreíamos, y no necesitábamos palabras para saber lo que pensábamos o sentíamos los dos. Éramos entonces cómplices de alguna misteriosa causa que sólo él y yo conocíamos. Parecida a la complicidad de Isabel y yo con los chupitos en la despensa. Aunque de índole muy distinta, porque lo de Isabel pertenecía al mundo de los Gigantes, y lo de Gavi y yo, no.

Gavi pasaba las páginas con una suavidad que contrastaba con la casi rudeza de sus movimientos. Pero sus libros estaban impecablemente bien tratados, tanto como los míos. No como los heredados de Cristina.

El Teatro de los Niños seguía siendo, de todos modos, nuestra vía de comunicación más íntima. Y necesaria.

Uno a cada lado del escenario nos hacíamos partícipes de cosas que acaso cara a cara no hubiéramos sido capaces de decir. En algún momento me recordó al confesionario de Saint Maur, donde era obligatorio ir a confesar faltas, pecados, o lo que fuera molesto decir, a través de una rejilla, tras la que se adivinaba el perfil, eternamente masticante, del padre Torres. Pero éste era un confesionario diferente, un lugar donde, sin amenazas de infierno, culpas ni penitencias, se podía decir todo lo que de otra manera no hubiera sido posible.

Así, una tarde le dije:

—A veces yo no quiero a mi mamá.

Y él contestó, rápidamente:

—Yo tampoco.

Eso fue todo. Pero sentí —y tal vez él también— que acabábamos de derribar un muro más de los que hasta aquel momento se interponían entre nosotros.

Días más tarde —siempre estas cosas ocurrían con el teatro por medio, aunque para comunicarnos ya no necesitábamos mover los muñecos de cartulina—, me dijo:

—Mi mamá sabe volar.

No me pareció extraño porque su hijo volaba, yo lo había visto.

—Es muy guapa —añadió.

Yo no tenía nada que objetar. Nunca la había visto.

—Pero *Él* es más bueno que ella... y me quiere más que ella.

Yo había oído hablar mucho del Conde, tanto en el cuarto de la plancha como en la cocina, incluso a la lavandera Tomasa, que no vivía en la casa. Era un personaje que fomentaba muchísimos comentarios e incluso ligeras discusiones en las zonas del parquet sin encerar. Porque unos decían cosas buenas de él, y otros, no.

Intuí que cuando Gavi decía *Él* se refería al Conde. Así que pregunté, sólo por preguntar:

—¿El Conde?

Hubo un silencio largo, inusual entre nosotros. Y después, bruscamente, Gavi abandonó el teatro y corrió más que anduvo hacia los libros. Eligió uno, lo agitó en el aire, como si fuera un trofeo, y dijo:

—¿Quieres leer? Éste no lo conoces.

Abandoné mi puesto tras el telar número dos, y fui a tenderme a su lado, boca abajo, sobre nuestro territorio de rombos y círculos de colores. El libro se titulaba *El Rey Cuervo*.

Sí, lo conocía. Se trataba de un cuento que me atraía, pero a la vez me desasosegaba tanto que nunca lo había terminado de leer.

Al fin, como si no estuviera muy seguro, dijo:

—Algunos le llaman así. Pero se llama Mauricio.

Pasó la página y seguimos leyendo. Casi mágicamente ocurría que, cuando pasaba página, los dos habíamos terminado de leerla a la vez. Casi nunca se equivocó.

Aquella tarde, Teo cosía a nuestro lado, en un taburete. Tenía a su alcance un costurero muy bonito, lleno de hilos de colores, tijeritas, agujas, cintas... A veces me dejaba mirarlo y manosearlo un poco. Solía sentarse de perfil, con el oído bueno hacia nosotros. Cuando oyó lo que Gavi acababa de decirme, ahuecó la palma de la mano sobre la oreja sorda, y dijo:

—¿Has hablado de mamá?

Gavi afirmó con la cabeza, pero siguió leyendo. Y yo, también, pero atenta a cuanto Teo hacía o decía. Junto a Isabel fue mi maestro de aquellos días.

—Gavi, enséñale a Adri las fotografías de mamá, y verá cómo vuela. Y también enséñale el vestido de la reina...

Gavi hacía como que no le oía, seguía leyendo, pero yo no podía ahora seguirle. Levanté la cabeza y vi a Teo mirándonos, con la aguja en alto de la que pendía un hilo de oro. Por primera vez rompió la magia que nos unía durante la lectura. Y vi el pálido rostro de Teo, con sus orejas-alas de mariposa gigantesca y sus ojos de niño perdido en el bosque. Entre sus dedos relucía el hilo.

Bordaba algo muy diferente a las vainiquitas de las niñas del tercero, las que iban a comulgar, o quizá ya habían comulgado, quién sabe cuándo. Sentí un súbito y gran cariño por él. Un cariño que dolía porque no podía hacer nada por consolarle, y nunca había visto una mirada como la de aquellos ojos negrísimos, bordeados de pestañas espesas, donde se adivinaba un fulgor pequeño, cotidiano, de lágrimas escondidas.

—Teo, te quiero mucho.

Se levantó y se acercó, inclinándose:

—Si no fuera por vosotros... si no fuera por vosotros...

Se volvió de espaldas, vi que sus hombros se movían de arriba abajo, y pensé que estaba llorando.

—Gavi, ¿por qué Teo llora tanto?

Gavi tardó en contestar. Seguía empeñado en la lectura de *El Rey Cuervo*, aunque no pasaba página. Al fin dijo, muy bajito:

—Porque no le quieren...

Era la segunda vez que lo oía, y eché a correr hacia aquel hombre tan alto, que estaba de espaldas, y nadie le quería, aunque yo no sabía por qué. Di la vuelta, para verle de frente, pero se tapaba la cara con las manos.

—Teo, yo te quiero...

Teo apartó las manos, y con sorpresa vi que aunque le caían lágrimas no lloraba. Sonreía. Y al sonreír parecía casi guapo (con lo feo que era, por lo general).

—¡Que te enseñe Gavi las fotografías de la señora...! Es un ángel, un ángel. ¡Dios mío, qué malo es el mundo!

Me quedé sobrecogida por esta afirmación. ¿El mundo de los Gigantes? ¿El de la mamá de Gavi, el del Conde...? ¿En qué mundo vivíamos él, Gavi, Isabel, Tata María e incluso Paco o toda la caravana que pasaba por *nuestra* puerta? ¿Y los gemelos, a quienes yo quería y hasta admiraba? ¿Y papá y Eduarda?

—¿Por qué, Teo, por qué...?

Teo se volvió, de nuevo sonriente, y dijo:

—Ay, no me hagas caso. Son cosas mías... No me hagas caso, Adri. Tú también eres un ángel.

Aunque Gavi había dicho que cuando llegara la primavera me enseñaría a volar, yo me sabía muy torpe para tener alas. Además, la primavera me parecía un lugar muy lejano.

Teo se había quedado pensativo, mirando su labor. Era una tela muy grande, no las acostumbradas pequeñas piezas blancas que solía bordar, o coser, o lo que fuera, para las niñas del tercero.

Nos acercamos y nos mostró algo maravilloso, una tela brillante, ligera como un soplo —tal vez era raso, pero yo no había visto ni palpado antes nada parecido—, de un azul eléctrico donde aparecían grandes pájaros, pero no pájaros corrientes, sino aves suntuosas, de todos los colores, entre los que sobresalía aquel hilo de oro, ensartado en su aguja que yo había visto entre sus dedos. Mientras nos los enseñaba, iba acariciándolos y decía:

—Mejor que el Arco Iris, mejor todavía...

Por supuesto lo era, y quizá nuestro silencio expresaba la admiración que sentíamos.

—¿Os acordáis de *Las mil y una noches...*? Pues así es esto: cuando el Emperador de la China se viste para la Fiesta del Dragón... No me acuerdo del nombre del dragón, pero da igual.

Nosotros tampoco nos acordábamos.

—Pues éste es el disfraz que luciré para el baile de Carnaval. Y ganaré el primer premio.

Ciertamente, estábamos en vísperas del Carnaval. Recordé que una vez, cuando yo era muy pequeña —quizá tenía sólo tres o cuatro años—, me disfrazaron de holandesa, y me llevaron a una fiesta de disfraces infantil, en casa de una amiga de mamá. Y me sentí muy mal, estuve llorando todo el tiempo hasta que Tata María me cogió en brazos y me llevó a casa. Había comido muchas lionesas de nata y, por el camino, vomité en su hombro.

—Estas fiestas no son para esta niña... La Cristina era otra cosa... —dijo la Tata.

Pero ahora, en cambio, Teo parecía desbordar alegría.

—¡Sedas, Arco Iris, oro...! —murmuraba, acariciando la tela y los bordados.

Su voz tenía una suavidad de terciopelo. Me acerqué más a su bordado y, por un instante, los pájaros emprendieron el vuelo, tal y como otras veces había echado a correr el Unicornio.

—¿Me dejas tocarlo?

—Claro que sí... verás qué ensueño.

Lo toqué, y verdaderamente lo que sentí fue ensueño. Cerré los ojos.

—Yo seré el Emperador de los Sueños Imposibles —recitó él, como si estuviera leyendo algo en voz alta. Un cuento, o un poema del libro *Poesía para niños* que tenía Gavi en la estantería más alta. Costaba llegar a ella, tenía que subirme a una silla, pero lo conseguí, y cuando lo hice, Teo me la arrebató casi bruscamente, la abrió por alguna página secreta, sólo suya, y recitó despacito, mientras su voz se transformaba.

Gavi y yo le escuchábamos en silencio. Parecía, de pronto, que una ráfaga de viento, un viento desconocido, misterioso y desasosegante cruzaba el cuarto de jugar.

Pero Teo destruyó el encanto, lanzando una carcajada chillona. Me recordó la risa de un niño muy pequeño, casi un bebé, que había oído tiempo atrás, cuando aún iba al parque con Tata María.

—¿Te vas a disfrazar...? —preguntó Gavi.

Y percibí un temblor sutil, casi inaudible, en su voz.

—Sí, claro está... Niños, el Carnaval es *mi fiesta*, la que más me gusta.

—¿Irás al baile?

—Sí, claro está que iré.

Teo suspiró muy fuerte, casi se veía salir el aire de sus pulmones por los agujeritos de su nariz. Y dijo:

—Iré al baile, como la Cenicienta. Pese a quien pese.

Entonces ocurrió lo que todos llamaban «una recaída».

Fue después de la tarde en que, a pesar de que hacía mucho frío, bajamos al patio con *Zar*. Porque Paco nos decía que ya no le queríamos y que yo no quería ser su novia. Detrás de él, Anastasio se reía, pero Paco ponía cara de estar muy compungido. Era de mentirijillas, porque yo le conocía muy bien, y sabía que se estaba riendo por debajo del bigote.

—Y el pobre *Zar*, también está triste...

Aunque yo odiaba el juego de pelota de Saint Maur, el otro, aquel que me habían descubierto a Gavi y a *Zar*, me gustaba. Mi torpeza para esta clase de juegos, y mi incapacidad para volar, me los hacían penosos, pero no odiosos. Así que bajamos al patio, y aunque Tata María decía que «ELLA, NO» (que *yo no podía* estar en el patio aquel febrero tan maligno porque podía «recaer»), la verdad es que una vez más me escapé y bajé, y corrí, y sudé y temblé. Y «recaí».

—Que no se entere la señora, por Dios, María, que no se entere...

—Calla, mujer... Ya sé yo lo que hay que decir y lo que hay que callar...

No sé si calló y dijo lo adecuado, pero cuando durante la cena cerré los ojos, se me dobló la cabeza y fui a dar con la cara en el plato de espinacas, me cogió enseguida en brazos y me llevó a la cama. Vagamente recuerdo que me desnudó, y me puso el pijama, y que yo temblaba y los dientes me castañeteaban. Además, un dolor por momentos más insoportable me llenaba los pulmones, como si me estuviera ahogando en una espuma maligna. Recuerdo que gemía y decía: «Enséñame a volar...», o algo parecido.

Entonces Tata María me tapó la boca con una mano, mientras con la otra me acariciaba la cabeza. Vi —o entreví— a Isabel, en la puerta de mi cuarto. Tenía algunas cosas en común con Teo (el temblor de lágrimas, sin deslizarse, retenido en las pestañas). Antes de cerrar los ojos y perder totalmente el mundo de los Gigantes, oí decir a Tata María:

—No llores, no alarmes... Yo conozco a esta familia. Nada de aspavientos. Tú vete ahora a llamar a la señora... Si está en casa...

No estaba en casa.

—Dame la libreta de los teléfonos... Y quédate con la niña mientras llamo al doctor Zarangüeta.

Y llamó al doctor Zarangüeta.

Esto último lo supongo, porque no me enteraba de nada. Sólo de que mamá no estaba. Ni papá. Ni los gemelos, ni Cristina... Me agarré todo lo fuerte que pude a la mano que olía a pan tostado. Y ya no recuerdo más de aquel día.

II

Aún con los ojos entrecerrados la supe allí, al lado de mi cama. Tenía mi mano entre las suyas, y la acariciaba despacio, con una suavidad que nunca le había conocido antes. No lloraba, pero le temblaban los labios.

Volví a cerrar los ojos, porque temía que si despertaba del todo, aquella sensación de dulzura y paz desaparecería. Noté en la frente el roce de sus dedos, apartándome el flequillo. Siempre me ha intrigado el porqué aquella franja de cabello, o recibía besos huidizos, o era apartada como una cortina molesta: únicamente se trataba de un flequillo, del que ni siquiera yo era responsable.

Ahora, mamá estaba allí, me llegaba su perfume sutil e inconfundible. Un aroma delicado, que sólo notaba cuando estaba muy cerca, o se inclinaba hacia mí, o me daba uno de sus espaciados besos.

En aquel momento yo quería preguntar algo, pero estaba demasiado confusa, y creo que también intimidada. Con el temor de que, si despertaba del todo, algo me sería reprochado y rompería el bienestar recién descubierto. En aquel tiempo, vivía siempre con la vaga amenaza de arrastrar alguna o varias culpas. Aunque no lograba identificarlas, ni liberarme de ellas. Algo así como: «¿Qué es lo que he hecho, de qué se me acusa, por qué me siento culpable de algo que no sé qué es...?». Y aunque yo no lo supiera, estaba claro que «ellos» sí lo sabían.

Ahora, la «recaída» parecía haberlo cambiado —o al menos modificado— todo. Para bien, y para mal. Por el lado bueno, las fantasmales culpas desaparecían o se olvidaban, y por el malo, me privaba de mis seres y espacios queridos.

Aún pasé algún tiempo semidormida o atontada antes de que ansiosamente empezara a buscar en el ángulo del techo, junto a la ventana, las sombras de Gavrila y *Zar*. Vi cruzar otras sombras: las de Paco y Anastasio, las de Mario el pescadero, alguna vez la de Albino, pero nunca las que yo deseaba ver. Una gran tristeza, como una mancha de tinta sobre el papel, iba extendiéndose. No tenía ganas de comer, ni de hablar. Parecía que algo me apretara el corazón y las ausencias de Teo, Gavrila y *Zar* me angustiaban como si temiera no volverles a ver nunca. Entonces me tapaba la cabeza con el embozo de la sábana, para que nadie me viese, ni me dijera nada. Ni siquiera Isabel, mi *cómplice*.

El doctor Zarangüeta dijo:

—Esta niña está triste... esta niña tiene algo que la está royendo por dentro... ¿Dónde está su madre, por Dios...?

Pero yo sabía que no se trataba de las ausencias —más o menos frecuentes— de mamá: era sentirme privada de la compañía de Gavi, de nuestro territorio de lecturas conjuntas, muy bien enmarcado en el trocito de alfombra donde nos tendíamos a leer. Nuestras confidencias a través del Teatro de los Niños, y la historia bordada en oro y pájaros, que extendía ante nuestros ojos Teo... y a *Zar*, que cuando no saltaba tras la pelota, se tendía con las patitas delanteras juntas, el morro encima, y mirándonos de reojo, en su particular parcela de alfombra, en la otra esquina, con sus correspondientes rombos y círculos azules y marrones. Ésa era mi tierra, ésa era mi ciudad.

Y, por vez primera, supe lo que era la añoranza, porque empezaron a revivir en mi memoria las tardes en que Teo dejaba de coser, y yo vi por primera vez un samovar.

En esos momentos Teo disfrutaba mucho porque sabía que lo abandonábamos todo para seguirle hasta aquel recipiente de metal brillante —no sé si era cobre—, que tenía una espita de la que manaba agua hirviendo. Así nos preparaba el *cha* (lo pronunciaba con mayúsculas). Nos lo servía en vasos de cristal, con agarraderos de plata, en una gran bandeja donde había pintadas —«a mano», decía él— muchas flores de colores. Lo acompañaba de mermelada y bizcochos. Me decía:

—Yo no soy ruso... pero conozco sus costumbres por la señora. Adora el *cha*.

Así que, por primera vez, sin estar enferma, bebía té, con bizcochos y mermelada de arándanos.

En casa no había nada parecido: la merienda consistía en pan y chocolate, un plátano y un vaso de leche. El *cha* tenía un aroma distinto a cuanto yo conocía: el aroma de los cuentos, de la triste y hermosa historia de los cisnes salvajes que bordaba Teo en su brillante seda azul. Después del *cha*, volvíamos a tendernos, y continuaba la lectura. Y de nuevo, poco a poco, se levantaban de aquellas páginas ciudades, castillos, bosques, lagos... Y el mar. El mar que yo aún no había visto nunca. Ahora, todavía, cuando leo esa palabra, regresa a mí el sabor del té. Mejor dicho: del *cha*.

A veces, los largos rizos un poco desmayados de Gavi me rozaban la mejilla. Tan juntos estábamos, tan unidos en una sola historia los tres: él, la historia y yo. Y revivo el aroma de su piel, y el rizo dorado; tenían un olor especial, un olor que luego sólo he reencontrado cuando he visitado escuelas o colegios de párvulos: olor a niños, ni bueno ni malo. Sólo sé que ningún adulto huele ni olerá jamás así. Como cuando una vez tropezó y se cayó, y le sangró la rodilla. Sentados en el suelo, con más curiosidad que temor, al bajar su calcetín de colores mirábamos el pequeño corte, del que manaba una gota de sangre lenta, muy roja. Olía a niño.

Tendida en la cama, obsesionada con la esquina del techo donde esperaba, cada vez menos esperanzada, ver las siluetas de Gavi y *Zar*, recreaba momentos de nuestra vida secreta, como cuando recordaba y pasaba mentalmente las películas *Historia de dos ciudades* o *Las Cruzadas*. Y también iba recuperando la música. La música que arropaba misteriosamente todo cuanto hacíamos o decíamos. Fue entonces cuando intuí que todos nuestros movimientos, incluso sentimientos, se producían mágicamente dentro de alguna sinfonía. Esa que luego, a retazos, reconocemos con los años, de donde brotan la añoranza o la memoria.

Y regresó a mi cama de «recaída» solitaria un sonido leve, un tintineo, o quizá aleteo de pájaros. Recordaba las palabras, íntimamente confundidas con notas musicales. Y oía aquel: «Ven, ven, ven...», que Gavi susurraba cuando por vez primera subíamos a su casa, en el tosco ascensor que se llamaba montacargas.

Volvía a oír su voz, cantando —o murmurando— «Ven, ven...». Y luego, cuando inesperadamente lanzaba un grito, con la voz que no era voz de niño ni de hombre: sólo un grito, casi salvaje, casi aterrador, llamando: «¡Adrrrriiiii...!». Como el aullido de un lobo.

Ahora, en la «recaída», me aferraba a aquellas notas, a aquel sonido, a aquella semicanción que, a veces, cuando leíamos juntos, él silbaba muy bajito, casi a mi oído, su rizo dorado rozándome la oreja, la mejilla: «Ven, ven, ven...».

Una vez, cuando Teo había sacado a pasear a *Zar*, Gavi me cogió de la mano y casi me arrastró a las habitaciones traseras, aquellas que nunca había visto yo. Se detuvo un momento delante de una puerta, y poniéndose un dedo sobre los labios, dijo:

—Nunca lo vas a decir a nadie.

Puse la mano derecha sobre el corazón —o el trocito de mi cuerpo bajo el que se suponía estaba— y dije:

—Nunca.

Era un juramento, y yo lo sabía, aunque no hubiera dicho «lo juro». El silencio, o mejor dicho, las palabras «guardadas» eran muy importantes entonces.

Tapándome la cabeza con el embozo, rememoraba aquel y otros días que me arrancaban inoportunas lágrimas, cuando Gavi me llevaba de la mano —siempre me llevaba de la mano, igual que había oído y leído hacía el Ángel Guardián, o Hansel con Gretel—. Nadie, luego, lo ha hecho nunca. Porque no me arrastraba, me acompañaba hacia algún lugar donde, sin duda, yo deseaba ir. Aunque no lo supiera.

Por primera vez entramos en el cuarto de la bailarina. Había un armario muy grande, en una pequeña habitación, ocupándola casi enteramente. Se podría comparar con el gabinetito de mamá, pero era muy distinto. Gavi abrió las puertas corredizas, y apareció ante mis ojos un auténtico festival de vestidos, un pequeño carnaval colgando de perchas, despidiendo destellos luminosos. Ahora sé que eran lentejuelas, pero entonces me parecieron estrellas.

Con gran desparpajo, como si estuviera acostumbrado a hacerlo, Gavi desprendió de su percha un vestido blanco, inundado de luces. Lo arrastró fuera del armario y lo extendió, con toda su magnificencia, en el suelo.

—Éste es el que Teo llama el vestido de la reina.

Yo no me atrevía a tocarlo, quizá temía que se deshiciera en mis dedos, como había leído que ocurre con los sueños. Pero Gavi dijo:

—Ya no se lo pone, ya no le sirve... Pero no lo da, ni lo olvida, porque lo quiere mucho... ¡Con él fue Estrella!

Sí, yo sabía que se podía querer una prenda, a veces más que a cualquier Gigante. Zapatillas, un calcetín desparejado, una cinta para el pelo que ya nadie me ponía.

—Es muy bonito —dije.

Él volvió a colgarlo en la percha, no sin dificultades, pero no me atreví a ayudarle. Intuía que no le hubiera gustado.

Tata María e Isabel coincidieron una tarde al lado de mi cama, y les oí decir:

—Yo sé lo que le quita las ganas, María... y tú también lo sabes.

Tata María asintió en silencio.

Fue un día o dos más tarde cuando las dos juntas entraron en mi cuarto y, casi a la vez, dijeron:

—Tienes visita, niña...

Se apartaron de la puerta y vi a Gavrila entre las dos, que apenas si abarcaba el montón de libros que me traía en brazos.

—Gavi —dije sin apenas voz.

Parecía que todo, el cuarto, las dos mujeres, mi cama, en fin, todo, se volvía del revés, que había dado un vuelco tremendo, como si el mundo, mi mundo, hubiera dado una maravillosa voltereta.

Lo que en aquel momento yo deseaba era saltar de la cama, abrazarle, recoger los libros, y decirle lo feliz que me sentía. Pero una gran timidez me paralizaba, tanto como a él, que se había quedado quieto entre las dos mujeres, con su abrazo lleno de libros, sin entrar en la habitación, ni decir nada. Y me vino a la memoria aquel día, cuando estábamos jugando en el Teatro de los Niños, y él me dijo moviendo su muñeco:

—¿Quieres darme un beso?

Y yo dije:

—Sí, quiero darte muchos, muchos besos...

Y cuando dejamos el Teatro de los Niños, y nos echamos sobre la alfombra en nuestro territorio de rombos azules, parecía que no habíamos dicho nada de besos. Porque existían dos mundos: el *nuestro* y el que aún intimidaba, y a veces daba miedo.

Pero fue Isabel la que rompió aquel silencio, la que derribó aquella barrera, dándole un suave empujón y diciéndole:

—Pero, muchacho, entra y dale los libros, y «todo lo demás»...

En aquel «todo lo demás» estaba concentrado cuanto queríamos decirnos. Gavi entró en la habitación como un torbellino, se acodó en mi cama, desparramó todos los tesoros que traía, y dijo:

—Adri, tenía muchas ganas de leer *contigo*.

Me incorporé en la cama, le tendí los brazos y, sin apenas saber cómo, estábamos abrazados, besándonos (muchos, muchos besos). Y al fin yo me aparté —o quizá él, no lo recuerdo bien—. Respirábamos con fuerza y nos mirábamos, y nos reíamos.

—¡Hala, muchachito! Siéntate ahí al lado... Sólo tenéis media hora, hasta que venga la señora...

La voz de Isabel parecía una campana. Me acordé de que una vez me dijo que el día de la Fiesta de la Patrona, la campana de su pueblo repicaba, y ella, de tanta alegría como sentía, lloraba. Y que una vez se hizo *pipí*.

Apenas Gavi se había sentado a mi lado y abierto un libro sobre la colcha, cuando inesperadamente *la señora* apareció en el marco de la puerta. Aquel día había adelantado la hora de su visita matinal. Salvo contratiempos (como recaídas o cosas parecidas), recibía la primera a media mañana, la segunda a media tarde, y la última por la noche, antes de que me durmiera. Pero aquel día vino más pronto. Estaba allí, como una aparición, en el quicio de la puerta: alta, rubia, un poco demasiado colorada, con sus grandes ojos verdes capaces de despedir rayos, sobre todo cuando se enfadaba conmigo. Y ahora estaba allí, parada y en silencio.

No entraba en la habitación, y lenta, muy lentamente —o así me lo parecía—, dirigió su mirada hacia Gavi, que estaba acodado sobre la colcha, y con el libro abierto para que pudiéramos leerlo los dos a la vez. Mamá estuvo un tiempo, qué sé yo cuánto, quizá segundos, quizá siglos, mirando a Gavi. Súbitamente, dirigiéndose a Tata María, dijo:

—¡Dios mío! ¿De dónde ha salido esta preciosidad?...

La preciosidad se levantó despacio, cerró el libro, y avanzó serenamente hacia mamá. Con un leve movimiento, breve pero enérgico, dobló la cabeza, en un saludo casi marcial. Luego, tomando la mano que mamá le tendía, murmuró:

—Madame —y se la besó.

Nunca antes —y creo que tampoco después— vi una expresión parecida en mamá. Se quedó unos segundos como paralizada. O, más bien, desorientada. Luego, preguntó:

—¿Cómo te llamas?

—Gavrila... —y un apellido largo y complicado, que jamás logré no sólo escribir, sino siquiera pronunciar.

Entonces mamá pareció despertar de algún encantamiento, como la Bella Durmiente. Levantó la cabeza, respiró fuerte y dijo:

—¡Ah, sí...! Ya sé quién eres. Tu mamá es... es una gran artista.

Se volvió hacia mí.

—Veo que te ha traído libros... Pero Tata, dime, explícame por qué...

Aunque no estábamos a solas, Tata María la llamó «niña»:

—Niña..., es un vecinito que tampoco tiene amigos... Y se ha enterado de que Adri estaba enferma. Es muy bueno y le ha traído libros de cuentos...

—¿Y cómo sabe...?

—Porque... porque, niña, las cosas se saben, y entre los chóferes y las tatas... y todo lo demás...

—Bueno, bueno, pero... ¡a ver esos libros!

Tata María los extendió sobre la colcha y mamá se puso las gafas, y empezó a leer los títulos. Al poco rato sonrió, con una sonrisa tan lejana que yo no conocía.

—Sí, ya me acuerdo... Tata, ¿te acuerdas cuando nos leías a Edu y a mí...?

Tata María asentía con la cabeza, pero sus ojos, su mirada, estaban muy lejos de allí y, como la de Teo, reteniendo un fulgor húmedo.

Mamá fue apilando libro tras libro; era de esta forma, por lo visto, como daba su aprobación. Hasta que llegó a *El Rey Cuervo*. Entonces, su expresión pareció endurecerse, y apartándolo de un manotazo, casi gritó:

—¡Éste no...!

Tata María asintió, tan apacible como siempre. Entonces mamá se acercó a mí, me besó, besó a Gavrila, y desapareció por la misma puerta por donde había aparecido.

Gavi y yo nos precipitamos juntos hacia *El Rey Cuervo*. Y Tata María no dijo nada. O no lo había visto, o hacía como que no lo veía.

Algo ocurrió, a partir de entonces, que no cambió el curso de las costumbres familiares, pero, para decirlo de otro modo, las modificó. Es decir, la presencia del hijo de la bailarina ya no era motivo de rechazo. Aunque, de todos modos, no acababa de ser bien vista. Pero no por mamá:

—Pero es que sólo es un niño... un encanto de criatura, y nuestra Adri ha nacido tan tarde que ninguno de sus hermanos, ni siquiera los amiguitos de siempre —de sus hermanos, claro— pueden ser su compañía habitual.

Cuando decía estas cosas, en presencia de Adelita y Felisita —las grandes amigas «de toda la vida» a las que nos obligaba a llamar «titas»—, Tata María, en un rincón, sonreía. El registro de las sonrisas y los silencios de Tata María aún está por descifrar y supongo que, de conseguirlo, sería bastante sorprendente. Por lo menos en aquel tiempo, y en aquella familia.

Pero lo cierto es que durante mi convalecencia, Gavi no tuvo ningún obstáculo para venir todas las tardes a hacerme compañía y leer cuentos. Eso sí, siempre bajo la supervisión de Tata María.

De cuando en cuando, mamá interrumpía aquellas lecturas, se sentaba junto a nosotros, con una inusitada jovialidad que a mí me parecía fingida. Mamá, o cuanto ella hacía o decía, salvo si recordaba episodios de su niñez con Tata María, era siempre como una comedia recitada. Mamá —pensaba yo— no era así. Mamá, en aquellos momentos, junto a mi cama, entre libros, no tenía nada que ver con la señora del collar de perlas que, cuando aún vivía con papá, me rozaba la frente al decirme «Felices sueños» las noches que iban al teatro. Poco a poco iba desvelándome una criatura que empezaba y acaba en una sola palabra, pronunciada *a solas*, por Tata María: «*Niña*». Pero una niña desaparecida, como todos los niños que no mueren.

Sobre las tres de la tarde, Gavi entraba en nuestro piso. Ahora ya no era el territorio de círculos y rombos, ahora era la colcha, donde extendía los libros abiertos. Cada vez estábamos más cerca uno de otro, cada vez se confundía más su aroma de niño y mi olor a «colonia» de niña. Semiabrazados sobre el embozo, aquel embozo de la sábana que, como una vela, aún retiene el viento de los *Viajes de Gulliver*, o la soledad de Robinson, o la inquietud del joven Jim, de *La isla del tesoro*... Y, sobre todo ello, una huida sin fronteras, sin tan siquiera meta, que nos arrastraba hacia la Isla de Jim o el País de Nunca Jamás. Una vez le pregunté:

—¿Por qué quiero al señor Silver... si el señor Silver es malo?...

Él estuvo un ratito pensando, y dijo:

—Yo no sé por qué quiero a Teo, más que a mamá.

—¿Y a mí?

Estuvo pensando otro ratito, y al fin dijo:

—A ti tampoco sé por qué te quiero, pero sé que sí te quiero... ¿Qué importa? ¿A ti te importa?

A mí no me importaba. Asunto zanjado.

Poco a poco, fui recuperándome. El doctor Zarangüeta dijo:

—Este niño es la Panacea Universal...

Yo no supe lo que quería decir, excepto que estaba de la parte de Gavi, Isabel y Tata María. Y, por supuesto, de la mía.

—¡Ha llegado el Carnaval! —dijo Isabel, alborozada.

Estaba a los pies de mi cama, y me pareció que todo en ella resplandecía: desde su pelo, recién lavado —se notaba aún húmedo—, pasando por el delantal de rayas azules, hasta los brazos y quizá los pies. Desde la cama, no los veía (pero me pareció que en aquel momento podría calzar los famosos zapatos de cristal). Me despertaba Isabel, y toda ella brillaba. Porque, al parecer, el Carnaval era una enorme fiesta, llena de gente que se vestía de lo que no era para ser alguna otra cosa. Eran palabras recogidas al azar, por aquí y por allá. Palabras de entonces, que aún no he logrado descifrar del todo.

—Isabel... ¿Podré levantarme... y disfrazarme?

En aquel momento llegó Tata María:

—No digas disparates, criatura... Aún no tienes permiso para levantarte... ¡Isabel, ya estas llenándole la cabeza con tus bobadas...!

—¿Y si el doctor dice que sí puedo...? Aunque sea un ratito...

—Lo que diga el doctor es palabra de santo. —Y Tata María se santiguó. Tata María se santiguaba mucho, viniera o no viniera a cuento. Pero verla, daba cierta tranquilidad, algo así como «no va a pasar nada peor a lo que pasa siempre».

Entonces, Isabel intervino, poderosa, alegre, como si toda ella fuera en lugar de una mujer, una enorme carcajada.

—¡Pues palabra de santo... y de la santa, que soy yo...! ¿Tú te crees que va hacerle daño a la niña un poco de fiesta, con sus disfraces y «todo lo demás»?

—¿Me voy a disfrazar...?

—¡Claro que sí, cariñito...! Te vas a disfrazar, porque la Isabel sabe mucho de disfraces. —Y aquí, ante mi asombro, las dos se echaron a reír; y parecían dos niñas, como si ninguna de las dos no tuviera edad, ni existiese calendario.

Tosí un poco, antes de decir:

—¿Y Gavi...?

—¡Pues claro está que sí, el Gavi también, faltaría más!

—¿Él lo sabe...? —Tenía mis dudas.

—Lo sabrá —sentenció, más que dijo, Isabel—. Porque el Teo lo va a celebrar, por *tó* lo alto... ¿Habéis visto el traje de Emperatriz de la China que estuvo bordándose *tó* el año?

Y vinieron hasta mi cama los cisnes, con las alas desplegadas entre hilos de oro, sobre una noche de raso.

—De Emperador de la China —murmuré, como si hablara en un tiempo anterior.

—¡De Emperatriz! —casi gritó Isabel. Vi que Tata María se ponía la mano, abierta, sobre la boca, como para impedir que de ella se evadieran palabras acaso inconvenientes.

Entonces Isabel adoptó un aire especial, como cuando se disponía a contarnos algún cuento, alguna historia acaso verdadera, pero de todos modos mágica.

—Mamá ira con Cristina al baile de Carnaval, que se organiza... que sé yo, creo que en casa de unos señores amigos, todo muy elegante... Y así, cuando ellas se vayan, nosotras *carnavalearemos*... ¿Por qué no, Tata? No pongas esa cara... sólo en casa, los dos niños y nosotras... Porque el *cabrito* ese se ha ido por ahí con la Patricia... ¡*Pa* que te fíes de las amigas!

Y aquí la voz de Isabel pareció romperse. Entonces Tata María cogió la mano de Isabel como me hubiera gustado que alguien apretara la mía. Solo Gavi lo había hecho.

—¿Se irán, se irán...? —pregunté. Sólo recuerdo el ansia, el gran deseo de que eso fuera verdad.

Y Tata María me contó que era el primer baile de disfraces de Cristina.

—Todos los años, unos amigos de mamá y papá celebran ese baile, y esta vez también irá Cristina. Ya ves, lo que son las cosas: este año tus hermanos no quieren ir, y en cambio para Cristina es su primer baile de disfraces y está muy ilusionada... Acompañará a mamá, y se disfraza de la Bella Durmiente.

Me pareció muy raro. Porque yo sabía quién era la Bella Durmiente, pero al oír su nombre tuve una especie de reencuentro con el Unicornio y la jovencita rubia que le acariciaba. Y —Dios mío— se parecía a Cristina.

Tenía un vago recuerdo de aquel baile por haberlo oído comentar a la Tata. Y de repente me entraron unas ganas tremendas de echar a correr hacia el cuarto de Cristina, y gritarle, gritarle con toda la voz de mis pocos años que *No*, que *No*, que *No*... Pero ¿*No* a *qué*? No lo sabía, ni podía convencer a nadie del *No* que no podía explicar. Aún era niña, y todo cuanto tenía o sabía lo había inventado yo sola.

—Cariño, te vamos a disfrazar de Brujita... porque tú eres una brujita, ¿lo sabías? —Isabel se reía, y relucía su diente de oro.

Asentí, con la sensación de estar respondiendo a una pregunta muy lejana, tan lejana que empezaba antes de mi nacimiento y no tenía fin. El pasado y el futuro se confundían, entonces, con envidiable agilidad.

—¡Pero nadie lo sabrá! Porque estaremos solitas, y como mamá y Cristina se van... Pues vamos a celebrar aquí nuestro Carnaval.

—Pero Teo tiene su baile... — murmuré. Estaba

a medias esperanzada y asustada. Sólo la serena mirada de Tata María me devolvía la tranquilidad.

—No tengas miedo, Adri... Sólo será una cenita, y bajarán después Teo y Gavi... Y adiós, hasta mañana si Dios quiere.

—¡Que sí querrá! —casi gritó Isabel—. Tú verás que traje se ha bordado el Teo...

—¿Y Gavi? —insistí. Estaba contenta, esperanzada, pero algo me apretaba el corazón.

—No, él no quiere disfraces... ¡Como los gemelos!

Mamá y Cristina vinieron a darme las buenas noches. Hacía bastante tiempo que no veía a mi hermana mayor. Y creo que nunca, ni antes ni después, la vi tan hermosa. Además había suavizado su actitud hacia mí, y sonreía. Llevaba un vestido blanco, lleno de lentejuelas —a mí me parecían estrellas— y en la cabeza un velo transparente y una coronita dorada, con muchas piedras de colores que también brillaban mucho. Estaba toda ella resplandeciente y, desde entonces, la imagen de la Bella Durmiente es la imagen que de ella tuve aquella noche. Desgraciadamente, el tiempo también me corroboró cuanto sospechaba de ella (de la Bella Durmiente, no de Cristina).

En aquellos días, como dije, se había cortado el pelo a lo *garçon*, y para el disfraz le habían añadido unos postizos en forma de tirabuzones que no coincidían con su rubio natural y le daban un aire de criatura de circo muy de mi gusto. (Yo había visto una vez, de las pocas que me llevaron al circo, a una niña funambulista andando sobre una cuerda, con una sombrilla abierta sobre su cabeza. Y su pelo, rubio en dos colores, era casi igual al de Cristina aquella noche.) Cristina lanzó una pequeña carcajada cuando nuestros ojos se encontraron. Se inclinó hacia mí, me dio un beso (que yo recuerde el primero) y susurró a mi oído: «Mañana ya te contaré...». Como si fuéramos de la misma edad, o amigas. No debía de tener a nadie más a quien contárselo, me dije, asombrada. Pero por primera vez, también, llegó hasta mi corazón una llamita, como cuando los gemelos me hablaban de Gulliver o de Beau Geste. Apenas los labios de Cristina me habían besado y me estaba dando cuenta de cuánto tiempo hacia ya que los gemelos me habían abandonado. Ya eran, por lo visto, Gigantes del todo, no sólo a medias, como cuando compartíamos el cuarto de estudios (antes, mucho antes, quién sabe cuánto antes, cuarto de jugar).

—Sed buenas. Haced una cenita y un poquito de fiesta... Cantar cantares de esos que sabe tantos Isabel... Pero esta fiesta no es como la Navidad, ésta no es una fiesta cristiana. Así que después de cantar un poco, toma la medicina y a dormir. Mañana será otro día.

Nunca me pareció mamá tan tonta como aquella noche.

Entonces me di cuenta de que de nuevo llevaba el collar de perlas de cuando iba al teatro con papá. Se inclinó hacia mí, me besó y me inundó con el inconfundible perfume, a la vez sutil y persistente que, si alguna vez me llega, me la devuelve o, por lo menos, me devuelve la voz de aquellos breves días en que no rechazaba al hijo de la bailarina, y yo estaba en cama, y el mundo era un inmenso cuento dentro de otros muchos cuentos.

Por fin, se fueron.

Cuando nos quedamos a solas, el silencio pareció apoderarse de toda la habitación. El inquietante silencio de una espera, la divertida curiosidad que supone sentirse al borde de una sorpresa.

Nos miramos las tres, calladas. Y de pronto empezamos a reírnos.

Tata María dijo:

—El Niño —siempre le llamó así— cenará con nosotras, porque Teo se va de Carnaval.

—¿Y yo no veré a Teo?

—Ha dicho que vendrá con Gavi, le dejará a nuestro cuidado hasta que vuelva, y nos enseñará su disfraz.

—¿Yo podré ver a Teo?

—¡Claro que sí! Dejará al Niño hasta que vuelva... Ha dicho que no será muy tarde, pero por si acaso le hemos armado una camita en nuestro cuarto.

De pronto, algo como un viento frío llego a mí:

—¿Y Gavi...? ¿Qué dice Gavi? ¿Dónde está su mamá?

—Su mamá hace tiempo que está en París, con el Conde... No te preocupes, cordera, Gavi está muy bien con Teo. Y esta noche con nosotras, ¡mejor que en cualquier otro sitio!

Un oscuro aleteo pareció atravesar nuestro silencio. Entonces yo sentía estas cosas, rozándome la piel.

—¿Y dónde están Jerónimo y Fabián...?

Vi que las dos mujeres cuchicheaban un poco; y al fin, Tata María se me acercó, y dijo:

—Jerónimo y Fabián... Ahora están con papá, en París. Luego vendrán, a la Universidad.

Me incorporé, salté de la cama, y casi grité:

—¡No me voy a disfrazar y quiero levantarme!

No recuerdo bien la confusión —muy leve— que sucedió a esto. La verdad es que nada de lo que yo pudiera decir en aquel momento era demasiado importante.

—Si no te quieres disfrazar, no pasa nada —dijo Isabel, aunque se la notaba un poco de decepción en la voz—. ¡Tampoco quiere disfrazarse el Niño...!

De pronto parecía que me había quedado sin amigos, sola con el recuerdo de Gavi, invisible todavía, y pendiente de un hilo. Y yo seguía queriendo mucho a Isabel, y a Tata María, aunque no quisiera disfrazarme, y aunque no sintiera ninguna alegría dentro de mi corazón.

—¿Por qué no viene Gavi?

—Sí, sí vendrá, con Teo... Tenéis que ver lo guapo que está Teo con su traje de Emperatriz...

El timbre estridente de *nuestra* puerta cortó cualquier conversación o silencio. Isabel saltó, más que se levantó:

—¡Ahí están!

Parecía que mi corazón también saltaba por encima del pijama, o el camisón (no me acuerdo qué llevaba aquella noche porque todo, o casi todo, era heredado de Cristina).

Y ahí estaban. Despacito, ya que parecía que Teo, según y como se moviera, podía deshacerse. Tanto era lo que llevaba encima, y tan precioso.

A mí me habían envuelto en una manta, y me habían sentado al lado de la cama. Tata María había peinado suavemente mi flequillo, como cuando venían a verme mamá o el doctor Zarangüeta. También me había rociado de colonia.

Entraron los dos, con la solemnidad que requería la Emperatriz de la China. Y quedé absolutamente fascinada.

De la mano de Gavi, con paso vacilante —llevaba unos zapatos de suela tan alta que le hacían parecer gigantesco, a él, que ya era altísimo—. No era una persona: era un monumento, a lo alto del que se asomaba un rostro blanco que, con los ojos pintados, almendrados, las cejas casi diabólicas, la sonrisa artificial de unos labios escarlata, y un enorme lunar de terciopelo, convertían a *nuestro* Teo en la supuesta Emperatriz de la China.

Y sobre todo, aquel vestido de raso, azul eléctrico, desde el que emprendían el vuelo cisnes de larguísimo cuello, gritando, cantando, su larga agonía. Todas las palabras se agolpaban en mi garganta de niña: jamás había visto nada semejante, jamás podría describirlo.

—¡Ganará el primer premio! —gritó Gavi.

Soltó su mano, echó a correr hacia mí y repitió:

—¡Ganará, ganará...! ¡Y con el dinero que gane, tú, él y yo nos iremos!

—¿Adónde...?

—A una ciudad que se llama Rostov.

—¿Por qué...? —Me daba miedo y a la vez me atraía como un imán atrae a un clavito perdido en el suelo.

—Ya te lo contaré... ahora no. Ahora mira a la Emperatriz de la China...

—¿No es el Emperador...?

—No, no... Es la Emperatriz. Para eso es el Carnaval, para que todo el mundo sea lo que quiere ser... Y Teo quiere ser la Emperatriz de la China.

Estaba clarísimo. Y admiré a la Emperatriz de la China con toda la capacidad de admiración de mis casi once años. Pero la admiración despertada por Teo en Isabel y Tata María sobrepasaba cualquier otra. Permanecían en silencio, mirándole con los ojos muy abiertos, como si nunca hubieran contemplado nada parecido. Y probablemente, así era. Sólo faltaba que se arrodillaran ante él.

Por momentos, Teo no parecía Teo. Se movía despacio, con una suntuosidad y una elegancia verdaderamente imperial. Sólo descompuso el gesto cuando, al mirarnos a Gavi y a mí, nos guiñó el ojo izquierdo. Y eso pareció dar valor a Isabel, que dijo:

—Pero Teo, Teo... ¡Vaya arte que tienes! Eres un genio...

Teo descompuso un tanto su empaque, y sonrió:

—¿Qué os creíais, eh? ¿Qué os creíais?

—Te vas a ganar todos los premios —dijo Tata María—. Y yo me alegraré mucho.

—Lo sé, lo sé —dijo Teo, recuperando su empaque—. Ahora me voy, tengo un taxi apalabrado... Cuidadme bien al Niño. No sé cuándo volveré, según me pinte... pero cuidadme bien al Niño, porque volveré, volveré...

—¡Pues estaría bueno que no...! —dijo Isabel—. Anda, anda, majestuoso... y que la suerte te acompañe.

Todos le queríamos besar, pero él nos apartaba de su cara porque entonces las pinturas manchaban. No eran como ahora.

Y, como la estela de un barco fantasma, fue dejando a su paso un rastro de perfume espeso: algo así como azucenas y violetas machacadas, y una gotita de limón.

12

La llamada «cenita» por mamá consistió en unos bocadillos de jamón de York y croquetas.

Isabel parecía a medias muy desgraciada y muy feliz. Yo sabía que en aquel estado de ánimo, tan contradictorio, tenía mucho que ver el llamado «bandido» que se había ido a *carnavalear* con la Patricia. Y lo notaba, también, por la forma con que Tata María le hablaba: mucho más cariñosa que de costumbre. Eran mujeres muy distintas, tanto en edad como temperamento, pero las unía algo muy fuerte, yo no diría amistad, acaso un sentimiento más hondo y oscuro. Como pueden sentirse dos náufragos en una isla desierta, o dos últimos soldados en una trinchera, o dos simples mujeres a las que la vida ya no puede descubrirles muchas cosas y que, siendo tan dispares, se buscan una a la otra.

Todo esto me llenaba de confusión, y era pieza fundamental en aquel rompecabezas llamado unas veces «quien sea» y, más recientemente, «cabrito». Incluida «la Patricia». Parecía unir a las dos mujeres un dolor de muelas compartido, o la privilegiada ocasión de despreciar, o acaso odiar conjuntamente a algo más que a alguien. Cosas que cuando eres niño se saben sin saber que se saben.

Gavrila me parecía muy serio aquella noche. Como si estuviera a solas, en medio de nosotras.

Pero no me atrevía a preguntarle nada, intimidada ante su silencio o lejanía. Una mezcla de respeto y temor a conocer. Sólo le cogí de la mano, se la apreté, y él me devolvió el mismo apretón. Y aún más, me miró y sonrió. Sonreía pocas veces, pero cuando esto ocurría una especie de resplandor le encendía de dentro a fuera, como un relámpago.

Por primera vez nos sentamos a la mesa de la cocina, entre la Tata e Isabel. La habían vestido con mantel blanco que llegaba hasta el suelo, copas de cristal y platos de porcelana.

—¡Que no se rompa nada, ni se entere la señora! —gimió más que dijo Tata María.

Y así nos comimos los bocadillos de jamón y las croquetas. Luego, Isabel sacó buñuelos de la despensa y, finalmente, el famoso frasco de los «chupitos», aquel que, al parecer, daba calor al corazón.

—Pero ¿qué haces, desgraciada? ¿Tú crees que los niños van a...?

Isabel la interrumpió, riendo. Su diente de oro brillaba más que nunca.

—¡Pues claro está que sí! ¡Y tú también, no faltaría más!... ¿O no te has enterado de que estamos en Carnaval?... Mira el Teo, cómo sabe lo que es la vida. Por penas que tenga, ahí lo tienes, ¡hecho un brazo de mar, dispuesto a comerse el mundo!

Gavi levantó la cabeza y la miró. Sólo la miraba, no decía nada, pero me pareció que su mirada había impresionado a Isabel, hasta el punto que dejó de reír. Y dijo, precipitadamente:

—Niños, por esta noche (sólo por esta noche), un «chupito»... Y también Tata María. ¡A la salud de Teo y su primer premio!

Esta vez Tata María no protestó. Cuando acercaba su vasito a los labios, creí ver en sus ojos aquella suerte de lágrimas cristalizadas, o como olvidadas, que también asomaban, de vez en vez, a los ojos de Teo.

Pero el «chupito» esta vez era diferente.

No venía en el frasquito de la despensa —aquel al que había que alcanzar subiéndose a un taburete—, sino en una botella de etiqueta dorada y profusión de violetas.

—¡Licor de Amor! —exultó la voz de nuevo alegre de Isabel.

—Dios mío... ¿licor de violetas?... ¡Qué cosa más...! —Y Tata María no llegó a pronunciar lo que venía tras aquel «más...». Isabel ya estaba diciendo, para entonces:

—¡Licor de *amour*! Y está en francés, porque es francés, y los franceses saben mucho de estas cosas.

Gavi y yo nos habíamos quedado mudos con el vasito en la mano y mirándola. Como si esperáramos que algo extraordinario pudiera suceder de un momento a otro.

Una mosca inoportuna vino a destrozar aquel encantamiento: llegó, revoloteando, atraída por el aroma y la dulzura de aquel líquido. Isabel, ducha en estas cosas, la mató de un zarpazo mientras iba llenando, uno por uno, cuidadosamente, los cuatro vasitos.

—Y, ahora, todos a la vez: ¡viva el Carnaval!

—¡Viva el Carnaval! —dijimos, a coro, Gavi, Tata María y yo.

Pero en aquel momento, Isabel dejó su vasito sobre el mantel blanco, las copas de cristal y los platos de porcelana, con un golpe tan fuerte que lanzó el licor del amor sobre el mantel. Y rompió a llorar.

Gavi y yo nos quedamos mirándola, sin comprender nada. Sólo Tata María debía de entenderlo, porque se levantó, la abrazó, y las dos enlazadas salieron de la cocina.

Cuando Gavi y yo nos quedamos solos, nos miramos en silencio. Pero muchas preguntas nos bullían dentro.

Entonces me vino a la memoria algo que aguardaba, casi sin esperanza, poder compartir algún día con alguien. Ahora sabía que ese «alguien» era Gavrila.

—Ven —le dije, precipitadamente—. Te voy a enseñar una cosa... pero antes de que ellas vuelvan.

Le tendí la mano, él la cogió, y echamos a correr, yo delante y muy ligera, como arrastrándole. Pero él se dejaba arrastrar, dócilmente.

Atravesamos el piso, cruzamos la puerta en vaivén —como las de los *saloon* de las películas, pero de cristal— y entramos en el silencioso, casi solemne, mundo de los Gigantes.

Allí el parquet estaba encerado, y una larga alfombra cubría el pasillo que llevaba al salón y a las veneradas *arañas* de Isabel y la Tata. Allí donde yo había navegado en un barco de papel.

La puerta del salón estaba cerrada, y empinándome sobre la punta de los pies (aún no había llegado la etapa de mi crecimiento brusco y espectacular) giré el picaporte.

Volví la cabeza para mirar a Gavi, y le vi tan exaltado que volvió a recordarme al Arcángel, y casi me pareció que su silueta resplandecía, con una aureola luminosa. Algo parecido a lo que sucede al anochecer con el borde de las montañas. Como reseguidas por una cinta luminosa, apenas duradera.

—Ven, ven... —murmuré.

Y sin saber yo misma cómo, al decirlo, las palabras tenían el mismo tintineo de campanilla, de cuando él me llamaba. Corrí hacia los balcones y, uno tras otro, descorrí las cortinas. A través de los visillos entraba el resplandor que cada noche minuciosa y pacientemente encendía mi amigo el farolero. Una luminosidad azulada, que despertó todos los reflejos de cristal, de metal, de falsos diamantes... Acababa de regresar al primer día de mis sueños, cuando aún, casi, ni siquiera sabía hablar. ¿Cómo podría explicárselo a Gavi?

Estaba muy quieto y miraba el cuadro del Unicornio. Suavemente, como si no quisiera despertar a una delicada criatura de la hierba, me acerqué a él. Gavrila miraba fijamente el cuadro y murmuró, con voz apenas audible (quizá sólo lo pensaba, y sólo yo oía un pensamiento):

—Se ha ido...

No estaba. Ahora no podría asegurarlo, sólo sé que algo había huido: quizá el Unicornio acababa de abandonar el cuadro, dejando tras él hojas de otoño y hierba pisoteada. Y el olor de esas hierbas, y esas hojas, inundó el salón. Entonces Gavrila se volvió hacia mí, abrió los brazos y yo corrí a refugiarme en él. Y estuvimos así, abrazados, mientras yo escuchaba el latido de su corazón, como si fuera el mío.

Pero todo tiene un fin. Así que interrumpieron aquel abrazo, aquel encantamiento. Eran Isabel y Tata María, gritonas, joviales, lejanas. Isabel iba vestida —tal como ella dijo— de «Gitana de la Buenaventura».

Y algo se rompió en mil pedazos. Gavi y yo volvimos los ojos hacia el cuadro y el Unicornio estaba allí de nuevo, como si jamás hubiera salido de su marco.

—Pero ¿qué hacéis aquí, muchachitos?... ¡Hala, hala, vamos a ver cómo baila y canta Isabel!...

Dócilmente las seguimos. Y cuando oí que Tata María cerraba las puertas del salón, supe que también algo, no sabía qué, se cerraba detrás de nosotros.

De nuevo en la cocina, retiraron la mesa hacia un rincón, dejaron un espacio libre —no resultaba fácil en aquel acumulamiento— y Tata María, Gavi y yo nos sentamos, como se hace en el teatro: esperando que empezara el espectáculo. Y empezó.

Isabel salió desde su cuarto a la cocina cantando, con los brazos en alto. Llevaba castañuelas en los dedos (me pareció que no sabía hacerlas sonar) y empezó a gritar. Todo lo que decía era un grito, un grito muy largo, que iba muriéndose poco a poco —realmente parecía que se moría— al final de cada frase. Porque, además de gritar, recitaba. Yo había oído recitar poemas en Saint Maur a Margot y otras por el estilo. Pero no tenían nada que ver con lo que estaba gritando Isabel. No sabía si Isabel cantaba bien o mal, pero daba ganas de llorar.

Después de cada canción —o lo que fuera—, carraspeaba, se daba aire con su abanico de la Buenaventura y decía:

—Esta de ahora es de la Piquer... ¡En su honor...!

Y volvía a gritar, y a hacernos casi llorar, quién sabe por qué.

De cuando en cuando, Isabel echaba mano del frasco del Licor del Amor, y llegó un momento en que Tata María se levantó del asiento, se lo quitó de las manos y dijo:

—¡Hala, ahora, todos a la cama...! El Carnaval se ha terminado, y mañana será otro día.

Isabel estaba un poco tozuda, repitiendo:

—¡Pero sólo una más, mujer... una sola más....! ¡*Pa* que se diviertan los chavales!

—Tienen sueño, Isabel... y ya se han divertido bastante.

Al poco rato, yo estaba ya acostada, con la luz apagada. Y como Teo no había vuelto de su Carnaval —para el suyo era tan temprano como tarde para el nuestro— llevaron a Gavi al catre que le habían armado en el cuarto de las Tatas.

No sé qué hora señalaban las agujas del reloj, pero era una hora distinta, como la niebla al anochecer. Aunque estaba amaneciendo, un resplandor rosado iba adentrándose lentamente, a través de los visillos.

Apenas tuve conciencia de estar reincorporándome al mundo (cosa que por lo general me suponía un considerable esfuerzo), llegó hasta mí una algarabía medio sofocada. Tanto podía llegarme desde el patio interior, al que daba mi ventana, como desde la misma casa, o el mismo piso. Pero en todo caso, sólo ocurría en *nuestra* zona, la del parquet sin encerar.

Animada por los buenos resultados de la noche reciente (cuando me había levantado, vestido y andado sin dificultad), fui sacando con precaución los pies de entre las sábanas y, tanteando, inicié la búsqueda de las zapatillas. En aquel tiempo yo imaginaba que los pies eran dos criaturas independientes aunque hermanadas: algo así como Fabián y Jerónimo. Y que, además, poseían la facultad de encontrar las zapatillas (cada uno la suya), aun en la más cerrada oscuridad. Luego busqué mi bata. Era otra de las herencias de Cristina, que por lo visto adoraba el color rosa tanto como yo lo aborrecía. Una vez abrigada, me dispuse a repetir las travesías nocturnas, silenciosas y secretas de mis primeros años. Salí de la habitación, casi reptante, aunque ahora me costaba más que en los tiempos del barco de papel. Y me acordé de Peter Pan, cuando aún vivía en la casita bajo el árbol y cuidaba de los Niños Perdidos, y le dijo a Wendy: «Mis viejos huesos crujen...». Sentí un dolor sutil, muy pequeño, muy afilado, al rememorar estas cosas. Con mucho sigilo, avancé, pasillo adelante. Sabía por experiencia que cuando quieres enterarte de algo que atañe a los Gigantes —y aquella mal reprimida indignación que se percibía en el aire lo era— había que ser muy prudente.

Un rumor escandaloso —porque era rumor, pero crispado— entraba por *nuestra* puerta, y avanzaba, creciente, hacia la cocina. El rumor, o sus flecos, flotaba en el pasillo sin encerar, como algunos flotamos, en lugar de volar. Todo parecía suspendido en el aire: el tiempo, el resplandor de aquella hora que nunca olvidaré.

Había un gran desconcierto, un desorientado y desapacible ir y venir creciente, desde el corazón de la casa: la cocina. Allí donde se narraban cuentos, se desvelaban historias familiares, y se cobijaban secretos mal tapados: un enorme corazón latiendo, una llama infatigable desde antes de que yo naciera. Ecos de un fuego, que aún crepita en episodios familiares, gaceta diaria de sucedidos domésticos, todos envueltos en humo de pucheros, cazuelas y toda clase de suposiciones, rencores, y, acaso, de vez en cuando, alguna esperanza o una chispa de amor.

Pero el rumor de aquel amanecer no tenía nada que ver con estas cosas.

Había un gran desconcierto, una gran confusión. ¿Cuándo había visto yo antes *nuestra* puerta entornada, como esperando una visita que, a partes iguales, se deseaba y se temía?

Y, sobre todo, me sorprendió la presencia de Joaquín, el portero. Despojado de su casaca verde, de los entorchados dorados y la gorra de *alto mando* —como la llamaban los gemelos—, sólo quedaba un hombrecito irascible, con los tirantes del pantalón colgando sobre las caderas. Enfundado en una camiseta de mangas cortas, dejaba al descubierto la endeble estructura que normalmente cobijaba su casaca. Únicamente los largos bigotes blancos, ahora lacios, flanqueaban sus frases altisonantes: cada palabra que salía de sus labios era como un latigazo diminuto, colérico.

—¿A quién se le ocurre? ¿A quién más que a un insensato como él, hacerse pasar por mujer, y luego...?

La voz de Tata María, y una especie de grito-sollozo de Isabel, ahogaron sus palabras. Súbitamente —casi diría que bruscamente— un nombre vino a mí: Teo.

Sí, se trataba de Teo. Lo supe a través del lamento casi ululante de Isabel, que aún murmuraba: «¡Canallas, canallas...!», mientras Tata María se enjugaba los ojos, como cuando se ponía las gotas para las cataratas. Y murmuraba: «Calma, Isabel, calma». Tenía los labios blancos. Y los bigotes de Joaquín, mustios, más largos que de costumbre (aún no los había rizado con tenacillas), ponían el acento, triste, de mal augurio, a toda palabra: tanto suya como de los demás.

Regina, su mujer, permanecía a su lado, con los brazos cruzados y envueltos en su delantal, como siempre la había visto y seguiría viéndola. (En un tiempo, casi llegué a creer que había nacido así.) No decía nada, sólo de cuando en cuando asentía con la cabeza. Creo que nunca oí su voz.

A pesar de la angustia y curiosidad que me despertaban todas estas cosas, un solo pensamiento borró todo lo demás. «¿Y Gavi... dónde está Gavi?»

Un desasosiego, un viento de mal agüero iba apoderándose de todo. Empecé a ver en la puerta o en la cocina algunas Tatas de otros pisos, y al chófer Paco, entre ellas: personas que nunca habían entrado en nuestro piso. Cuchicheaban, con tristeza o indignación, indistintamente.

Nadie se fijaba en mí, y nuevamente me alegré de mi capacidad para ocultarme que tanto desconcertaba a Tata María e Isabel. Así que sorteando, por aquí y por allá, tanto personas como muebles, le encontré al fin. No era el protagonista de aquel episodio, era, como yo, un testigo oculto, tembloroso. Levanté un lado del mantel blanco, y entré.

—Gavi... —murmuré, casi a su oído. Estábamos los dos debajo de la mesa, aún retirada al rincón donde la habían dejado después de las canciones de Isabel. Se volvió a mí, y vi sus ojos, muy abiertos, con un asombro muy grande.

—¿Qué pasa, Gavi...?

Gavi no me contestaba, sólo me miraba, tan dolorosamente que me pareció que aquel dolor se volvía mío. Nos cogimos de las manos apretándolas con fuerza. Las voces destempladas, aunque acalladas, seguían planeando sobre nuestras cabezas, más allá de la mesa de la cocina, nuestro refugio. Pero Gavi estaba como envuelto en silencio, apenas roto por su respiración, el silencio del llanto que no puede desbordarse, de las lágrimas que se niegan a fluir. Yo conocía ese llanto seco, y el dolor que causa. Un presentimiento crecía dentro de mí. Cerré los ojos. «No quiero preguntar nada.»

Entonces fue cuando Tata María nos descubrió. El mantel blanco nos cubría como una tienda, una vela, un refugio, debajo de la mesa:

—Pero ¿qué hacéis aquí, criaturas...? —Y vimos que estaba llorando.

Yo nunca la había visto llorar. Nos tendió las manos para sacarnos de allí. Pero algo nos retenía, refugiados en el resplandor blanco del mantel que colgaba desde los bordes de la mesa y nos rodeaba, como una cortina. Gavi me abrazó con el brazo izquierdo, mientras su mano derecha apretaba cada vez más fuerte la mía.

—Nos vamos... Nos vamos, Adri, con Teo... Quiero ver a Teo.

—Niño... —murmuró Tata María. Las lágrimas que caían por sus mejillas me recordaron la lluvia deslizándose por el cristal de la ventana—. No puedes ver a Teo porque ahora no está aquí.

—¿Por qué no está aquí...?

Entonces Paco intervino. Tan alto como era, estaba agachado para vernos agazapados bajo la mesa. Levantaba el borde del mantel blanco, que aún recordaba nuestro Carnaval de hacía tan poco tiempo. Todo se mezclaba confusamente en mí, y en el dolor que iba creciéndome dentro del pecho: regresaban las piedras, aquel montón de piedras sobre el corazón que empezó a amontonarse en Saint Maur y que, desde que conocí a Gavi, creí que había desaparecido. Agachado como estaba, y sofocado por el esfuerzo, Paco dijo:

—¡Gavi, tú eres *todo un hombre*, y los hombres pueden resistirlo todo...!

Por primera vez noté que, como luego tantas veces, mis sentimientos no contaban. Según Paco, por alguna razón, yo no tenía necesidad ni obligación de ser *toda una mujer* y aunque estuviéramos estrechamente abrazados yo no pertenecía al grupo, o tribu, de Paco, Gavi, y quién sabía cuántos más.

Paco tendió la mano hacia Gavi —a él solo—, invitándole, o deseando ayudarle a salir de allí. Gavi bajó un poco la cabeza, con un gesto que podía ser tozudez, o deseos de ocultarse. Paco insistió:

—Gavi... sal de ahí.

No sé cómo, ni con qué palabras, le explicó a Gavi que unos malos hombres le habían dado a Teo una terrible paliza, y que ahora lo acababan de traer del hospital.

—Pero ha ganado el primer premio —apuntó tímidamente Anastasio, asomando también su cara, carnosa y apacible, tras el hombro de Paco—. ¡Sólo es la puta envidia...! ¿Sabes, chico? ¡La puta envidia!

—¡Como yo me entere de quiénes...! —estalló Paco.

Volvía a ser el Paco de siempre, ahora me miraba y me acariciaba la cabeza.

—¡Como yo me entere de quiénes son esos hijos de mala madre... ya van *aviaos*, van *aviaos*! ¡He sido boxeador!

Luego se calmó:

—Hala, niños. —Volvía a incorporarme al grupo—. ¡Paco no se va a quedar de brazos cruzados!

—¡Hacerle eso a *nuestro* Teo...! —gritaba Isabel. No la veía porque estábamos aún arrebujados debajo de la mesa, y el mantel que nos arropaba. Para hablarnos tenían que agacharse o levantar el borde blanco. Se notaba que hacían todos un gran esfuerzo. Después de todo, eran Gigantes.

Paco hizo una cosa que yo no había visto hacer nunca a nadie: se llevo el pulgar a la boca y mordió la uña, hacia fuera, como si quisiera lanzarla. Y al mismo tiempo dijo que lo juraba, y que lo que él juraba se cumplía. Tata María le interrumpió diciendo que no hablara así delante de inocentes. Comprendí que los inocentes éramos Gavi y yo.

Ahora creo ir recuperando el galimatías de aquel lenguaje y aquella gesticulación que entonces, aun ignorándolo, era capaz de captar su significado: la promesa de una venganza. Como las de la *Historia sagrada*. Sentí algo parecido a un alivio.

Gavi seguía inmóvil, con los párpados casi cerrados. Sólo temblaban, muy ligeramente, sus largas pestañas doradas.

Casi en un susurro, pregunté:

—¿Por qué han pegado a Teo?

Silencio. Al fin, Anastasio dijo:

—Hay gente *mu* mala, niñita: el mundo está lleno de gente *mu* mala.

Entonces Gavi levantó la cabeza, y su voz que no era de niño ni de hombre, voz que casi gritaba cuando me llamaba, o cantaba «Ven, ven...» pareció borrar todo comentario, incluso el silencio. Y dijo, serena, casi fríamente:

—Quiero que se mueran.

Su calma estremecía. Paco y Tata María, y quizá Isabel, hablaron precipitadamente, no sé qué decían. Palabras que querían esconder otras palabras que quizá se traslucían, pero no llegaban a pronunciarse. Como la sombra del miedo.

Entonces, sobre todo aquel murmullo, se levantó con gran esfuerzo la voz asmática de Joaquín, el portero:

—¡Que ya lo digo yo... que hay mucho vicio, mucho vicio! Desde la República, ¿qué va a ser de nuestra Patria?

De momento, todos se quedaron callados, y se notaba en el aire algo así como una amenaza y un temor contenidos, como cuando en el circo los trapecistas mandan quitar la red, y el público espera, y a la vez teme, que los cuerpos se estrellen contra el suelo, salpicando de sangre a los niños de la primera fila.

—Pero ¿qué tendrá que ver...? ¡Vamos, con República o sin República, lo que le han hecho al Teo es una bajeza... una maldad muy grande! ¡Persona más buena, más educada, más cariñosa con el Niño!

Enseguida reconocí, con un gran amor y agradecimiento, la voz que acababa de responder a Joaquín: Isabel. Y aún añadió:

—¡Mucho más que quien debía y...!

Bruscamente, Gavi se desasió de mi mano y echó a correr. Igual que el Unicornio.

13

Cuando Tata María me ayudó a acostarme, lo poco que quedaba de la noche ya había desaparecido, y en su lugar una luz rosada se fundía en el techo. No podía dejar de temblar, aunque fuera un temblor tan sutil que acaso sólo yo lo notaba. Un miedo nuevo había llegado hasta mí, mucho más hondo que cualquier miedo conocido anteriormente.

Ya a solas, en mi cama, mientras veía cómo la luz se volvía dorada, apoderándose de la habitación, una congoja, una gran desolación, me llenaban. «Gentes muy malas...» «El mundo está lleno de gentes muy malas...» Estas frases, casi advertencias, tomaban cuerpo, como preguntas y a la vez certezas. Palabras depredadoras de cuanto parecía inamovible, diríase que intocable, hasta aquel momento. Ya no se trataba del recelo, o incluso el temor que inspiraban los Gigantes, era algo más misterioso y paradójicamente más real.

A Teo le habían dado una paliza, le habían tenido que llevar al hospital. Y seguramente en aquellos momentos, allí arriba, en su piso bajo el terrado —el terrado que yo iba a conocer en primavera—, acaso él y Gavi estarían llorando y odiando. Como yo. Pero yo ya no lloraba con lágrimas, y en cambio volvía a pesarme más y más el montón de piedras que casi me sepultaba el corazón.

Durante los tres días siguientes a aquella noche, exigí, más que pedí, que me mantuvieran levantada y vestida. Y durante esos tres días, la zona sin encerar de la casa pareció albergar toda clase de cuchicheos, ires y venires misteriosos. En más de una ocasión oí murmurar: «Que no se entere la señora», «que no se entere nadie...».

Quizá no hacía falta tanta precaución, por el desinterés palpable de los Gigantes hacia cuanto ocurría entre nosotros.

Al día siguiente de Carnaval, mamá y Cristina vinieron a mi habitación, ya casi pasadas las doce de la mañana. Por primera vez aparecían animadas y comunicativas, como si yo formara parte de su «grupo». Venían aún con bata y zapatillas, y de pronto me parecieron dos niñas, sin severidad ni reproches, simplemente amigables; y sobre todo creyéndose «iguales» a mí.

—Ay, Adri... No te puedes imaginar qué noche más maravillosa... —empezó a decir Cristina, sentándose al borde de mi cama. Una insólita Cristina. Su corto pelo alborotado le daba un cierto aire de niño travieso. Me cogió de las manos, las zarandeó un poco y las soltó sobre el embozo de la cama.

En las últimas horas estaban ocurriendo en mi entorno cosas verdaderamente insospechadas, fuera de la rutina cotidiana y de cuanto había sido mi vida hasta entonces.

«¿Todo se habrá acabado, todo lo mío hasta ahora...? ¿Todo lo malo y lo bueno?» No podía soportarlo y me tapé la cabeza con el embozo de la sábana.

Primero hubo un silencio, roto enseguida por risitas medio sofocadas:

—¡Pero, Adri, no tienes que tener envidia! Ya eres casi una mujercita, vas a ver como dentro de cuatro días, tú también irás con nosotras al baile de Carnaval de los Benavides... Y luego, como Cristina, a su verdadero Primer Baile de Puesta de Largo...

Cerré los ojos con fuerza, me tapé las orejas con las manos y tuve que hacer un gran esfuerzo para no gritar. Entonces, Cristina dijo la *frase-gota-de-agua* que rebasa el vaso:

—¿Sabes, Adri? ¡He conocido al Príncipe Azul!

Y tan rápido como acudió a mi mente uno de los múltiples apelativos que Isabel me dictaba en sus cartas al Frutuoso («quien sea», «bandido» o «cabrito»), casi grité:

—¡Que le den morcilla!

Nunca olvidaré el estupor de los ojos de mamá. De los de Cristina no me acuerdo.

Tata María intervino:

—Tiene fiebre, no sabe lo que dice... ha tenido pesadillas... —mintió, apacible y convincente.

Vagamente recuerdo como me besaron en la frente, antes de irse, dejando una estela de perfume dormido.

Pero no estaban enfadadas, ya no se enfadarían más conmigo. Me habían incorporado, sin yo saber muy bien por qué, a su tribu.

Y aquellos tres días me parecieron interminables. Gavi no venía, y yo no me atrevía a preguntar nada: ni por él ni por Teo. Una amenaza incierta, pegajosa y flotante, parecía haberse adueñado tanto del patio interior como del piso. Las Tatas andaban de puntillas, sin hacer ruido. Y los cuchicheos parecían no tener fin. Un miedo casi irracional inundaba todo cuanto hacía o pensaba. Apenas hablaba y me dejaba vestir —como cuando era pequeña— y bañar, y casi, casi, dar la comida. Pero eso sí: había abandonado la cama definitivamente. La cama de enferma. Si Gavi volvía —y cuánto lo deseaba— pronto me vería de pie «como el Impávido Soldadito de Plomo», me decía a mí misma, con desmayada e invisible sonrisa. Tuve que esforzarme mucho durante aquellos tres días, en los que no pregunté nada a nadie. Pero quizá tampoco quería saber, y regresaba a mí un tiempo en que me escondía detrás de aquel guiñol que me compró Eduarda el día de mi Primera Comunión y así, oculta entre decoraciones, la posibilidad de decir cosas que, fuera de allí, no hubiera dicho. O cuando manejaba los personajes del Teatro de los Niños (al primer telar, número cuatro...) en el juego de las confidencias. Y sobre todo, en aquel territorio de los juegos y los libros que era para mí el piso de la bailarina.

Y si Gavi no volvía, iría yo a buscarle. Rompería todas las barreras de nuestras costumbres, atravesaría nuestra puerta, cruzaría el patio interior, subiría al montacargas, y llegaría arriba, arriba del todo; y llamaría al timbre varias veces, hasta que me abrieran la puerta. Porque Teo era sordo de un oído —ahora, quién sabía si del otro también—, pero Gavrila oía perfectamente, con sus dos orejas, tan bonitas y bien colocadas una a cada lado de su cabeza.

De pronto, pensando en estas cosas, ya no tuve miedo. Me vestí yo sola. Me mareé un poco, pero no llamé a nadie, ni me caí. Apoyándome en el respaldo de las dos sillas de mi cuarto, avancé hasta la puerta. Salí al pasillo sin encerar, torcí hacia la izquierda, y apoyándome un poco a la derecha un poco a la izquierda en las paredes del corto espacio que conducía a la cocina, aparecí —realmente debí semejarles una aparición— a la puerta del reino de Isabel.

Las dos mujeres estaban sentadas a la mesa de la cocina, y tenían judías verdes entre las manos, quitándoles los hilos. Volvieron la cabeza hacia mí, pero yo sólo vi, en el marco de la ventana, la jaulita del grillo, con su hoja de lechuga, ya pachucha. Entonces se me doblaron las rodillas y caí al suelo. Pero no perdí la conciencia. Aunque estaba muy confusa y, sobre todo, muy sorprendida de mí misma, de cuanto se me revelaba: la voluntad, el deseo de ser *yo* por encima de todas las prohibiciones, costumbres y barreras. Y volví a acordarme del Impávido Soldadito de Plomo. Pero esta vez, ya, como se recuerda un juguete de nuestros primeros años, quizá roto.

—Dejadme, dejadme —decía, mientras las dos mujeres se empeñaban en ponerme en pie.

Aún no podía hacerlo por mí misma, hube de reconocerlo, pero me negué a volver a la cama.

Llamaron a mamá. Esta vez sí estaba en casa.

Mamá llamó al doctor Zarangüeta, y yo le esperé sentada en el silloncito de mi cuarto, tan pequeño como yo. Lo habían comprado «a mi medida» cuando tenía ocho años.

El doctor Zarangüeta estaba de mi parte (ya lo había sospechado antes). Me miraba directamente a los ojos —cosa que, en aquel tiempo, sólo hacían las Tatas— y cogiéndome las dos manos, dijo:

—Está perfectamente... Es una niña frágil, pero sana. Lo que le falta...

En aquel tiempo, en lugar de recetar vitaminas, píldoras, o cosa parecida, los doctores como el doctor Zarangüeta recetaban «buenas lonjas de jamón», y cosas así. Estuve comiendo jamón, solomillo de buey y espinacas —como Popeye— hasta aborrecerlos. Y todas las mañanas —o las noches, no recuerdo bien— una cucharada sopera, llena hasta rebosar, de una especie de jarabe, oscuro y dulzarrón, que se llamaba Ceregumil.

Cuando Tata María me lo administraba, Isabel torcía el gesto:

—No le des estas porquerías a la niña... El jamón, el jamón es lo que necesita.

Para Isabel, el jamón era la Panacea Universal.

Tata María vertía parsimoniosamente el jarabe en la cuchara, y acercándomelo a la boca, murmuraba:

—Algo hará, mujer, algo hará...

Tenía una fe ciega en el doctor Zarangüeta, quién sabe por qué. Yo también le tenía simpatía, sin saber tampoco por qué. Pero me guiñaba el ojo, como si fuéramos cómplices de alguna desconocida causa. O, por lo menos, sólo conocida por él.

—Está un poco anémica... Debe comer mucho. Pero sobre todo necesita mucho, mucho cariño.

Al decirlo me cogió la barbilla entre el dedo índice y el pulgar. Y me pareció adivinar una gran tristeza en aquel gesto y en aquella mirada de semicómplice.

Intenté sonreírle, pero no pude. Me costaban tanto las lágrimas como la sonrisa.

Cuando mamá llegó, apresurada, el doctor habló con ella, y de su larga conversación no entendí nada (o quizá no me importaba nada). Cuando se fue, mamá se sentó a mi lado, y dijo:

—Te vas a poner bien enseguida, enseguida. Si eres obediente y haces todo lo que...

«Bla, bla, bla...», pensé, dejando de escucharla. Después de todo, casi siempre decía lo mismo. Pero me di cuenta de que había entendido mucho mejor lo del jamón que lo del cariño.

No me atrevía a preguntar nada sobre los habitantes del último piso. Algo me ataba la lengua, quizá el miedo. Porque el miedo ya se había instalado en mí, y tardaría mucho en desaparecer. Miedo a oír algo que no deseaba escuchar, que no deseaba que hubiera sucedido o pudiera suceder. Escondía la cabeza como había oído decir —quizá no muy exacta pero sí muy gráficamente— que hacían los avestruces, al presentir una amenaza.

Inesperadamente recibí dos cartas: una de papá y otra de Eduarda.

La de papá la trajo mamá, la de Eduarda, Tata María. Cuando mamá me entregó la «suya», enseguida me di cuenta, por su gesto y su mirada, que algo la violentaba y envaraba sus palabras. Llevaba aún las gafas en la mano.

—Adriana. —Mi nombre completo sólo se pronunciaba en señaladas ocasiones—. Papá te ha escrito una carta. Te la dejo, es tuya. —Aquí parecía subrayar o culparme acaso de alguna desconocida afrenta—. Léela y guárdala. Tal vez sea la última vez que recibas noticias de él...

En ese momento, Tata María que —inevitablemente— asistía a la escena, murmuró:

—Niña, niña...

El acento entre derrotado y triunfal de mamá desapareció. Ahora la voz le temblaba (aunque por aquel tiempo la voz de quienes se dirigían a mí siempre parecía temblar).

—¿Es que nunca volveré a ver a papá...? —pregunté. Y no lloraba, pero me daba cuenta de que mi voz estaba húmeda, como empapada de las lágrimas que últimamente se resistían a brotar de mis ojos, que tal vez caían hacia adentro, sobre el montoncito de piedras que iba tapando, más y más cada día, el corazón.

En lugar de contestar a mi pregunta, mamá se levantó, dio una vuelta brusca, impropia de ella, y salió de la habitación. No sabía si porque estaba enfadada, como cuando recibía misivas desde Saint Maur sobre mi comportamiento, o acaso porque, como yo, tenía ganas de llorar y no podía, o no quería.

Aún conservo, entre las ruinas de mis recuerdos, aquella misiva. Lo único importante para mí (todo lo referente a su ausencia, a su cambio de ciudad, su nueva vida lejos de nosotros) no se explicaba, era que no creyera que por estar lejos no me quería y que siempre, siempre, recordaría aquella tarde en el parque nevado, y aquellos pájaros que yo decía que eran como nosotros dos. Y también se acordaba de las películas, de Ronald Colman y de Henry Wilcoxon y de Loretta Young...

Recuerdo claramente la letra de papá, azul, delgada, con que me decía que estábamos viviendo momentos muy graves y muy importantes —y de pronto, sin saber por qué razón, ni cuál era el origen de aquella gravedad, al leer estas palabras sentí un estremecimiento. Y el miedo que me cercaba creció, atenazándome la garganta—. «Estoy muy lejos», decía papá. Esta frase se me grabó para siempre. Yo sabía —o creía— que él estaba en su ciudad, la del Liceo y el mar, pero me daba cuenta al leer estas palabras de que entre él y nosotros había una distancia mucho más grande que la material. La que le separaba de mamá, de nuestra casa y de quién sabía cuántas cosas más, cosas que presentía y, aunque no alcanzaba a entender, me desasosegaban. «Quiero pedirte una cosa: que nunca, pase lo que pase, pienses que no te quiero. Siempre te quise, te quiero y siempre te querré.»

Por lo visto era el único que entendía la receta del

doctor Zarangüeta. Pero, desgraciadamente, no estaba a mi lado. Guardé la carta en muchos pliegues, para hacerla lo más pequeña posible y esconderla entre mis tesoros.

Un par de días más tarde, recibí la también inesperada carta de Eduarda. Había pasado mucho tiempo pensando en escribirle yo, pero no lo había hecho. Así que tuve una alegría mezclada a un cierto sentimiento de culpa, por no haberlo hecho antes que ella. Pero la carta me llenó de alegría, y casi diría que de euforia. No logró dispersar la tristeza que me había llenado al leer la carta de papá, pero creo que sí alejarla un poco.

«Adri, querida —decía—, me he enterado de que has estado pachucha.» Al leer esta palabra tuve, después de mucho tiempo, ganas de reír. «Pero no te preocupes, esas cosas son pasajeras, así que prepárate porque en cuanto pueda, y puedas tú, iré a buscarte, y te traeré a mis Ruinas, para que veas lo bien que se puede pasar lejos de esa ciudad y de sus habitantes. Iré a por ti y te pondrás como un roble, y ya no habrá quien te tosa.» Así era de escueta y de rara, pero muy comprensible, su misiva.

La guardé junto a la de papá (en una caja de metal, con flores y un castillo a lo lejos, que me había dado Isabel y que, según dijo, había contenido antes pastillas de café con leche de Logroño, regaladas por el Frutuoso, y que ni verla, ni verla quería ya). Pero era muy bonita, y venía muy bien para esconder tesoros: las tijeritas a medias doradas y plateadas que regalaban con las galletas Rifacles, y unas cuantas piedrecitas muy bellas que yo había encontrado, durante las tardes de recreo, entre los arbustos del jardín de Saint Maur.

Pero seguía sin saber nada de Teo ni de Gavi. Y el miedo crecía tanto dentro de mí, día a día, que ya ni siquiera sabía de qué ni por qué tenía miedo. Pasaba largas horas de la noche, con la luz apagada, temblando en mi cama. También contribuía a esto lo oído en las conversaciones de la cocina, cuando la lavandera Tomasa se quedaba a comer con Tata María e Isabel. Yo escuchaba, medio agazapada en la despensa. La lavandera contaba que estaban incendiando conventos, y que habían apaleado a unas monjas en Cuatro Caminos, y a unos frailes no sabía dónde. Lo decía con una voz muy alta, casi temblorosa, pero no de miedo, ni creo que tampoco de alegría. Era un temblor antiguo, como despertado bruscamente de algún silencio espeso, largo, doloroso. En algún momento soltaba una carcajada, pequeña, ronca. Era una risa oscura, que no traslucía alegría pero tampoco era fingida. Cosas que percibía mucho más claramente entonces que ahora.

Una tarde, oyendo una vez más lo del convento incendiado, una idea maligna y gozosa a un tiempo me llegó: «Ojalá sea Saint Maur...». E imaginé a Madame Saint Genis y a Madame Saint Marcel corriendo despavoridas; y me reía secretamente, sabiéndome mala y no creyendo malo serlo.

—Tata... ¿Van a quemar Saint Maur?

—¡Pero qué cosas dices, criatura...! No, no van a quemar Saint Maur. Además, Saint Maur es francés, y no es un convento. Es un colegio de señoritas.

Eso me dejó totalmente confundida. ¿Qué tendría que ver, me decía, que fuera convento o no lo fuera, que fuera francés o no, para quemarlo? Todo era tan misterioso como las últimas palabras de la carta de papá. Confuso y amedrentador: «Hay gente muy mala, muy mala...». Así que el mundo era un espacio grande y atroz, lleno de amenazas. Cuando en mi cama yo cerraba los ojos, volvía el temblor, casi convulso, y las palabras oídas o leídas, o adivinadas, me inundaban de sudor. Y volvían a mi memoria escenas de *Historia de dos ciudades*, y tenía muchas ganas de llorar —sin saber claramente por qué, ni tampoco podía hacerlo—, hasta que al fin me dormía. Pero todo volvía a la noche siguiente. Empecé a temer la noche, tanto como antes la había amado en mis excursiones hacia el salón.

Ya no tenía amigos. Gavi no estaba. No sabía nada de Teo. Nadie me quería, y yo no sabía qué hacer con el gran amor que me llenaba, no sabía dónde colocarlo. Y ni siquiera podía llorar.

Fue, naturalmente, Tata María quien dio el aviso. Llamó a mamá y le dijo:

—Esta vez sí que ha crecido...

Mamá abrió los ojos, asombrándose de algo tan natural como era que una niña creciera.

—Pero, Dios mío, si es verdad... ¡Si no tiene ropa que ponerse!...

Hasta aquel momento me vestían en La Casa del Niño o con prendas «aún casi nuevas» que le habían quedado pequeñas a Cristina. Pero ahora, ya había rebasado esa estatura y esa edad.

—¿Quién iba a creer que esta pequeñaja se convirtiera en esta «espingarda»...?

Por lo visto, el paso de pequeñaja a *espingarda* no parecía alegrar a nadie.

—Vamos, vamos, la niña es muy bonita... —murmuró Tata María.

—¿Y quién dice que no? —se apresuró a añadir mamá, dándome un beso, esta vez en la nariz.

—Lo que ocurre es que los días pasan tan rápidos, y tenemos tantas cosas en la cabeza... Pero qué alegría, ¡Adri ya ha dejado de ser una enanita!...

Fue mi primera salida. Con ropa que me quedaba corta. Me llevó a otra tienda que no era La Casa del Niño. No sé cómo se llamaba la nueva, sólo recuerdo que allí eligió y encargó «ropa nueva» y me tomaron medidas. Pero no me preguntaban nada, no se interesaba nadie en saber qué era lo que a mí me gustaba. Aunque, la verdad era que a mí no me gustaba nada de lo que veía. O por lo menos no me importaba. Lo que me hubiera llenado de satisfacción habrían sido unos pantalones de terciopelo marrón.

Volvimos a casa, muy serias. Al parecer, ella estaba muy preocupada por algo. En el taxi, ya cerca de casa, me dijo:

—No sé lo que va a pasarnos, Adri... No sé lo que va a pasar...

Y el miedo, grande, volvió a mí.

Habíamos entrado en casa —no por *nuestra* puerta, sino por la de los Gigantes— cuando vi en los ojos de Tata María una especie de regocijo contenido.

—Ven, niña —murmuró mientras me quitaba el abrigo y el horrible sombrero. Apenas estuvimos solas, me cogió de la mano y casi me arrastró a la zona «sin encerar».

Allí estaba Gavi. Se apoyaba en la puerta, y al verme me tendió los brazos y corrí hacia él. Estuvimos así mucho rato —no sé cuánto rato, pero parecía una eternidad— en un abrazo estrecho. Cuando al fin nos separamos, me di cuenta de que algo había cambiado: no sólo que ahora sí le llegaba a la barbilla —cuando antes, apenas rebasaba su cintura—, sino que habían desaparecido los largos tirabuzones de su cabeza.

—¿Qué has hecho con tu pelo...?

—Me lo corté la noche de Carnaval.

—¿Tú mismo?

—Sí, yo mismo... con las tijeras de la cocina.

Entonces, por fin, tuve valor para hacer la pregunta que hubiera querido hacer desde el primer momento:

—¿Y Teo?

—Teo está bien —dijo. Pero lo dijo muy deprisa, demasiado deprisa.

—¿Puedo verle?

Me miró en silencio. Sus ojos azules, sus largas pestañas rubias, parecían temblar. Sonrió con la sonrisa más falsamente alegre que jamás he visto. Y dijo:

—Claro, claro que puedes... Si te dejan.

—No me importa que me dejen o no me dejen. ¡Quiero verle...!

Gavi se quedó callado, con la cabeza baja, como

si pensara o recordara algo o no deseara estar allí.

Isabel, que había estado escuchándolo todo, intervino:

—Cuantito que tengamos un rato, subiremos la Adri y yo a ver al Teo... ¿Te parece bien?

—Sí —dijo Gavi—. Me parece bien.

Dio media vuelta, abrió la puerta y desapareció escaleras abajo.

Isabel me apretó contra su delantal a rayas. Ahora ya le rebasaba el peto de tirantes.

Dos días más tarde, sobre las cuatro de la tarde, más o menos, me llamó con aire de secreto. Todo el piso dormía. Sólo nos llegaba, desde alguna parte, el tic-tac de un reloj.

—Niña, vamos arriba...

Enseguida estuve preparada. Me cogió de la mano. Todavía me daban la mano, aún no me habían relegado al espacio de los Gigantes, aún había rescoldos de aquel fueguecito que nos calentaba en la cocina, y en el cuarto de la plancha... Aún no se había acabado o perdido todo.

Salimos, sigilosas, igual que yo tiempo atrás, cuando avanzaba pasillo adelante en un barco de papel de periódico.

Como si estuviera esperándonos —y quizá lo estaba—, Gavi abrió la puerta antes de que llamáramos al timbre.

Qué alto me pareció entonces. El cabello, ahora corto, se rizaba en su frente, sobre sus orejas, y caracoleaba en su nuca, dorado, suave, brillante. Sentí ganas de acariciarlo, pero no me atreví. Por contra, pensé: «Dios mío, qué fea debo de estar, qué fea me encontrará...». Y ante mi sorpresa, él dijo:

—Adri, qué guapa eres... y qué alta. Cada día eres más alta y más guapa.

Teo estaba sentado en la cocina, pero aun sentado cocinaba. Corrí hacia él, le abracé y le besé en los dos carrillos, varias veces. Olía a yodo y aún tenía esparadrapos y trocitos de gasa en la frente y el cuello. Las ganas de llorar casi me ahogaban, pero no podía, no podía llorar. Sólo un gemido muy quedo, muy escondido, intentaba escapar de mi garganta. Teo me abrazaba, y se reía.

Ahora, cuando lo recuerdo, no salgo de mi asombro: Teo se reía.

—Anda, anda, niñita... Ya estamos otra vez juntos, ¿no es verdad?

Era verdad, pero a mí me parecía un sueño.

La voz de Isabel irrumpió, sofocando cualquier otro sonido:

—¡Pero bueno, Teo...! ¿Qué es lo que estoy viendo? ¿Estás cocinando ahora, a estas horas, tan temprano...? ¡Y con esa carita, como un Cristo, válgame Dios!... ¡Y con ese bracito encogido, que parece que te hayan cortado un ala!... ¿Todavía tienes alma para ponerte a cocinar?

Teo contestó con el mismo brío que ella, pero en voz más baja:

—Isabelita, cariño, ¡no se cocina con el alma! Y si no empiezo ahora a preparar la cena, con lo tardón que me he vuelto y con lo que ahora me cuesta... ¿Tú sabes, cariño, lo que se hace con los que ya no podemos servir? ¡A la calle, Isabelita, a la calle! Ahí es a donde iría a parar.

Al decir esto se reía, pero Isabel movió la cabeza, y murmuró:

—Anda, si lo sabré yo...

Enseguida recuperó un tono alegre:

—¡Pues, hala, todos a cocinar!... Déjanos echarte una mano... A los niños también. Di que sí, hombre, di que sí... aún no estás para estos trotes.

—Si, total, para lo que ese ángel y yo comemos, con cualquier cosa... como pajaritos.

Entonces, Gavi intervino:

—Yo no soy un pajarito ni un ángel: soy un cuervo... y como mucho.

La sombra del Rey Cuervo pareció revolotear sobre los azulejos. Debía de ser alguna mosca retrasada, pero tuvo la capacidad de angustiarme y al mismo tiempo enardecerme:

—¡No somos niñitos! —grité.

—Ni ángeles, ni pajaritos... —recalcó Gavi.

Entonces, mirándonos, nos echamos a reír. Extendíamos las manos engarfiadas, profiriendo una especie de rugido. A un tiempo y sin haberlo acordado. Como cuando pasábamos página, leyendo juntos.

—Bueno, niños, calmaos... Venga, vamos a hacer la cena entre todos —dijo Isabel.

Me di cuenta, por la forma de mirarnos, que parecían asombrados. Pero esta impresión duró sólo un instante. Enseguida se organizó una especie de fiesta, la más divertida de las pocas que me había tocado asistir: los cumpleaños propios y ajenos, el baile infantil de disfraces, cuando me vistieron de holandesa y vomité. Y, por supuesto, las del Saint Maur: aquella incómoda fiesta de Reyes (ellas la llamaban «Le roi de la fève...»), en que a quien le tocaba la fatídica legumbre debía ser coronada con corona de cartón dorado, paseada y avergonzada —ése era mi parecer— por todo el patio y pasillos de la planta baja, sobre un trono, para alegría y pullas bochornosas por parte de todas las Margot habidas y por haber (había bastantes). No. Ésta sí era una verdadera fiesta, donde nos dejaban participar activamente: «Tú cortas esto, tú machacas lo otro, tú remueves y das vueltas con esta cuchara de madera...». Nos pusieron un delantal. Al mío, a pesar de haber crecido tanto, tuvieron que darle tres dobleces en la cintura antes de atármelo a la espalda, porque de lo contrario lo hubiera pisoteado. Pero yo batía un huevo solemnemente, sin saber para qué —tengo la sospecha de que ellos tampoco—. Teo encargó a Gavi trocear en laminillas un montón de zanahorias. Gavi cogió un cuchillo muy grande —a mí me pareció enorme y escalofriante— y empezó a cortarlas en rodajas, muy finas. Isabel dijo:

—Ese cuchillo no, Gavi... ¡Es demasiado grande para...!

Pero no terminó la frase porque Gavi la miró de una forma que pareció inundar de silencio toda la cocina.

Entonces Gavi dijo, casi con rudeza:

—Éste es el que yo necesito.

Echó hacia atrás el mechón de cabello que siempre le caía sobre la frente, en un movimiento enérgico, que a mí me gustaba mucho e intentaba imitar con mi flequillo. Un gesto impaciente, rebelde, que yo nunca conseguí.

Les veía afanarse, trajinar de acá para allá, y estaba más atenta a lo que hacían ellos que a la tarea que me habían asignado: raspar la piel de las zanahorias que luego Gavi se encargaba de cortar.

«En esta casa —me dije— se comen muchísimas zanahorias...» Ya me había dado cuenta durante las pocas veces que Teo nos dejaba entrar en la cocina mientras guisaba. Y cuando le pregunté a Teo por qué comían tantas zanahorias, me contestó casi en un susurro, como quien revela un secreto: «Porque son rusos». Era el mismo acento, entre misterioso y reverencial, que usaba para hablar y utilizar el samovar.

En aquel momento Teo miraba a Isabel como si fuera la Madrina de la Cenicienta. «Después de todo —pensé— Teo también ha ido al baile.» Y también había perdido algo, aunque nada tuviera que ver con un zapatito de cristal. Teo había perdido nada menos que el Imperio de la China, aunque hubiera ganado el primer premio de disfraces. «La envidia es muy mala», había dicho Anastasio, y me vinieron a la mente las hermanastras de la Cenicienta, incorporándolas a la «mala gente» que recorría el mundo. Sólo que esta vez, las hermanastras o «mala gente» no se habían contentado con humillar a Teo. Encima, le habían apaleado. Y mirando a Teo que en aquel momento aparecía sonriente, con su ojo hinchado y morado, me invadió una gran congoja, apretándome la garganta de tal modo que por un momento creí que no podía respirar.

Había un gran reloj redondo colgado en una de las paredes de la cocina. Gavi estaba debajo de él, y tuve un estremecimiento. «Si se cayera, le aplastaría...», pensé, atropellada e insensatamente. Y como me daba cuenta de que no tenía sentido aterrorizarme por algo tan improbable (aunque aquel reloj era muy inquietante), aparté los ojos de él y, en cambio, concentré mi mirada en las manos de Gavi. Cortaba minuciosamente, con el enorme cuchillo, rodajas tan finas que parecían transparentes. Rápido, certero, de cada uno de los movimientos de sus manos emanaba una crueldad sutil, como la afilada hoja del cuchillo. Mantenía los párpados bajos, ocultando la mirada, a no ser que hablara conmigo o, a veces, con Isabel. Y por supuesto con Teo. Si no, entrecerraba los ojos. Entonces sus pestañas parecían aún más largas, con el suave aleteo de ciertas mariposas de oro, o el temblor de hojas bajo la lluvia. Me di cuenta de que sus manos habían crecido. Ahora eran más grandes, y en los dedos empezaban a marcársele los nudillos.

De pronto, levantó la cabeza. Me miró, con un brillo casi triunfal, y dijo, inesperadamente alegre:

—Adri, me he cortado el pelo, pero a ti nadie te lo ha cortado en mucho tiempo... Me alegro, porque me gusta así, sobre todo despeinado como ahora, porque se nota, ya sabes, lo que eres y tú y yo sabemos... Los del bosque, los que pueden esconderse detrás de una hoja... ¡Y salvaje, salvaje! ¡Como yo!... Y te quiero.

Estas dos últimas palabras las dijo, tras una pausa, con voz ronca y en tono más bajo. De una dulzura como yo jamás había oído.

Fue la primera declaración de amor que recibí. Y creo que, por lo menos, la más sincera. Aun dicho y oído a través de prosaicas zanahorias, supe que un corazón puede detenerse sin abandonar la vida: todo lo contrario, inundándose de ella. En unos segundos la vida abría todas sus ventanas, saltaba sobre las terrazas y tejados, y volaba. Volaba como la bailarina y su hijo que, en cuanto llegara la primavera, me enseñaría a hacerlo.

Estaba tan segura de conseguirlo que formaba parte de mi «recuperación» y mis deseos de atravesar el misterioso y desapacible muro que, aún, me separaba del mundo de los Gigantes. Precisamente en aquel momento yo estaba machacando en el mortero dos dientes de ajo y un grano de pimienta. Debo admitir que cada vez que viene a mi memoria aquella deslumbrante declaración, aquel luminoso descubrimiento, llega siempre envuelto en olor a ajos machacados (y un granito de pimienta).

Cuando acabamos la tarea que nos habían encomendado, Gavi y yo, hombro con hombro, las manos enlazadas, la espalda apoyada en la pared, nos retiramos a «la escucha». Era nuestro modo de estar entre adultos, y una de las más frecuentes referencias de aquel tiempo que acuden a mi memoria: los dos muy juntos, las manos cada vez más fuertemente apretadas —la suya día a día, casi podría decir que minuto a minuto, más y más dura, poderosa y presionando con más fuerza la mía que aún no acababa de crecer ni endurecerse del todo.

Recuerdo que contemplábamos en silencio el ir y venir de Isabel en torno a Teo: dándose mutuamente consejos, intercambiando consignas, en el misterioso y llameante mundo de la cocina, donde todavía se practicaba el ritual de las astillas, el carbón, las arandelas de hierro, sacadas y vueltas a poner, con un largo gancho, sobre las llamas. Como brujos ellos, y nosotros recién admitidos aprendices, en un antiguo quehacer. Y como si fueran secretas y mágicas conjuraciones, se murmuraban uno al otro nombres tan mágicos como «zanahoria», «berenjena», «perejil» o «pan frito»... Cómplices de una operación tan sustanciosa como misteriosa, y nunca demasiado clara ni igual para todos. El resultado siempre era un enigma. Teo, sentadito en su taburete, ella, recibiendo secretos del Gran Mago Jefe. De aquí para allá, Isabel, sorprendentemente sumisa y atenta, casi devota, mientras escuchaba las maravillas que puede proporcionar el bien administrado poder de un manojo de rábanos. Después de todo eran rusos, debía de pensar ella, a la vista de su admirativa atención.

Redondo, sin principio ni fin, el gran reloj sobre sus cabezas me inquietaba de nuevo. Pero ellos, debajo, hablaban, hablaban de cosas que no entendíamos o no nos importaban, porque no las recuerdo.

Sí recuerdo, en cambio, la espalda de Teo, medio encorvada sobre su taburete. Me despertaba una mezcla de cariño y desasosiego: cariño hacia él y odio, rabia, hacia las «malas gentes» que le habían hecho tanto daño, que habían conseguido que los cisnes de su atuendo imperial hubieran huido y acaso no volvieran. Por debajo del taburete, descubrí sus pies descalzos. Algo insólito en él, que siempre nos decía: «Niños, hay que presentarse siempre bien vestidos...

¡Las formas! No olvidéis nunca las formas». Y aunque aquellas *formas* a quienes se refería él eran todavía algo bastante nebuloso para mí, sus pies desnudos, en contraste con el impecable chaleco a rayas y su blanquísima camisa, no las guardaban. Y, en cambio, me revelaban a una desamparada e indefensa criatura, que me hizo quererle más que nunca.

La incursión de Isabel y mía en el piso bajo el terrado, sin pedir permiso a nadie, aquella decisión de Isabel (y mía, porque parecía que ella sólo decía en voz alta lo que yo pensaba) era un deseo tan violento como gozoso de saltarnos todas las barreras que nos impedían alcanzar cuanto aún a veces, incluso sin saberlo muy bien, deseábamos. A pesar de que ese deseo ni siquiera tenía nombre, todavía. Pero una cosa estaba clara para mí: *ya* no estaba enferma, yo *no era* una enferma, y no pediría permiso para dejar la cama, para ir al encuentro de lo único que llenaba de vida mi corazón. Ni lonchas de jamón, ni Ceregumil. Y de nuevo regresaron a mi memoria Eduarda y Michel Mon Amour: aquel día en que al abrazarse se encendieron todas las candelas del Miguel Strogoff.

No sabía si verdaderamente, tal como en alguna ocasión me había cruzado por la mente, Tata María e Isabel se comunicaban a través de palomas mensajeras, o mosquitos, o simplemente vapores de cocina o de plancha ascendiendo patio arriba (no el patio central, en el que yo había creído ver nieve y pezuñas de Unicornio, sino de aquel otro, doméstico, con su jaula de grillo y su hojita de lechuga junto al jarro del perejil en agua). El patio de la cocina al que se abría la ventana del reino de Isabel. Eran dos patios muy distintos, pero lo cierto es que en un momento determinado, como si algún misterioso mensajero hubiera susurrado a su oído una palabra clave, Isabel *doblaba la servilleta* —como entonces se decía— y, rápida, me arrastraba tras ella: escaleras arriba, o pasillo adelante, o montacargas abajo y arriba.

Aquel día, apenas habían terminado de cocinar, se levantó, desató su delantal y, agarrándome de la mano, me arrancó —porque me sentí arrancada— de aquel dulce calor. Esparciendo adioses y consejos por el aire (se supone que para que los recibieran Teo y Gavi), murmuró una despedida presurosa, y en un visto y no visto ya nos encontrábamos en casa. Precisamente en el momento en que mamá se encaminaba a mi habitación. Magia pura.

Pero antes de todo esto, antes de que la puerta del piso de la bailarina se abriera y se cerrara a nuestro paso, Gavi había tenido tiempo para retenerme, y casi acorralándome contra la pared, dijo a mi oído:

—Adri, tengo que decirte un secreto..., de noche me escapo. Nadie lo sabe, ni siquiera Teo. ¿Tú vendrías?

Isabel tiró de mí, separándonos, y no pude decir nada. Pero él ya conocía de sobras mi respuesta, y acaso, también, el furioso y alegre golpear de mi corazón. Por encima del montoncito de piedras y acaso destruyéndolo.

—María —dijo una Isabel jadeante, casi desconocida—, es verdad eso que dicen de que «no te acostarás sin saber una cosa más...». ¡He aprendido a hacer salsa de rábanos!

—Más te vale —respondió María, como quien se quita un gran peso de encima—. Has estado a punto de mandarlo todo...

María no decía nunca palabras feas. Y, esta vez, también se calló a tiempo.

—La señora viene a ver a Adri. ¿No oís sus tacones en el pasillo...?

—Salsa de rábanos. —La voz de Isabel de pronto parecía como reforzada—. ¡Cosa más rica...!

—Anda, anda, zascandila —murmuraba Tata María mientras me acondicionaba, según su parecer, para ofrecer el aspecto de niña que apenas había salido de su habitación—. Un buen cocido de tres vuelcos eso sí es cosa rica.

14

Estuve tres noches sin dormir apenas, justo las correspondientes a los días en que no nos vimos. Isabel decía emocionada:

—Está cuidando al que le cuida a él... ¡Es un ángel esa criatura!

—No es un ángel —decía yo, porque sabía cuánto le molestaba que le llamaran así. Aunque, muy secretamente, también me lo parecía: un ángel muy distinto al que Isabel y seguramente María y hasta el mismo Teo imaginaban. Él era un ángel con la espada levantada, amenazando; y volaba como las águilas o los cóndores que yo veía en los cromos del Álbum Nestlé. Y, además, era el Rey Cuervo.

Me acordé de una niña de Saint Maur, que no se parecía nada a Margot, que, como yo, tenía que soportarla pero, eso sí, ella sabía agarrar muy bien la gran pelota en el aire. Un día me dijo que ella como mejor lo pasaba era leyendo cuentos, aunque su mamá no la dejaba porque eso era perder el tiempo. Hablamos un rato, y me dijo que le gustaban los cuentos de duendes y de gnomos, y de hadas. Pero enseguida me di cuenta de que no sabía nada de ellos, y que no teníamos nada en común. Ella se fue otra vez a los pelotazos, las carreras y los sudores, y yo a esconderme de nuevo entre las criaturas de la hierba, los ruedos de hadas que hollaban la hierba y nada tenían que ver con las suyas: porque las suyas eran todas como la Madrina de la Cenicienta, con varita mágica. Las mías, no. Volví al banco bajo las moreras a contemplar los trenes de orugas encadenadas en ruta hacia quién sabía dónde. Pues tan equivocados estaban los que decían que Gavi era un ángel de *los suyos* como aquella niña hablando de las hadas y los gnomos. No eran los mismos. Y fuera de mí nadie, excepto Gavi, sabía que el Unicornio podía salir corriendo de su marco.

No pude dormir tranquila aquellas tres noches porque me acordaba de lo último que me había dicho, arrimándome entre la pared y su abrazo: que se escapaba por las noches. Como el Unicornio.

¿Cómo podrá escaparse?, me decía.

¿Adónde iba? ¿Qué hacía?

Al cuarto día, cuando Isabel volvía de la plaza con su cesta repleta me llamó:

—He subido un momentito a ver al Teo... Y me ha dicho el Niño que si podrías subir esta tarde, que te echa de menos —sonrió con picardía.

—¿Podré...?

Aún no sabía hacer ni decidir nada sin permiso: aunque no tuviera muy claro de quién debía recibir ese permiso.

—Claro que sí... Yo te llevaré y luego te iré a buscar. Es que el Niño le cura las heridas y le ata las vendas, y bueno, esas cosas... Por eso no baja él. Pobre Teo, está mejor, pero aun así...

Cuando subí con Isabel, pensé que también Teo y ella tenían palomas mensajeras, o lo que fuese. Porque aún no habíamos tocado el botón del timbre, ya se abría la puerta, con un Teo en verdad lamentable esperándonos. Sus hematomas habían tomado un tinte amarillo verdoso, pero su brazo ya estaba libre del cabestrillo, y lo movía con cierta facilidad.

—Queridas, queridas...

Se abrazó a Isabel, y por primera vez le vi (y sobre todo oí) llorar.

Tras el abrazo de Teo e Isabel, percibí unos pasos rápidos, acercándose. Parece mentira como pueden reconocerse los pasos de alguien entre miles y miles de pisadas que no son las que esperas. Las pisadas de Gavi, bastante sonoras —golpeaba el suelo con fuerza—, y sobre todo su ritmo, eran inconfundibles. En cierto modo, recordaban el tintineo de «Ven, ven...». Pero más imperioso y, por supuesto, mucho más brusco. Aún ahora, reviviendo aquellos primeros días de mi vida, no logro comprender del todo la mezcla de suave belleza y súbita agresividad de aquella criatura. Una agresividad, por decirlo así, prisionera de *las formas*.

—Ven —dijo, apretándome la mano y arrastrándome. Esta vez textualmente, porque apenas podía seguirle, pasillo adelante, y mis pies resbalaban tras los suyos. Hasta que, al fin, entramos en la habitación que ya no sabía si llamar cuarto de jugar, de lecturas o de confidencias. En todo caso, un lugar de cuyo recuerdo nunca podré desprenderme.

Allí estaba, cerca de la ventana, nuestro territorio: el fragmento de alfombra con rombos azules y marrones. Sobre la mesa, el Teatro de los Niños. Y de pronto, aquel teatrito de cartón me mostró todas sus magulladuras, incluso un pequeño agujero sobre el telar número cuatro. El telón estaba echado. Había acabado una función, un episodio. O una historia.

Pero Gavi ahora no prestaba atención, ni al teatro, ni al trocito de alfombra de nuestras lecturas en común. En cambio, en mitad de la habitación y sobre el suelo, aparecía la enorme gramola de su madre.

—Vamos a oír música —me dijo—. ¿No me dijiste que te gustaba la música?

—Sí, me gusta mucho y también el ballet, y ¡me gustaría mucho ver bailar a tu mamá...!

Hizo girar la manivela y luego abrió una especie de estuche-álbum, donde había muchos discos negros con un logotipo circular en el centro, donde se veía un gramófono con trompeta, como los de la abuela, y un perro escuchando la voz de su amo.

En cuanto sonaron los primeros compases, Gavi levantó los brazos y, siguiendo el compás, el ritmo, la mismísima tormenta sugerida, los movía en el aire.

No dirigía lo que ya estaba dirigido, lo hacía visible. Todo su cuerpo reproducía los sonidos, la partitura era él mismo.

—¿La ves...? —me dijo, como si acabara de hacer un gran descubrimiento—. Yo dibujo la música.

Entonces volvió a agacharse sobre la gramola, la paró, quitó el disco y echó encima la tapa, como enterrándolos. Pero dijo:

—Mira... ¡No se ha apagado!

Y era verdad, él seguía moviendo los brazos en el aire, y de pronto la música se veía, se veía tan claramente y con tanta fuerza como si se oyera, pero ya no era Tchaikovski, ahora era *él*. La música eran sus brazos, sus manos, el mechón de cabello que caía sobre su frente, arrojada hacia atrás como cada vez que se producía un silencio. O un respiro.

Sentada en el suelo, sólo sabía mirar. Por los ojos me llegaba la música, la música de Gavi, Gavi mismo, y se apoderaba de mí. La respiraba, la sentía dentro iniciando caminos aún desconocidos. La dibujaba.

No sé cuánto tiempo estuvimos así. Sólo que cuando dejó caer los brazos, y sus manos parecían dos pájaros muertos, de nuevo echó hacia atrás el mechón rubio que le caía sobre la frente, y vi que estaba cubierta de sudor.

—¿La has visto...? —murmuró, casi tímidamente.

Asentí con la cabeza porque me parecía que no tenía voz. Y dijo:

—Iremos a Rostov. Tienen campanas... muchas campanas, un concierto de campanas. ¿Vendrás conmigo?

—¡Sí! —dije, esta vez con toda la fuerza de mis pulmones—. Sin pedir permiso. No quiero pedir permiso nunca más.

Entonces dijo casi en voz baja, y pensativo:

—Yo tampoco. Yo nunca he pedido nada a nadie. No sabría a quién...

Entonces sentí una confusa pena: Gavi no tenía a nadie con quien hablar de lo que él deseaba o recordaba. Yo tenía a Tata María e Isabel. Y él, a Teo. Pero se abrían entretanto muchas ausencias, como se abrían vacíos o insalvables distancias a cuanto, después de todo, era nuestro entorno. Algo que nos regresaba al Cuarto Oscuro de mis primeros castigos, cuando era preciso subir por una escalera de mano a las cimas de la ciudad de los armarios. O a la pequeña llamita azul de un terrón de azúcar partido por la mitad: la luz de la oscura soledad.

Nosotros no podíamos pedir permiso. Y no lo pedimos nunca.

Gavi parecía muy cansado, respiraba con fatiga, y en la frente le brillaban diminutas gotas de sudor. Como ocurría en algunas piedras al último sol, que se llenaban de minúsculas estrellitas. (Yo las había visto una vez en el parque, al atardecer.)

Entonces se sentó en el suelo, sobre nuestro territorio, mirándome. Entendí que me pedía que me sentara a su lado, y sentí una pequeña pero intensa felicidad al saber que nuestro territorio aún no había desaparecido, aún estaba allí, esperándonos, con libros o sin libros. Me senté a su lado, y enseguida me cogió la mano, apretándola en la suya. Estuvimos así, sin decir nada, ni siquiera mirarnos. Sólo oyéndonos la respiración. Y el pequeño tam-tam del pulso, muñeca junto a muñeca.

—Me gustaría que fuéramos siameses —dijo.

Pero cuando me volví a mirarle, sorprendida, él

seguía de perfil, no parecía hablar conmigo, como cuando canturreaba «Ven, ven, ven...». Así, de perfil, con los párpados entornados, se veían aún más largas sus pestañas. «Son de oro», me dije. Verdaderamente, estaba enamorada. Jamás he vuelto a ver a nadie con pestañas de oro. Además, de haber sucedido tal vez me hubiera reído. Pero entonces me parecía algo precioso y secreto. Cosas que ocurren cuando una niña se enamora.

—No sé —dije titubeante—, siameses... debe de ser muy incómodo.

Enseguida me arrepentí de haberlo dicho, pero él sacudió el mechón de la frente y se rió muy bajito, también como si la risa fuera un secreto.

—Entre nosotros, no —dijo—. Entre nosotros todo es distinto.

Teo entró llevando la bandeja con el *cha*. Iba todavía descalzo, tenía aún vendado un tobillo. Sus pies, muy largos, blancos, se hundían suavemente en la alfombra, y pensé: «Menos mal, ahora ya sabe que hasta la alfombra le quiere, y le arropa...». Me levanté y le ayudé a dejar la bandeja en el suelo. Gavi no se movió, seguía sentado, abrazándose las rodillas dobladas. Se balanceaba un poco, tan poco que creo que sólo yo lo notaba. Y si se balanceaba era porque algo le inquietaba. Tanto había llegado a conocerle, y a su vez él había llegado a conocerme a mí, que sólo él y yo podíamos leer nuestro silencio.

—*Cha*: mermelada de arándanos, bizcochos, panecillos tiernos... —decía Teo, enumerando lo que traía. Pero sus ojos estaban secos, aunque su voz aún no había desterrado las lágrimas. Y Gavi se puso de pie de un salto, dio un par de patadas al aire, y lanzó con furia contenida —poco contenida— un verdadero aullido. Aunque no la había oído nunca, la manada de lobos del Rey Cuervo debía aullar así. Y entonces, con los dientes apretados y los ojos inundados de un dolor nunca antes visto, dijo muy despacito:

—Los mataré. Los mataré a todos, uno por uno... uno por uno, despacio...

No pudo continuar porque la voz se le apagó en un ahogo que apenas le dejaba respirar. Creo que por primera vez en mi vida pude ver, físicamente, la imagen del odio: la voz del odio, el jadeo del odio, la mirada del odio. Jamás la olvidaré. Y sentí miedo. Como si una criatura maléfica hubiera transformado a Gavi en un monstruo o un dragón, o un lobo. Alguien o algo todavía desconocido, pero atroz.

Teo se acercó a él, le puso las manos sobre los hombros, le balanceó a medias como quien mece, a medias como quien sacude. Luego se abrazaron, y yo veía los hombros de Gavi moviéndose como cuando nos agita la risa o el llanto. Pero al apartarse, volvió a sentarse en *nuestro territorio* y no había en Gavi rastro de lágrimas. Aparecía bello y frío como alguna estatua de mármol que yo había visto una vez, cuando nos llevaron las de Saint Maur al Museo.

—Pero ya pasó, ya pasó todo... Mejor es olvidar: yo ya he olvidado... —dijo Teo.

Gavi volvía a estar tranquilo, inmutable. Como siempre, o casi siempre.

Sentados en la alfombra de los rombos azules y marrones, tomamos de nuevo nuestro *cha*.

El timbrazo de Isabel me devolvió al cuarto de abajo, el cuarto con una ventana al patio interior: allí donde la nieve era imaginaria, donde Paco leía el periódico de los deportes y Anastasio miraba al infinito, rascándose de cuando en cuando el cogote.

Pero el Unicornio no volvió a cruzar aquel patio.

Algo había en el aire, algo inquietante se escondía en el viento silencioso que se filtraba por debajo de *nuestra* puerta (la otra, la de los Gigantes, estaba más resguardada). Tampoco sabía si llevaba una amenaza o más bien anunciaba una alegre sorpresa. Pero fuese como fuese, yo me sentía incómoda. Tata María fue la primera en darse cuenta.

—La niña está muy rarita...

—Vaya noticia...

—No, mujer, más que siempre... Yo creo que la cosa viene de «ahí arriba».

Tata María estaba planchando y volvió la plancha del revés, acercándosela a la mejilla para comprobar su calor. Este gesto era muy suyo. Sobre todo cuando opinaba sobre alguien de la casa.

En aquellos momentos, yo estaba en la despensa, subida al taburete y con una mano extendida hacia el frasco que —según Isabel— daba calor al corazón. A mí no me daba calor: pero aun así...

—¡No digas...! ¡Si son los únicos ratos que se la ve feliz...!

—Ya, pero no sé... no sé...

—Pues si no sabes no se te ocurra irle con el cuento a la señora.

—¡No digas majaderías! Yo conozco muy bien a esta familia y sé cuándo debo o no debo decir...

Y se perdió en lo de siempre. El haber conocido muy bien a mi familia era equivalente a lo que puede significar un *curriculum vitae*.

Si ellas no sabían lo que pasaba, el porqué yo parecía *rarita*, yo tampoco lo sabía. Pero era verdad que me sentía inquieta, incluso diría que asustadiza. Porque de vez en cuando, sin motivo aparente, volvía la cabeza hacia atrás como temiendo que algo —más que algo, que alguien— me acechara y estuviera a punto de atacarme cuando menos lo esperara.

Subía al piso bajo el terrado, si no todos los días, casi todos. Y, por lo visto, nadie en nuestra casa lo sabía. Sólo una vez, la lavandera Tomasa dijo, con su acostumbrada rudeza:

—Esta niña parece un ratón saliendo y entrando de un queso. ¡Tanto está aquí como allí, en un visto y no visto!

Mojó un pedazo de pan en la salsa de su plato y, aun antes de metérselo en la boca, sentenció:

—No sé vosotras, pero a mí todos estos ires y venires, a escondidas, como si hicieran algo malo... pues no sé, pero no me gusta nada. Esas cosas terminan mal y lo pagamos las que menos culpa tenemos.

—¡Calla! —casi le gritó Tata María—. ¿Qué sabrás tú, cacho *inorante*...?

Ella lanzó una de sus carcajadas cortas, secas, totalmente desprovista de alegría.

—A lo mejor... a lo mejor más que vosotras, las dos juntas.

Isabel intervino:

—¿A qué viene todo esto...? Anda, anda, haced las paces.

Hicieron las paces. Aunque no dijeron nada ni hicieron nada para demostrarlo, estaba claro que se habían perdonado la una a la otra. «Y aquí paz, y después gloria», como decía Isabel.

Apenas hacía dos días que mis salidas de casa habían empezado. Como en mis primeros paseos, al parque, y con la Tata.

Aquel día me inundaron el aire suave, el tímido sol mezclado al olor de la tierra y la hierba mojadas. De los dos únicos almendros que flanqueaban la puerta del Museo se desprendían y flotaban nubes de copos blancos, una insólita nevada cálida. Se había levantado una inesperada ráfaga de viento, y un enjambre de pétalos vino a nuestro encuentro. Fue como un estallido, como si algo empujara las losas del recinto del Museo de Ciencias Naturales.

—¡Jesús, María y José! —dijo Tata María. Tenía la rara costumbre de invocar a la Sagrada Familia cuando estaba a medias sorprendida y alborozada—. ¡Pues sí que ha llegado pronto la primavera...!

Si el corazón fuera visible a través del pecho, se hubiera visto que me daba un vuelco. Busqué la mano de Tata María, aunque ya no me llevaba de la mano. Tampoco traía la bolsa de la merienda y sus labores, ni esperaba que se me acercase alguna niña que no supiera o no quisiera saltar a la comba, ni jugar a la pelota, y aceptara sentarse en el extremo del banco para observar a las orugas, las mariposas, las lagartijas y, quizá, algún caracol con su casita a cuestas. Ahora, todo esto había desaparecido. Ahora me senté en el banco de piedra y pasaba una y otra vez las hojas de aquel libro prohibido del que nunca leímos el último capítulo: *El Rey Cuervo*. Pero no leía; sólo había en mi entorno y en mí una palabra mágica: «Primavera».

Había estado aguardando la primavera meses y meses. La primavera se había convertido en algo más que una palabra o una estación. Era una cita mágica, la que tácitamente habíamos fijado para el aprendizaje deseado. «Entonces, cuando llegue, saldremos a la terraza, aún no al terrado...»

—Pero ¿qué hay en el terrado?

Gavi levantaba las cejas, sonreía sólo con las comisuras de los labios y murmuraba:

—Ya lo verás...

Y un día me dijo:

—Me he dado cuenta de que lo mejor de algo que se espera es estar esperándolo.

Y volvía la promesa: «Aprenderás a volar, cuando llegue la primavera».

Y mirándome los pies sobre las piedras, sentí bajo las plantas, como si una fuerza invisible las empujara, deseando asomar a la superficie: flores, hierba y habitantes minúsculos, sólo visibles antes de los ocho años.

—Tata... ¿estamos ya en primavera?

—Lo estaremos muy pronto, pero, ya ves, el tiempo se ha adelantado...

—Vámonos a casa, vámonos corriendo...

Recogí apresuradamente el libro que había dejado sobre el banco.

—Pero ¿por qué estas prisas? Ya has visto que estos paseos al aire libre te sientan muy bien, el aire te da buen color, pareces otra...

—¡No quiero parecer otra! —Me rebelé, casi asustada.

Al fin conseguí que diéramos la vuelta de regreso a casa por los caminillos entre parterres. El jardinero había dejado la manguera tendida en el suelo. Parecía una enorme serpiente y de su boca fluía un chorro brillante, abriéndose camino entre el césped. No tenía nada que ver con el parque de mis primeros años. Yo llevaba un libro bajo el brazo. No había niños, nadie saltaba a la comba ni gritaba en el suave discurrir de la mañana. Como si se los hubiera tragado la tierra o se hubieran quedado inmóviles en una cartulina amarillenta, como las fotografías de cuando mamá era pequeña.

Mientras corríamos de vuelta a casa y yo la empujaba, ella se quejaba y se reía, a medias asombrada y curiosa:

—Pero ¿qué te pasa, niña? ¡Se diría que has visto al diablo!

Cuando entramos en el portal, Joaquín estaba mirando hacia el jardín de la Milagrosa. Por sobre los muros, los árboles se balanceaban, y el miedo se había aliado de nuevo al viento. Joaquín saludó a María con aire de temerosa complicidad, y dijo en voz baja:

—Ay, María... se acercan malos tiempos, malos para gente decente como nosotros.

María suspiró suave, casi dulcemente. Levantó los ojos al cielo y dijo:

—Ya lo sé, Joaquín, ya lo sé... Malos para todos.

«Malos tiempos», me dije confusa y curiosa a la vez. ¿Malos para qué? Mientras iniciábamos la subida hacia la morada de los Gigantes, me dije que para mí habían llegado los días en que Gavi me enseñaría a volar.

Pero antes de que pisáramos el primer escalón, Joaquín añadió:

—Si subes al terrado lo verás... verás el humo de los incendios ¡Están quemando los conventos, las iglesias...! ¿Qué va a ser de nosotros?

María me empujó con suavidad escaleras arriba. No era la escalera que llevaba a *nuestra* puerta. Era la puerta de los Gigantes.

Sorprendentemente, allí estaba esperándonos mamá. No solía hacerlo, ni con aquella premura. Me pareció llorosa, y me atrajo hacia sí como si quisiera protegerme de algo o de alguien:

—¿Qué ha pasado en el parque, Tata? ¿Por qué volvéis tan pronto?

Tata María me desprendió lentamente del abrigo y arrojó —no se limitó a quitármelo— el horrible sombrerito que yo tanto odiaba.

—Nada, no ha pasado nada en el parque... Sólo que la niña ya es mayorcita, y se aburría.

Ocurrió entonces algo que no esperaba ni remotamente. De repente, sin avisos previos —por otra parte costumbre habitual en los Gigantes—, mamá me envolvió en lo que podía parecerse a un abrazo amoroso, pero que a mí me pareció algo así como:

«de ahora en adelante, me perteneces y no te comparto con nadie».

—Pues bien, Tata... Creo que la niña ya está iniciándose en lo que será su futuro. Quiero decir...

Siempre insertaba un «quiero decir», antes de lo que decía. Y en más de una ocasión, sentí ganas de gritarle: «¡Pues si *quieres decirlo* dilo de una vez!».

Estuvo unos segundos mirándose las uñas, y al fin encontró las palabras adecuadas:

—Tata, acuérdate... Cuando mamá hizo lo mismo que yo voy a «decir»...

Quiso decir *hacer*, en lugar de *decir*, me di cuenta enseguida.

—Para Adri...

Tata María seguía tranquila, la espalda apoyada en algo —quizá era el respaldo de un sillón, quizá la simple pared—. Pero parecía cansada, muy cansada de oír una y otra vez las mismas palabras. Y aquel cansancio también se revelaba en sus hombros. Los hombros de Tata María eran la imagen exacta de lo que ella debió sostener durante años, le gustara o no. Sobre sus hombros y sobre su vida.

—Quiero decir —repitió mamá, lo que evidenciaba más su inseguridad—. Quiero decir que han acabado para Adri esos compadreos de la cocina, del patio, de... algún niño que no conocemos bien... Desde ahora, Adri ya no pasará el día en la cocina, ni en el patio, charlando con los chóferes y toda esa gente: va a estar con nosotras, con Cristina, conmigo... Y además, pronto, muy pronto, en cuanto empiece el nuevo curso en Saint Maur, ya que se ha recuperado tan bien, y...

Aquí dejé de escuchar. Hablaba de un curso para mi aún remoto. Pero algo parecido a una ventolera había barrido, bruscamente, todo mi mundo.

Ni siquiera pude protestar, pero yo no quería obedecer aquellas nuevas órdenes que, además, tenían el tono y la sequedad de voz con que se anunciaban los castigos. Lo que escuchaba era el proyecto de una nueva forma de vida y de sanción por comportamientos que, al parecer, ya no tenían cabida en mi existencia. Por primera vez, fui consciente de mi rebeldía, del rechazo hacia aquella especie de *orden-castigo*, que se autootorgaba la potestad de dirigir mi vida. Y me llegaba de una forma tan clara, tan viva, que casi dolía físicamente. Entonces no se me ocurrió decir más que una frase muy *mal educada*, pero muy explícita. No la grité, la arrastré entre los dientes (como había oído y visto hacer a Gavrila, al decidir matar, uno a uno, y despacio, a los que apalearon a Teo).

Y así fue como dije —y noté la voz ronca y violenta, casi era la voz de Gavi mezclándose a la mía—:

—No me da la gana.

Cristina, que todo el tiempo había permanecido silenciosa, dijo inesperadamente:

—¡Pero, mamá... no te enfades con Adri!... Adri aún no sabe, no sabe...

—Pues te aseguro que de ahora en adelante, sabrá. ¿Te has dado cuenta, Tata? ¿Has oído? Yo sé que soy la responsable de no haber cuidado sus modales como lo hice con Cristina... pero tú sabes también lo que ha pasado estos años últimos, lo que ha sido mi vida... separación... problemas... Esto se ha terminado, gracias a Dios. Y si es preciso, irá interna a Saint Maur. Y, desde luego, se acabaron las relaciones con gentes que...

No sé qué gentes eran las *que*, pues otra vez dejé de escuchar. Y entonces ocurrió algo que jamás hubiera podido imaginar: Cristina se levantó de su asiento, vino hacia mí, me abrazó, casi me levantó en brazos, diciéndome con la boca muy pegada a mi oído:

—No hagas caso, Adri, yo te defenderé...

Pero ¿por qué y de que tenía que defenderme? ¿Por qué todo era tan violento, tan hiriente, tan desolador? Yo no había cometido ninguna maldad —ahora sí lo sabía, no como en mis primeros años cuando llegué a creer que *era mala*—. Si había algún castigo —y para mí era el peor de todos los castigos apartarme de la cocina, del cuarto de plancha, del patio interior con los chóferes, de Isabel... Y, sobre todo, de Teo y de Gavi—, no estaba dispuesta a resignarme. Ya no estaba enferma, había crecido (poquito, no demasiado) pero había crecido. Y sobre todo, nadie, ni nada, me podría separar de Gavi y sus palabras: «Me gustaría que fuéramos siameses».

Entonces, Tata María intervino. Separó el abrazo de Cristina y mío, se dirigió a mamá con una autoridad aún más grande de cuantas le conocía, y dijo muy despacio:

—Niña, niña...

No dijo nada más. Pero fue suficiente para que mamá se calmara. Tata María me cogió de la mano y juntas volvimos a atravesar una vez más la puerta en vaivén que separaba la parte *noble* de la parte *in-*

noble, donde aún existían (aunque por poco tiempo) los chupitos, los golpes de plancha, los susurros de oreja a oreja y, sobre todo, la esperanza y la alegría de que, cada día, o día sí día no, subiría al piso de bajo el terrado. Allí donde había llegado la anticipada primavera.

Pero no todo era tan sencillo. De entrada, trasladaron mi cuartito (el que daba al patio interior) al cuarto de donde, años atrás, me había expulsado la misma Cristina que ahora me reclamaba. El confortable, espacioso, casi lujoso e insípido cuarto de Cristina. Con ventanas que no se abrían a un patio donde la nieve entraba inexplicablemente y era escenario de huidas de Unicornio; donde ninguna criatura de rubios tirabuzones fuera una mezcla de Ángel Batallador y Flash Gordon. No, el cuarto de Cristina, que ahora me obligaban a compartir, era el cuarto de una muchachita que por momentos me parecía cada vez más asustada. Ella misma se lo había pedido a mamá:

—Es mi única hermanita, ya ha crecido, ya *me entiende*...

No estaba segura de entenderla del todo, pero me di cuenta de que Cristina estaba muy sola. «Qué raro», pensé. Qué raro era el tiempo, qué extraños y confusos en su transcurrir, los meses, los años. Yo había pasado de ser un «gorgojo» insoportable a una criatura merecedora del aprecio e incluso la ambigua complicidad de Cristina.

Así que me trasladaron —libros incluidos, afortunadamente— al reino de mi hermana mayor. Creí que me moría de pena.

No me habían instalado exactamente en el cuarto de mi hermana, sino en otro cuartito contiguo, que hasta aquel día llamaban vestidor, y sólo tenía un gran armario. No nos separaba una puerta de hojas, sólo el arco que la dividía. Y supongo que Cristina no tuvo nunca tantos vestidos como para utilizar aquella habitación y su armario.

—Cristina... yo no quiero estar aquí, yo quiero volver a mi cuarto...

—Ya lo sé, queridita. —Por primera vez me llamaba así—. Ya lo sé, pero no tengas miedo. Ya verás, con el tiempo te gustará.

—Quiero ver a mi siamés —dije. El nombre verdadero me parecía que en la zona *noble* sonaría como algo prohibido—. Quiero verle todos los días.

Cristina me miraba sin entender:

—¿Tu siamés?

—Sí: Gavrila.

Y pronuncié su nombre con delectación, como si estuviera paladeando un caramelo. Dije el nombre completo porque pensé que así ella apreciaría su importancia.

Cristina se quedó pensativa. Luego, mientras colgaba uno de mis vestidos en una percha, murmuró, muy despacio, casi inaudiblemente:

—Ya sé, ya sé...

Me pareció que tenía ganas de llorar, o de estornudar, o de algo que quería decir y no se atrevía. Y por primera vez supe que aunque éramos hijas de los mismos padres, si no lo hubiéramos sido, también seríamos hermanas. Así lo había sentido hacía mucho tiempo (un tiempo que de pronto me parecía larguísimo) con los gemelos, Jerónimo y Fabián, incomprensiblemente desaparecidos. Desaparecidos como papá, como la tarde de *Historia de dos ciudades* y *Las Cruzadas*, y los pájaros persiguiéndose en la nieve. Y me dije que aquello que todo el mundo llamaba años, o tiempo, y yo no sabía cómo llamar, era un dragón devorador, un lobo, una hiena —otra vez se repetían los cromos del Álbum Nestlé—. Y me atemorizaba el mundo que estaba esperándome con las fauces abiertas puertas afuera, el mundo atroz del que oía decir que estaba lleno de malas gentes incendiarias, malas gentes que apaleaban a criaturas tan dulces y entrañables como Teo: el mundo donde reinaban en los colegios niñas como Margot, capitanas de pelotazos y burlas dañinas. Y, sobre todo, el mundo que prohibía que Gavi y yo siguiéramos encontrándonos en su piso bajo el terrado (Kai y Gerda en vuestro Jardín sobre el tejado ¿adónde habíais huido?...). Era el mundo acechante, devorador, desconocido. Indiferente a que hubiera llegado anticipadamente la primavera.

15

Pronto me di cuenta de que aquel traslado no había resultado tan drástico como parecía a primera vista. Lo más temido —la imposibilidad de encontrarme con mi *siamés*— si no se había desvanecido, sí mitigado. Cristina, que de todos modos no hubiera sido un obstáculo demasiado poderoso, pasaba fuera de su habitación y de la misma casa con mamá, o sin mamá, bastante tiempo. De manera que, como quien dice, ni se enteraba de mis ires y venires.

Otra cosa era durante las noches. No se me iban del pensamiento las palabras de Gavrila: «Me escapo por las noches... ¿querrás venir?». Eso, si antes era difícil, ahora se hacía imposible. Pero (y suponía un cierto alivio) él no había vuelto a mencionarlo.

No con tanta frecuencia, y sobre todo con menos tranquilidad que antes, podía escaparme ahora con Isabel, o sin Isabel, al piso bajo el terrado.

De todas formas, la primera *huida* —ya podía llamarse así— tardó en producirse. Fue un sábado, ya avanzada la tarde.

Nuestro piso estaba silencioso, y por el balcón todavía entraba el resplandor tibio, amigable, del último sol. Traía el zumbido o el color de las abejas. Algo dorado, íntimo y un tanto ponzoñoso. Se oía el tic-tac del reloj que Cristina tenía en la mesilla, aumentando el silencio. Tata María descansaba en su cuarto. Pero no Isabel, que llamó a la puerta con los nudillos.

Me precipité a la puerta, la abrí, y allí estaba la Reina de Todas las Cocinas. Me lancé a su cuello, casi la asfixié, pero ella se reía y brillaba su diente de oro como una joya.

—Que ahí está el Niño, espe...

Aún no había terminado de decirlo y el Niño y yo estábamos abrazados. Por primera vez alguien no sólo me quería, también me amaba con todo lo que significaba esa palabra, tan incierta y temblorosa. Lo sentía cuando me apartó un poco, inclinándose hacia mí, con las caras tan juntas que veía sus ojos casi dentro de los míos, como si su azul se hubiera volcado hacia mí. Y sentí una larga y suave caricia en la frente, las mejillas y los párpados. Nunca antes me había acariciado nadie. Sólo el consabido medio beso o despeine del flequillo.

Echó hacia atrás los rebeldes mechones de mi pelambrera —no podría definirla de otra manera— y dijo:

—Adri, creí que nunca, nunca más...

Y se cortó, pero pensé que o tenía ganas de llorar o de matar a alguien: «uno a uno y poco a poco...». Luego me cogió de la mano y me arrastró. Porque arrastraba, como un vendaval. En un «plis-plas» estábamos abriendo las puertas corredizas de la terraza, aquellas puertas de cristal que habían permanecido cerradas todo el invierno y él me prometió abrir, como si se tratara de una caja de sorpresas, cuando llegase el «buen tiempo». Y el «buen tiempo» había llegado.

Zar, de un salto, fue el primero en salir. Iba de un lado a otro, nervioso, olfateando los rincones. Quedaban en el suelo algunas hojas secas que el viento había arrancado de las macetas, aún sin flores; y la suave brisa las zarandeaba de aquí para allá, con gran regocijo de *Zar*, que se divertía persiguiéndolas. De pronto todo parecía brillante, nuevo, como tras la lluvia.

Era una terraza bastante grande, con barandilla de piedra arenisca. La pared que nos separaba de la terraza vecina parecía imitar las decoraciones del Teatro de los Niños. Tan frágiles, tan irreales, y tan verdaderas. En el extremo inferior de la barandilla que se abría sobre la calle, lejana, honda y todavía oscura, distinguí un busto de león, con la melena también llena de chispitas y una zarpa alzada. Las diminutas estrellas que inundaban su melena me recordaron las que vi un atardecer en el parque. Ahora se percibía el crepitar, apenas audible, de estallidos de luz, cambiando de color, de matiz, a medida que el sol se hundía aún más en el pozo oscuro de la calle, donde iban encendiéndose otras luces.

Gavi acababa de decir:

—Éste es el Castillo que te dije... ¿te acuerdas? El trozo de castillo que olvidaron...

¿Tal vez se refería a *ellos* de quienes oyó hablar a Sagrario, en la cocina, la atenta Isabel?

En el muro de falsa decoración arenisca, se abría una ventana enorme de forma ojival. Una falsa ventana que sólo contenía el cielo y el vacío. Pero no se trataba ni del cielo ni del vacío. Lo supe cuando Gavi levantó el brazo, con la mano extendida —parecía una flor oscura, recortándose en el atardecer—, y repitió:

—El Castillo... ¿Oyes...? El de las noches y las escapadas. Ya sabes...

Allá abajo, en la ciudad, habían empezado a encenderse —casi todas a la vez, como bajo una consigna— luces y luces. Pero nada tenían que ver con las misteriosas y minúsculas estrellas de la piedra que imitaba las decoraciones del Teatro de los Niños. Como si alguien hubiera construido o imaginado una decoración enorme, frágil y al mismo tiempo poderosa. Y cuando Gavi tiraba de mi mano trepando hacia ella, sentí el anticipo de lo que podía ser volar. Y luego creí oír el fru-fru de los papeles transparentes, en las ventanas del teatro, rojos, amarillos y azules. Los colores de una luna siempre redonda, nunca descuartizada, flotando sobre la nave del Pirata Arrepentido, o de las tristes palabras de Caperucita Gris (antes Caperucita Encarnada, y ahora abuela de Caperucita Azul). Como un relámpago, venían a mi memoria esas y otras muchas cosas mientras Gavi tiraba de mí con fuerza, casi sin piedad, hacia la misteriosa ventana donde se abarcaba lo inabarcable: el cielo, dentro de ella, desbordaba sus límites, era un cielo sin principio ni fin. Más, mucho más, que el que la rodeaba y se extendía sobre nuestras cabezas. Aquella ventana había atrapado un cielo nuestro, inmenso y en él regresábamos al territorio de una alfombra con rombos azules y marrones sobre la que escuchábamos, más que leíamos, la voz de las historias o de los sueños que poblaron nuestra primera infancia.

Allá arriba la noche iba apagando suavemente los brillos de la piedra y, por el contrario, allá abajo, bajo la zarpa del león, se encendía la ciudad, que me atemorizaba. Desde allí arriba, abrazada a Gavi, creía oír voces amenazantes, que hablaban de malas gentes, de un mundo que se abría más allá de cuanto había llegado a conocer, y sentí el vértigo de mi ignorancia, tuve conciencia de cuanto me estaba vedado saber, de cuanto existía más allá del piso de zonas *nobles* y zonas *innobles*. Seguramente el mundo y la vida eran mucho más complejos e incomprensibles que las atroces noticias de conventos incendiados, de malas gentes que daban palizas a la Emperatriz de la China, de niñas de piernas gordas robando meriendas y dando pelotazos, e incluso de novios bandidos, Isabeles y siameses. Fue sólo un relámpago, viendo el brazo y la mano de Gavi levantada hacia la ventana del cielo. Como un deslumbramiento al que sucedió una sensación de bienestar, esponjosa, casi alegre. Apoyé la cabeza en el hombro de Gavi y dije:

—El castillo de los siameses.

—Sí, el trozo de castillo que olvidaron llevarse...

Al oírle y ver su mano dibujada sobre el fondo de nubes rosadas, encendiéndose y apagándose lentamente antes de fundirse en la oscuridad, me estremecí. No sabía si de temor o de placer. En todo caso, se trataba de un temor muy placentero.

Y vi entonces, tan claramente como lo estoy recordando ahora, la silueta del Unicornio recortándose en el vacío que enmarcaba la ventana.

—Es por ahí por donde se escapa —dijo Gavi. Y le brillaban tanto los ojos que casi no se podía resistir su mirada—. Y es por ahí, también, por donde vuelve a casa...

—¿Adónde va... y por qué vuelve?

Ahora no estoy segura de haberlo dicho porque era tan grande la compenetración con mi siamés, que *él sabía* y *yo sabía* lo que la voz aún no había dicho. Como cuando pasábamos página, sobre la alfombra.

—Quiere entrar en el Paraíso.

—¿Por qué no entra...?

Entonces recitó de memoria algo que habíamos leído en el *El Rey Cuervo*: «Porque está vacío, porque nadie entró nunca antes, ni nadie entrará después...».

Me invadió una tristeza suave: quizá eso que llaman melancolía.

—Me da pena... y miedo.

No puedo recordar como sucedió, pero estábamos los dos sobre lo que, de tratarse de una ventana corriente, hubiera sido el alféizar. Sentados muy juntos, sobre el vacío, casi dentro del cielo que iba apagándose donde aún no había llegado la noche, pero sí la oscuridad —la conocida *luz de la oscuridad* que venía desde el lejano Cuarto Oscuro—. Iban apareciendo, espaciadas y lejanísimas estrellas, guiños de una luz enigmática y atrayente como un imán. Todavía no entiendo, recordándolo, cómo no nos caímos de allí, ni cómo habíamos llegado. El Ángel de la Guarda existe.

Me acarició la cabeza, con mucho cuidado. Como

si temiera hacerme daño. Su voz me recordó entonces a cuando dijo que iríamos a Rostov a oír campanas, «conciertos de campanas». Y en el aire, a través de aquella ventana sin límites que llevaba al firmamento creí oír lejanísimos tañidos. Tenían la misma cadencia, el mismo ritmo de cuando él canturreaba: «Ven, ven, ven...». Entonces, como un relámpago, volvió el vértigo. Pero fue un segundo que nunca olvidaré.

Y allí estábamos los dos, susurrando nuestros secretos sobreentendidos, palabras quizá ni siquiera pronunciadas. Desde abajo, a lo lejos, llegaba el rumor de la calle. Aún más lejos, iban aumentando las luces, lentamente. La ciudad despertaba a la noche.

—¿Adónde vas cuando te escapas?

—Voy y vengo —dijo. No le pregunté más porque creí entender que sus escapatorias eran como las del Unicornio.

—Gente —dijo al fin—. Y no quiero vivir con ellos... ni ser como ellos.

Sentí entonces algo como un escalofrío. Y dijo, apretándome contra él:

—Yo me iré, pero volveré, yo me iré, pero volveré... a buscarte.

—¡No te vayas! —La angustia me atenazaba la garganta.

—Sí, me iré, como tú también te irás, porque todos los niños nos vamos. Pero volveré. Te lo juro, yo volveré a por ti. Y tú me reconocerás.

Casi era un sueño, casi eran las palabras de un sonámbulo. Pero para mí eran tan desoladoras, tan crueles, que no pude evitar gritar:

—¡No te vayas, no quiero que te vayas...!

—Es que crecemos —dijo despacito. Y no hablaba como un niño, ni como un Gigante. Hablaba como si el tiempo hablase. Y recordé el día en que Isabel había hablado de la desaparición de los niños y los comparó con dientes de león.

—Porque crecemos, nos vamos, y ya nunca, nunca más, volveremos. Sólo yo estoy seguro de que volveré a por ti: porque tú y yo somos diferentes.

Sonaba todo como un pasaje de *El Rey Cuervo*: aunque no habíamos leído aquello en que estaba escrito —nunca leímos el último capítulo—, lo sabíamos, sin que nadie nos lo hubiera explicado. Y volvieron las palabras de Isabel y el diente de león, y lo que hacia el viento, o la brisa, con sus vilanos.

Iba a decir algo —no recuerdo qué— cuando un gran cuadrado de luz amarilla cayó bruscamente sobre el suelo de la terraza. Las paredes se iluminaron, y hasta la melena del león pareció alborotarse sobre el precipicio.

—Pero ¿qué hacéis ahí arriba? ¿Queréis mataros?

La voz espantada de Isabel nos devolvió a los sinsabores de la clandestinidad.

—¡Bajad ahora mismo de ahí...! Pero ¿estáis locos? ¡Dios mío, si me dan escalofríos sólo de miraros!...

Gavi me cogió en brazos —todavía era mucho más alto y más fuerte que yo— y saltamos al suelo, casi milagrosamente.

—¡Abajo, abajo corriendo! ¡Están a punto de llegar!

No necesitaba decir más. Se me había caído un

zapato, lo recogió y corriendo, corriendo —creo que la mitad de mi infancia la pasé corriendo—, entramos en el montacargas.

Mamá llegó, después Cristina, y después... lo de siempre.

Mi cama era ahora más grande, la lámpara de la mesilla también más grande, con su pantalla de cristales de colores, y me habían colocado un reloj despertador. Lo último que vi antes de dormirme fueron sus números fosforescentes verde pálido. «El último modelo de relojes», según dijo Cristina, antes de apagar la luz.

Entonces yo cerré los ojos y me escapé, como Gavrila, como el Unicornio, a la ventana del cielo.

Cuando desperté, al día siguiente, tenía la sensación de haber olvidado algo, pero no sabía qué, ni dónde.

Ya no venía Tata María a llevarme al baño, ni a ponerme los calcetines. Yo era, al parecer, parte —ínfima parte— de los Gigantes.

En cambio, vino mamá, se sentó al borde de mi cama y me miró. Y me di cuenta de que mirarme, lo que se dice *mirarme*, no lo hacía casi nunca.

—Ya eres una mujercita, Adri —dijo muy despacio—. Aunque todavía te falta algo importante que dentro de poco ocurrirá.

Seguramente se refería a la menstruación. Pero entonces yo no tenía ni idea de estas cosas y el halo de misterio, secreto y complicidad que la rodeaba me inquietó.

—De ahora en adelante tendrás que...

Yo no sabía lo que conllevaba aquel «tendrás que...». Me desconcertaba y, al mismo tiempo, me inundaba de pereza: pereza de escuchar cuanto mamá decía, y yo no entendía.

—¡Y ese niño... ese niño! Que no tengo nada contra él, que es un encanto, pero viene de donde viene... Hasta ahora, erais pequeños, pero de ahora en adelante...

A partir de esas palabras sólo entendí que acaso, nunca, nunca más, subiría a la ventana del cielo.

Y la odié.

Empezó entonces un ir y venir sin concierto. Me llevaban de compras —me aburría solemnemente—, a merendar a salones de té —aún no existían las cafeterías— y, si quedaba tiempo, a ver alguna película. Cada vez con más frecuencia Cristina no nos acompañaba. La llamaban mucho por teléfono, y ella había empezado a pintarse los labios. Estaba muy guapa.

—Cristina, pareces una princesa... —le dije un día.

Ella se reía, dándose los últimos retoques frente al espejo.

—Ya no hay princesas, Adri... Pero ojalá se lo parezca a *Él*... Y con Él o sin Él, me gusta estar guapa... ¿Estoy guapa, Adri?

—Sí, estás muy guapa. —Y guardé para mí: «pero un poco rara».

—Pues tú, de aquí a dos o tres años... ¡Ya, ya verás! No te van a reconocer. Porque eres muy bonita,

¿sabes? Y yo me encargaré de que mamá no te vista con esas ridiculeces de La Casa del Niño...

—Ya no me visten allí.

—Pero es igual, la otra tienda es igual de rancia... Menos mal que ahora estamos juntitas, y yo puedo defenderte...

Otra vez la palabra *defenderte*, incluso en algo tan banal como lo que comentábamos. ¿Tan malo era cuanto me rodeaba que hasta en casa, con mamá al frente, tenían que *defenderme*?

Una desolación blanda, diríase que impotente, me invadió: no saber por qué ni de qué Cristina estaba dispuesta a defenderme.

La primera vez que nos encontramos reunidas las tres —Cristina, mamá y yo— ella se las arregló para decir:

—*No quiero* —lo decía en tono enérgico, casi duro—, *no quiero* que Adri tenga que pasar por lo que yo he pasado...

Entonces, mamá saltó, con la cara arrebolada, los ojos verdes chispeantes, y la lengua casi trabada por la indignación:

—Pero ¿qué estás diciendo, ingrata? ¿Qué estás diciendo, a quién y de qué estás acusando...?

Dejé de escuchar, pero no de mirarlas, porque se habían enzarzado en una discusión de Gigantes, de las que yo tenía noticia por mis escuchas tras los sillones, o tras de donde fuera. Sabía que ya no se trataba *de mí*, sino de Cristina, de mamá, y acaso, acaso, de papá. La sombra de papá cruzó como un relámpago, de un lado a otro, la habitación. Pero de forma muy distinta a la del Unicornio.

Y pensé: «Ellas no tienen siameses...». Cerré los ojos hasta que cesó el sonido embarullado de sus voces.

Entonces mamá me atrajo hacia ella. Tenía los ojos y las mejillas húmedos de lágrimas, que se mezclaban al colorete. Ya no la odiaba, ahora sólo sentía una tristeza difusa que no sabía dónde colocar, que no sabía si era por mí, por ella, o por todo cuanto oía, o no oía, pero presentía.

Menos mal que antes de acabar el día volvió el recuerdo del león, con su zarpa inofensivamente alzada, y aquella gran ventana desde donde Gavi y yo podíamos ir y venir, y hacer y deshacer, sin prohibiciones, sin amenazas.

Poco después vi abrazadas a mamá y Cristina, y llorando. Pero no lloraban de pena: era una forma de llorar que recordaba la deliciosa que, a veces, nos provocaba a Tata María y a mí el final de las películas de Shirley Temple.

Y sin saber muy bien por qué, vino a mi memoria uno de los refranes que había oído en la cocina, el cuarto de plancha, el patio de los chóferes: «Mucho ruido y pocas nueces». No acababa de entenderlo, pero me pareció adecuado, incluso satisfactorio.

Y pasaban los días, las semanas, durante las cuales yo debía formar parte de aquel grupo, de aquel ir y venir sin sentido para mí. E incluso llegó un día en que mamá me organizó una fiesta.

—Es tu cumpleaños.

La ausencia, la terrible ausencia de quienes yo amaba, la brutal separación de quienes eran la sal de mi vida, se hacía insoportable.

—¿Por qué mi cumpleaños... por qué...?

Los *porqués* eran inacabables, las respuestas inexistentes. Me recuerdo sentada en mi cama, la cara entre las manos, intentando llorar. Yo no quería fiesta de cumpleaños, yo quería a mi siamés, a Teo, a Isabel, a Tata María... Y punto.

Porque, hasta aquel día, mi cumpleaños había sido sólo una tarta de pocas velas y un regalo más o menos apreciado. Y después, las felicitaciones y los regalitos de Tata María, Isabel y Paco, el chófer. Todos ellos me regalaban algo: muñequitos de chocolate, cazuelitas de estaño para la cocinita, alguna bolsa de caramelos, y lo que yo más quería: reunirnos todos en la cocina. Una vez —hacía tiempo— el chófer Paco me levantó en brazos y dijo: «Viva mi novia que ya tiene ocho años...». Y estábamos todos muy contentos.

Ahora conocía el ansia, la carencia. Me notaba distinta y me acordé del Patito Feo, y supe lo que era sentirse como se sentía él. No lloré porque me había prometido a mí misma no llorar ante la mirada de los Gigantes. Ni ante mí misma.

Mamá dijo que a mi fiesta vendrían los hijos de Felisita, los sobrinos de Carolina... Y de pronto se me despertó el león de la zarpa alzada de la terraza: hasta aquel momento inofensiva. Del león sobre el precipicio-calle. Y casi grité:

—Vendrán Gavrila y Teo, y Tata María e Isabel. Si no, no quiero fiesta de cumpleaños ni de cumplenada.

No fue algo brusco, ni siquiera inesperado. Por lo visto estaba como presentido. Y vi la sonrisa de Cristina, como detrás de un telón mucho más transparente que el del Teatro de los Niños.

—Bueno —dijo mamá—, vendrá Gavrila... Pero a lo mejor ni Teo ni Tata María ni Isabel quieren estar en una fiesta de niños.

Fue un buen golpe de su parte. Ninguno de ellos, al parecer, querían estar —por lo menos en primera fila— en la fiesta de mi cumpleaños.

Pero Tata María me dijo al oído:

—Ya estaremos, niña, ya estaremos... Tenemos nuestra fiesta, contigo y con el Niño, en la cocina, cuando todos se hayan ido.

Benditos sean *in secula seculorum*. Amén.

Yo ya había tenido encuentros con los niños de Felisita y los sobrinos de Carolina. Eran niños serios y callados, bien educados y prácticamente desconocidos. Se hacía difícil la comunicación. Íbamos a colegios distintos, aunque para mí, daba igual; todos los colegios me parecían distintos, y todos teníamos aficiones y gustos diferentes. Sin embargo, todos pertenecíamos al mismo grupo de Gigantes, y eso era lo único que importaba a mamá.

Estábamos todos en la salita, esperando la merienda y hablando —hablaban ellos, yo permanecía encerrada en un mutismo casi grosero—, cuando Gavrila hizo su entrada. Llevaba un traje azul marino con botones de plata. El cabello se enroscaba en su frente, detrás de las orejas, sobre la nuca, con un brillo sedoso. Y sus grandes ojos azules, del azul de los cuentos leídos juntos, que sólo existe en las profundidades del mar, allí donde yacen restos de barcos naufragados; y sus largas pestañas rubias; y, sobre todo, su prestancia, su forma de saludar y presentarse, que dejó anonadados a los niños de Felisita y Carolina. A su lado, parecían torpes. Y no lo eran.

Jamás he vuelto a sentir un orgullo parecido al que puede sentirse —como me sentí orgullosa en aquel momento— por tener un siamés como Gavrila.

Inmediatamente se despojó —como se despoja alguien de una capa— de todo protocolo. Y a partir de aquel momento fue el más travieso, divertido y admirado —sobre todo admirado— por los niños y niñas de aquella reunión.

Por primera vez mi cumpleaños fue algo hermoso, memorable.

Cuando nos despedíamos, todos los niños querían saber el teléfono de Gavrila. No eran muchos los que en aquellos años teníamos teléfono particular, por lo menos comparado con hoy en día. Y que los niños tuviéramos acceso a él, mucho menos. Excepto si nos llamaban la tía Felisita, o la abuela porque querían oírnos decir: «como estás, yo estoy bien, sí, he crecido un poco, gracias por el regalo, me gusta mucho», etc., etc. Pero aquel día todos parecían dueños de aquel aparato negro, colgado de la pared, con su eterna sonrisa circular, inundada de números. Y yo sospechaba que ninguno de aquellos niños y niñas —más niñas que niños— ni siquiera sabían marcar un número de teléfono y, al mismo tiempo que intentaban congraciarse con el *líder*, presumían de poder hacerlo (y de tener teléfono).

Ante mi asombro, dijo Gavi:

—No tengo teléfono.

Y era mentira.

Porque el teléfono de Gavrila era como un animal dormido, que sólo despertaba de cuando en cuando, cada vez que le llamaban su madre o Mauricio. Más veces Mauricio que su madre. Y yo intuía que él no quería que nadie más despertara aquel animalito. Únicamente Teo, o la tienda de ultramarinos donde hacía su pedido diario lo utilizaba. Yo no lo había usado nunca porque sabía que él esperaba siempre la llamada de su madre.

Y aquella noche, cuando ya estaba acostándome, llegó mamá, se sentó al borde de mi cama y dijo:

—Bueno, Adri, ya has tenido lo que querías, ha venido tu amiguito, un niño muy bien educado, no tengo nada contra él... Pero, ya sabes, ya no sois unos niños pequeños, ya estáis creciditos... ¿No sería hora de que tuvieses una amiguita como Georgina, por ejemplo, la hija de Felisita? Mejor es niñas con niñas, y niños con niños... No es que tenga nada contra ese encanto de Gavrila, pero... no es apropiado.

Pensé en Georgina. Una niña mayor que yo —también en estatura—, que no parecía sentir hacia mí mayor simpatía que yo hacia ella. No era antipática, era un poco gorda, de pelo rizado y ojos pequeñitos y muy negros. No le gustaba mangonear, era apacible y callada, y ante Gavi pareció como apabullada. Ella no le había pedido el teléfono.

No podía imaginarme en la ventana del cielo, con su león de zarpa alzada, ni de nada de nada, con ella. No me desagradaba: me aburría, y me invadía un gran hastío sólo imaginarme en su compañía e imposible amistad. Y además me había preguntado por qué Gavrila tenía nombre de chica. Pero mamá esperaba una respuesta.

—No —dije, con toda la energía que me cabía.

—¿No qué..? —insistió mamá.

—Que no, que sólo Gavrila es mi amigo.

Ella hizo un gesto como de abandono o de cansancio.

—Bueno, ya hablaremos en otro momento de estas cosas, que duermas bien, hijita.

Y apenas había pasado media hora, Cristina llegó. Venía de una sesión de cine que la había trastornado. Parecía deslumbrada, y repetía el nombre de Greta Garbo, una y otra vez. La comprendí porque algo así me había pasado a mí antes con *Historia de dos ciudades* y *Las Cruzadas*.

Se sentó, también, al borde de mi cama y me dijo, de sopetón:

—Adri... quiero estudiar una carrera.

Yo no tenía muy claro lo que eso significaba, pero sí que era escapar —por así decirlo— del cerco de mamá, Felisita, Carolina y, quizá, quizá, acercarse al de nuestro lejano papá.

Le dije:

—Estúdiala.

De repente, la protectora se convertía en protegida.

—¿Tú crees?

—Lo creo, lo creo. ¿Tú quieres ser como mamá?

Y casi gritó:

—¡Nooo!

Envalentonada por aquel tono confidencial y por primera vez fraternal, le dije:

—Cristina, voy a tener una fiestecita en la cocina... ¿No dirás nada?

Cristina me abrazó y murmuró a mi oído:

—Ojalá tu Príncipe Azul sea siempre tan Azul como ahora...

Sólo muchos, muchos años más tarde entendí lo que ella quería decirme. Yo no tenía entonces, que supiera, ningún Príncipe Azul. Sólo tenía a Gavrila, que llenaba mi vida.

Y aquella noche oí el primer aldabonazo del enorme reloj que me había inquietado, sobre la cabeza de Gavrila.

Fue apenas entrar en la cocina cuando las vi a las dos, esperándome:

—El Niño está malito... Tiene fiebre y dolor de cabeza.

Sentí como si las piernas no pudieran sostenerme:

—¿Qué le pasa...? ¿Es muy malo?

Pero Tata María ya venía hacia mí y me apretaba contra su delantal plisado —tan añorado ahora—, y dijo:

—No, no... Tiene unos dolores de cabeza muy fuertes, pero no deja de repetir: «Mañana la enseñaré a volar...».

No pude decir nada porque sólo sentía, no pensaba. Sólo dolor, mucho dolor. Volví a la cama, y por primera vez deseé hablar con Cristina.

Pero ya se había dormido.

16

Tres días más tarde, cuando estaba temiendo que no volveríamos a vernos —o que por lo menos sería muy difícil—, Tata María me trajo buenas noticias:

—Ya está mejor, ya no le duele tanto la cabeza, y no deja de repetir que quiere enseñarte a volar... ¡A saber lo que imagináis los niños...! Cosas más locas os he oído decir...

Yo ya sabía que se refería a mamá, a Eduarda, y quién sabe cuántos fantasmas de niños la visitaban de cuando en cuando. Sentí una pena suave a medias por las buenas noticias y a medias por lo que acababa de decir. «Mayores locuras os he oído...» Niños, que ya no estaban, me vinieron a la memoria, como si los hubiera conocido.

Recordé nuevamente las palabras de Gavrila, cuando me dijo: «Todos los niños nos vamos».

A Tata María sólo le quedaba yo. Y había un aleteo en el aire, un sutil presagio, anunciando que, de un momento a otro, yo sería como vilano al viento.

Me peinó, me subió los calcetines, me miró despacio de arriba abajo, y al fin dijo:

—Muy bien, toda una señorita.

Esta vez no dejé que nadie me acompañara, así que crucé el patio sola —que me pareció más pequeño—. No se veían, a la puerta del recinto de los chóferes, ni a Paco ni a Anastasio. Miré hacia la alta claraboya de cristal que impedía la entrada a la nieve: sólo dejaba pasar la que veíamos Gavi y yo. Y por vez primera tuve algo así como la nostalgia precoz, sutil y efímera de lo que aún no había sucedido, pero sucedería. No era tristeza, sólo el reflejo de un viento que esparcía los vilanos de una flor espumosa. Casi con la sensación de ser perseguida, corrí hacia el montacargas. Y subí y llamé y entré en el piso bajo el terrado.

Teo me besó en la frente y dijo:

—Ya se encuentra bien, está muy bien. Sólo que a lo mejor comió demasiados pasteles, corrió, jugó y sudó mucho; y luego, se debió de enfriar... ¡Pero, como nunca está enfermo, me asusté...! Te espera, está impaciente...

Teo le había obligado a permanecer sentado en un sillón, con una manta a cuadros escoceses sobre las rodillas, aunque ya no hacía frío.

Apenas me vio, se levantó de un salto, tiró la manta casi con rabia (o quizá con todo lo contrario: con una alegría tan grande como la que yo sentía). No sé cuánto tiempo estuvimos abrazados, pero casi me hizo gemir. Su abrazo dolía.

—¡Deprisa...! No tenemos mucho tiempo —dijo apresuradamente.

Le miré con atención: su cara, que al entrar me había parecido pálida, estaba ahora como encendida. Y también le brillaban los ojos con un fulgor distinto. Siempre le brillaban, pero nunca como en aquel momento.

—Tenemos la primera lección a punto —dijo.

Fue entonces hacia el arcón donde guardaba los antiguos Meccanos y las medio olvidadas piezas de un juego de construcciones, y en su lugar sacó de allí un par de patines.

Me sorprendió mucho, incluso sentí un vago temor. Ni siquiera sabía montar en bicicleta. Desde el día que me caí, no había vuelto a subirme a ninguna.

—Siéntate aquí —dijo, señalándome un taburete. La puerta de cristal que daba a la terraza estaba abierta, y algo como un tapiz movedizo, dorado, cubría a trechos las baldosas del suelo. La brisa lo levantaba y esparcía por encima de la barandilla. Sentí una mezcla de paz y expectación, como si todo cuanto me rodeaba sonriera. Estornudé.

—Es el polen —dijo Teo—. A mí me vuelve loco.

Arrodillado frente a mí, Gavi me calzaba los patines mientras canturreaba su eterno «Ven, ven...». *Zar* asomó el hocico, dormilón, nos miró y volvió a su siesta. Entonces me dije que seguramente aquello que yo sentía sería parecido a como terminaban la mayoría de los cuentos: «Y fueron felices».

—No creo que pueda, Gavi... Yo soy muy torpe con estas cosas. Me voy a pegar un tortazo enorme... y a lo mejor me mato.

Fugazmente regresó a mi memoria el día que trepaba por los cajones de la Ciudad de los Armarios, en el Cuarto Oscuro. Y a un tiempo, se me ocurrió: «Si entonces no me maté, a lo mejor ahora tampoco». Pero lo que me daba más confianza era que Gavi organizaba aquella especie de entrenamiento primerizo. Porque, creí adivinar, se trataba del primer ensayo para volar.

—No te vas a matar porque yo te llevaré conmigo —dijo, mientras me abrochaba la última correa de los patines. Y añadió—: Éstos son los patines que yo usaba antes... antes de que me crecieran tanto los pies. Pero se lo dije a Mauricio, y él le dijo a Teo que me comprara otros.

Cuando me levanté, aún sostenida por él, creí que el mundo resbalaba bajo mis pies.

Poco a poco, fui superando las pruebas. Dábamos vueltas y más vueltas a la terraza, él me rodeaba la cintura con el brazo.

Zar ladraba de cuando en cuando. No acababa de comprender lo que ocurría.

Aún hoy me parece mentira que pudiera, si no patinar, por lo menos deslizarme dignamente sobre ruedas.

—¡Venid, venid, deprisa, mirad lo que sabe hacer Adri...!

Gavi lo gritó de pronto y vinieron corriendo Teo e Isabel. Yo no sabía que Isabel había subido, y en aquel momento descubrí que ella y Teo se habían hecho muy amigos. Porque Teo la llamaba para cualquier cosa, tanto si se trataba de la cocina como de la última ofensa recibida de la antipática dependienta de Ultramarinos Santa Engracia, o de la sal o la cebolla que ora a uno, ora a otro, les faltaba y se intercambiaban (aunque tuvieran que atravesar, de arriba abajo, toda la casa). Luego supe —mucho, mucho más tarde— que Teo lloraba en el hombro de Isabel sus desengaños de amor, y que Isabel lloraba en el hombro de Teo las barrabasadas de «quien sea». Fue una amistad que duró años, muchos más que sus respectivas relaciones con los Gigantes de la casa del Unicornio y de la ventana del cielo.

—¡Mirad a Adri...! ¡Adri está aprendiendo a volar...! —casi gritaba Gavrila. Y lo decía rebosante de una alegría orgullosa.

Él era el artista y yo, su obra.

Acabé la lección llena de sudor, jadeante, y muy feliz. Nada que ver con la descripción de Tata María: «Toda una señorita».

—Y mañana, sabrás lo que es volar... porque aprendes muy rápido y no tenemos mucho tiempo.

Ésta fue su despedida aquel día y me llenó de inquietud. ¿Por qué no teníamos *mucho* tiempo? ¿Acaso se precisaba ser aún niño, acaso estábamos tan cerca de no serlo que había que apresurarse? ¿Por qué tanta prisa? Me acosté, preguntándomelo.

Al día siguiente, casi parecía verano. Amaneció tan brillante que Tata María me dijo:

—Hoy es un día del Señor. Hoy todo alaba al Señor.

Estaba desayunando, y enseguida me di cuenta de que no eran palabras suyas, sino del padre Rincón, al que oía las tardes de los sábados en la iglesia de los Redentoristas. Tenían un especial cariño por una Virgen que llamaban Virgen de los Remedios.

—La Virgen de los Remedios ha curado al Niño, porque Teo tiene su estampa, y la puso sobre la cabecera de su cama.

Yo me sentí a medias asustada y enfadada.

—No, Tata, lo que tenía el Niño era una indigestión. Teo me lo ha dicho.

—Así será, si Teo lo dice... Pero de todos modos, le ha curado la Virgen de los Remedios. —Tata María recogió la bandeja con las migas de pan, la taza y la servilleta manchada aún de café con leche—. Pero tienes que rezar mucho para que el Niño continúe sano, y bien sano —dijo.

Una púa inesperada se clavó en mi corazón.

—¿Por qué dices eso, Tata...?

Pero ella se iba con su bandeja y no decía nada más. Había conocido muchos, muchos niños. Y sus desapariciones.

Serían aproximadamente las nueve de la mañana, hora en que tanto mamá como Cristina aún dormían. Pero yo tenía ya una cita, una cita inexcusable. Se lo había advertido, la noche antes, a la Tata:

—Tata, no lo olvides, no lo olvides... es muy importante, despiértame, tengo que estar *arriba* antes de las nueve...

—Será bueno que tengas ganas de levantarte —me dijo con una sonrisa que se me antojó cómplice—. Estarás, estarás... yo me ocupo de eso, descuida...

Desde las ocho estaba levantada, impaciente.

—¿Son ya las nueve, Tata...?

—Si no lo son, poco faltará.

—No llueve, ¿verdad?

—Pero hija, ya ves que no llueve, asómate a la ventana...

—Sí, pero a lo mejor aquí abajo no llueve, y arriba...

—¡No digas disparates! Si aquí no llueve, arriba tampoco.

Eché a correr hacia *nuestra* puerta, la abrí y me lancé, cruzando el solitario patio, hasta la puerta del montacargas, y subí. La puerta de Gavi estaba abierta, y él, esperándome. «Ven, ven, ven...», creí oír, aunque sus labios estaban cerrados. Casi con violencia me agarró de la mano, arrastrándome hacia un corto tramo de escalones que yo nunca había subido, ni siquiera conocía, ni podía sospechar que existiera. Igual que el *terrado*, una palabra sin apenas significado hasta que Gavi me habló de él. Tomasa subía al terrado a lavar la ropa y a tenderla. Era cuanto sabía.

Al final de los escalones había una puerta con una gran cerradura, y arriba los cristales de una claraboya filtraban la luz de la mañana, espesa y dorada como miel. Muy distinta al techo de cristal —roto o no— del Patio del Unicornio.

Gavi sacó de su bolsillo una llave antigua. De pronto todo se había transformado en una estampa remota, como las que ilustraban los cuentos de mamá y Eduarda; de cuando eran pequeñas y leían *Rose Blanche et Rose Rouge* en el francés delicadísimo y ligeramente *démodé* de Saint Maur.

La puerta se abrió y el gruñido de los goznes rompió aquella especie de nostalgia al revés. En el gemido de la puerta, todo se parecía más al Rey Cuervo que a Rose Blanche, Rose Rouge y su amado Oso de los Bosques.

Gavi guardó la llave del terrado en el bolsillo de su pantalón.

—Entra... —dijo, casi en un susurro.

Más que entrar, salíamos, y fue como sumergirse en una blanca, inmensa luz. Colgaban por todas partes sábanas, bamboleándose en los tendederos, empapadas de agua, con centelleo de nieve, levantando oleadas de blancura. Como si una fantasmal flota de veleros hubiera invadido el terrado. Ya no era el terrado, era un revivir de lecturas: *La isla del tesoro*, *Robinson*, *Peter Pan* y el País de Nunca Jamás... En el aire se respiraba el mar, al mismo tiempo que se oía. Como cuando acercábamos caracolas marinas a la oreja. Porque el aire parecía hecho de alguna materia tangible y a la vez transparente; y olía a jabón, a azul añil, a las manos enrojecidas y restregadas, hasta casi parecer despellejadas, de la lavandera Tomasa. Porque también había en la luz algo restregado y doloroso, y me venía a la memoria Robinson, frotando dos ramitas para arrancarles el fuego. Seguramente Tomasa restregaba y frotaba, casi con furia, hasta conseguir aquella luz blanca, cegadora. Vagamente comprendí por qué a veces la luz dolía, y sentí que nos movíamos en un espacio sin límites, libre de cualquier intromisión: siluetas y contornos de tejados, chimeneas, incluso de árboles. Cerré los ojos, todo era grande y blanquísimo, un batir sobre nuestras cabezas de *sábanas-alas-veleros*.

El aire estaba impregnado de olor a jabón Lagarto, a lejía y azul añil. No hay otro olor que me devuelva aquel primer paseo-vuelo inolvidable, como inolvidable será siempre la tremebunda lavandera Tomasa, la que escandalizaba a Tata María y divertía a Isabel. Una voz poderosa, irrepetible, la de Tomasa, Reina del Terrado. (Unos desalmados la mataron, apenas terminada la guerra.)

Pero aquel día asomó a la puerta del lavadero su peor cara, enrojecida ya por una furia mal contenida, y casi gritó:

—¡Cuidadito, chaval, que te conozco...! Acabo de tender las sábanas: si manchas una, sólo una, ¡te vas a acordar de Tomasa lo que te queda de vida...!

Gavi se reía bajito, muy bajito, como no le había oído reír nunca.

—Es Tomasa... —le advertí, más que informé, titubeante.

Todos los pisos de la casa tenían en el terrado, además del lavadero, un cuarto trastero. El de Gavi era el más grande, puesto que también su piso era mayor. A veces, cuando se entraba en él —sobre todo el primer día—, era como entrar en un laberinto, a trechos atiborrado, o destartalado, o medio vacío. Y flotaba en el aire un vago temor a perderse para siempre entre sus recovecos, a no encontrar nunca la salida.

La puerta del trastero se abrió con un gemido despacioso, como el bostezo de un gran animal, y un vaho verdoso nos envolvió. La primavera se había anticipado, pero, allí, la boca abierta del cuarto trastero emanaba un aliento de años apilados, viejos periódicos y recortes de reseñas sin leer. De años guardados. Húmedo.

Apenas entramos, Gavi encendió su linterna. La luz iba descubriendo de acá para allá rincones y zonas de un conjunto abigarrado. Grandes tarros de cristal, incluso garrafas vacías, junto a baúles y maletas cubiertos de etiquetas que evidenciaban su paso por hoteles y países distantes.

A medias asombrada y admirada, me dije que aquellas maletas y baúles guardaban la memoria, de muchísimos Lagos de los Cisnes y Princesas Aurora... Y vino a mí la imagen de una bailarina de la que sólo había visto una fotografía, y un vestido de estrellas, extendido en el suelo.

—Siéntate aquí, voy a calzarte los patines —dijo Gavi.

Me senté sobre un baúl lleno de etiquetas. «Cada etiqueta es un viaje...», me decía, y eso me llevó a «cada etiqueta es una huida, como la de los pájaros que van en busca de las Tierras Calientes». Como en los cuentos de Andersen.

Gavi llevaba colgada del cuello su linterna. Iluminaba justo el espacio que deseaba. Y así, se arrodilló, y sacó de la bolsa unos patines nuevos, relucientes.

—Son de tu medida —dijo—. Exactamente de tu medida... Teo se los pidió a Mauricio, y Mauricio nos los ha regalado. ¡Ya verás, cuando vengan en otoño, para la *rentrée*! Quiero que sepan que eres mi novia...

Casi me caigo del baúl. Me temblaban los labios, y mi corazón había dejado de golpear: ahora temblaba.

—¿Yo soy tu novia?

Levantó la cabeza, mirándome. Sus ojos estaban llenos de asombro:

—Pues claro... Eres mi novia porque no podemos separarnos... Como siameses, ¿no te acuerdas?

Yo tenía la garganta apretada, no podía casi hablar. Pero asentí con la cabeza, y él lo dio por bueno. La imagen de los novios-bandidos del cuarto de la plancha se esfumó.

—Ahora —dijo Gavi— sólo tienes que dejarte llevar... a lo mejor, a lo primero, no sabes muy bien lo que pasa, pero enseguida, enseguida te llevaré a volar conmigo... Y además, vamos a atravesar todos los veleros... y las gaviotas y las nubes... ¡Ya verás! ¿Tienes confianza en mí?

Reconozco que tuve un instante de duda. Pero veía aquella mirada resplandeciente, esperando, esperando, y dije:

—Sí, *sólo* tengo confianza en ti...

Empezó a calzarme y a atar las correas de los patines. Por algún chispazo, como una gota de luz que caía sobre las correas, me di cuenta de que lloraba. Y pensé que, acaso, sólo yo tenía confianza en él, y deseé decirle que le quería mucho, que le quería más que a nada ni a nadie en el mundo. Pero no encontraba las palabras, y además tenía un nudo en la garganta que me impedía hablar.

Me puse en pie, me rodeó la cintura con el brazo, canturreó a mi oído, casi en un susurro, su acostumbrado «Ven, ven...», y añadió:

—Cada vez que oigas este *tintineo* volarás conmigo.

Desde la tarde en que habíamos subido a la ventana del cielo, parecía nimbarle una sutilísima aureola, parecida a las que rodeaban las cabezas de ángeles y arcángeles. Era una visión fugaz, que reapareció de cuando en cuando a lo largo de muchos años. Aun cuando ya casi creí olvidadas todas estas cosas.

Salimos al terrado y nos lanzamos a él, como gritos, y nuestra carrera sobre ruedas, veloz, vertiginosa, parecía atravesar la piel del aire. Cada vez que nos entorpecía una sábana, la embestíamos, y sentíamos en la cara su golpe mojado, estallando de luz. Abrazados, íbamos entre sábanas-velas-fantasmas, sorteándolas o empujándolas, chocando con ellas: las sentíamos entonces doblándose sobre nuestras cabezas, como alas gigantes, y corríamos así, casi tan rápidos como el viento que se había vuelto cómplice, golpeando, atravesando cuanto pudiera entorpecer o frenar aquella especie de huida o de algún reencuentro misterioso. O de quién sabe qué: quizá se revelaría el cómo y el porqué de aquel día en que nos habíamos conocido (cuando aún no nos conocíamos), a medida que avanzábamos como un vendaval, entre los gritos y los insultos de las lavanderas, y la lluvia de trozos de jabón.

Empujábamos las sábanas con la cabeza, los hombros, el cuerpo entero, saltaban las pinzas, y notábamos y oíamos su mojado «¡plas-plas!», una enorme bofetada cristalina (de cristal hecho pedazos contra el suelo). «Ven, ven...», tintineaba una misteriosa campanilla a través de los insultos, los gritos de las lavanderas y la lluvia de toda clase de objetos.

Chocábamos contra las sábanas, casi creíamos atravesarlas, zarandeados por sus golpes a punto de derribarnos y aquel «¡plas-plas!» casi ensordecedor. Despeinados y con el cabello empapado de agua que olía a jabón y lejía reaparecíamos al otro lado de la ropa tendida sin perder velocidad —o casi— con la sábana desplegada sobre nuestras cabezas como la vela de un barco, en un revoltijo de gritos de mujeres y pinzas rotas. Y mezclada a los gritos, la poderosa voz de Tomasa, que, entre insultos, dejaba estallar la risa: una risa sonora, gruesa. Me digo ahora, recordándola, ¿cómo podía reírse aquella mujer mientras —con tanta razón— nos insultaba y arrojaba a la cabeza cuanto tenía a mano?

No sé cuántas vueltas dimos, como truenos, como gritos, como insultos, alrededor del terrado. Vueltas y más vueltas en una especie de liberación, o de rabia todavía inconsciente. Algo se abría paso a través de nosotros, y nosotros lo vivíamos aunque aún no lo entendiéramos.

Dimos varias vueltas al terrado, no podría decir cuántas, pero recuerdo que, poco a poco, los gritos de Tomasa y las otras lavanderas se aplacaron hasta casi desaparecer. Y fue aquel silencio el que nos detuvo. Poco a poco, frenamos.

Ante nosotros aparecían serios, circunspectos, como nunca ante les habíamos visto, Teo e Isabel. «Tata María sería más comprensiva», me dije, inquieta. Fue lo único que se me ocurrió.

Y, además, me equivocaba. Mucho peor que el vocerío, las pinzas arrojadizas o los insultos de las lavanderas, peor que el castigo que nos aguardaba, si alguien se iba de la lengua, era el silencio: el de los labios y los ojos de *nuestros* Teo e Isabel, y el reproche que transparentaban, como si fueran de cristal. Era un silencio inusual, totalmente inimaginable, hecho de una materia pegajosa e invisible, que iba adhiriéndose a nuestra piel; y ninguna palabra, por violenta y sonora que fuera, se hubiera apoderado así no sólo del terrado entero, sino de nosotros, hasta hacerlo asfixiante.

No decían nada, pero la severidad de su mirada se repitió en los ojos dorados y habitualmente tan cálidos de Tata María. De alguna manera estaban aclarándose en mi mente algunas cosas hasta entonces sólo presentidas. Sentí que aquel silencio me revelaba mucho de lo que intuía y no comprendía: todo lo oído hasta entonces, la sutilísima desazón de disconformidad, de contrariedad, contra mí misma. Fue la primera vez, acaso, en que me di cuenta de la distancia que nos separaba de las lavanderas, pongo por caso. Yo no estaba en el lado que hubiera querido estar, y las manos rojas, casi despellejadas de Tomasa, adquirieron una importancia insospechada. Fue todo parecido a la luz súbita y fugaz de un relámpago. Pero no desapareció devorado por la noche, sino que aún, ahora mismo, al recordarlo, regresa a mi memoria; y vuelve la inquietud, aunque ya sea tan inane como soplar hacia una mariposa muerta, atravesada por un alfiler, imposible de volver a la vida.

Todavía no era, físicamente, una *mujercita*, pero acababa de revelárseme, aun a través de una mirada oblicua, de una voz huidiza como la brisa, el viento, o la fuerza casi suicida de nuestros cuerpos, contra las velas de aquella imaginaria flota blanca, conseguida a fuerza de puños enrojecidos hasta parecer en carne viva. Y la lavandera Tomasa, encima, se reía.

—¿Se lo vas a decir a mamá...?

Tata María sacudía mi chaqueta.

—No se lo voy a decir a nadie... Bastante tendrás con tu vergüenza.

No sé si sentí vergüenza, pero sí algo como un eco de frases de arrepentimiento, leídas quizá en las *Historias cristianas* de los *Ejercicios espirituales* de Saint Maur, o quizá paradójicamente en las últimas páginas de *El Rey Cuervo*, esas que no habíamos leído nunca.

Y lo que más me inquieta de este recuerdo es saber que la risa era, y es, lo único que me salvaba de una posible mala conciencia. «No soy una niña buena», me dije. Pero saberlo así, aquella mañana, de improviso, no me produjo ninguna conmoción. Más bien diría que me tranquilizó. Y no por primera vez me llegó una especie de revelación. Yo era *diferente* de las otras niñas, y de los otros niños, pero *no* era *tan rara*; y sentí alivio, no del todo satisfactorio, pero muy agradable. Yo era como mi siamés.

Tras la lenta —lentísima— operación «descalce de patines», se produjo un silencio total. Y mientras Gavi iba desabrochando parsimoniosamente las correas, me vino a la memoria la ilustración del cuento de la Cenicienta, cuando el Príncipe calza a la muchacha el perdido zapatito de cristal. Sólo que, al revés, Gavi no calzaba, descalzaba; y en lugar de un frágil zapato de cristal, se trataba de unos sólidos patines alemanes.

El regreso a casa —cada uno a la suya— se produjo en un silencio tan incómodo como inhabitual. Ni siquiera nos mirábamos, ni nos dijimos adiós; y cuando la puerta de Gavi se cerró tras él y Teo, fue como si algo hubiera acabado para siempre, incluso en unas vidas tan cortas como las nuestras. Pero no entre Gavi y yo. Acaso, aquel silencio, reflexivo y temeroso a partes iguales, nos unía más y más. Qué melancolía me llega saberlo: si no hubiera sido así, si en aquel momento lo hubiera expulsado de mis recuerdos, mi vida hubiera sido distinta. Probablemente igual de catastrófica, pero, por lo menos, sin su participación. Claro que estas cosas las pienso ahora, cuando todos aquellos hechos permanecen laminados, descoloridos, casi arrancados de las páginas desde donde me habían fascinado.

Aunque todo parecía indicar que desde aquel día nuestros encuentros iban a ser más difíciles —llegué a temer que ya no contaríamos con la complicidad de Isabel, Teo y Tata María—, lo cierto es que sucedió exactamente lo contrario. Misterios como aquél se han repetido durante casi toda mi vida (contrasentidos, incompresibles reacciones de cuantos me rodeaban). Pero en aquellos días acabó pareciéndome natural.

Porque también a mi alrededor todo se ofrecía

trastocado, vertiéndose al revés, como una inmensa copa llena de algún misterioso bebedizo.

No tuve que esperar demasiado: aquella misma noche, el Unicornio escapó del cuadro y regresó. Pero no regresó casi al instante, como solía: se demoró. Cuando al fin volvió a integrarse en el cuadro, descubrí que todo se había producido allí mismo, al lado de mi cama, despreciando la presencia de Cristina, en lugar de huir entre los azulados resplandores del farol, de la noche y el vaivén de los árboles que asomaban sobre la tapia de ladrillos del jardín de la Milagrosa. Y oí una vez más el crujido de las hojas pisoteadas, como si estuvieran bajo mi almohada.

De ninguna de estas cosas se enteraron entonces mamá ni Cristina. La lealtad de Tata María e Isabel fue para mí, en vez de un bálsamo, casi una herida. No creía merecerla, y me sentía en deuda con ellas. Con ellas o con alguna causa, tan vaga como incomprensible. De pronto, las cosas más cotidianas, más rutinarias, se contradecían desmesuradamente, y la ya habitual desorientación que conducía todos mis pasos me convertía en una hoja desprendida de alguna misteriosa rama, dando vueltas y vueltas en el viento. Perdida en aquel Laberinto Verde del balneario donde mamá nos llevaba algunos días, en vacaciones. Un Laberinto Verde donde yo jamás había osado entrar: era una confusión bien organizada, malignamente dispuesta, una geometría equivocada de altos setos verdes, hojas verdes, intenso olor verde... Una traición tras otra se sucedían entre muros de follaje, y el falaz señuelo de una salida, de una huida que parecía totalmente imposible.

El Laberinto Verde tenía mucho atractivo para los clientes del balneario.

17

Lo peor era enfrentarse a Tomasa, en la cocina, porque se quedaba a comer. Y la cocina era el núcleo de mis afectos y actividades. Aquel día yo no aparecí, estuve escondida en la despensa, como cuando era pequeña.

Llegué a tiempo de oír:

—A ésos lo que les falta es un poco de *vara* —decía Tomasa, con la boca llena—. No saben *ná* de *ná*, *inorantes*. Pero *pa* cuando se enteren, a lo peor ya es tarde. —Hizo un ruido con la boca, como si crujiera algo entre los dientes—. ¡Y entonces, anda que no me voy a reír...!

Pero en ese momento su voz sonaba oscura y no parecía divertirle lo que contaba.

Asomé un poquito la cabeza por la puerta de la despensa para mirarla. Y ante mi asombro, aparecía risueña, o mejor dicho, le rebullía una especie de risa dentro, como un odre contiene vino. Aunque, recordé: «Hay muchas clases de risa, tantas como de lágrimas...». Lo había leído en alguna parte.

—Hemos tenido que lavar las sábanas otra vez, y anda que no es poco —decía—. ¡Si por lo menos nos pagaran el doble por esto...!

—Pues algo se me ocurrirá, y le diré a la señora que os lo pague... —Me llegó la voz de Tata María con tan poca convicción que me encogió el corazón.

Yo seguía espiando a Tomasa, aunque con un solo ojo. Pero su robusta humanidad y su fuerza bastaban para ilustrar, aun sin palabras, lo que decía y lo que no decía. La vi entonces levantar el cuchillo en la mano derecha, y decir:

—¡Pero no es culpa de la Adri, que sólo sabe hacer lo que ese pájaro le dice! Es todo culpa de ese pájaro, ése con cara de ángel. Lo sé por el Paco, que por la noche, cuando está dormido, le quita las llaves al desgraciao del Teo, y se larga de casa... Ya veis, con esa cara, que como guapo vaya si lo es: así tiene de encandilada a la Adri...

Me temblaron las piernas, y me senté en el suelo.

Apenas se fueron y la cocina quedó bajo el dominio de Isabel, salí de mi escondite, a sus espaldas, y le rodeé la cintura con los brazos. Ella estaba inclinada sobre el fregadero, dispuesta a emprenderla con las pilas de platos, cazuelas y sartenes que la esperaban. Casi dio un salto y lanzó un grito.

—Pero ¿qué haces?... ¡Ay, de mí, qué susto...!

—¡Estoy muy arrepentida, Isabel! Estoy muy apenada por lo que hemos hecho con las sábanas... Yo no quería...

Apenas pude continuar porque Isabel se secó las manos en el delantal, se sentó en un taburete y me atrajo hacia ella. Olía a jabón, ajo y perejil. El grillo se puso a cantar en la jaula, cosa realmente extraña porque sólo cantaba de noche.

—¡Pues se lo decís... mujer! Se lo decís el Niño y tú, y todo arreglado.

Con la punta del delantal me enjugó una lágrima inoportuna, y me fui a mi cuarto. Afortunadamente, Cristina no estaba. Estar sola era cuanto deseaba en aquellos momentos.

Pero fue por poco tiempo. No había pasado siquiera media hora cuando Tata María apareció en la puerta. Estuvo unos momentos así, quieta, en silencio; y yo la contemplé como si la viera por primera vez. Alta, delgada, la cabeza blanca y la cara cubierta de finísimas arrugas. Tenía las manos cruzadas sobre los pliegues de su eterno delantal de raso negro. Parecía una criatura sin edad. «Debe de ser muy vieja», pensé. Pero nadie podría decir cuántos años tenía: ni siquiera podía imaginar que hubiera sido una niña, una mujer joven. Fue la primera vez que la vi así, y no se me ha olvidado.

—Adri, el Niño está esperándote...

Como si no hubiera pasado nada.

Gavi se apoyaba, de espaldas, contra *nuestra* puerta. Me pareció que había crecido mucho desde mis últimos recuerdos. Porque mis recuerdos, aun en la inmediatez de los últimos encuentros, parecían pertenecer a un tiempo sin definir; siempre presente, siempre pasado. Esta sensación era frecuente por aquellos días. Algo estaba cambiando en mí, y en mi entorno.

Tenía razón Tomasa, Gavi era muy bello. Pero no era eso lo que me tenía «encandilada», como creía ella. Aparte de que yo tenía entonces una idea bastante personal de la belleza. Por ejemplo, el hombre más bello que entonces yo podía imaginar era el que ilustraba las páginas de *El Rey Cuervo*. Nada que ver con Gavrila. Pero, además, no era sólo la belleza lo que me ataba a él, lo que nos unía tan poderosamente. Simplemente: éramos siameses. Había belleza en todo lo que nos unía.

Corrí a abrazarle y —como era nuestra costumbre— estuvimos así durante largo rato, apretando mucho nuestro abrazo. Y cuando uno de los dos gemía, lo deshacíamos. Entonces nos reíamos. No sé por qué, pero siempre nos reíamos. Creo que, en aquellos momentos, éramos muy felices.

Me cogió de la mano y murmuró entre dientes:

—Vámonos de aquí. No quiero ver a nadie, ni estar en ninguna parte más que contigo... y en la ventana de ahí arriba, encima del león.

Comprendí perfectamente lo que decía. Y le informé:

—Ya todos lo saben, Gavrila. Saben que te escapas por las noches.

Levantó la cabeza y se quedó mirando hacia el techo, como si de pronto hubiera descubierto allí algo extraño: una planta o un animal desconocido.

Yo añadí:

—Y que le quitas las llaves a Teo mientras duerme.

Entonces, él sonrió y, sin dejar de mirar al techo, dijo:

—Sí, Teo tiene un sueño muy fuerte, pero muy suave: como un ángel, dirían «ellos».

—«Ellos» dicen que el ángel eres tú... y también un pájaro de cuidado.

Seguía mirando al techo, pero su sonrisa desapareció:

—Yo soy el Rey Cuervo —murmuró, una vez más.

Al oírle, me tranquilicé y, tirando de su manga hacia abajo, hacia mí, le dije:

—¡Eso quería oír!... ¿cuándo leeremos el último capítulo?

Se agachó y me besó muchas, muchas veces, hasta casi asfixiarme. Cuando al fin pude respirar, dije:

—Paco es un chivato... lo ha contado todo. Es un chivato.

Esta palabra la había aprendido de las muchas que usaba «quien sea» con Isabel, cuando alguien le contaba que lo habían visto con la Patricia. Me parecía muy rotunda, aunque no supiera exactamente lo que significaba.

—No —dijo Gavi—. Paco es tonto.

Me mortificó un poco que mi ex novio fuera contemplado de una forma tan displicente.

—No es tonto... y tú le has contado las escapadas.

—Yo no le he contado nada... Sólo Teo le dijo lo de la llave cuando se dio cuenta. Yo no cuento nada mío a nadie... sólo a ti. ¿No te acuerdas que te lo dije... y también si querrías venir conmigo?...

Y en aquel momento ocurrió algo totalmente inesperado.

Los tacones de mamá sonaron pasillo adelante, adelante. Tata María vino corriendo, me cogió de la mano y atravesamos la puerta en vaivén que separaba la zona *noble* de la nuestra.

—Vienen a verte, niña, sé buena...

Mamá apareció, radiante, llevando de la mano a una criatura que al contraluz del pasillo no pude identificar. Pero sí estaba bien identificada la voz de mamá, diciendo:

—Mira, Adri, aquí te traigo a tu nueva amiguita, Georgina...

Me sentí tan indefensa que sólo supe apoyarme contra la pared del pasillo, sin decir nada. Al otro lado, a mis espaldas, lejos de mí, parecían esfumarse el Teatro de los Niños, las lecturas compartidas, el territorio de rombos azules y marrones, el Rey Cuervo y la pétrea melena del león de la terraza tiñéndose, lentamente, del atardecer. Y todo esto muy deprisa, casi un relámpago, un rayo destructivo, capaz de fulminar cuanto tocaba. Incluso el haber aprendido a volar.

—Adriana, queridita, ésta es Georgina. Te acuerdas de ella, ¿verdad? ¡Claro que te acuerdas, el día de tu cumpleaños...! Pues viene a ser tu amiga, y lo será, estoy segura. Desde ahora, y aun después de cuando vuelvas a Saint Maur, en septiembre... ¡Os vais a llevar muy bien...!

Georgina tenía una expresión tan desolada como la mía. Su carita blanca, pecosa, sus ojos, como dos granos de café, parecían suplicar algo. Quizá, también, estar muy lejos de allí.

—Ahora vas a tener una amiguita propia de ti... —decía mamá.

Algo se levantó, espumeante, dentro de mí.

Como a veces había visto en la cocina de Isabel crecer y subir el agua hirviendo dentro de una cazuela. Agua convertida en furia, espuma iracunda, desbordándose de un recipiente que no lograba contenerla.

—¡No me da la gana! —aullé más que grité. Porque aquella frase había sido el punto de partida de mi rebeldía. Y antes de que el relámpago verde de los ojos de mamá me fulminara, pedí mentalmente apoyo al Rey Cuervo, al del libro y al que estaba esperándome al otro lado del vaivén de la puerta que nos separaba. Y añadí, con una rabia incontenible—: ¡Yo no quiero amigos, yo ya tengo a Gavi!

Entonces, mamá pareció transformarse. Era, de pronto, como un dragón domesticado:

—Sígueme... y tú, Georgina, cariño, espera un momento. Tata, cuida de Georgina... es sólo un momento...

Tata María pasó su brazo —el más amoroso que se ha posado jamás sobre mis hombros— alrededor del cuello de Georgina, y la condujo hacia el final del pasillo, precisamente al salón del Unicornio.

Pero mamá me arrastró a su gabinetito, y cuando miré de reojo el biombo *chinois*, añoré no estar escondida allí detrás, como en otros tiempos.

Pero no. Permanecía bien visible, delante de mamá. Ella se sentó frente a su tocador, lleno de frasquitos de cristal. Sus reflejos no eran los de las arañas del salón del Unicornio. Más bien como los que despedían sus inolvidables ojos.

—Se ha terminado toda esta ridícula historia... Se ha terminado eso de pasarte la vida con las criadas... Tata María es otra cosa... Y se ha terminado, sobre todo, ese compadreo con el hijo de la bailarina y el pervertido de su criado... Todo eso, métetelo bien en la cabeza, ha terminado. Ya estás a punto de convertirte en una señorita.

Toda mi vida he estado a punto de convertirme en algo que se esperaba que fuera, y nunca fui.

—Y eso —añadió mamá, tras una rápida mirada al espejo, acompañada de una especie de caricia hacia su piel, donde ya empezaban a insinuarse sutilísimas arrugas— quiere decir que tienes que imitar el comportamiento de tu hermana.

Al llegar aquí pareció dudar un poco, antes de continuar:

—En general...

No podía ignorar que Cristina había cambiado bastante en los últimos tiempos. Lo tenía muy presente, no se me había olvidado.

—De ahora en adelante, Georgina será tu amiga, y tú serás la suya. Su mamá lo es para mí y está encantada... de que vosotras... Ya verás, hija, lo importante que es una buena amiga en esta vida.

Me pareció que al decir esto último, su voz había perdido dureza, así que me animé a decir:

—Es que yo soy amiga de Gavi, y somos... amor.

—¿Amor...? —casi gritó mamá, como si la hubieran pinchado—. ¿Amor? ¡Dios mío!, ¿he oído bien?

—Sí. Gavi es amor.

Si me había parecido hasta entonces un dragón dormido, se convirtió en un dragón despierto. Levantó la cabeza, las garras aladas, lanzaba fuego por los ojos y la boca, fuego del infierno. Ya no era mamá, y me dio mucho miedo. Gritó, más que preguntó:

—¿Amor...? ¡Qué sabes tú, desgraciada, del amor! ¿Qué sabes del amor... qué sabes del amor...? ¿Qué sabes...?

No sé cuántas veces lo repitió, hasta que de pronto se dio cuenta de que yo estaba de pie frente a ella. Levantó la mano como una pala, y descargó sobre mi cara la bofetada más grande que jamás he recibido.

Nadie, excepto Margot, me había abofeteado. Me quedé aún más asombrada que dolorida y humillada. Pero todavía hube de asombrarme más cuando vi desmoronarse al dragón, y retornar a su verdadera naturaleza: una criatura aún hermosa, despidiéndose de su belleza, y acaso de sus esperanzas. Había dejado caer la cabeza entre los brazos, apoyados en el tocador. Bajo su peso, algunos frasquitos cayeron al suelo y se hicieron añicos. Por un momento dudé si debía agacharme a recogerlos, entre la vaharada de perfume que despedían. Pero preferí acercarme a ella y rozar suavemente su hombro. Llevaba una blusa blanca, de satén, tan suave al tacto como decían en Saint Maur que eran las alas de los ángeles. «¿Cómo se puede pasar de dragón a ángel?», pensé. Y dije:

—Mamá.

No se me ocurrió nada más. Pero ella alargó una mano hacia la mía, la apretó, y aún con la cara oculta, murmuró:

—Anda, anda con Tata María, y hazte amiga de Georgina... Y olvídate del amor. El amor es una mentira... como no sea amor a Dios, o a la familia, o a...

Iba a salir del gabinete sin enterarme de las múltiples formas de amor verdadero, cuando aún me retuvo un momento para decirme:

—Podéis jugar los tres... pero sólo hasta que vuelvas a Saint Maur. Después, ya lo sabes... ¡se acabó!

Empujé la puerta con tanto ímpetu que casi me caigo. Además, la bofetada de mamá me dolía, y tenía la impresión de que el carrillo se me estaba hinchando.

En el salón encontré a Tata María y Georgina. Tata María intentaba interesarla en algo como la historia del reloj de brillantes falsos. Pero aunque Georgina la miraba atenta, me di cuenta de que estaba muy lejos de allí. En eso se me parecía, y tuve un primer ramalazo de simpatía hacia ella. Desde luego, Georgina no tenía nada que ver con Margot.

—Ha dicho mamá que juguemos los tres... hasta que yo vuelva a Saint Maur —dije a Tata María, por lo bajo.

—Está bien —asintió.

Pero me pareció que dudaba.

Sin embargo, condujo a Gavi hasta el salón, donde Georgina y yo aguardábamos sentadas, una frente a otra y mirándonos en silencio.

Gavi entró despacito, como quien tiene miedo o cuidado de despertar a alguien.

—¿Vamos a la terraza? —preguntó. Lo decía levantando el dedo pulgar hacia arriba, cosa que, no sé por qué razón, me hacía mucha gracia. Así que tuve pretexto para reírme.

—¡Claro que sí! ¿Verdad, Georgina?

—Bueno —contestó ella. Se notaba que le tenía sin cuidado.

Pero los ojos de Gavi y los míos se encontraban y entendían sin palabras. Georgina recogió una bolsa que hasta aquel momento yo no había visto. Era una niña sigilosa.

La colgó de su hombro y nos siguió, al parecer sin recelo. La docilidad y la indiferencia eran, hasta aquel momento, cuanto podía apreciarse de su carácter. No me desagradó, al contrario. Por lo menos, no molestaba

Cruzamos el patio y subimos en el montacargas.

Cuando Teo abrió la puerta, se quedó un poco cortado. Pero enseguida reaccionó:

—Buenas tardes, señoritos —dijo, con la lección bien aprendida—. ¿Me permite? —añadió dirigiéndose a Georgina.

Ella dejó que la desprendiera de su abrigo de entretiempo, con su característico aire ausente, y nos siguió a la terraza. Teo nos miraba de reojo. Se notaba que no las tenía todas consigo, así que me acerqué a él, tiré de su manga y, acercando la boca a su oído *bueno*, le informé:

—Es que ahora tenemos que jugar los tres... Su mamá es amiga de la mía.

—Ya, ya —dijo él—. ¡Faltaría más...!

No sabía yo qué era lo que más faltaba, pero lo di por bueno. Después de todo, la mitad de cuanto decían los Gigantes casi nunca se entendía.

—Vamos a patinar —dijo Gavi cuando salimos a la terraza—. No sé si te gusta o si sabes...

—Sí, sé patinar —contestó Georgina—. Pero no he traído los patines. De todos modos, prefiero leer... He traído mis tebeos.

Se sentó en una de las sillas de mimbre y sacó de la bolsa un montón de tebeos que extendió sobre la mesita, a su lado. Luego abrió uno, inclinó hacia él la cara hasta ocultarse entre sus hojas y se ausentó totalmente de cuanto la rodeaba.

Decididamente, Georgina empezaba a gustarnos.

Cuando Gavi se arrodilló para atarme las correas de los patines, vi en su nuca, entre los dorados y suaves rizos, unas manchitas rojas.

—¿Te ha picado algún mosquito? —le pregunté.

—Me parece que no... Pero me duele mucho la cabeza.

Al cabo de un momento, aún sin haber terminado de atar las correas de mis patines, se llevó las manos a la frente y se ladeó, como un barco de papel. Como aquellos que yo tiempo atrás hacía navegar pasillo adelante.

Tanto miedo tuve que no pude gritar; temblaba, con las manos aferradas a los brazos de la butaca. Pero Georgina levantó la cabeza, tiró los tebeos al suelo y corrió hacia nosotros.

—¿Qué te pasa, Gavi?

—Me duele mucho la cabeza... —murmuró, cogiéndosela con las dos manos, como si quisiera esconderla de alguna amenaza invisible.

—Llama a Teo, Adri... porque Gavi no está bien.

Salí corriendo hacia la habitación de Teo, y le encontré cosiendo, junto a la ventana abierta. Las primeras golondrinas parecían huir, cielo arriba, gritando.

—¡Ven, Teo, ven...!

Georgina y yo tuvimos que regresar al piso de abajo, sin Gavi. Y recuerdo a Teo, Isabel y Tata María en grupo silencioso, como frenando un torrente de palabras.

Cuando Tata María nos condujo de nuevo al salón, Georgina me miró de frente. Sus ojitos como granos de café, ahora parecían abalorios. Tímidamente su mano buscó la mía, y murmuró a mi oído:

—No llores, Adri... no llores; que «ellos» no te vean llorar.

Pasó un brazo protector sobre mis hombros. Tenía dos años más que yo, y era mucho más alta. Casi no parecía una niña.

Gavi no estaba. Gavi era su ausencia, el vacío que deja una caracola desincrustada de la arena, la huella, el eco de su presencia. Y por la noche, en mi cama, cuando nadie podía verme, lloré.

Hasta que Cristina se dio cuenta:

—¿Qué te pasa, niña?... ¿Por qué lloras?...

Se sentó al borde de mi cama.

—Cuéntamelo... yo no diré nada a nadie, si tú no quieres.

Habían pasado un par de días desde que Gavi empezó a tener los horribles dolores de cabeza, vómitos y fiebre muy alta.

—Gavi está muy enfermo... sólo me llama a mí, y yo no puedo ir a verle...

Cristina me abrazó:

—Sí que puedes, Adri... sí que puedes: yo misma te llevaré a verle.

Cumplió su palabra, y a la mañana siguiente subió conmigo al piso bajo el terrado. Teo se sobresaltó al vernos:

—He puesto un telegrama a la señora... Estoy muy asustado —dijo como todo saludo, olvidando sus habituales protocolos.

—¿Le ha visto el médico? —preguntó Cristina. De pronto Cristina era una aliada poderosa, firme, que sabía hacerse escuchar, y quizá obedecer.

—Oh, sí, sí... El médico de la señora, el doctor Cifuentes.

—¿Y qué dice?

—Quiere hablar con la señora... y con don Mauricio.

—¿Podemos pasar?

—Pues no sé, pero quizá...

Antes de que pudiera terminar la frase, Cristina ya me había introducido en la habitación de Gavi. Estaba acostado, el cabello revuelto, sudoroso. Pero dijo suavemente, tan suavemente que sólo yo le oí:

—Adri...

Corrí hacia él. Los ojos le brillaban, pero parecían ciegos.

—Gavi, estoy aquí...

Una mano húmeda apretó la mía y le oí decir:

—Adri, yo volveré. Volveré a buscarte...

En aquel momento, entraba el doctor Cifuentes. Era un hombre muy alto, robusto, que esparcía un fuerte olor a colonia. Un hombre duro y solemne. Daba un poco de miedo. Al vernos, dijo:

—Váyanse, váyanse... necesita reposo. Nada de emociones.

Lentamente, Cristina y yo nos retiramos. Teo nos acompañaba, y cuando pasábamos frente a la terraza, grité más que dije.

—¡Déjame subir, déjame subir a nuestra ventana...!

Entonces, Teo empezó a llorar. Cristina no sabía qué hacer, hasta que, al fin, le puso una mano en el hombro, y murmuró:

—No llores, no llores... Ya verás como se pondrá bien. Todo se arreglará.

Teo la miró. Sus grandes ojos negros estaban llenos de pena. Era una pena que yo conocía bien, una pena que no le abandonaba, ni siquiera cuando sonreía, o se reía con Gavi y conmigo las tardes del samovar y del *cha* que, de pronto, parecían muy lejanas.

—Niña —dijo Teo. Y noté que Cristina se asombraba de que aún la llamaran niña y no señorita—. Niña, ojalá Dios te oiga...

La puerta de la terraza estaba abierta, y me lancé afuera, corriendo, entre la desesperación y la esperanza.

Con insospechada habilidad y valor, sin ayuda de nadie, trepé hasta la ventana del cielo y me senté en el alféizar. Ahora sí, veloces bandadas de golondrinas, nubes de flechas (como habíamos leído en *El Rey Cuervo*), cruzaban el cielo gritando, huían hacia arriba, hasta perderse en la luz sin límites, sin principio ni fin. «Volveré a buscarte», oí la voz de Gavi, tan claramente como si lo dijera a mi oído. Pero enseguida un silencio espeso sustituyó a todo rumor, a todo recuerdo.

Cristina estaba asustada, y cuando me vio de nuevo en el suelo suspiró aliviada.

—¡No sabía que eras tan ágil! ¡Pero ten cuidado...!

Regresamos a casa cogidas de la mano.

Poco después, ella se marchó. Por aquellos días tenía muchos compromisos. Yo fui a la cocina. No tuve que esconderme en la despensa como tiempo atrás. Ellas ni siquiera notaron mi presencia y me acurruqué en un rincón, escuchando.

Tata María e Isabel estaban sentadas una frente a otra, pero sólo hablaban, no hacían nada, y eso me reveló la importancia que daban a cuanto decían. Las manos vacías, inactivas, apoyadas en el delantal, eran un claro signo de que su conversación no era la habitual. Algo alteraba la rutina, los pequeños enfados, las confidencias, el clima doméstico.

Una especie de viento frío llegó hasta mí, y tuve que luchar contra un repentino temor, casi incontenible. Oía:

—... Y me lo ha dicho, me ha dicho, le voy a poner un telegrama a la señora, por favor, Isabelita, quédate con el Niño, sólo será un cuarto de hora, la oficina de los telegramas está a la vuelta... Y yo le he dicho, pues claro, ni que tardaras veinte horas, a ver mujer... ¿qué habrías hecho tú?

Isabel se secó los ojos con un pañuelito que tenía arrugado en el puño.

—Pues claro que sí, claro que sí... ¿Eso fue ayer?

—Ayer mismito, cuando le llamó al doctor ese, que es muy famoso.

—Sí, sí, ya sé... también visita a los del primero.

—¡Y a ver qué dice hoy!... pero María, que no me da buena espina, que el Niño no parece él... ¡que se nos va!

—Dios no lo quiera... una criatura tan hermosa, tan bien educada...

El episodio de las sábanas, al parecer, había pasado al olvido. A pesar del estupor doloroso que me tenía inmóvil, sólo escuchando y mirando, incapaz de cualquier movimiento, aquel cambio no me pasó inadvertido.

—Pues el Conde, ya verás tú, el disgusto que se va a llevar...

—Le quiere mucho. Y no lo tengas en cuenta, pero para mí que quiere al Niño más que a la madre...

—¿Tú crees que es su padre...?

—Pues no sé qué decirte, pero me parece que no. El Niño nació en París, cuando él y ella aún no estaban juntos.

París. Y nuevamente me vino, como un relámpago, el abrazo de Eduardo y Michel Mon Amour, aquel día, cuando se encendieron de golpe todas las velas del Miguel Strogoff.

—Pues vete tú a saber de quién será hijo el Niño... ¡Ay, qué perra vida ésta!

Todas aquellas palabras eran una madeja de revelaciones que, paradójicamente, no me aclaraban nada, sino que aún lo enredaban todo más. Mi ignorancia sobre cuanto atañía a la *perra vida* nombrada por Isabel, los pocos atisbos que me llegaban del mundo atroz, incendiario, apaleador de inocentes, injusto, vengativo y cuantas cosas más que un poco por aquí un poco por allá iba captando, me arrojaban sin remedio al temido laberinto que lo componía. Sentía miedo, y sobre todas las cosas, un miedo concreto, sin fisuras: Gavi se iba. Aunque Gavi volvería, este convencimiento iba día a día haciéndose más frágil, más incomprensible. Me tapé las orejas con las manos y grité. O creí gritar, porque lo que salió de mi garganta no era un grito, sino algo así como un debilísimo aullido, sofocado por encendidas hojas que crujían bajo las pisadas de alguna criatura del bosque. O lo que yo imaginaba que eran esas pisadas y esa criatura tras la lectura de *El Rey Cuervo*, o la visión del Unicornio huyendo de su marco.

—¡Dios mío...! ¿Qué haces ahí, criatura...?

Tata María se abalanzó sobre mí, pero Isabel se había quedado inmóvil, con la boca y los ojos muy abiertos, como si no pudiera moverse. Igual que yo.

Intenté decir algo, pero me era imposible pronunciar una sola palabra. Tata María se sentó a mi lado, me rodeó los hombros con el brazo y, como cuando era muy pequeña, fue meciéndome suavemente, con mi cabeza apoyada en su hombro:

—Cálmate, cálmate... ya verás, todo acabará bien —decía—. Hemos de esperar a ver lo que dice el doctor... Los niños tenéis unos fiebrones que luego se pasan y...

No se iban a pasar, yo lo sabía. Como sabía, también, que casi, casi, ya no éramos niños.

18

La indiferente paz de la parte *noble* contrastaba con el ir y venir, los murmullos y suspiros de condolencia que se percibían una vez traspasada la puerta en vaivén. En la zona *noble* no se sabía —o no se decía— nada de cuanto ocurría en el piso bajo el terrado, a excepción de Cristina. Pero Cristina tenía una asombrosa facilidad —acaso fingida, me digo ahora— para olvidar según qué cosas. Sobre todo, cuando no le atañían directamente.

Así que durante las comidas (en el comedor, donde ahora se me admitía), mamá no perdía ocasión de aleccionarme sobre los buenos modales en la mesa. Nadie se dio cuenta de mi silencioso desespero. Lo del silencio era obvio: tanto si venía de mí como de las rígidas enseñanzas recibidas. Lo del desespero no entraba en los programas educativos de nadie. Por lo menos en aquella casa.

Así que, en cuanto terminábamos el postre y mamá me permitía abandonar la mesa, salía corriendo pasillo adelante, empujaba casi con furia la puerta de falso *saloon*, y me precipitaba en la cocina.

Fue así como tres o cuatro días después de mi último espionaje pude enterarme del estado de Gavrila. Isabel y Tata María estaban sentadas a la mesa donde aún no habían terminado de comer. Y ante mi sobresalto, también estaba allí Tomasa, esgrimiendo en el puño el cuchillo, enhiesto, que no abandonaba desde que se sentaba a comer hasta que se levantaba. Como un trofeo, o un símbolo. Pero no amedrentaba, como hubiera sido razonable. Más bien lo recuerdo como una sutil advertencia.

Aunque me temblaban las piernas, recordé las palabras de Gavi y haciendo un esfuerzo me acerqué a ella:

—Tomasa... Gavrila y yo te pedimos perdón.

Enarcó las cejas, me miró de arriba abajo y dijo:

—¿Perdón...? ¿De qué estás hablando, chavala?

—De lo del terrado, de las sábanas... Estamos arrepentidos.

Entonces Tomasa echó la cabeza atrás, como si se riera, abriendo mucho la boca. Pero no se reía. Y al fin dijo:

—¡Pero qué estás diciendo! ¡No tengo que perdonaros nada! Me pagaron doble, y aquí paz y después gloria... Y además, son chiquilladas. Ya estoy acostumbrada porque tengo en casa una alhaja que os da cien vueltas... Sí, no me mires así: es mi hija. ¿No lo sabías?

—No.

—Pues sí, tengo una hija de tu edad, o poco más... La Ulalia, que es más mala que un dolor de muelas. Y me tiene frita...

Volvió a su plato, se llenó la boca y continuó:

—Buena pieza está hecha. A su lado sois corderos de leche.

—¿Por qué?

—Porque así es la vida —dijo, tragando por fin y pasándose el dorso de la mano por la boca.

—Yo quiero conocer a la Ulalia —dije, casi sin pensar.

—Pues bueno... ¿La puedo traer algún día? —dijo mirando a Tata María.

La Tata estaba indecisa, pero Isabel intervino:

—Pues mujer, en tanto no salga de por aquí... ¡Yo me ocupo de eso!

Tomasa se encogió de hombros y siguió comiendo.

Pero mi curiosidad por conocer a la llamada Ulalia apenas duró. Sólo Gavrila ocupaba mis pensamientos. Por la noche, antes de dormirme, rezaba por él para que se pusiera bueno. En el tiempo en que todavía me acostaba Tata María, me hacía recitar cada noche lo que llamaba «mis oraciones» y ella me había enseñado. Pero desde que me acostaba yo sola, las había olvidado.

Ahora reverdecían, en la esperanza de que así Gavi se libraría de los horribles dolores de cabeza que nos separaban y tanto le hacían sufrir.

Pero Gavi no se recuperaba, y noche tras noche, al apoyar la mejilla contra la almohada, lloré. Era un llanto suave, que me hacía respirar fuerte, pero muy despacio. Sólo Tata María, si venía a vigilar mi sueño, se daba cuenta. Había costumbres que le era imposible abandonar. Todavía yo era, para ella, la última niña de su vida. Como mamá y Eduarda seguían siendo sus primeras niñas.

—Le duele mucho la cabeza, pero lo que se dice mucho... Teo está asustadísimo —decía Isabel, confidencialmente, a Tata María.

—Ese Niño —dijo la Tata, después de pensarlo un poco—. Ay, ese Niño pensaba demasiado. ¡Sí, no pongas esa cara!... yo conozco muchos, muchos niños, y los que son así, ¿cómo te diría yo...? Niños de mucho pensar, esos niños acaban mal.

—¡Ay, calla, María, me pones carne de gallina! —dijo Isabel. Y se santiguó—. ¿Por dónde anda la «nuestra»?

Yo estaba en la despensa echándome un chupito, y al oír lo de la «nuestra» tuve unas fuertísimas ganas de llorar. Pero no lo hice. Sigilosa, bajé del taburete, y me acurruqué en un rincón con la botella en el regazo.

—Debe de estar con sus libros, ya sabes... O vete tú a saber si llorando. Una no sabe qué hacer con estas cosas...

Isabel la interrumpió:

—Y ya ves, sus padres uno por aquí, otro por allá, y sin enterarse de nada... ¡Perra vida!

Era la segunda vez que se lo oía decir. Me eché otro traguito.

—¿Y los padres del Niño...? ¿No te ha dicho nada Teo...? Si recibieron el telegrama, si están en camino...

Oí a Isabel dar una especie de resoplido, antes de decir:

—Sí, parece que están en camino... aunque ya era hora, ¡vamos, digo yo!

En aquel momento se oyó el timbre de nuestra

puerta y al poco rato entraron ruidosamente en la cocina algunas personas. Desde mi escondite reconocí, con un leve estremecimiento, la voz de Tomasa:

—¡Aquí traigo a esta buena pieza...! Si no caemos mal, porque si no, me la vuelvo a llevar y aquí paz y después gloria.

Ese dicho le gustaba porque se lo había oído más de una vez. Traía a la Ulalia. Me sentí como apresada en una trampa no porque me arrepintiese de mi deseo de conocerla, sino por el lugar donde me encontraba, con la botella en el regazo. Así que, sin pensarlo más, me subí al taburete, devolví la botella a su estante y salí a la cocina con el aire más inocente que pude asumir.

—¡Mírala por dónde sale! —dijo Isabel.

—¿Qué hacías ahí...? —indagó Tata María, con cara de sospecha.

—Estaba jugando a los gnomos, escondida —murmuré.

—¿Todavía...? Eso lo hacías de pequeña, ¿cuándo vas a ser una mujercita como Dios manda...?

Miré hacia Tomasa y su alhaja. Lo que más me sorprendió fue ver que la Ulalia era mucho más baja que yo. Aun suponiendo que yo hubiera crecido mucho últimamente —lo que ya era mucho suponer—, por lo menos era un palmo más alta que ella.

No estaba acostumbrada a ver niñas como la Ulalia. Era rubia como su madre, pero muy delgadita. Y no tenía los grandes ojos verdes de Tomasa, sino una especie de bolitas grises, brillantes como añicos de una copa rota. Y además su boca entreabierta, como esperando recibir algo, o expulsarlo, no tenía nada que ver con una sonrisa. Por momentos tuve la sensación de que o era idiota, o infinitamente más sabia que yo.

Entonces miré a Tomasa, y al ver sus ojos clavados en la Ulalia algo me estremeció. Algo así como tristeza envidiosa. Porque Tomasa estaba mirando a su hija como nunca me había mirado mamá. Y quizá esa mirada era la que secretamente —tan secretamente que ni siquiera yo lo sabía— deseaba ver alguna vez.

—Hola, Ulalia —dije, extendiendo la mano hacia ella. Pero ella no la estrechó. Se quedó mirándola, con expresión de extrañeza. Y luego, dirigiéndose a su madre, dijo:

—¿Qué quiere...?

Tenía la voz ronca, casi afónica. Y me di cuenta de que llevaba un pañuelito rojo anudado alrededor del cuello.

—Hala, hala, a jugar —dijo Isabel. Tata María permanecía a un lado, las manos cruzadas sobre el delantal plisado, silenciosa. Yo, que la conocía, supe que se mantenía en una prudente reserva.

—¿Quieres jugar conmigo? —insinué.

—¡Anda pues *pa* qué he venido! —dijo la Ulalia—. He traído las cartas, ¿sabes jugar?

Para entonces las tres mujeres se habían desentendido de nosotras. Estábamos solas. O como si estuviéramos solas, mientras ellas se preparaban café y galletas. Tomasa tenía siempre miles de cosas que contarles.

Pero la Ulalia y yo no teníamos ningún recuerdo en común, ningún lenguaje en común.

Consciente de que no podíamos ir más allá de la puerta en vaivén, llevé a la Ulalia al viejo cuarto de estudios y juegos. Algo me apretó la garganta cuando entramos allí y resucitaron los fantasmas de Jerónimo y Fabián. Sobre todo de Jerónimo, que me sentaba en las rodillas. ¿Por qué no estaban ya...? ¿Por qué se había muerto Beau Geste?

Para ahuyentar la tristeza, agarré con fuerza la mano de la Ulalia y la introduje en aquel recinto, donde todavía olía a lápices, a cuadernos con cubiertas de hule negro, a las mariposas de madera que volaban desde el sacapuntas.

Ella me seguía, me parece que un poco asustada. O mejor dicho, asombrada. O las dos cosas a la vez.

—¿*Ande* me llevas?

—Aquí, aquí es donde jugábamos...

Ella se quedó pensativa. Pero, igual que Georgina, llevaba una bolsa. La abrió y dijo:

—Pon una mesa.

—¿Qué mesa?

—Pues qué mesa va a ser, ¡*pa* jugar! ¿Tú no has jugado nunca?

—Sí, he jugado mucho, pero no siempre con mesa —dije.

Y tuve que reprimir un temblor, porque vino a mi memoria la alfombra de rombos azules y marrones, y los libros desplegados sobre ella, y nuestras cabezas casi rozándose, pasando hojas y leyendo páginas, los dos al mismo tiempo.

—Chica, ahora esto es la taberna... Ahora mismo vamos a jugar: saca la mesa y yo pongo las cartas y la botella.

De su bolsa, en lugar de tebeos, salió un mazo de cartas, bastante deterioradas, y una botella a medias llena de un líquido rosado.

—¿Qué es eso...? —pregunté, más curiosa que recelosa.

—Anda, ¿no sabes jugar?... ¿Y esto...? Esto es el *ánimo*.

—¿El *ánimo*?

—Sí, lo que anima. Anda, siéntate, que te enseño.

—¿A qué?

No puedo recordar la sarta de nombres que sucedió a esta pregunta. Pero de pronto dijo:

—Te voy a enseñar al burro. Eso lo vas a aprender enseguida... pero sólo con dos es más soso... ¿no hay alguien por ahí que quiera jugar?

—No sé —dije totalmente desconcertada.

—Bueno, te enseñaré lo que sea de todos modos —dijo con su voz ronca—. Anda, echa un trago, así lo hacen los de la taberna de mi tío Sabino... yo soy de la taberna.

—¿Tú eres de la taberna? ¿Qué es la taberna?

Se me quedó mirando en silencio, y dijo:

—Déjalo. Ahora te voy a enseñar.

Y vaya si me enseñó. Siempre ganaba ella. Y nos acabamos la botella que daba ánimo. Era vino con gaseosa.

Sentada aún en el antiguo cuarto de jugar, más tarde cuarto de estudios, y en aquel momento cuarto de ausencias, me veo más que me recuerdo tras la marcha de la Ulalia: esperando no sabía qué.

Cuanto me rodeaba guardaba la huella invisible, pero casi tangible, de Jerónimo y Fabián, inclinados sobre libros y cuadernos. Hacía mucho tiempo —antes aún de aquella Navidad, cuando la película de *Las Cruzadas* y el parque nevado— papá nos llevó al Museo en donde había visto unos bajorrelieves. En cuanto descubrí que según dónde me colocaba para mirarlos, la luz era sombra, luego la sombra era luz, y las figuras parecían revivir en otras nuevas, aunque iguales, diferentes, quedé atrapada por algo que me parecía mágico. Y me acordé de las sombras movibles de Gavi y *Zar* en el techo, junto a la ventana. Ahora *veía* el vaciado, el hueco, la huella que Jerónimo y Fabián habían dejado en el cuarto: sus cuerpos inclinados sobre la mesa, medio sentados en las sillas... Y quizá un eco sin voz, sólo también la huella de sus palabras. Cambiantes, según se mirara, desde donde yo me colocase. Como los bajorrelieves del Museo. Todos estos descubrimientos se agolpaban sin orden, confusos e inquietantes. Hacía apenas media hora que Tomasa se había ido, y con ella la Ulalia.

La ausencia de la Ulalia también había dejado su huella, aunque diferente: sólo sus palabras y sus enseñanzas.

Todo lo que me había dicho volvía a mí, llenándome de curiosidad y confusión. ¿Por qué me sentía tan ignorante, incluso estúpida, ante ella? Tuve que aprender aceleradamente el lenguaje que usaba, puesto que no era el mío. Sin embargo, poniendo mucho oído y algo de imaginación, llegué a entenderlo. Aunque algunas palabras se magnificaban.

Por ejemplo, la palabra TABERNA. O cuando me habló del lugar donde vivía. Nunca había imaginado algo así; y a tenor de sus descripciones, imaginé, como en un sueño, un fantástico redondel: algo así como una plaza de toros (que tampoco había visto nunca) y una muchedumbre que se agitaba en derredor, sobre escaleras, corredores y barandillas, entremezclándose unos contra otros. Según la Ulalia, celebraban fiestas en ese círculo compartido donde había una fuente y armaban toldos, traían música, churros, buñuelos y mojama. Todas esas cosas —menos los churros y los buñuelos— eran cosas totalmente desconocidas para mí.

Más tarde, con los años, he supuesto que vivía en lo que se llamaba un corral, algo que ya, tanto ella como su madre y como la niña que fui, ha desaparecido.

Fue al día siguiente cuando oí a Isabel:

—Me ha dicho Teo que el reloj de la cocina, aquel tan grande y hermoso, y tan bueno y tan caro... pues se ha parado. Se ha parado y no hay quien lo arregle. Él me dice que...

Se dio cuenta de mi presencia y se calló, mirando a la Tata.

Tata María dijo entonces:

—Bueno, eso qué importancia tiene ahora... Ahora lo único que nos importa es la salud del Niño.

—Por supuesto —dijo Isabel—. Claro que sí. Sólo que para Teo... pues ya sabes que para los que cocinamos el tiempo es muy importante. Y un reloj tan bueno...

—Ya tiene uno de pulsera, se lo he visto.

Intervine entonces, más para cortar una conversación, que me inquietaba, que por otra razón:

—La Ulalia va a la taberna.

Tata María me miró, escandalizada:

—¿Que la Eulalia va a la taberna...? ¡Santo Dios!

—Sí, va a la taberna... y me parece que el Niño, cuando se escapa por las noches, también va a la taberna. ¿Por qué no puedo ir yo a la taberna? Me ha dicho la Ulalia que allí está todo el mundo muy contento, tanto si se pelean como si no se pelean... Y que cuando se pelean, aunque el tío Sabino echa a los niños, los niños se asoman a las ventanas bajas, agarrándose a las rejas para no caerse; y que los borrachos son muy *salaos*, aunque alguno da un poco de miedo. Pero de ésos se escapan los niños a todo correr y...

Al llegar aquí, Tata María no pudo aguantar más. Levantó los brazos al cielo y casi gritó:

—¡Santo Cielo, Dios nos ampare...! Pero ¿qué clase de niña es ésa? ¡No la creas ni una palabra, es una mentirosa...! Y eso de que el Niño se escapa por las noches —mételo en la cabeza— es otra patraña del bromista del Paco, que siempre está picándome con sus pullas... ¡Y además no se llama Ulalia, se llama Eulalia!

—No —dije yo, aún no perdida la estolidez de mi lógica infantil—. Se llama Ulalia, porque su madre la llama así...

Tata María se revistió de su aire más severo:

—Esa niña no pisará otra vez esta casa.

—Pero, mujer... —dijo Isabel, tímidamente—. ¿Por qué...?

—Porque ésa es de las manzanas podridas que pudren a las sanas... y...

Había oído eso en Saint Maur. Pero no veía la relación que podían tener la taberna, ni el corral, ni la misma Ulalia con las manzanas.

—Sí que volverá —dije con una decisión que me sorprendió a mí misma—. Volverá porque sabe más que yo, y yo quiero aprender.

—¡Jesús, José y María!

Tata María estaba muy colorada, y como a punto de llorar. Cuando clamaba a la Sagrada Familia era porque estaba o muy asustada o muy escandalizada. Así que corrí hacia ella y me abracé a su cintura, hundiendo la cara en el raso negro y plisado de su añorado delantal.

Isabel intervino:

—María, por Dios... No lo tomes así. ¡Si sólo son unas niñas! ¡Chiquilladas...!

Tata María me había cogido la cabeza entre las manos y contestó a Isabel con una voz que no parecía su voz de todos los días, una voz regresada de algún tiempo muy anterior:

—¿Chiquilladas? ¿Qué sabes tú de chiquilladas? Yo he conocido chiquilladas que han vuelto del revés a toda una familia...

Soltó mi cabeza, se agachó y me besó. Fue uno de los raros y espaciados besos de Tata María. Me conmovió tanto que tuve que sentarme en un taburete. Precisamente el que nos había servido de mesa a la Ulalia y a mí para jugar al burro.

Entonces María dijo algo que me llenó de pena:

—Ya has crecido demasiado para esconder la cara

en mi delantal... Has de comprender que ya no eres... *como antes*.

Sentí aquel *como antes* como una aguja maligna clavándoseme en algún lugar muy doloroso.

Eché a correr, atravesé la puerta en vaivén, llegué hasta mi cuarto, me eché de bruces en la cama. Y lloré.

Apenas había pasado media hora, cuando llegó precipitadamente la Tata:

—Ven, Adri...

Por la expresión de sus ojos, la mitad alegre, la mitad alarmada, noté que se trataba de algo relacionado con el piso bajo el terrado. Salté al suelo, secándome las lágrimas a manotazos y eché a correr, delante de ella.

En la cocina estaba Teo. No lloraba, pero se notaba que acababa de secarse las lágrimas, igual que yo. Sin asumir las advertencias de Tata María, corrí hacia él y me abracé a sus piernas, puesto que no podía hacerlo a su cintura.

—El Niño te llama —dijo Isabel.

Porque a Teo se le notaba querer hablar y no poder. Los labios le temblaban.

Isabel, en cambio, lloraba sin rebozo, con la boca entreabierta, y el brillo de sus lágrimas se confundía con el de su diente de oro.

—El Niño te llama... —repitió, al ver que Teo y yo parecíamos dos estatuas.

Entonces, Teo pareció despertar:

—El Niño te llama, te llama... y yo he pensado que a lo mejor, si te ve...

La habitación estaba en penumbra. Olía a medicinas, y a encierro. Una lámpara pequeña esparcía un círculo de suave luz desde la mesilla.

Me acerqué a la cama y vi a Gavrila con la cabeza casi hundida en la almohada. El cabello le había crecido mucho y de nuevo una masa de rizos de oro pálido rodeaba su cabeza como una aureola. Se parecía más que nunca al Arcángel San Gabriel, aunque tras haber perdido una batalla.

—Gavi —dije. Y cogí entre las mías su mano, que parecía un pájaro abatido sobre el embozo. Cruelmente vino a mi memoria aquel gorrión que una vez vi muerto, cubierto de asquerosas hormigas en la terraza del balneario.

—Gavi... he venido a verte.

Él seguía con los ojos cerrados. Sólo un débil gemido salía de sus labios.

Bruscamente, Gavrila se incorporó. Por unos momentos volvía a ser Gavrila el Grande. Incorporado en la cama, me tendió los brazos y hasta donde podíamos, sobre la colcha, la sábana y la distancia, me sentí apretujada en ellos. Los brazos poderosos, duros, fuertes, de los últimos tiempos: ya no eran los brazos del niño del patio interior con Paco, *Zar* y el Unicornio, del territorio de rombos azules y marrones donde nunca pudimos llegar a leer el último capítulo de *El Rey Cuervo*, del que me subía a la puerta del cielo. No sé si con tristeza o con esperanza, en aquel momento reviví los días en que los dos, las cabezas juntas, terminábamos de leer una página en mágica sintonía, y pasábamos las horas sin que ninguno de los dos hubiera ignorado ni una coma, ni un punto. Pero supe que algo se alejaba de nosotros o nosotros nos alejábamos de algo. Como una barca que se desprende de la playa, y no se sabe si es la arena o la barca quien nos abandona.

Incorporado, casi sentado, sus manos volvían a ser las que me izaron por encima de la cabeza del león. Y casi gritó, con un grito que no parecía salir de su garganta:

—¡Espérame, Adri...!

—Sí, te esperaré... Siempre te esperaré.

Lo dije con la mayor energía de que fui capaz. Aunque ahora, recordándolo, no sé si sólo lo pensaba y no lo decía. En todo caso, mi voz sería como la llama de una vela encendida a toda prisa durante la tormenta, una llama que desaparece en cuanto la tormenta se aleja y vuelve a deslumbrarnos la luz artificial.

Su cabeza se hundió de nuevo en la almohada. Los rizos rubios se habían convertido en resplandor. Como todo él, en mi recuerdo.

Isabel entró en la cocina casi arrastrando la cesta de la compra. Venía del mercado Abascal, de donde no era raro que llegara jadeando y misteriosamente ofendida por algo o alguien que sólo ella conocía.

Pero en aquellos momentos, el jadeo de su voz era distinto. Descargó la cesta sobre la mesa, y sacándose una bolita de tela de la bocamanga —bolita en la que, por lo general, acababa convirtiéndose su pañuelo—, se la pasó varias veces por la frente y los labios. Luego, se sentó.

Quién sabe por qué, tanto ella como Tomasa, se sentaban de lado, sobre todo cuando comían. Algo así como sentarse *al bies*.

Tras respirar con fuerza, Isabel miró largamente a la Tata, que aguardaba con ojos intrigados.

—María... Han venido.

—¿Quién ha venido?

—*Ella*. Y el Conde. Los dos. De París.

Tata María respiró, me pareció que aliviada de algún peso. O como si hubiera temido una mala noticia y, en cambio, recibiera una buena.

—¡Faltaría más...! ¿Qué creías? ¿Una madre iba a ser tan...?

En aquel momento repararon en mi presencia. Y, bruscamente, se callaron.

Quedaron mirándose en silencio, como se miran los adultos cuando creen que los niños no se enteran de nada.

—¿Quién ha venido? —pregunté. Aunque ya lo sabía.

Había ido a merendar a la cocina porque ni mamá ni Cristina estaban en casa, y el pan y chocolate todavía no habían desaparecido de mis costumbres.

—Han venido la mamá del Niño... y el Conde.

Apenas unos momentos antes la cocina, y nosotras dos, parecíamos haber recuperado momentos de un tiempo atrás, una atmósfera de gran paz, pespunteada por cotilleos del vecindario o por las quejas de Isabel (sus historias de «novios-bandidos»). Un aprendizaje descubierto en el cuarto de la plancha tras el guiñol de Eduarda donde me refugié tantas veces, también con un trozo de pan y de chocolate. Como si ahora fuera posible ir atrapando en el aire los vilanos desprendidos de un diente de león.

Y de pronto, sólo unas palabras de Isabel, una larga mirada entre ella y la Tata, fueron igual que una piedra lanzada sobre la tersa superficie del agua en calma: y el agua empezó a ensancharse en círculos, uno tras otro, cada vez más grandes, hasta desaparecer en la orilla. Frases que nadie se atreve a pronunciar del todo.

Abandoné la merienda, salté de la silla. Algo parecido a una voz que me dictara órdenes, una fuerza de dentro afuera, me empujaba.

—¿Adónde vas, criatura...?

Sin responder, salí corriendo de la cocina. Pero apenas salí de allí, me detuve: no sabía adónde quería ir.

Sólo sabía que necesitaba escapar, huir. Que no deseaba oír algo que dolía mucho. Aún resonaban en mis oídos las voces de Isabel y María, quizá asustadas. Corrí pasillo adelante, atravesé la puerta. Pero me detuve allí mismo. Estuve vacilando no sé cuánto tiempo. Luego, lentamente, desanduve el camino y fui al cuarto de la plancha, y creí recuperar un olor a ropa blanca rociada de agua, a almidón, a planchas de hierro calentándose sobre las arandelas ardientes de la cocina. Todavía nadie se había desprendido del guiñol de Eduarda.

Me senté tras el biombo, con las últimas decoraciones usadas aún colgando sobre mi cabeza. Esparcidos a mi alrededor contemplé los viejos muñecos, con sus faldones de colores, donde yo introducía las manos, izándolos hasta la boca del escenario. Sabía que desde allí se oía lo que hablaban en la cocina. Las voces llegaban claras, nítidas, y así llegó a mis oídos el último retazo de la conversación entre Tata María e Isabel:

—Pero ¿qué ha dicho el doctor...?

—Pues ahora se sabe, meningitis. Pobrecito, el Niño no saldrá de ésta.

—Calla, calla, que no te oiga «la nuestra»...

Estaba arrodillada, pero me dejé caer, rodeada de caritas grotescas de cartón pintado y ojos de vidrio. Mirándome. Nadie les había quitado el polvo, todo era olvidado. Pero en mi memoria el pasillo volvía a ser un río que fluía hacia el *salón de los reflejos*. Un barquito de papel naufragaba lentamente en la alfombra.

Ya no temblaba. No sentía. Todo huía de mí, como los pájaros de Andersen, hacia las Tierras Calientes. No podía llorar, y me tendí suavemente en el suelo mientras oía, o creía oír, el despacioso vaivén de la puerta del pasillo, perdiendo fuerza. Y un campanilleo medio sofocado por el silencio, el silencio que iba repitiendo una voz sin sonido: «Ven, ven, ven...».

Fue la primera vez que me morí.

19

Una vez más llegó la noche más corta. Así la llamaban, aunque a mí siempre me pareció una noche sin tiempo. De cuando en cuando, a través de las ventanas abiertas, llegaban ecos lejanos de organillos o la música de los tiovivos y atracciones... Pero todo esto quedaba lejos, muy lejos, ecos engrandecidos por la distancia, embelleciéndolos. De nuevo nos quedábamos las tres solas. Y en aquella ocasión, Cristina insistía en que las acompañase.

De cuando en cuando, el estallido de un cohete rompía el cielo. «Ir a la verbena», me traía el recuerdo de la abuelita, cuando nos seleccionaba en grupitos de nietos para llevarnos a ver zarzuelas. A la verbena sólo fui una vez, pero «ir a la verbena» lo asociaba al palco del teatro Fontalba, desde donde veíamos *La verbena de la Paloma*, *La Revoltosa* y cosas así. Gente mirando desde el palco, riéndose o sufriendo, pero sin mezclarse con los del escenario. Era como espiarles por el agujero de una cerradura. Pero una vez terminaba la función, recogían —recogíamos— los abrigos, las lágrimas y las risas, y nos íbamos a casa. Para toda aquella gente, tanto para los que les habían hecho reír o para los que les habían hecho llorar, había caído el telón.

A pesar de que mi hermana insistía en llevarme con ellos, yo no quería ir a la verbena con mamá, Cristina y el «grupo de siempre», «de toda la vida», decía mamá. Siempre las mismas personas: unos eran amigos, otros familiares... Y ahora yo tenía suficiente edad para pertenecer al «grupo».

Me resistí a acompañarles, y mamá no parecía disgustada por mi decisión. Cuando nos despedíamos, llegué a oír que susurraba a oídos de mi hermana: «Aún es demasiado niña, tiempo tendrá». Me quedé en casa. Mejor dicho, en la cocina.

En noches como aquélla y año tras año, podía quedarme despierta y escuchar los relatos-recuerdos de Tata María e Isabel. La llamaban noche de San Juan. Aparecía en el calendario aureolada de luz dorada, como las cabezas de los santos. Y al tiempo que retornaban los relatos mágicos de las dos mujeres, enturbiaban esa noche los rumores (un temblor de miedo sin saber por qué, ni de qué) de cuanto sucedía a nuestro alrededor y pocos veían o sabían ver por qué era la Noche Mágica.

Sin embargo, Tata María murmuró cuando nos quedamos solas:

—Se acercan malos tiempos. —Y lo que decía no era una sorpresa: trascendía de cuanto hacíamos o decíamos como un perfume a nuestro alrededor.

Siendo aún muy pequeña, tanto que Tata María tenía que cogerme en brazos para asomarme a aquella ventana inolvidable, me levantaba la cabeza para que pudiera distinguir el trozo de cielo que se abría sobre el patio de las cocinas de la casa. Llegaba hasta nosotras el bullicio de las criadas, celebrando, cada una a su manera y como le era posible, el nacimiento del verano. Se oían risas, algún cántico (cosa que revelaba ausencia de Gigantes), y algún que otro taponazo de corcho y gollete de inconfundible procedencia. Risas. Y allá arriba, si quería aparecer, brillaba la luna e inundaba de luz las paredes del patio, que parecían de plata. Y aunque el grillo cantaba en su jaula, apenas se le oía.

Luego, Tata María me contaba una vez más el cuento de la Niña de Nieve, que se derritió cuando la obligaron a saltar sobre la hoguera. Isabel me contaba también que en las colinas de su pueblo los muchachos encendían hogueras y, después, todos ellos, chicos y chicas, saltaban por encima, a veces chico y chica, cogidos del brazo. Volaban sobre las llamas, decía. Y ninguno se derretía.

—¿Nadie se chamuscaba...?

Ella negaba, moviendo la cabeza de este a oeste con una rotundidad incontestable.

Aquella noche, nadie me llevó en brazos a la ventana de la cocina, y no sólo porque hubiera crecido demasiado. Tampoco se oía tanto alborozo en el patio de las cocinas. El grillo, en cambio, cantaba.

Todos los años, Isabel rompía y vertía un huevo en una copa llena de agua. Si al cabo de un tiempo el huevo se había convertido en un barco, significaba bonanza. Unas veces ocurría que el huevo se transformaba en barco —preferentemente un velero—, o en alguna otra cosa que, por más buena voluntad que se pusiera, no era un barco. Isabel decía entonces que hay tantos barcos, de formas tan distintas, que cualquiera sabe. Entonces, ellas recitaban algo. No se trataba de una oración, ni de un poema. No sé lo que era, pero aún me admira la devoción con que lo hacían, con las manos unidas, como los ángeles, y los ojos cerrados. Estas dos cosas me demostraban la importancia de lo que estaban haciendo, y que no debían ser interrumpidas. Luego me abrazaban y me besaban en la frente. Tal vez yo era el último eslabón que las defendía de la incredulidad de los Gigantes. Porque yo también creía, con ellas. No sé muy bien en qué, pero creía. Me acordé de una vez que le oí decir a Paco: «En algo hay que creer, ¿no?». Y los otros chóferes dijeron que sí.

Cuando Isabel rompió el huevo en la copa de agua estuvimos las tres con la respiración suspendida. Al cabo de uno o dos minutos, la clara y la yema, desde una nebulosa que me recordaba algunos cuadros del salón, fueron transformándose en un magnífico velero de oro y de mar, a la vez. Nos quedamos extasiadas:

—¡Buen augurio...! —gritó Isabel, abrazándome, y al mismo tiempo rompiendo a llorar. Sus lágrimas mojaban mi cara, pero yo casi no sentía nada, casi no oía nada.

Isabel se quitó el delantal, se atusó el cabello y casi gritó a Tata María:

—¡Subo a ver al Teo!

Pero María estaba serena, muy quieta. Sólo sus labios temblaban un poco:

—No te precipites, mujer... No vayas a molestar.

—Pero si voy por la puerta de atrás... Y el Teo ya conoce mi llamada. ¡Tengo que comunicarle los buenos augurios...!

No regresó.

Estuvimos esperándola mucho, mucho tiempo. Al fin, Tata María me llevó a la cama, como antes, como cuando me vestía el pijama y me hacía recitar el Jesusito de mi vida. Pero no decía nada, sólo me llegaba el aroma a pan tostado, a merienda, a niñez perdida.

Nadie me lo dijo. No recuerdo que nadie se atreviera a hacerlo, aunque toda la casa, desde los Gigantes hasta Joaquín y Regina, se conmocionó. Y a mí nadie me decía nada.

El silencio puede ser la revelación más cruel.

Por entonces la gente se engendraba, nacía y moría en casa, y a menudo sucedían las tres cosas en la misma cama. Cama que a veces pasaba de padres a hijos. Y el féretro salía desde el portal de la casa (aquel letrero: ENTRADA DE CARRUAJES), ante la expectación del vecindario, que siempre se enteraba de quién había dado el último paso. Especialmente los criados, los proveedores, las viejas tatas. Era casi como cuando se agolpaban a la entrada del portal para ver salir a una novia hasta el coche. Porque en esos casos, también el portal se llenaba de flores. Sólo que para las novias abundaban las azucenas y azahares, y para los otros, crisantemos y otras de las que no me acuerdo.

Sin que nadie me dijera nada, subí en el montacargas.

La puerta del piso estaba abierta y entré. Salí a la terraza, no había nadie, sólo mi sombra en el suelo se estiraba como huyendo de mí.

Lenta y torpe, trepé hasta la ventana del cielo, y allí pude saber que el león rugía, y me dije: «Él volverá. No tardará mucho». Porque él lo había dicho muchas veces, y no era mentiroso.

Regresé a casa muy despacio.

Las Tatas intentaban que yo no me diera cuenta de algo que estaba pasando. Aparecían como asustadas, doloridas, y me arrinconaban cuanto les era posible en la cocina.

No sé cuánto tiempo pasó, pero de pronto era de día y lucía un sol inmenso, un sol de primavera. Y como no se acordaba nadie de mí, fui tras ellas, con la temblorosa sospecha de que me habían dejado dormir, dormir, dormir..., me arrastraba detrás, silenciosa, escurridiza —y quizá también invisible—, como cuando era un gnomo. Iban las dos, llorando, hacia el balcón más grande del salón. Supe (aún no sé cómo lo supe) que por primera vez habían subido mamá y Cristina al piso bajo el terrado... Cauta, silenciosa, hallé un hueco entre Isabel y Tata María, ya asomadas al balcón, precisamente cuando la carroza salía del portal, y recuerdo a Joaquín pasándose un pañuelo por los bigotes, y a Regina detrás, llorando con la cara detrás del delantal. Qué grande era el sol en el cielo, o a mí me lo parecía. Y cuando salió la carroza blanca, arrastrada por caballos blancos y pajes vestidos de blanco, algo se rompió en mí o en el mundo. De pronto no creí en nada de cuanto me habían dicho: todo era una mentira más de los Gigantes; porque allí mismo, del blanco casi cegador, se alzó él ante mis ojos —y supe que era sólo ante mis ojos, un adiós sólo mío—, los brazos en cruz y todo el sol en él. Convirtiendo cuanto alcanzaba en una enorme hoguera-luz y aquel lejano —ya casi remoto— repique de campana que llamaba «Ven, ven, ven...». Aunque los Gigantes no lo oían, lo repetían las pisadas, y el suave vaivén de las ramas del jardín de la Milagrosa.

Nadie me dijo nada, seguramente nadie sabía qué decirme, o cómo decírmelo. Pero el polen dorado que empujaba el viento y lo levantaba y llevaba más allá de las terrazas y los balcones, o las ramas del convento, lo gritaban. Me recuerdo envuelta por una nebulosa hecha de luz, rasgada como una frágil vela bajo la tormenta. Todo confuso. Pero en cambio retiene mi memoria, muy claramente, el encuentro en el ascensor con una niña de negros tirabuzones —era muy pequeña, quizá sólo tenía cinco años— que al verme gritó más que dijo:

—¡Se ha muerto el hijo de la bailarina!

Era la hora del parque, y el ama Paz que la cuidaba, amiga de Tata María, le dio un sopapo en la boca y la niña arrancó a llorar.

20

Puedes pasar días, quizá años, moviéndote en una nebulosa donde apenas se tiene noticia de cuanto sucede a nuestro alrededor. Algo así, pienso ahora, me ocurrió a mí. Desde el incidente de la niña del ascensor, hubo un tiempo y un espacio tan indefinibles que apenas tengo referencias de los sucesos que por aquellos años revolucionaban mi país. Precisamente entonces llegó nuevamente mi cumpleaños, y qué poco había crecido yo. Esta vez fui excepcionalmente atendida por mi madre.

No sé cuánto tiempo estuve sin hablar porque todo lo que atañe a aquellos días parece haberse borrado de mi memoria. Pero un día, algo debí decir, porque recuerdo a mi madre abrazándome muy fuerte, tanto que me obligó a quejarme: «Me haces daño». Y, contrariamente a lo que se podía esperar, estalló en una sinfonía de alegres sollozos, y me abrazó aún con más fuerza.

Luego, me llegan retazos de sus conversaciones telefónicas con Felisita: «Está triste, ya sabes... pero a esta edad las penas se olvidan pronto. ¡Quién no ha sido niño y ha pasado por...!». Sentada en la butaca a su lado —apenas me apartaba de ella, creo—, me asía a su falda con dos dedos como pinzas y la seguía allí donde fuera. Recuerdo aquellos gestos, pero no mis sentimientos de entonces: no lo que me obligaba a pegarme a ella como a la tabla de un náufrago. Miraba casi obsesivamente los dibujos de la alfombra. Como si buscase rombos y círculos azules y marrones. Sólo había flores, o dibujos extraños.

Vagamente, recuerdo el balneario como una sucesión de postales, siempre agarrada a la falda de mamá. Sin pensamientos, sin sentimientos. Todo aquel verano transcurrió para mí dentro de una sensación de vacío, de no estar, de no ser.

El sol del inmediato septiembre, antes de hundirse, convertía en antorchas los árboles que bordeaban el paseo del Mar. Así supe que regresábamos a Madrid y que —por aquel verano— las vacaciones se habían terminado.

La primera carta de papá estaba fechada en Bruselas. Por lo visto (aunque a su modo), mamá le había informado de que algo me tenía muy desanimada (por decirlo de alguna manera). Pero que ella creía eran cosas de la edad. Y papá me enviaba una carta muy extraña de la que apenas entendí dos cosas: que me quería mucho, aunque todavía no podía venir a verme, y que yo tenía que ser muy fuerte, pero mucho, y que cuando él viniese lo pasaríamos muy bien. Como la última vez...

Casi había olvidado la última vez, pero en aquel momento regresaron a mí las dos películas, y el parque, y los pájaros. Algo cálido y un poco triste —como cada vez que surgía el nombre de papá— me despertó un desvaído deseo de volver a verle, acaso de llorar. También lo adiviné en los labios temblorosos de María. Y me abrazó, meciéndome despacio, como acunándome, mientras murmuraba: «Algo es algo...».

La segunda carta casi repetía lo mismo que la primera, aunque era más corta.

Y eso fue todo, aquel verano.

Sin saber muy bien por qué, acaso por acumulación de sucesos oídos, o en parte vividos, venía a mi mente la rotunda figura de la lavandera empuñando el cuchillo, con la boca llena. Maldiciendo. No llegaba a darme miedo, quizá porque casi al momento la sustituía la Ulalia, con su mazo de cartas marcadas, la botella de los *ánimos*, y su voz afónica, bajo un pañuelito anudado a la garganta, no demasiado limpio.

Lo mejor del regreso a Madrid fue ver a Isabel esperándonos con la más ancha de sus sonrisas. El diente de oro resplandecía. En cambio, quien parecía muy preocupado era Joaquín, el portero. Empezó a cuchichear con Tata María, al tiempo que la ayudaba a subir el equipaje.

—La revolución, la revolución... —murmuraba debajo de sus blancos bigotes. De pronto me dio pena. No sabía por qué, le veía desamparado, huérfano, sin hogar... En fin, casi como el personaje de un cuento de Dickens.

—Cristina no está —me informó mamá—. Ha ido a Bruselas, a pasar unos días con papá.

A partir de aquel momento, todo cuanto ocurría a mi entorno se precipitó agitadamente. Me sentía extraña y al mismo tiempo partícipe de un secreto que me atañía, aunque ignoraba. Se sucedieron una serie de llamadas y conversaciones telefónicas en remolino, como casi todo lo que supuestamente organizaba mamá. Conversaciones, consultas enigmáticas, lamentaciones, se repetían entre mamá, Felisita y su hermana Carolina. Incluso con la abuelita, que vivía en Barcelona (y parecía no comprender nada que no tuviera una relación directa con papá). Tras escuchar en silencio las parrafadas de mamá, ella apenas sabía decir otra cosa que si tenían noticias de Bruselas. Hasta que, afortunadamente, le llegó el turno a Eduarda. Pero fue una comunicación epistolar.

Leí su carta, porque mamá, desconcertada y rebasada siempre por los acontecimientos, solía dejar las suyas por aquí y por allá. La carta me llamó especialmente la atención por algo que entendí a medias: mamá dudaba si acceder a alguna petición. Y Eduarda solventaba sus dudas, escuetamente, como era su estilo: «No serás capaz de negar a esa mujer el único consuelo: conocer a la amiguita de su hijo, la única que...».

Leía y oía todo como en sueños. Pero no eran los sueños de una noche de descanso y bienestar, sino los medio-sueños de las siestas, donde me sentía zozobrar en una balsa muy frágil, bamboleada por retazos de conversaciones reales, y de sucesos imaginarios; una mezcla sudorosa, inquieta y llena de angustia. Eduarda decía: «Por eso voy a ir, porque por encima de todo lo demás, yo pienso en Adri». Mamá lo repetía todo en los oídos de Felisita, devota amiga, empapada de curiosidad, al otro lado del teléfono. Yo escuchaba en silencio. Ya no necesitaba esconderme, me sabía invisible, rodeada de palabras errantes, de ires y venires que parecían ya sucedidos, ocurridos, o aún por venir. «Eduarda —me decía bajito, sólo para mí—, Eduarda.» Y me llegaba algo parecido a una brisa.

Una tarde —creo que la misma que oí o leí las palabras de Eduarda— me llegó a través de la ventana del patio de la cocina algo que oscuramente echaba en falta: los aullidos de *Zar*. Unos aullidos largos que acababan en un temblor parecido a sollozos humanos.

Amaneció un día brillante, suave. Un frío pequeño soplaba de habitación en habitación mientras las Tatas las oreaban con todas las ventanas abiertas de par en par. Lo que hacía refunfuñar a Tata María: «¡Agarraré una galipandia!». La galipandia de Tata María venía anunciándose desde mucho tiempo atrás, aunque nadie hubiera podido decir en qué consistía.

Por aquellos días, sin que yo hasta aquel momento me diera cuenta de ello —como de casi todo—, había entrado al servicio de casa una nueva Tata, aunque menor. Era una muchacha muy joven, de grandes ojos vacunos. Parecía asustada y medio muda. Yo oía cómo Tata María e Isabel, a partes iguales, la instruían en los quehaceres domésticos. A lo que me pareció, la muchacha estaba hecha un lío. Se llamaba Crescencia, pero, seguramente por encontrarlo demasiado largo, la llamaban Cenci. La vi por primera vez —o eso creo— al ir a desayunar. Iba detrás de Tata María, y me miraba con los ojos muy abiertos, como alguien de quien se ha oído hablar mucho, mucho, y parecía un poco asustada.

Estaba desplegando la servilleta, cuando Tata María dijo:

—Va a venir a conocerte la mamá del Niño. —No dijo la bailarina—. Debes estar muy formal y ser muy prudente... y aun mejor, calladita. Porque cualquier cosa que digas o hagas puede partirle el corazón.

Tata María andaba despacio, no arrastraba los pies, pero le costaba hacerlos avanzar uno detrás de otro, cuidadosa, astutamente, como quien mueve piezas de ajedrez. Y cuando me sirvió el café cayeron unas gotitas en el mantel, cosa que nunca había ocurrido antes. Se despertó entonces, muy dentro de mí, un agradecimiento enorme, algo parecido al amor ascendió hasta mis ojos, nublándolos. Fue sólo durante unos segundos. Un sentimiento nuevo, como heredado desde aquellas niñas desaparecidas —menos para ella— que ahora se llamaban mamá y Eduarda. Y deseé que fueran mis manos las que habían temblado y derramado café, no las suyas. Cerré los ojos y esperé. Creo que he pasado la mitad de mi vida esperando.

No me habían despertado la curiosidad, hasta el día en que aparecieron, diseminadas, como perdidas entre las decoraciones del Teatro de los Niños, unas fotografías de aficionados, bastante huidizas, incluso alguna cortando cabezas. Ocurrió cuando aún nos comunicábamos, cada uno a un lado del escenario, hablándonos a través de los personajes de cartón. Y al verlas, Gavi las recogió deprisa, y las guardó. Como si no quisiera ni verlas, ni tan sólo hablar de ellas. Sucedió aquel día en que me dijo, con el escenario de cartón por medio, que a veces no quería a su mamá.

Fue entonces cuando abandonamos el Teatro de los Niños y hablamos por vez primera uno frente a otro, echados sobre nuestro territorio de rombos marrones y azules.

Oí como mamá y ella se saludaban, con las palabras que usan los Gigantes. Luego, mamá, discretamente, nos dejó solas en el salón.

—Tú eres Adri —dijo ella. Y al pronunciar la erre, fue como si oyera a su hijo pronunciar mi nombre. Cerré los ojos, pero la veía.

Era menos alta de lo que parecía en el escenario. Se lo había oído decir una vez a Felisita. Pero yo no la había visto nunca en un escenario, ni de ninguna otra manera. Llevaba un abrigo de pieles, casi negras, que contrastaba con la palidez de su cara, un rostro despojado, desnudo. No sé por qué, me pareció eso: que venía enteramente desnuda, tan sólo cubierta con pieles lobunas.

Se inclinó mucho hacia mí y me invadió su perfume. Pero no era un perfume fresco, sino algo parecido a un aroma olvidado. Toda ella emanaba el sutil olor de algo que fue, que se había ido sin remedio, quizá ella misma, o su arte, o sus esperanzas. Por primera vez contemplé y sentí la sombra de una frustración. Inclinada, su cara junto a la mía, vi de cerca sus ojos con una lágrima detenida, que acaso nunca llegaría a verterse.

—Sólo quería verte, conocerte... Sé que fuiste su única amiguita aquí... Y te he traído algo... Aunque todo lo que tocó durante la enfermedad lo hemos quemado. Pero este libro, no: este libro que él quería tanto... y tú también, se ha salvado. Tómalo, es un recuerdo suyo. Y estaba aparte, no está contaminado. Lo consultamos con el médico...

Sin apenas terminar de decirlo, me abrazó. Nadie me ha dado un abrazo parecido, casi me hizo gritar. Mi cara se hundió en el suave bosque negro que la cubría, medio asfixiándome. Luego, muy deprisa, me apartó y salió del salón. Vagamente oí su despedida, las voces de mamá y la suya. Aún oigo el taconeo de sus zapatos en el pasillo. Llevaba tacones altos, impropios de una bailarina.

Y me encontré de nuevo sola, bajo las apagadas arañas de cristal, con *El Rey Cuervo* apretado contra mi pecho.

Cuando lo abrí, vi que faltaba el último capítulo. Alguien —no sé quién ni por qué— lo había arrancado.

Miré ansiosamente al cuadro: el Unicornio estaba allí, pero noté su jadeo, casi me rozó su agitada respiración, el temblor de sus patas, tras una fatigosa carrera, seguramente había hecho un penoso recorrido. Pero ahora estaba allí.

Cuando casi había perdido la esperanza de verle, apareció Teo. Fue en la cocina —el corazón de la casa, según había leído en algún cuento—, no en el apagado salón.

Tata María me llamó:

—Adri, querida, ha venido Teo...

Y ahora estaba allí, de pie, como el impávido soldadito de plomo de mis lecturas infantiles. Aunque el fulgor de sus lágrimas se había petrificado, aún resplandecía en los bellísimos ojos negros que nunca desaparecerán de mi memoria.

Corrí hacia él, y gemí entrecortadamente, con un gemido tan suave como plumas de gorrión. Ya había crecido demasiado —quién lo diría— para abrazarme a sus largas piernas.

Me rodeó con los brazos, y me dijo al oído: «Volverá».

Sólo esa palabra. Él sabía que era la única que yo esperaba oír. Mientras explicaba a Isabel que cerraban el piso —todo el edificio pertenecía al Conde— y que él volvía a servir a don Mauricio de mozo de comedor. Y que se llevaba a *Zar* con él. Lo último que recuerdo, y casi en un sueño, es la desgarradora separación, porque cuando se iba yo corría detrás de él gritándole algo parecido a los aullidos de *Zar*. No sé qué le gritaba, sólo sé que se me iba la vida en aquel grito, toda la hermosa vida que había vivido con ellos. Y si esto me llega bajo la niebla medio transparente de aquella memoria, en cambio puedo revivir con toda precisión, inundada de sol, la huida de los cisnes salvajes bordados sobre raso azul eléctrico. Lentos, con un batir de alas armonioso y tristísimo, levantaron el vuelo apenas se cerró la puerta —*nuestra* puerta— tras él. Atravesaron el muro y le siguieron, leales y amantes, como los once Príncipes Cisnes. Y a mí sólo me dejaban un bordado deshilachado por crueles tijeras.

Esto es lo que, al separarnos, se llevó Teo con él. Y aún conservo su temblor.

En el último momento deslizó algo en mi mano: era la llave del piso bajo el terrado, de la puerta que daba a la terraza y de la terraza que contenía, todavía, la ventana del cielo.

21

La llave del piso, que Teo había deslizado en mi mano, relucía, secreta y preciosa. Sentada en la cama, estuve contemplándola como cuando había empezado a leer un libro y esperaba pasar páginas y páginas hasta alcanzar el final. Y me repetía una y otra vez: «¿Cuáles fueron sus últimas palabras?». Y no eran las palabras, sino su sonido el que regresaba una y otra vez a mí: «Ven, ven, ven...». Luego, aquel «Volveré», que no se apartaba de mí. ¿Debía ir yo en su busca o sería él quien volvería, como había prometido tantas veces?

Sentada en la cama temblaba, a un tiempo acongojada y esperanzada. Cristina estaba en Bruselas, con papá y los gemelos, y las dos habitaciones que compartíamos ahora eran mi territorio. Sin testigos ni consejeros ni defensores. Quizá la eché de menos la primera noche, pero después, cuando tuve conciencia de que el espacio antes compartido ya era sólo mío, un largo, hondo respiro de agradecida soledad me alivió. El menudo tic-tac del reloj pautaba el silencio sin estropearlo. Esperé, como había esperado años atrás, la hora mágica que me empujaba a embarcar en mi velero de papel. Sólo que ahora Gavi esperaba en alguna parte, acaso al final del pasillo, o a la puerta del salón, o bajo el cuadro del Unicornio... Quién sabía si en algún rincón del piso bajo el terrado. Yo debía encontrarle y reconocerle. Como Gerda había encontrado y reconocido —tras varios engaños— a su amado Kai, cuando la malvada Reina de las Nieves se lo llevó al Palacio de Hielo. Revivía en mi memoria la lectura del cuento, de bruces sobre la alfombra de rombos con el libro entre los dos, su cabeza rozando la mía, pasando las hojas a un tiempo, con sintonía mágica. Y como Gerda, que lo buscaba sin desfallecer, tanto en la cueva de los ladrones como bajo la tierra, entre las semillas de las flores, hasta la llegada del Buen Cuervo del Castillo, el Cuervo amigo que la ayudó a encontrar el camino hacia Kai, norte arriba, y que no tenía nada que ver con el Rey Cuervo. Estas imágenes se agolpaban en mi mente, y cerraba los ojos. Todas coincidían con una realidad recién descubierta. Como un calco de imágenes soñadas sobre imágenes reales.

A través de los párpados cerrados, seguía viendo desfilar las sombras que dejaban en las paredes los sueños de los habitantes de la casa. Sombras largas y ululantes, crueles cacerías. Como los sueños de los habitantes del Castillo del Príncipe —que no era Kai— y de la Princesa —que no era Gerda—. Kai tampoco estaba allí, y Gerda debía continuar su búsqueda... Al llegar aquí, bruscamente me despertaba: y me desprendía de Andersen, como la serpiente se desprende de su piel ya inútil. Y me dije: «Estoy creciendo». O quizá: «Ya soy una serpiente».

Como hacía años, guardando ahora la llave en el puño cerrado, fui en busca del Unicornio y de los fulgores cristalinos de las arañas. No sabía si debía utilizarla. Historias de llaves peligrosas, llenas de misterio, se enmarañaban en mi mente, luchaban entre el deseo y el temor. La imagen de la llave manchada de sangre, que la mujer de Barba Azul intentaba limpiar con arena, se repetía una y otra vez. Y la esperanza de hallar allí arriba algo, aunque fuera un solo vestigio que no diera credibilidad a su ausencia, me empujaban. Yo misma, sentada en la cama, apretando la llave en la mano, me veía empequeñecida, una figura diminuta en la gran soledad de un amor que no podía compartir, que no sabía ya dónde colocar.

No sé cuánto tiempo pasó sin que me moviera. Seguía sentada en la cama, sin desnudarme ni hacer otra cosa que mirar o apretar la llave. Lentamente, iba apoderándose de la casa el silencio de la noche, cualquier crujido de madera lo ensanchaba y acrecía. No había decidido aún si acostarme o subir al piso. Sabía que todas las llaves guardan una historia que sólo ellas pueden desvelar: abrir o cerrar misteriosas zonas donde se ocultan los deseos, la esperanza, el horror, la memoria.

O un gran vacío.

Después de tanta duda, mi decisión fue casi brusca, aunque seguía moviéndome como sonámbula. Fui a la cocina donde el «clic-clac» de una gota de agua me recordó que casi siempre había algún grifo mal cerrado. Unos ronquidos poderosos y a la vez tranquilizadores llegaban desde el dormitorio de las Tatas, así que por aquel lado no había nada que temer. Retrocedí, cautelosa, hasta *nuestra* puerta. La llave colgaba al alcance de cualquier mano, junto a la mirilla. Nadie pensó que podía ser descolgada a escondidas, conteniendo la respiración, como había ocurrido en el piso bajo el terrado, ciertas noches de luna cuando el Niño se escapaba quién sabe adónde, quién sabe a qué. Yo ya no lo sabría nunca. Ahora, yo apretaba las dos llaves en mi mano.

Abrí la puerta con todo sigilo. Afortunadamente, no chirriaba. Y cuando lo crucé, el patio parecía de plata. Entré en el montacargas y, al ponerlo en marcha, el ruido que levantó me pareció atroz, capaz de despertar a toda la casa. Por fin me encontraba de nuevo en el umbral del piso bajo el terrado. Abrí la puerta despacio; tampoco rechinaba, fue sólo un deslizarse aterciopelado sobre los goznes. Parecía que el piso, casi humano, despertara de un sueño. Y de pronto supe que había abierto la puerta a las ausencias, que arrastraban su sombra a lo largo de las paredes; fugaces, casi translúcidas, antes de desaparecer.

Casi no quedaban muebles y el polvo —un polvo extraño, parecido a ceniza, que antes jamás había visto— lo cubría todo sutilmente, como un velo que, a trechos, se levantaba y huía en una nubecilla. Papeles arrugados, trozos de cordel, cajas de cartón vacías... Pulsé el interruptor de la luz, pero no había luz. En cambio, un resplandor blanco se filtraba por todas las rendijas. La luna estaba allí, como a la espera, acechante. Siempre me ha parecido que la luna tiene algo de cazador furtivo.

Me acerqué a la puerta de cristal que daba a la terraza. Ya hacía tiempo que las flores se habían muerto en las macetas. Sólo quedaban sus resecos esqueletos. Aunque Gavi volviera, ya nada sería como entonces. Esta convicción alejaba cualquier duda y, sin embargo, no destruía la esperanza de volverle a encontrar, tal y como prometía: «Volveré».

Despacio, casi temblando, recorrí las habitaciones que llevaban al cuarto de los juegos. Nada quedaba de lo nuestro, lo habían quemado. Un llanto seco se me agarrotaba en el pecho, sin que pudiera verter lágrimas. ¿Cómo era posible aquella desaparición, cómo sentirme ante nuestro mundo sepultado? Había leído que a veces algunas caravanas del desierto desaparecían bajo una tormenta de arena. Una especie de árida tormenta también había sepultado a los niños que allí jugaban, leían y se amaban. Como si no hubieran existido. Y de pronto algo parecido a una voltereta dolorosa convertía el dolor en ira. Y la ira iba creciendo como una hoguera, casi la oía crepitar pecho adentro, y tampoco sabía dónde o hacia quién colocarla, como antes el amor. No podía llorar, pero me sabía herida, y si hubiera sido *Zar*, aullaría.

Entonces descubrí en el suelo, medio sepultado por el infame polvo ceniciento, aquel trocito de alfombra que fue nuestro territorio de rombos azules y marrones, y a su lado, la vieja gramola, con el disco de Tchaikovski ensartado en el plato, donde un perro todavía esperaba oír la voz de su amo. Me arrodillé a su lado y cerré los ojos, pero sólo al abrirlos regresó la música, porque no la oía, la veía. Tal como me había sucedido cuando Gavrila la dibujaba. «Los vuelos de las abejas —recordé— escriben sus mensajes en el aire.» Los oía, no los veía, pero los recordaba, y un aroma único, conocido, se podía respirar y acaso palpar. Como entonces, me tendí en el suelo suavemente. Y soñé —creo que soñé— que su pelo rubio me rozaba la frente. Cuando me desperté —quizá era un despertar, aunque no recuerdo haber dormido—, oí un rumor de hojas alejándose. Me puse de pie, me froté los ojos; pero seguía moviéndome como sonámbula, o guiada por un mandato desconocido. Fui a la cocina. Aún seguía allí el enorme reloj, con su hora quieta. Y creí oír una voz lejana, o mejor dicho, alejándose mientras decía algo así como que los mataría uno a uno, despacio.

Como yo.

Al atardecer, del jardín de la Milagrosa emanaba un misterioso resplandor rojo-dorado. Lo miraba desde la ventana abierta de nuestro cuarto —aún no se iniciaba octubre— y rememoraba anteriores atardeceres desde el balcón del salón. Sabía que aquel deslumbrante colorido apenas duraba unos días. Y cuando la noche se apoderaba del jardín, de nuevo aparecía el farolero a encender una a una las farolas de la calle, y las acacias de las aceras se iluminaban, mientras el jardín se apagaba. Seguía gustándome ver cómo las lucecitas azules iban reviviendo, una a una, el verdor de los árboles. Pero el farolero ya no era mi amigo. Y muchas otras cosas tampoco *eran* ya.

Mamá me llamó a su gabinete. Sentada frente a mí fingió colocarme en su sitio la medalla o alisarme el cuello del vestido.

—¡Qué alta estás, Dios mío! —mintió.

Había crecido, pero no tanto como ella quería hacerme creer.

—Tienes que volver a Saint Maur, Adri...

Y un largo discurso sobre lo conveniente y lo no conveniente. Hacia el final yo estaba pensando en otras cosas. Tras un silencio carraspeó, y aquel carraspeo me avisó —como otras veces— de que lo más importante estaba aún por escuchar:

—Adri, he de informarte de algunas cosas. Sabes que estamos viviendo momentos muy graves y peligrosos. Pues bien, por ello mismo, notarás en Saint Maur muchos cambios.

La primera novedad consistió en que desde aquel momento dejaría de acompañarme Tata María al colegio. Según mamá, yo me había convertido en una mujercita, y por lo visto las mujercitas podían ir sin acompañantes de aquí para allá. Sobre todo si iban a Saint Maur, apenas a dos manzanas de nuestra casa.

La segunda rareza fue un gran letrero sobre la puerta de entrada: Saint Maur ya no se llamaba así, sino Educación Femenina. Pero la verdadera sorpresa vino cuando reencontré a las monjas-mesdames despojadas de sus hábitos. Ahora vestían largas faldas, jerséis o blusas muy altos de cuello. Y por primera vez vi sus cabellos. La mayoría los llevaban recogidos en moñitos. Estaban muy raras, pensé, acaso un poco ridículas. Las que anteriormente me habían parecido guapas —y alguna lo era— parecían ahora, si no feas, estropeadas. En suma, que habían perdido cierta evanescente elegancia que las había caracterizado: desde la forma de andar hasta la de mover las manos o los pies.

En el Saint Maur convertido en Educación Femenina había desaparecido algo que, como ocurría con ellas, no se podía definir, se sentía. Y fue entonces, precisamente, cuando yo también perdí dos cosas: el miedo y la credulidad. De pronto, todo aquello —y aquellas— que me habían hecho temblar, desorientada y triste, desaparecía ante una nueva forma de mirar, de enfrentarme a cuanto me rodeaba y había creído hasta entonces inamovible. Y si Gavrila no volvía, todo lo que me rodeaba no era ya sino una gran estafa.

Aquel primer día, Madame Saint Genis, la directora, me llamó a su despacho, honor bastante infrecuente, y en general no deseado.

Pero el encuentro fue una mezcla de bienvenida y temor, en un tono ambiguo, como si tuviera que disculparse de algo que no había hecho, pero de lo que se sentía hasta cierto punto responsable.

—Estamos muy contentas de volver a tenerte entre nosotras. Habrás notado muchos cambios... Pero mamá ya te habrá explicado los tiempos tan peligrosos que corremos, especialmente nosotros, los religiosos... Pero el espíritu que nos guía no ha cambiado, sólo que, de momento...

Mamá no me había dicho nada. Y si me lo había dicho, no la había escuchado.

Madame Colette clavó nuevamente su dedo índice en mi espalda, y me empujó pasillos adelante, hasta llegar a la misma aula que había abandonado el último curso. Quizá las cosas no eran tan diferentes por dentro como por fuera.

Otra vez entré en la clase que olía a tiza y somnolencia, a pupitres de madera y tinteros. Allí me esperaba —de nuevo— mi lugar en la última fila. Eso tampoco había cambiado.

Yo llegaba con el curso ya empezado, y, por tanto, ignoraba muchas cosas, no sólo las novedades que acababa de ver. Me senté en mi pupitre vacío —ya tendría tiempo de llenarlo—, hasta que un ruido conocido, de muchos pies golpeando los peldaños, me advirtió: «Ahí vienen». Pero en lugar del habitual encogimiento de corazón y, la respiración alterada de otros tiempos —tan cercanos y sin embargo, de pronto casi remotos— un regocijo puerilmente maligno me llenó. «Ahora vais a conocerme.»

La puerta se abrió y entraron en tromba.

No eran las mismas, habían sido sustituidas por otras. Aunque muy parecidas. Se detuvieron en masa, bruscamente, y callaron, mirándome. Pero había una, una a la que sí reconocía —y me reconocía—: Margot.

Repetía curso porque, aparte de su destreza con los pelotazos y los abusos, para el estudio era un zoquete. La recibí con una carcajada que yo misma consideré idiota, aunque necesaria: marcaba territorios, como el pipí de los perros.

Y fui muy mala. La niña más mala del Educación Femenina. Aporreaba a cualquiera que se interpusiera en mi camino, me burlaba de las profesoras —dibujaba sus caricaturas en la pizarra— y perdí totalmente el miedo y el respeto a quien fuese capaz de oponérseme. Al principio, y ante mi estupor, no hubo demasiadas reprimendas, ni notitas para mamá, quejándose de mi comportamiento. Y una voz susurrante, más recordada que oída, seguía filtrándose en mis oídos —o tal vez no era en mis oídos, quizá en algún lugar desconocido dentro de mí—, donde continuaba oyéndole decir: «Ríete, ríete. Y golpea hasta que yo vuelva y estemos juntos otra vez...».

Sigilosamente iba al cuarto ahora vacío que fue mi dormitorio en los primeros años, allí donde en el techo, junto a la ventana, había visto por primera vez las sombras de Gavrila y de *Zar*. Y me decía: «No tengas miedo, no temas a nada ni a nadie, tú eres más fuerte, tú eres mejor...». Y sentía su inolvidable risa, un poco ronca, baja: un delgado reguero de agua serpentina, arrastrando su huella en la arena, como una sombra. Así podía enfrentarme a una Margot sorprendentemente disminuida, a no responder a las preguntas odiosas. La sonrisa de Margot, antes burlona y despectiva, aparecía ahora entre humillada, tímida, y al mismo tiempo falsamente retadora. Repetía curso, pero yo no —yo había estado *ausente*—. Además yo tenía dentro la luz de Gavrila, de la ventana del cielo, como un escudo. Aún era más baja que ella, pero a la primera ocasión —y debo confesar que sin provocación explícita— la abofeteé. Aún recuerdo el placer que sentí al notar la turgencia de sus mofletes bajo mis manos. Creo que fue más el estupor que el miedo lo que la dejó indefensa.

Por las noches, cuando estaba por fin sola en mi cuarto, le preguntaba cuándo volvería. Le decía —o deseaba decírselo— que había perdido el miedo y que estaba esperándole, porque fuera de él, nada tenía que ver conmigo. Yo era ya como una isla, ya nada podía arrancarme de todo cuanto era nuestro mundo. No me contestaba, pero de cuando en cuando, filtrándose por alguna invisible rendija, oía su risa, baja, un poco ronca. No era una risa de niño. Nunca lo fue.

De alguna manera me enteré de que las monjas ya no dormían en Saint Maur. «Tienen miedo...», me dijo la niña que ahora compartía mi pupitre. «Y con razón... pueden venir a cualquier hora y matarlas...» Había cierta horrorizada delectación en como pronunciaba «matarlas». El caso es que, por la noche, Saint Maur —o por lo menos la zona de Saint Maur que me era familiar— quedaba aislada, solitaria. Y fue entonces cuando se me ocurrió.

En una esquina de la clase había una puertecita que siempre me había llamado la atención: era pequeña, estrecha, como las de las ilustraciones de mis viejos cuentos de hadas, cerrando grutas de gnomos o misteriosos cubiles de lobos. A menudo pensaba: entraré ahí, y seré como un gnomo, como cuando no me encontraban las Tatas. Hasta que un día, por casualidad, la vi abierta. Me asomé y sólo descubrí un pequeño almacén de cuadernos, libros y una insospechada escoba, acompañada de otros útiles de limpieza. La puertecita tenía un montante de vidrio esmerilado.

«Me esconderé ahí dentro, y nadie podrá encontrarme. Y esperaré.»

Por las noches, en mi cama, con la luz apagada, estuve planeándolo minuciosamente. Era como si pasara una película donde veía mis pasos, no los que había dado, sino los que estaban por venir. Veía el interior del cuartito, veía cómo se convertía sin más en el interior del árbol, y me vino de golpe el tiempo en que permanecía a oscuras en el cuarto de los castigos. También ahora, me sentía envuelta por un resplandor mágico, como cuando llevaba en la mano el terrón de azúcar. Ahora era una llave. No la abandonaba, estaba siempre conmigo, como si fuera a abrir por fin la puerta misteriosa, allí donde yo entraría, o él regresaría, tal y como me había dicho. No lo dudaba.

Tendría que ser un sábado, ya que por las tardes hacíamos lo que llamaban «semana inglesa»: no había colegio. Creí que con la estampida de las niñas ante la perspectiva de una tarde y un día entero sin clases, al sonar el timbre de salida me facilitaría escabullirme. La salida de los sábados era más ruidosa y alborotada. Sería más fácil para mí esconderme.

Poco a poco iba puliendo mi proyecto. Me llevaría algo de comer. Esperaría. Tenía un gran entrenamiento en esperas, incluso en las que no sabía para lo que esperaba. Hice una pequeña provisión de galletas y chocolate (otra cosa no se me ocurría ni tampoco resultaba cómoda). En realidad no pensaba en lo que sucedería después de aquel sábado y domingo, fuera del regreso de Gravila. El lunes quedaba muy lejos, y yo, y todo lo que deseaba y esperaba, flotaba detrás de una nebulosa, o una cortina de lluvia, donde, eso sí, era seguro, él estaría. Donde se cumpliría su promesa de que volveríamos a estar juntos. Jamás he vuelto a tener tanta fe en algo como entonces. No sabía ni cómo ni cuándo esperaba que sucediese: pero sin duda alguna sucedería.

Y por fin llegó el sábado. Cuando a la una en punto sonó el timbre de salida, guardé el paquetito de galletas y chocolate rápidamente en la cartera mientras las niñas recogían, como si tuvieran que subir a un tren a punto de partir, todos sus cuadernos y libros, los secretos de pupitre, y salían en barahúnda hacia la escalera. Allí se alineaban en fila hacia el vestíbulo. Tal como hice yo tantas veces hasta aquel día.

Con mi capacidad para esconderme, ejercida ya en mis primeros años, no fue demasiado difícil escamotearme en aquella fila, y llegar hasta mi refugio. Abrí la puertecita, y al entrar se me cayó encima la escoba. Poco a poco fueron apagándose los ruidos, sólo quedaron esos otros, casi inaudibles, que emiten los espacios abandonados.

Me senté en el suelo, no había mucho sitio. Al cabo de un rato tuve ganas de hacer pipí. Salí cautelosamente. Sabía dónde estaban los lavabos. Lo había previsto. Regresé a mi escondite: me sentía de nuevo como el gnomo de mi infancia, escondida en el corazón de un tronco hueco. Seguiría esperando. Esperando. Esperando.

Cartas.

Eduarda, hemos pasado un calvario, un verdadero calvario, se escondió en una especie de armario del colegio, hemos pasado unos días desastrosos, incluso llamando a la policía, haciendo el ridículo precisamente en estos momentos por una cosa así, para que luego ella misma apareciera como si tal cosa. Esta niña es una cínica, dime algo. Tú siempre has sido mi buena consejera, y ahora que estoy sola, con esta criatura imprevisible...

Cartas.

Antes de echarlas al correo, las encontraba y las leía, porque a veces pasaban dos o tres días antes de que fueran enviadas. Así era mamá. Fui a mirar la palabra «imprevisible» en el diccionario.

Y así fue como, al fin, me expulsaron de Educación Femenina. Y recuerdo que sentí algo parecido a la satisfacción de un deber cumplido.

Esta vez Eduarda no escribió. Se presentó sola, como la última vez. Vino en tren.

—¿Y la Cafetera...? —pregunté cuando se inclinó a besarme.

—Se ha roto —contestó.

Y enseguida mamá y ella se fueron al gabinetito. No quise ir a escuchar. Me lo figuraba todo.

Pero estaba equivocada.

—Ahora es imposible matricularte en otro colegio... aparte de los inconvenientes que eso conlleva. Tu tía Eduarda te llevará con ella durante estos meses, y procurará corregirte. La vida en las Ruinas —como ella las llama, y me parece muy adecuado—

no es como aquí. Espero que empieces a entender que la vida es a veces muy complicada, y llegues a corregirte...

Entonces, Eduarda dijo:

—Basta. Todo eso sobra. Vendrá conmigo, intentaremos encontrar un buen profesor o profesora... Conmigo estará en contacto con los árboles y aprenderá mucho más de ellos que todo lo que le podrían enseñar en Saint Maur...

—Educación Femenina —dije yo, aguantándome las más desganadas ganas de reír. Eduarda lo hizo por mí. Noté que mamá no sabía qué decir, pero suspiró.

—No por mucho tiempo, no por mucho tiempo...

Nadie sabía entonces que aquel «poco tiempo» iba a convertirse en tres largos años, en una guerra que iba a tenernos incomunicadas en zonas enemigas, que iba a enfrentar y matar a mis añorados Jerónimo y Fabián, y que mi padre desaparecería para siempre de mi vida.

Pero aquel atardecer aún no sabíamos nada de todas estas cosas, y yo me iba a las Ruinas, con Eduarda. Sin saber tampoco adónde iba, sólo que ella era como un dique capaz de detener el mar, por muy enfadado que estuviera.

Hay bastantes lagunas, en mi memoria de aquellos días. Desde el último beso de mamá me veo de la mano de Eduarda, en la estación del Norte. A pesar de mis baladronadas en Saint Maur-Educación Femenina, me sentía como un papel arrastrado por el viento, y agradecía aquella mano.

Había pasado dos noches en el cuartito trastero. Y ahora arrastraba conmigo aquellas noches, aquel amanecer. Él no había vuelto, aunque estuve esperándole. Apretaba contra mi pecho *El Rey Cuervo*, y esperaba. Hasta que me dormí, a pesar de que sentía en la espalda la dureza del suelo. Miraba hacia el montante de la puerta y su cristal fue oscureciéndose primero, y, luego cuando me desperté, se iluminaba poco a poco. «Vuelve el día», me dije, y creí que él también. Pero él no volvió. Ni la noche del sábado, ni el día ni la tarde del domingo.

Sólo a última hora del último día, cuando el cuerpo entero me dolía, y más aún el corazón, con los ojos semicerrados —y creo que fue la última vez que los alcé al montante— me pareció ver correr, escapar, huir al Unicornio. Como un adiós.

El lunes no es el día más penoso de la semana, quizá lo es el domingo. Pero era un lunes apenas avanzado, cuando me levanté, abrí la puertecilla del trastero, lancé una mirada medio cómplice a la escoba, y salí de allí.

Antes de que nadie entrara en Educación Femenina, yo ya había salido, y llegaba hasta el portal que acababan de abrir Joaquín y Regina.

El susto pareció dejarles mudos. Pero a mí nada me importaba, ni su asombro, ni el medio desmayo de Tata María cuando me abrió la puerta. (Y no entré por *nuestra* puerta, sino por la de los Gigantes.) Mamá se desmayó del todo.

Me dejé llevar, zarandear, mimar, sermonear... ¿Y a mí qué me importaba? Arrastraba mi decepción, mi desamor, como una sombra que poco a poco iría diluyéndose, apagándose.

Ahora, en el andén de la estación del Norte, entre el ir y venir de las gentes, vi al cocinero asomado a su vagón con su alto gorro blanco, mirando hacia la gente. Y me llegaron las palabras de Gavi, cuando me decía que le gustaba mucho el tren, y el coche cama, y que los humos que salían de bajo las ruedas eran los demonios que viajaban con nosotros, y que en los techos de los vagones, viajaban los ladrones que nos robaban... Y de pronto supe que ya no lo creía. Y que no me importaba demasiado el último capítulo de *El Rey Cuervo*.

Eduarda y yo avanzamos hacia el vagón, seguidas del maletero. Ella no decía nada, sólo apretaba mi mano. Y entonces me acordé de Michel Mon Amour.

Aún no era de noche, pero cuando el tren arrancó, a través de las ventanillas la noche parecía correr detrás del tren.

Fuimos al vagón restaurante, y nos sentamos una frente a otra. A mi izquierda pasaban a ráfagas campos mortecinos, apenas vistos bajo la luz crepuscular. Me pareció que las temblorosas copas de cristal brillaban de una forma extraña, cada una como un mundo resplandeciente, independiente de la luz, como yo no había visto antes, o no había sabido ver. Miré a Eduarda con detenimiento, mientras ella miraba a su vez la pequeña cartulina del menú. Y dije:

—Eduarda... ¿Y Michel Mon Amour...?

Me lanzó una mirada rápida, por encima de la cartulina, y me pareció que sus ojos azules brillaban tanto o más que el cristal de las copas. Dijo entonces:

—Se ha muerto.

Lo dijo en el mismo tono que usó cuando le pregunté por la Cafetera: «Se ha roto», «Se ha muerto». Tan inapelable, tan desolador, tan desprovisto de emoción. No, Eduarda sabía que Michel no regresaría, y quizá que Gavrila tampoco. Era la única capaz de entender lo que yo sentía.

Allá lejos, a través de la ventanilla, la bola grande y roja del sol me pareció algo nunca visto antes. Se hundía lentamente tras el contorno de las montañas, y al verla me entraron unas enormes ganas de llorar. Tantas, que no pude evitarlo.

Entonces, Eduarda me miró:

—Llora, llora todo lo que quieras. Pero hazlo así, en silencio.

Y dejé que las lágrimas resbalaran, sin decir nada.

—Dime por qué lo hiciste.

Me miraba sonriendo pero sus ojos estaban muy serios.

—Porque creía que él volvería si estaba lejos de todos ellos... si estaba sola, con él, como cuando éramos siameses... Y él decía que volvería... siempre lo dijo: yo volveré...

Encendió un cigarrillo, y el traqueteo del tren, y su tram, tram, se hizo más audible, más grande, más sonoro. Las dos columnillas de humo blanco nuevamente salieron de su nariz, hacia mí.

—La luz se iba por el montante de la puerta —expliqué—. No quería dormir, estaba esperando, esperando... Siempre estoy esperando.

Eduarda miró la punta encendida del cigarrillo. Dio una calada y dijo:

—Todo el mundo espera.

—Pero entonces oí las pisadas del Unicornio, y oí cómo aplastaba las hojas del bosque bajo las pezuñas...

—Los Unicornios no hacen ruido, ni dejan huellas, ni aplastan hojas...

—Pero lo vi: vi cómo echaba a correr... Y desaparecía. ¿Volveré a ver al Unicornio?

Eduarda aplastó el cigarrillo en el cenicero, sacudió con la mano el humo que aún flotaba en una casi invisible nubecilla, y dijo:

—Los Unicornios nunca vuelven.

Barcelona, octubre de 2008